IMMER WIEDER FÜR IMMER

IMMER WIEDER
FÜR IMMER

Justin A. Reynolds

IMMER WIEDER FÜR

IMMER WIEDER
FÜR IMMER

Aus dem Englischen von Nadine Püschel

CARLSEN

Die Übersetzerin dankt dem Deutschen Übersetzerfonds für
die Förderung der Arbeit am vorliegenden Text.

MIX
Papier aus verantwortungsvollen Quellen
FSC® C014496

Published by arrangement with THIS JUST IN LLC
Originalverlag: Katherine Tegen Books, an imprint of
HarperCollins Publishers, New York
Originaltitel: Opposite of Always
Dieses Werk wurde vermittelt durch die Literarische Agentur
Thomas Schlück GmbH, 30161 Hannover.
Umschlaggestaltung: formlabor
Umschlagbilder: shutterstock.com © Andrii Kobryn / © NikaMooni
Aus dem Englischen von Nadine Püschel
Lektorat: Brigitte Kälble
Herstellung: Karen Kollmetz
Satz: Dörlemann Satz, Lemförde
Druck und Bindung: GGP Media GmbH, Pößneck
ISBN: 978-3-551-58392-5
Printed in Germany

Für k und b,
mit aller Liebe meines Herzens,
und für die Lieben, die wir verloren haben

Also.
Kennt ihr den Spruch: »Die Zeit gewinnt immer«?
Tja, einmal hat sie eben doch verloren. Ich bin der lebende Beweis.

Wie man keinem das Leben rettet

Mein Gesicht ist seitlich gegen den Kofferraum eines Streifenwagens gepresst, als Kate zum dritten Mal stirbt. Die Schachtel, die ihr das Leben hätte retten sollen, liegt zerknüllt am Boden.

Ein paar Sachen habe ich mittlerweile gelernt.

Zum Beispiel: *Outfit-Wechsel sind Zeitverschwendung.*

Es ist kalt draußen, mindestens Pulli-Wetter. Ich trage ein T-Shirt, karierte Pyjamashorts und die abgelatschten Chucks, die ich immer zum Rasenmähen anziehe. Innen sind sie feucht, und in meinem rechten Schuh ist ein Klumpen Gras, das zwischen den Zehen kratzt, aber für Socken hatte ich keine Zeit. Socken und zum Wetter passende Klamotten sind Luxus. Sie kosten Zeit. Und die habe ich nicht.

Nicht heute.

Überhaupt nie.

Lektion Nummer eins lautet nämlich: *Keine Zeitreise der Welt kann die Menschen retten, die du liebst.*

45 Minuten früher

Die Polizei ist schon da.

Vor dem Eingang zur Notaufnahme steht ein Streifenwagen im Leerlauf. Kann sein, dass sie meinetwegen hier sind, aber umkehren ist nicht drin. Jede Nanosekunde zählt. Ich schnappe mir das Päckchen vom Beifahrersitz und springe aus dem Auto. Reiße die Schachtel auf und schiebe den Inhalt in meinen Sneaker. Sprinte los.

Ich hätte früher losfahren sollen.

Zig Sachen hätte ich diesmal anders machen sollen.

Ich stoße die Tür auf, denke noch: *Schnell zum Aufzug, hoch in den dritten Stock,* und renne volle Kanne gegen eine Betonmauer aka einen 150-Kilo-Bullen mit Schlagstock.

Aha. Das muss der Fahrer sein.

Um ein Haar knalle ich auf den nassen Boden. Der Bulle packt mich gerade noch am T-Shirt.

»Hab ihn«, brummt er in das Funkgerät, das an seine Schulter geschnallt ist. »Raus mit dir«, befiehlt er mir, drückt die Tür auf und legt die andere Hand an seine Knarre. »Na los, Kleiner. Abmarsch.« Mir schießen alle möglichen Dinge durch den Kopf – mutige Heldentaten. Ich sehe vor mir, wie ich mich dem Griff des Polizisten entwinde und die Treppe hochflitze oder in den Aufzug hechte, kurz bevor die Türen schließen. Aber dann stehe ich doch mit gespreizten Beinen da, während mir im Rücken Handschellen angelegt werden.

Ein Teil von mir denkt, überlegt, hofft: Vielleicht ist es das. Vielleicht ist das die Lösung. Ich sollte nicht da oben sein. Wenn ich nicht da bin, überlebt sie.

Sie rattern meine Verbrechen runter, und nach »mit Gewalt Einlass verschafft« höre ich schon nicht mehr zu. Ich versuche erst gar nicht, es ihnen zu erklären, denn wie soll man erklären, dass man aus der Zukunft kommt?

»... Verstehst du deine Rechte«, sagen sie, obwohl es nicht wie eine Frage klingt.

Ich nicke, das Aluminium des Kofferraums drückt kalt und klebrig an meine Wange.

»Hast du irgendwas am Körper versteckt? Waffen, Drogen?«, fragt der Riesenkerl.

»Nein«, lüge ich. Weil ich die Wahrheit nicht sagen kann. Nicht jetzt. Raue Hände tasten an mir hoch und runter. Meine Schlüssel klirren, als er sie aus meiner Tasche fischt. Dann nimmt er mein Portemonnaie an sich.

»Nichts von Belang«, sagt der Riesenkerl zu seiner Kollegin.

»Soll er nicht seine Schuhe ausziehen?«, fragt sie.

Und mir sacken fast die Knie weg.

»Bitte«, flehe ich, »bitte lassen Sie mich da reingehen. Meine Freundin liegt im Sterben. Sie können die Ärzte und Krankenschwestern fragen. Bitte. Nur *fünf* Minuten. Bitte. Haben Sie doch ein Herz. Lassen Sie mich fünf Minuten zu ihr, dann können Sie mich ins Gefängnis stecken, den Schlüssel wegwerfen, ganz egal. Bitte. Denken Sie an Ihre Kinder. Haben Sie Kinder? Wenn die im Sterben lägen, würden Sie wollen, dass sie allein sind? Bitte. *Bitte.*«

Ich versuche, auf die Knie zu gehen, um sie anzubetteln, aber das ist gar nicht so leicht, wenn einem die Hände gefesselt sind. Der Beamte, der mir die Handschellen angelegt hat, schaut seine Kollegin an, eine dunkelblonde Frau mit blutunterlaufenen Augen, und sie seufzt so demonstrativ, wie es wohl alle Mütter am ersten Tag ihrer Mom-Ausbildung lernen. Doch dann nickt sie. Und die Handschellen klicken auf.

Was total der Wahnsinn ist.

»Keine Faxen, Kleiner«, sagt er mit einer Stimme, die sich anhört, als rechnete er damit, dass ich Faxen mache.

»Fünf Minuten«, sagt sie. »Mehr nicht.«

Sie nehmen mich in die Mitte, und während wir über den speckigen Linoleumboden gehen und mit dem Wir-versuchen-den-Pissegestank-mit-Bleiche-zu-übertünchen-Aufzug in den dritten Stock fahren, lassen sie mich wissen, dass ich was in die Fresse kriege, wenn ich Dummheiten mache. Aber ich habe nicht vor, abzuhauen. Ich schaue auf die Uhr. Es könnte noch klappen.

Wenn bloß die Aufzugtür nicht zwanzig Sekunden brauchen würde, bevor sie endlich zur Seite ächzt. Und wir nicht einen Umweg machen müssten, weil ein Putzmann den Boden vor uns wischt und seine Bodenwischerei anscheinend so ernst nimmt, dass er anfängt zu brüllen und auf und ab zu springen. Die Beamten murmeln eine Entschuldigung, aber der Mann zeigt nur wütend auf eine alternative Route, auch bekannt als Der umständlichste Umweg der Welt.

Ich versuche zu erklären, dass wir keine Zeit für Umwege, lahme Aufzüge oder »Vorsicht, rutschig«-Schilder haben. Aber keiner hört mir zu. Und als wir endlich da sind, ist es beinahe zu spät.

Kate ist schon fast tot.

»Ach, wen haben wir denn da«, sagt sie, als sie langsam die Augen aufschlägt. Der Stuhl in der Ecke, wo ihre Mutter sonst immer sitzt, ist leer. Auf dem Boden daneben eine zerknüllte Decke. Auf dem Fensterbrett ein Pappbecher mit Lippenstiftrand.

»Hey«, sage ich. Kurz bringt es mich aus der Fassung, wie klein sie aussieht. Es ist still im Zimmer, bis auf das Rauschen des Sauerstoffs, der in ihre Nase gepumpt wird, und das Puckern der intravenösen Infusion, die in ihren Arm läuft.

»Wie spät ist es?«, fragt sie blinzelnd. Selbst um drei Uhr nachts in einem Krankenhausbett ist sie wunderschön.

»Uns bleibt nicht mehr viel Zeit.«

Irritiert verzieht sie das Gesicht. »Wovon redest du?« Sie beugt sich im Bett vor, lugt über meine Schulter und erschrickt. »Und diesmal hast du die Polizei mitgebracht. Interessanter Move. Du weißt echt, wie man einen großen Auftritt hinlegt, Jack King.«

Ich werfe einen Blick zu den Beamten. »Tut mir leid wegen den beiden.«

»Du bist total irre, weißt du das?«

»Ich kann nachvollziehen, dass man auf diesen Gedanken kommen könnte, ja«, sage ich grinsend.

»*Fünf*«, erinnert mich die Beamtin.

Kate schüttelt den Kopf. »Jack, was machst du hier? Ich kapiers nicht. Hast du eine morbide Vorliebe für Krankenhäuser? Oder stehst du auf kranke Frauen?«

»Ich bin hier, weil ich dir sagen will ...« Ich verstumme, weil ich eigentlich nicht gekommen bin, um etwas zu *sagen*.

»Was, Jack?«

»Ich glaube, ich weiß jetzt, was ich zu tun habe. Ich glaube, ich habe es raus. Endlich.«

»Okaaaaay«, sagt sie mit hochgezogenen Augenbrauen. Ich verwirre sie eindeutig nur noch mehr. Logisch. Ergibt ja auch alles keinen Sinn.

»Du wirst wieder gesund, Kate. Alles wird wieder gut.«

Sie dreht sich weg. »Das sagen sie alle, aber das ist gelogen. Lüg mich nicht an, Jack. Nicht wie ...« Sie bricht ab, als sie sieht, was ich in der Hand halte.

Denn in den letzten zwanzig Sekunden habe ich meine Finger ganz vorsichtig in den Schuh geschoben. Und jetzt habe ich sie.

»Jack«, sagt Kate, und lauter: »Jack, was um alles ...?«

Doch bevor sie den Satz beenden kann, reiße ich ihre Decke

zurück und stoße die Spritze in ihren Oberschenkel. Kate zuckt nach vorn, als hätte ich ihr eine Million Stromstöße versetzt.

Die Polizisten werfen mich zu Boden, brüllen mir Flüche ins Ohr und in den Raum. »*Was soll der Scheiß?* Was hast du da gerade gemacht, Junge? Was zum Teufel war das?«

»Wir brauchen Hilfe hier drin«, schreit die Polizistin und stürzt auf den Stationsflur. »Einen Arzt! Wir brauchen einen Arzt!«

So brutal, wie der Polizist mein Gesicht auf das Linoleum presst, ist es ein Wunder, dass mir das Gehirn nicht aus den Augenhöhlen quillt. Füße kommen ins Zimmer gerannt. Es wird gebrüllt und geschrien, und immer wieder schüttelt mich wer an der Schulter und fragt, was ich ihr gespritzt habe, was das für ein Zeug war, und wenn ich ehrlich bin, könnte ich es gar nicht genau erklären, selbst wenn ich es wollte. Aber ich will es nicht erklären. Denn das war das Einzige, was ich tun konnte. Das war die einzige Möglichkeit.

Während die Ärzte sich um sie scharen, um sie zu retten, schleifen mich die Beamten über den nassen Boden, durch den Eingangsbereich und wieder raus in die Nacht.

Ich weiß, wenn ich mich das kleinste bisschen wehre, wenn ich auch nur zu tief Luft hole, knallen sie mich wahrscheinlich ab. Oder schlagen mich zumindest k.o. Aber das ist egal. Denn als sie mich aus Kates Zimmer gezerrt haben, konnte ich einen Blick auf die Uhr an der Wand werfen. Und wenn es so läuft wie die Male davor, dann kommt Kate entweder durch, oder gleich fängt alles wieder von vorne an.

Der Bulle hat es irgendwie auf mein Gesicht abgesehen, denn er quetscht es schon wieder gegen den Streifenwagen. Ich schätze, diesmal wird er bei der Durchsuchung etwas gründlicher sein.

»Wenn das Mädel stirbt, dann …«

Bevor er seinen Satz beenden kann, erwischt es mich schon. Ich schließe die Augen. Die Luft wird weggesaugt, die Schwerkraft reißt an mir wie ein offener Fallschirm. Diesmal sind die Zuckungen besonders schlimm. Ich kann mich kaum auf den Beinen halten. Mein ganzer Körper wird von einem heftigen Zittern erfasst.

»Junge, was ist mit dir?« Der Polizist blafft seine Kollegin an, sie soll drinnen Hilfe holen, und sie rennt los, aber das bringt jetzt auch nichts mehr. Sie wird es nicht rechtzeitig schaffen. Wenn ich sprechen könnte, würde ich ihnen sagen, dass sie sich keinen Kopf machen sollen. Dass ich nicht sterbe, sondern nur puffere. Dass ich versucht habe, Kate zu retten. Verstehen würden sie das nicht, klar. Ich verstehe es ja selbst nicht. Beim ersten Mal dachte ich auch, dass ich hopsgehe. Und jetzt ist es wieder so weit.

Ich weiß nicht, wie ich es beschreiben soll: Es ist, als würde mein Körper sich zum Start klarmachen. Als wäre er ein hoch entwickeltes Raumschiff und würde durch die Zeit reisen statt ins Weltall.

»Junge, hörst du mich? Sag doch was! Ich glaube, er hat einen Anfall. Junge! Junge!«

Ach ja, Lektion Nummer zwei:

Durch die Zeit reisen tut weh.

DER ALLERERSTE ANFANG

Null Erfahrungen haben ist auch eine Erfahrung

Wie heißt es so schön: »Jeder Topf findet seinen Deckel.«

Das ist so ein typischer Spruch, mit dem dir deine Mom kommt, wenn deine Beziehung in die Brüche gegangen ist, oder den dein sonst so wortkarger Vater brummelt, bevor er dir mit einem »Gut, dass wir mal geredet haben« auf die Schulter klopft. Ganz verkehrt kann das eigentlich nicht sein. Wenn man überlegt, wie viele Leute auf unserem Planeten rumlaufen, muss es doch jemanden geben, der perfekt zu einem passt, oder? Den einen Menschen, der dein Herz dazu bringt, so krasse Sachen zu sagen wie: »Ich werde dich für immer lieben«, und: »Ich kann es gar nicht erwarten, deine Eltern kennenzulernen«, und: »Na klar, wir sollten uns unbedingt unsere Namen auf den Hals tätowieren lassen.« Das Problem ist nur, dass wir einen Großteil unseres armseligen Lebens damit verbringen, dem Deckel eines anderen Topfes nachzulaufen. Und deswegen bleibt uns dann höchstens – wenn wir Glück haben – noch ein Drittel der Zeit, die wir mit dem eigentlich für uns auserkorenen Menschen hätten haben können. Wenn wir ihn nicht sowieso ganz verpassen.

Wie ich zum Beispiel.

Ich bin Spezialist für verpasste Gelegenheiten – beim Mädchen meiner Träume, bei der Wahl zum Schulabschlussredner, bei der Qualifikation für jegliche Art von Sportmannschaft. (Ich habs bei allen versucht. In einer besonders verzweifelten Aktion habe ich mich sogar als Maskottchen beworben. Aber wer hätte das gedacht, Larry »Zottel« Koviak hat den Purzelbaum viel besser drauf als ich.) Und die freien Nachmittags-AGs? Jepp, da hab ich's auch probiert, kam aber nirgendwo rein. Was schon komisch ist, weil ich immer dachte, dass jeder bei so einer AG mitmachen kann (ein weiterer Punkt auf der Liste der größten und dämlichsten Irrtümer des Jack King). Will heißen: Ich habe es immer geschafft, meine Chance zu verpassen. Und meistens war es sauknapp. In Sachen »*Fast* geschafft« bin ich mittlerweile eine absolute Koryphäe. Immerhin kann ich bald achtzehn Jahre praktische Erfahrung vorweisen.

Wenn ihr noch nicht überzeugt seid, schaut euch einfach mal auf unserem Dachboden um. Der ist so etwas wie ein begehbares Archiv des Scheiterns, oder wie ich es gern nenne: »Jacks kurioses Kabinett der Dinge, aus denen *fast* was geworden wäre«. Da gibt es ein Skateboard in nagelneuem Zustand – aus dem Sommer, in dem ich *fast* ein Halbprofi-Skater geworden wäre. Da steht eine Nähmaschine, von der ich allen erzählt habe, dass sie meiner Mom gehört, obwohl sie in Wirklichkeit meine war – aus meiner *Project Runway*-Phase, die ein paar Staffeln angehalten hat. Da liegen das Discgolf-Set, die antike Murmelsammlung, ein Elektronik-Baukasten mit lauter unverbundenen Einzelteilen, eine Kiste mit sämtlichen jemals erhältlichen Super-Nintendo-Spielen, ein sargähnlicher Behälter, der mein erster (und einziger) Versuch war, eine Zeitmaschine zu bauen (fragt nicht), und ein nie benutztes Set Ninja-Wurfsterne ohne Sammlerwert (bitte fragt nicht!).

Fast, fast, fast, fast, fast ...

Müsste jetzt klar sein, oder?

Ich witzele gern, dass meine Eltern mich nicht Jack Ellison King, sondern Jack Wannabe King hätten nennen sollen.

Ein König, aber halt nur fast.

Allerdings erinnert Mom mich ständig daran, dass ich nach Jackie Robinson benannt bin, dem ersten schwarzen Baseballspieler in der US-Profiliga, und nach Ralph Ellison, dem schwarzen Schriftsteller und Gelehrten, der mit dem Roman *Der unsichtbare Mann* berühmt wurde.

Ich bin Einzelkind. Meine Eltern bekamen mich ziemlich spät, nachdem sie es jahrelang versucht hatten, und gerade als sie alle Hoffnung aufgaben, tja, da schwamm ich daher. Mom wollte mich Miracle nennen, doch Dad (der normalerweise nicht die Stimme der Vernunft ist, hier aber mal von seiner Linie abwich) legte ein Veto ein: *Bist du wirklich so wild darauf, dass Miracle jeden Tag gemobbt wird, mein Schatz?*

Also wurde es Jackie Ellison.

Was wohl das perfekte Beispiel für besonders gute *und* besonders schlechte Erziehungsentscheidungen ist.

Denn einerseits ist es schon cool, zu wissen, dass ich nach so beeindruckenden Männern benannt bin. Eine Ehre. Ein Privileg.

Andererseits ist es gut möglich, dass meinen Eltern nicht bewusst war, was für ein abartig großer Druck dadurch auf meinen lächerlich schmalen Schultern lastet.

Also ja, damit schleppe ich mich auch noch rum.

^-^-^

Wie auch immer.

Ich bin Jack King. Der Typ mit dem Bartschatten und der alten Flanelljacke, der auf einer rappelvollen Party auf den unteren Stufen der Wohnzimmertreppe hockt, sich an einem leeren Glas festhält und so halb ein Basketballspiel verfolgt, das im Fernsehen läuft, meistens aber in die Küche starrt, zu …

Es ist immer dasselbe Mädchen.

Jillian.

Als wir uns zu diesem College-Schnupperwochenende angemeldet haben, hatte ich mir vorgestellt, dass Jillian und ich endlich mal allein miteinander sind. Dass wir die Zeit zusammen verbringen und sie endlich merkt, wie (halbwegs) süß und (einigermaßen) cool und (ansatzweise) interessant ich bin. Dass sie mehr als nur Jack-den-guten-Kumpel in mir sieht, versteht ihr?

Stattdessen sitze ich hier seit dreißig Minuten alleine rum – na ja, *ganz* alleine nicht, ich werde immer mal wieder angerempelt, wenn jemand die Treppe hoch- oder runterkommt. Ich schwöre, normalerweise bin ich nicht so eine verdruckste Spaßbremse.

Ich kann das erklären.

Eine kurze Geschichte starker Anziehung

Jillian und ich sind beste Freunde. Wir kennen uns seit dem ersten Jahr an der Highschool, als wir einander im Schulflur buchstäblich über den Haufen gerannt haben (was für ein schlimmes Klischee, oder?) und sich der Inhalt unserer Rucksäcke über den ganzen Boden verteilt hat. Ich habe ihr geholfen, ihre Bücher aufzusammeln, wir haben uns vorsichtig aufgerappelt, um nicht mit den Köpfen zusammenzustoßen, und dann trete ich Idiot auf den Gurt ihres Rucksacks und reiße sie noch mal um. Auf der Peinlichkeitsskala war das eine glatte 10 von 10. Ein paar Mitschüler glotzten und lachten, und ich stand da und stammelte eine Entschuldigung nach der anderen.

Jillian dagegen sprang einfach wieder auf die Füße, blaffte die Schaulustigen an, sie sollten nicht so blöd gucken, und stellte sich mir vor.

»Jack und Jill«, sagte ich ungläubig. »Wie die beiden in dem Kinderreim.«

»Ha.« Sie lächelte. »Das Schicksal hat uns zusammengeführt.«

»Tut mir leid, dass ich nicht hinter dir hergepurzelt bin.« Ich war so stolz auf meinen scharfsinnigen Kommentar, dass mir erst Stunden später einfiel, dass in dem Gedicht Jill hinter Jack herpurzelt und nicht umgekehrt.

Aber mein Fehler schien Jillian nicht zu jucken. »Was nicht ist, kann ja noch werden«, sagte sie. Ihr Lächeln legte noch ein paar Lux zu, als sie hinzufügte: »Das mit dem Purzeln, meine ich.«

Da wusste ich, dass wir auf etwas ganz Großes zusteuerten. Aber weil ich meiner *Fast*-Tradition treu blieb, wurde nichts daraus. Sprich, drei Wochen später hatte Jillian einen Freund.

Ihr denkt jetzt vielleicht: Ist doch scheißegal, dass sie einen Freund hat, Jack. Sag ihr einfach, was du empfindest. Lass sie entscheiden. Schöne Idee, bloß gab es bei dieser ganzen »Ich habe einen Freund«-Sache eine für mich unüberwindliche Hürde. Und damit meine ich eine komplette Abwehranlage mit Sniper auf dem Dach, Bewegungssensoren, abgerichteten Raubdinos und einem Burggraben voller geschmolzener Lava – keine Chance, da durchzukommen.

Weil, Achtung, Plot-Twist: Jillians Freund, Francisco »Franny« Hogan, ist mein *anderer* bester Freund.

Ich weiß, *ich weiß*.

Ich würde euch ja zu gern eine Geschichte erzählen, in der ein ätzender Boyfriend (Franny) überhaupt keine Ahnung hat, wie glücklich er sich schätzen kann, so eine Freundin (Jillian) zu haben, sie scheiße behandelt und sie nicht verdient. Oder in der er mir heimtückisch in den Rücken gefallen ist, indem er sich die Frau meiner Träume schnappt. Nur: Franny wusste nicht mal, dass ich sie mag.

Es ist nämlich so, dass Franny voll in Ordnung ist – wirklich *schwer* in Ordnung. Wenn ich mir jemanden für Jillian aussuchen müsste – zum Beispiel wenn Jillian und ich zusammen wären und dieses Spiel spielen würden, wo du einen Freund bestimmst, der im Falle deines verfrühten Ablebens deinen Platz einnimmt –, dann würde ich für Jillian definitiv Franny aussuchen. Er würde sich um sie kümmern. Er würde sie lieben. (Das ist irgendwie ein krankes Spiel, oder? Das spielen wir besser nicht.)

Jedenfalls sind sie ein Paar. Ein echt cooles Paar. Und ich freue mich für sie. Ich würde nie auch nur daran denken, etwas zu tun, was ihre Beziehung gefährden könnte. Nein, ich bin bei der Jillian-Franny-Connection voll dabei. Das ultimative dritte Rad, der unterschätzte elfte Zeh, der überflüssige dritte Nippel.

Bis heute Abend.

Eventuell.

Vielleicht.

Wahrscheinlich nicht.

Niemals.

Treppen sind ein ständiges Auf und Ab

»Tschuldigung, bist du immer so breit?«, sagt eine Stimme hinter mir.

»Was?« Ich fahre herum.

Es ist ein Mädchen mit blitzenden Augen und schulterlangem lockigem Haar. Sie trägt so eine Art Sweatkleid, wobei es für mich eher aussieht wie ein Oversize-Pulli, den sie in der Taille mit einem schmalen Gürtel gerafft hat. Ich erkenne sie wieder: Sie hat uns heute Nachmittag durch das Studi-Zentrum geführt.

»Du blockierst die Treppe. Du machst dich total breit.«

»Sorry«, murmele ich.

Ich rutsche zur Seite, und sie klatscht in die Hände. »Beweglich bist du immerhin.«

»Ich geb mir Mühe«, sage ich.

Ich warte darauf, dass sie an mir vorbei nach unten geht, aber sie rührt sich nicht. »Wenn du sie so magst, solltest du sie mal ansprechen.«

»Häh?«

»Wenn du eine Frau darauf aufmerksam machen willst, dass es dich gibt, hilft es normalerweise, sie anzusprechen. Sie anzustarren wie ein gestörter Serienmörder bringt eher weniger.«

»Wie ein *nicht* gestörter Serienmörder starren wäre besser, ja?«, frage ich über die Schulter.

Sie schnippt mit den Fingern. »Bingo.«

Ich runzele die Stirn. »Ich weiß nicht, wovon du redest.« Natürlich weiß ich genau, wovon sie redet, aber ich bin gekränkt, dass es mir so leicht anzumerken ist.

»Du hast während der gesamten Führung an ihr geklebt, Mann.«

»Echt?«

»Alter, eine Klette ist nichts dagegen.«

»Danke für die Blumen.«

Sie grinst. »Was ich sagen will: Beweg deinen Arsch in die Küche und red mit ihr.«

»Muss ich doch gar nicht. Ich rede andauernd mit ihr. Sie ist meine beste Freundin.«

»Wow. Ihr seid also beste Freunde, aber sie hat keinen blassen Schimmer, dass du in sie verknallt bist?«

Muss sie so laut reden? Schon klar, wir sind auf einer Party, aber sie hat ihre Stimme auf *Sofort evakuieren* hochgepegelt. Wäre das Recht, laut zu sprechen, für uns Amerikaner nicht genauso unveräußerlich wie das Streben nach Glück, dann würde ich den Finger auf die Lippen legen.

Ich flüstere: *»Ich bin nicht in sie verknallt, okay?«*

Sie beugt sich zu mir runter. »Was?«

»Ich bin nicht in sie verknallt«, wiederhole ich.

»Ich kann dich nicht hören. Warum flüsterst du?«

Ich gehe auf normale Lautstärke. »Ich sagte, ich bin nicht in sie verknallt. Ich finde sie echt nett, mehr nicht.«

»Das ist ganz klar dein Problem. Du bist *zu* nett. Du wartest bestimmt auf die perfekte Gelegenheit, ihr deine Gefühle zu gestehen, und du wartest schon seit …« Sie hält fragend inne.

»Drei Jahren.«

Sie schlägt sich an die Stirn. »Das geht schon seit *drei Jahren* so? Und sie hat wirklich *keine* Ahnung, dass du sie flachlegen willst?«

»Ich gehe die Dinge eben gern langsam an.«

»Keine Frage. Bei dem Tempo kannst du nur hoffen, dass irgendwer bald mal rausfindet, wie man Körper einfriert, damit man dich in zweihundert Jahren wieder auftaut und du sie dann fragen kannst, ob sie mit dir gehen will. Gleich nachdem du so künstlich gegähnt, dich gestreckt und wie zufällig deinen Arm um ihre Schultern gelegt hast. Echt smooth übrigens. Spoiler: Damit rechnet sie *nie*.«

»Hahaha. Pass auf, nett von dir, dass du mich coachst, aber wenn es dir nichts ausmacht ...«

Daraufhin bewegt sie sich endlich mal, aber nicht die Treppe runter. Stattdessen quetscht sie sich neben mich, und gemeinsam sind wir so breit, dass der Zugang zum ersten Stock jetzt offiziell gesperrt ist. Bis zum Ende unserer Wachschicht pinkelt hier niemand mehr.

»Ich bin Kate«, sagt sie und streckt mir die Hand hin. Was ziemlich ungünstig ist, weil wir so eng aneinandergepresst sitzen, dass ich meinen Arm kaum frei kriege.

»Jack«, sage ich und vollbringe mit Müh und Not den schlaffsten Handschlag aller Zeiten. »Jack King.«

»Stellst du dich immer mit vollem Namen vor?«

»Nö. Meinen vollen Namen verrate ich nur coolen Frauen, die Campusführungen machen.«

»Ha.« Sie grinst. »Schön, dich kennenzulernen, Jack King.«

»Ebenfalls ...«

»Kate.«

»Nur Kate, oder wie?«

»Erst mal schon.«

»Aua.«

»Man muss es doch spannend machen, findest du nicht?«

»Weiß nicht. Ich werde nicht gern auf die Folter gespannt. Ich lege meine Karten immer gleich auf den Tisch.«

»Kein Wunder. Bist ja ein Bube, und den König hast du auch schon im Namen.«

»Aber ich suche noch nach der passenden Dame«, sage ich und bereue es sofort.

Sie bricht in Gelächter aus.

Mein Gesicht brennt. »Ich schwöre, den Spruch hab ich noch nie gebracht.«

Sie schüttelt den Kopf. »So schnell, wie du das rausgehauen hast ...«

»Nein, ehrlich.«

»Ich bin nicht sicher, ob ich dir glaube, Jack.«

»Na super. Wir kennen uns keine Viertelstunde, und schon ist unsere Beziehung von Misstrauen geprägt. Damit warte ich normalerweise bis zum zweiten Gespräch, aber gut.«

Sie gluckst. »Hör zu, Jack King, ich will dich nicht verarschen. Aber ich glaube, du könntest jemanden gebrauchen, der dir hilft, das weibliche Geschlecht zu verstehen.«

»Und du kannst mir den Kontakt zu so jemandem geben?«

»He!« Kate boxt mich in die Schulter. Es tut weh, aber ich zucke es lässig weg.

»Also gut, Frau Beziehungsexpertin, was schlagen Sie vor?«

Kate lacht wieder. »Ganz ehrlich? Keine Ahnung. Ich bin bloß die Praktikantin.«

»Das Beste daran hab ich dir noch gar nicht erzählt«, sage ich. Jetzt muss ich schon selber lachen – weil mir eine völlig Fremde bestätigt, was ich längst weiß (dass das mit mir und Jillian wirklich zu kompliziert ist), und weil ich sonst vielleicht heulen würde.

»Was ist das Beste daran?«, fragt Kate und verschränkt die Hände.

»Sie ist mit unserem gemeinsamen besten Freund zusammen.«

Kate macht ein gespielt entsetztes Gesicht und prustet los. »Ey, wie bekloppt kann man denn sein!«

»Ich weiß. Bekloppter gehts echt nicht.«

»Bild dir da bloß nichts ein. Ich würde sagen, das ist eher so durchschnittlich bekloppt.«

»Das ist genau mein Niveau.«

»Wie jetzt?«

Eigentlich will ich es nicht sagen, aber wo ich mich sowieso schon in meinem Elend suhle ... »Eher so durchschnittlich.«

Ihr Mund klappt auf, aber sie sagt nichts, und für dieses kleine Wunder bin ich dankbar.

Im Wohnzimmer malträtiert ein Typ mit dem tiefsten V-Ausschnitt, den ich je an einem Sweatshirt gesehen habe, einen Popsong, während ihn ein Mädchen mit einem Hello-Kitty-Tattoo am Nacken am Klavier begleitet. Kates Lippen bewegen sich, als sie fast lautlos die Melodie mitsingt. Mein Telefon vibriert.

Eine Nachricht von Franny.

> FRANNY: **Hoffe, ihr habt Spaß, Mann! Ich weiß, dir brauche ich das nicht zu sagen, aber pass auf Jillian auf. Halt ihr diese besoffenen College-Honks vom Leib!!**
>
> ICH: **Alles klar.**

Ich schiebe mein Handy wieder in die Tasche. Kate hört auf zu singen. Ich überlege, was ich sagen kann, um unser Gespräch wieder anzukurbeln. »Bilde ich mir das ein oder riecht die Treppe wirklich so eklig? Als hätten massenhaft Leute auf die Stufen gekotzt und gepinkelt.«

Sie nickt. »Indem wir hier sitzen, sind wir sozusagen ein Teil jahrzehntelanger Partygeschichte.«

Ich lache. »Deine Sicht der Dinge gefällt mir.«

Sie antwortet mit einem umwerfenden schiefen Lächeln.

Vielleicht ist es dieses Lächeln, das mich so kühn macht.

Vielleicht stellt die flackernde Partybeleuchtung komische Sachen mit meinem Gehirn an.

Oder vielleicht liegt es daran, dass plötzlich eine Akustikgitarre aus den Lautsprechern schrammelt. Damit kriegt man mich ja immer.

Vielleicht kommt es auch daher, dass ich mich zum ersten Mal seit drei Jahren auf die Vorstellung einlassen kann, nie mit Jillian zusammen zu sein. Dass mir nach ein paar Minuten auf einer versifften Treppe plötzlich eine andere Zukunft möglich scheint. Ein anderes Ende, oder zwei.

Oder es ist nur, weil alles um uns rum irgendwie verschwimmt und Kate als Einzige perfekt scharf gestellt ist. Porträtmodus, aber im richtigen Leben.

Ich schlucke vernehmlich, was ich, glaube ich, noch nie gemacht habe. »Kann ich dich was fragen, Kate?«

Kate lächelt und sagt in förmlichem Ton: »Ja, Jack, du darfst mir deine Frage stellen.«

»Es ist aber eine harte Nuss. Nur damit du gewarnt bist.«

»Warnung ist angekommen.«

Ich räuspere mich, wie jedes Mal, wenn mir etwas unangenehm ist und / oder wenn ich etwas Dummes sage / tue. »Wie sollte ein Junge deiner Meinung nach vorgehen, wenn er das Gespräch von einem Mädchen, auf das er steht, das aber unerreichbar für ihn ist, auf ein anderes sehr attraktives Mädchen lenken und sie, na ja, anbaggern will, obwohl sie zu diesem Zeitpunkt genauso unerreichbar für ihn ist?«

»Oooh, das ist *wirklich* eine schwere Frage.«

»Eben.«

»Ich bin ziemlich sicher, dass so ein Manöver absolut unmöglich ist«, sagt sie.

»Hab ich mir gedacht.«

»Aber wenn ich eine Strategie empfehlen müsste …« Sie grinst, als würde sie gleich eine supergeheime Taktik verraten.

Ich beuge mich näher zu ihr. »Ich höre.«

»Ich würde sagen, als Erstes besorgst du diesem anderen Mädchen was zu trinken, und wenn du zurückkommst, kann sie dir sagen, dass sie zurzeit nichts Festes sucht, weil sie sich aus einer Million von Gründen nicht binden und daran erst mal auch nichts ändern will, und außerdem hat sie gerade eine katastrophale Beziehung hinter sich und hasst eigentlich alle Menschen.«

»Okay, *den* Satz merk dir jetzt bitte gut, ich hole diesem anderen Mädel nämlich schnell einen Drink, ja?«

Sie lächelt. »Okay.«

»Rühr dich nicht vom Fleck. Du musst diese Stellung mit deinem Leben verteidigen.«

»Ich werde jeden töten, der Eure Treppe zu erklimmen wagt, Majestät«, sagt sie.

»Was war das denn für ein komischer Akzent?«

Sie zieht eine Grimasse und schlägt dann lachend die Hände vors Gesicht. »Das sollte schottisch klingen.«

»Ach, das sollte Schottisch sein? Hmm«, sage ich mit breitem Grinsen. »Ja, daran könntest du noch arbeiten. Oder vielleicht lässt du's lieber ganz. Für immer.«

»War es wirklich so schlecht?«

Ich zucke gespielt abgeklärt mit den Schultern. »Grauenhaft.«

Sie nickt. »Ich liebe es, wenn ich auf ganzer Linie versage, von daher höre ich das gern.«

»Das ist dir auf jeden Fall gelungen. Schön, dass ich das miterleben durfte.«

»Finde ich auch.«

»Na dann …«

»Na dann«, wiederholt sie lächelnd, »holst du uns vielleicht was zu trinken und wir verlegen unseren Versager-Stammtisch raus auf die Veranda?«

Ich starre sie kurz an. »Vielleicht solltest du von jetzt an alle meine Entscheidungen für mich treffen.«

Kate streckt mir die Hand hin, diesmal mit viel besserem Ergebnis. »Abgemacht, Jack.«

Ich zwänge und winde mich zur Küche durch, wo der Alkohol auf der langen Arbeitsplatte aufgereiht steht. Jemand tippt mich auf die Schulter. »Hey.«

Es ist Jillian.

»Hast du Spaß?«, fragt sie.

Ich zucke mit den Schultern. »Du?«

»Geht so. Ich würde eigentlich demnächst mal verschwinden.«

»Echt?«

»Wie wärs noch mit einem Burger irgendwo?«

»Oh«, sage ich. »Ja, warum nicht ... ähm ... Ich wollte gerade ...«

Sie deutet mit dem Kopf auf die Weinflasche in meiner Hand. »Wo willst du denn damit hin?«

»Oh, also, äh, nirgends.«

»Nirgends?«

»Na ja, nicht nirgends. Das wäre ja bescheuert. Nein, ich wollte raus. Auf die, äh, Veranda.«

»Du solltest nicht allein trinken, Jack«, sagt sie lächelnd.

»Das hatte ich auch nicht vor«, sage ich mit einem Räuspern. »Ich, ähm, habe jemanden ... kennengelernt.«

Auf ihrem Gesicht erscheint ein seltsamer Ausdruck, aber bevor ich ihn deuten kann, ist er schon wieder weg. »Ach so«, sagt sie, und ihr Lächeln wirkt irgendwie verändert. »Jack hat jemanden *kennengelernt.*«

»Wir unterhalten uns nur nett.«

»Hey, ich freu mich doch für dich, J«, sagt sie.

»Danke, J«, antworte ich. Einer unserer Gags. »Aber wir können gern noch Burger essen gehen, also wie du Lust hast ... Lass mich einfach kurz, also ...«

»Nein.« Sie schüttelt den Kopf, schon halb abgewandt. »Mach du mal. Ich geh wahrscheinlich sowieso direkt ins Wohnheim. Muss Franny noch anrufen.«

»Ah ja, okay, alles klar.«

»Alles klar.« Sie nickt. »Na dann, viel Spaß.«

»Dir auch. Grüß Franny«, sage ich. Was soll ich sonst auch sagen. Denn zum ersten Mal überhaupt fühlt sich das Gespräch zwischen uns irgendwie verkrampft an.

^-^-^

Fünf Minuten später trinken Kate und ich aus einer Flasche mit scheußlichem Rotwein und teilen uns die schmalen Verandastufen. Wir haben jetzt schon eine Tradition – Treppen. Nur dass wir uns diesmal bis zum Morgen nicht von der Stelle rühren. Nicht mal, nachdem die Party vorbei ist, nicht mal, als nur noch die Notbeleuchtung schimmert, nicht mal, als der Mond am heller werdenden Himmel verblasst.

»Ich glaube, wir sind die Einzigen hier im Haus, die noch wach sind«, sagt Kate.

»Oh Mann, wie spät ist es eigentlich?«, frage ich, obwohl ich die Uhrzeit gar nicht wissen will.

»Wen interessiert das schon?«, gibt Kate zurück und unterdrückt ein Gähnen.

»Erzähl mir von deiner Familie«, sage ich.

»Was möchtest du denn hören?«

»Egal«, sage ich. »Alles.«

Sie schweigt. Schlägt ein Bein über das andere, stellt es wieder zurück. Sie reicht mir die Flasche, und ich nehme einen Schluck. Der Wein schmeckt immer noch nicht besonders, aber irgendwie nicht mehr ganz so nicht besonders wie vorhin.

»Meine Eltern streiten zurzeit quasi rund um die Uhr, und zwar hauptsächlich wegen mir.«

»Oh.«

»Es ist schon komisch, Leute zu erleben, die in deiner Erinnerung immer so liebevoll zueinander waren und gar nicht genug voneinander bekommen konnten, und plötzlich liegst du morgens im Bett und fragst dich, wie lange noch Ruhe ist, bevor der Streit wieder losbricht.«

»Und du sagst, sie streiten sich deinetwegen?«

»Jepp.«

»Warum?«

Sie zuckt mit den Schultern. »Sie sind sich nicht einig, was am besten für mich wäre.«

»Ist ja scheiße. Das tut mir leid, Kate.«

»Warum tut es dir leid?«, fragt sie. Sie beißt sich auf die Unterlippe, greift nach der Flasche und setzt sie an den Mund, trinkt aber nicht. Lässt sie sinken und klemmt sie zwischen die Knie. »Wenn schon, dann sollte es *mir* leidtun.«

Ich bin nicht sicher, ob ich fragen soll, was sie meint, obwohl es mir auf der Zunge brennt. Also warte ich stumm ab, ob sie selbst mehr darüber erzählen möchte.

»Ich weiß nicht. Vielleicht halten sie ja durch, weil es beängstigend und kompliziert und anstrengend ist, ein neues Leben anzufangen. Und wer will das schon, in dem Alter? Ach, scheiße. Das will man doch noch nicht mal, wenn man jung ist!« Sie nimmt einen Schluck, hält mir die Flasche hin, und als sich unsere Finger flüchtig streifen, trifft es mich wie – keine Ahnung – wie tausend Blitze.

»Ja«, sage ich, noch völlig benommen von der Berührung.

»Und bei dir? Wie ist deine Familie so?«

»Na ja, zum einen bin ich Einzelkind.«

Sie nickt. »Das erklärt alles.«

»Ey!«

»Ich mein ja nur.«

»Lass mich raten: Du bist ein Sandwichkind.«

Sie dreht sich zu mir, was gar nicht so leicht ist, wenn man so eng nebeneinandersitzt wie wir. Unsere Gesichter berühren sich fast. »Wie kommst du darauf?«

Ich zucke mit den Schultern.

»Na egal. Aber du hast recht, Jack. Ich habe eine ältere Schwester. Kira. Sie ist Stylistin. Keine Ahnung, wie sie das geschafft hat, aber sie hat ungefähr eine Million Abonnenten auf YouTube. Echt, die Leute können von ihren Videos gar nicht genug kriegen. Es ist komisch, aber irgendwie auch cool, dass sie ihr Ding macht.«

»Vielleicht könnte sie mich stylen«, sage ich und streiche mein Hemd glatt. »Ich könnte ein paar Tipps gebrauchen.«

»Ich weiß nicht«, sagt sie. Sie tippt an meinen Kragen. »Hast du doch ganz gut hingekriegt.«

»Danke.« Noch nie in meinem Leben war ich über ein *ganz gut* so glücklich. »Und deine kleinere Schwester oder …«

»Bruder. Der Tyrann.«

»Oh, wow.«

»Nein, der ist schon okay. Nur extrem anstrengend. Er steckt seine Nase ständig in fremde Angelegenheiten, aber am liebsten in meine.«

Ich lache. »Manchmal wünsche ich mir, ich hätte Geschwister. Selbst wenn sie nerven, es wäre schön zu wissen, dass da noch jemand ist. Ich meine, meine Eltern sind echt super. In der Hinsicht hab ich Glück. Und sie sind immer noch so verliebt ineinander, dass es schon fast peinlich ist. Aber manchmal habe ich das Gefühl, sie wollen so viel für mich, sie stellen sich vor, dass ich lauter tolle Sachen machen werde, und … Ich weiß auch nicht, ich habe irgendwie Angst, sie zu enttäuschen. Ich meine, sie bringen so viel Energie und Liebe für mich auf, und sie bemühen sich, mich nicht zu verkorksen, aber manchmal kommt es mir trotzdem so vor, als wäre es nur eine Frage der Zeit, bis ich es total vermassle. Uff, ich fass es nicht, dass ich dir das alles gerade erzählt habe.«

»Ich bin froh drüber. Und dieses Gefühl, alles zu vermasseln … ich glaube, das hat man in unserem Alter immer, Jack.«

»Ja, vielleicht.«

»Ich finds gut, dass du dir so einen Kopf darüber machst. Das heißt, du wirst dich bemühen, möglichst wenig Scheiße zu bauen. Aber du musst auch Raum für deine Hoffnungen und Träume lassen.«

»Was sind denn deine Hoffnungen und Träume?«

»Mann, ich will einfach nur leben.«

»Also das Leben voll auskosten und so?«

»Das auch, ja.« Sie zögert.

»Was noch?«

»Ich will Architektin werden.«

»Und was hat dich darauf gebracht?«

Sie lächelt. »Das findest du bestimmt total kitschig.«

»Auf keinen Fall.«

»Doch. Es stimmt ja auch, es *ist* kitschig. Aber ... ich weiß nicht. Mich reizt irgendwie die Vorstellung, dass du etwas entwirfst, das dich überdauert, das noch lange nach deinem Tod bleiben wird. Also dass etwas, das zuerst nur in deinem Kopf existiert hat, Jahre oder Jahrzehnte weiterbesteht, vielleicht sogar länger – da dachte ich mir: Das will ich machen.«

»Okay, das ist das *Un*kitschigste, was du heute Nacht gesagt hast. Ich glaube, du weißt gar nicht, was kitschig bedeutet. Ernsthaft.«

Sie lacht und stupst mich mit der Schulter an. »Hör auf.«

»Nein, ehrlich. Es ist dir offiziell untersagt, das Wort zu benutzen.«

»Du kannst mir nichts untersagen.«

»Okay, das vielleicht nicht, aber wir müssen definitiv ein Moratorium verhängen.«

»Ach ja?«

»Ja, so ungefähr zwei Wochen lang darfst du das Wort *kitschig* nicht in den Mund nehmen.«

»Hmm. Darüber muss ich noch nachdenken.«

»Tut mir leid, aber die Wortkommission hat ihren Beschluss gefällt.«

»Dann lege ich Widerspruch ein.«

»Ist notiert. Die Kommission wird darüber beraten.«

»Irgendwie habe ich den Eindruck, dass diese Kommission nur ein Mitglied hat.«

»Die Zusammensetzung der Kommission wird nicht öffentlich gemacht.«

»Ach, warum überrascht mich das nicht?«

»Ist strikt vorgeschrieben.« Ich ziehe die Schultern hoch und setze die Flasche an die Lippen, aber sie ist leer.

»Die hast du auf dem Gewissen«, sagt sie.
»Nicht allein.«
Sie schüttelt den Kopf. »Okay, jetzt bist du dran.«
»Mit was?«
»Was sind Jacks Hoffnungen und Träume?«
»Verdammt, jetzt, wo du so vorgelegt hast, kann ich doch kaum noch punkten.«
»Versuchs einfach.«
»Okay, ähm, muss kurz nachdenken.« Ich räuspere mich und verschränke die Hände. »Mal sehen ... Äh, also eigentlich würde ich gern ein Buch schreiben, oder mehrere Bücher.« Ich lache, weil es so absurd klingt, wenn ich es laut sage. Wenn die Wände sprechen könnten, käme als Echo *Vergiss es Vergiss es Vergiss es* zurück.
Aber Kate zuckt mit keiner Wimper. »Was für Bücher?«
»Ähm, na ja, Romane. Jugendbücher vielleicht.«
»Warum Jugendbücher?«
»Ich werde es dir verraten, aber denk dran, du darfst nicht *kitschig* sagen!«
»Spucks schon aus.«
»Also, ich, na ja, ich habe schon immer gern gelesen. Aber es gibt nicht viele Bücher über Jungs wie mich. Und ich glaube halt, dass jeder Jugendliche ein Buch verdient, in dem er sich wiederfindet. Also ... du darfst jetzt lachen.«
»Warum sollte ich? Du denkst ganz schön viel nach, oder?«
»Ich neige zum Überanalysieren, ja.«
»Ha. Ich auch. Ich hatte gerade viel Zeit, in der ich nichts getan habe außer denken, denken, denken.«
»Glückliche Gedanken«, sage ich.
»Glückliche Gedanken?«
»Die Glücklichen durften so viel Zeit mit dir verbringen.«
Kate schüttelt den Kopf. »Okay, *das* war jetzt kitschig«, sagt sie. Nur schaut sie mich dabei so an, dass ich einen Moment lang denke, gleich küsst sie mich. Ich stelle mir vor, wie sich das anfüh-

len würde – Kates Lippen auf meinen. Und da muss ich wohl kurz weggetreten sein, denn auf einmal schnippt Kate dicht vor meinem Gesicht mit den Fingern. »Erde an Jack, Erde an Jack«, sagt sie.

»Häh? Ja? Was?«

Kate lächelt. »Ich habe dich gerade was gefragt. Ich weiß, das ist jetzt ein bisschen spät, aber ist deine Freundin gestern Abend gut nach Hause gekommen?«

»Meine Freundin«, wiederhole ich.

»Deine beste Freundin, die du noch vor ein paar Stunden mit Blicken verschlungen hast? Die einzige wahre Liebe deines jugendlichen Lebens?«

Ich schaue zum Himmel – haben wir wirklich die ganze Nacht geredet? Ich erinnere mich kaum daran, dass der Mond geschienen hat, und jetzt ist schon die Sonne am Start und facht über unseren Köpfen einen lagerfeuerorangen Schimmer an.

»Ja. Sie ist zurück ins Wohnheim, um mit Franny zu quatschen.«

»Franny ist ihr Freund?«

Ich nicke.

»Dein anderer bester Kumpel?«

Ich nicke wieder.

Sie klatscht einmal in die Hände. »Okay, eine letzte ›Sind Kate und Jack als Freunde halbwegs kompatibel‹-Frage, ja?«

»Schieß los«, sage ich und drehe mich erwartungsvoll zu ihr.

»*Der Pate.* Welchen Teil findest du am besten?«

»Uh, das ist schwer.«

»Überhaupt nicht.«

»Doch, schon, weil ich die alle, äh … ich habe sie noch nicht …«

»Welchen hast du denn noch nicht gesehen?«

»Ich kenne die alle nicht.«

So wie ihr die Kinnlade runterklappt, könnte man meinen, ich hätte gerade die Existenz des Mondes geleugnet.

»Ist nicht dein Ernst, oder? Das holen wir aber so schnell wie möglich nach, Jack Attack«, verspricht sie.

»Sag mir nur, wann und wo«, sage ich.

»Wann, weiß ich noch nicht«, erwidert sie. »Aber irgendwann in der Zukunft, bei mir zu Hause.«

Die Zukunft kann nicht schnell genug kommen.

^-^-^

Hinter uns hören wir Lebenszeichen im Haus: Schritte schlurfen in die Küche, Stühle werden gerückt, Schranktüren knallen, Geschirr klappert.

»Komm mit«, sagt Kate und steht auf.

»Kennst du die?«, frage ich.

»Komm einfach mit.«

Ich folge ihr in die Küche. Überall liegen die Reste von der Party rum – Plastikbecher, zertretene Käseflips, Kaugummipapier. Auf einem Stuhl hängt ein Mädchen mit verstrubbelten blau-blonden Haaren, eine Schüssel Frühstücksflocken vor sich auf dem Tisch. Ein schlaksiger Typ mit schwarzer Kunststoffbrille sitzt vornübergebeugt da und hat das Gesicht mehr oder weniger in seiner Schüssel vergraben. Die beiden schauen zu uns auf.

»Wer seid'n ihr?«, fragt das Mädchen zwischen zwei Schlürfern. Erschrocken klingt sie nicht, eher belustigt.

»Wir sind am Verhungern«, sagt Kate und greift nach der Schachtel mit Frühstücksflocken. »Kann ich?«

»Haut rein«, sagt der Schlaks und wischt sich einen Milchbart weg. »Cap'n Crunch für alle.«

Vor uns erscheinen wie von Zauberhand zwei Schüsseln und zwei Löffel, und ich denke: *Woher ist diese Kate so plötzlich aufgetaucht? Und wie verhindere ich, dass sie wieder verschwindet?*

^-^-^

Nach dem Frühstück setzen wir uns in ein Auto, das Kate zufolge ihrer Mitbewohnerin gehört. Nur fahren wir gar nirgends hin, sondern bleiben auf dem Parkplatz stehen und spielen uns abwechselnd die Playlists von unseren Smartphones vor. Sie findet es süß, dass ich auf Hip-Hop aus den 90ern stehe, und spielt mir jede Menge Sachen vor, von denen ich noch nie gehört habe. Von denen wahrscheinlich kein Schwein je gehört hat. Aber eigentlich gefällt mir fast alles.

»Du bist echt schräg«, sagt sie aus heiterem Himmel.

»Ähm, danke«, sage ich lachend. »Freut mich.«

»Das ist nett gemeint, du Dussel. Du bist sympathisch schräg.«

»Sympathisch ist gut.«

»Sympathisch ist sehr gut, Jack Attack.«

Irgendwie ist die Musik plötzlich noch geiler.

»Und, wo siehst du dich in zehn Jahren?«, frage ich sie, während sie hoch- und runterscrollt, um den nächsten Track auszusuchen. »Ich meine, wie stellst du dir dein Leben dann vor?«

»Mann, du hast es aber mit der Zukunft«, sagt sie.

»Lass mich raten – du bist einer von diesen Menschen, die nicht gern vorausdenken? Die lieber spontan und ungewöhnlich leben?«

Natürlich sage ich das mit einem Lachen, so wie wir uns die ganze Nacht lang die Bälle zugespielt haben, nur dass es dieser Witz nicht übers Netz schafft.

Kate zieht den Zündschlüssel raus und fasst an den Türgriff. »Ich brauch mal frische Luft.«

»Hey, ich wollte nicht ...« Aber sie ist schon draußen und setzt sich auf die Heckstoßstange. Ich setze mich zu ihr. »Alles okay?«

»Findest du es nicht auch irre, dass wir dieselbe Luft atmen wie alle anderen Menschen vor uns? Die Königin von Saba, Anne Frank, Rosa Parks. Wir kommen und gehen, aber die Luft bleibt dieselbe.«

Sie will nicht darüber reden, was eben passiert ist, so viel ist klar. Also belasse ich es dabei. »Ja, das ist ziemlich irre.«

Wir laufen über den Campus. Alles ist still. Alte steinerne Gebäude werfen ihre Schatten auf die lang gezogene grüne Rasenfläche.

Da gähnt Kate. So ein herzhaftes Gähnen mit Recken und Strecken und ausgiebigem Luftholen.

»Also, das war schön, Jack Attack«, sagt sie. Es gefällt mir, dass sie mir einen Spitznamen gegeben hat, denn das heißt – okay, das heißt vielleicht nichts. *Noch* nichts.

Das ist jetzt der Moment, wo wir uns logischerweise verabschieden müssen. Ich bin aber noch nicht so weit.

»Was, du gehst schon schlafen?«, frage ich mit herausforderndem Grinsen.

Kate schaut auf ihre Armbanduhr. Mir gefällt auch, dass sie eine richtige Uhr trägt, statt nur auf ihr Telefon zu gucken.

»Das waren erst neun Stunden, Kate«, sage ich. »Sag bloß, du machst schon schlapp?«

Sie reibt sich das Kinn. »An was hast du denn gedacht?«

Ich zucke mit den Schultern. »Und wenn ich dir ein Angebot mache, das du nicht ablehnen kannst?«

»Du hast den *Paten* echt nicht gesehen«, sagt sie lachend.

»So schlecht?«, frage ich und spüre, wie mein Gesicht zu glühen beginnt.

»Grauenhaft«, sagt sie.

»Das krieg ich besser hin«, versichere ich ihr. »Kate, und wennich dir ... Wennich dir ein ... Okay, ich kriegs nicht besser hin.«

Sie lacht noch lauter. »Oh Mann, wie könnte eine Lady da widerstehen?«

»Kann sie nicht ... hoffe ich.«

Kate lächelt beim Lachen.

Und ich kann nur denken: *Gott, Jack, bitte, bitte, bitte, versau das nicht.* Und dann, weil ich mich kenne, weil mich alle guten Dinge immer verlassen: *Versau es wenigstens nicht sofort. Halt es fest, Jack. Halt es fest, so lange du kannst.*

»Ich sollte echt mal ins Bett«, sagt sie und schaut wieder auf die Uhr. »In weniger als 24 Stunden muss ich eine Hausarbeit abgeben, und ich habe noch nicht mal die Texte dazu gelesen. Und musst du nicht zurück nach …«

»Elytown«, sagte ich. »In die Gemeinde Elytown, genauer gesagt.« Als ob das irgendwas präzisieren würde.

»Ah ja«, sagt sie, obwohl sie eindeutig keine Ahnung hat, wo Elytown liegt. »Du hast doch wahrscheinlich auch Unterricht morgen. Und Eltern, die auf dich warten?«

Ich lache. Ich wünschte, ich könnte cool und abgeklärt rüberkommen. Utopisch, ich weiß. »Ist ja bloß Schule. Kein großes Ding. Und meine Eltern sind voll okay. Sehr liberal. Außerdem ist erst Sonntagmorgen. Wir fahren heute Nachmittag zurück.«

»Alles klar«, sagt sie grinsend. »Also, war schön, dich kennenzulernen, Jack King. Ich wünsche dir alles Gute für das Abschlussjahr. Genieß es, ja?« Sie streckt mir ihre Hand hin, und ich schüttele sie eifrig, im direkten Rückblick vielleicht etwas zu eifrig, als wäre ich ein Gebrauchtwagenhändler, der einen Kauf besiegelt.

»Ich werde mich bemühen, Kate.«

»Das glaub ich dir«, sagt sie, lässt meine Hand los und wendet sich zum Gehen. Doch dann hält sie inne und dreht sich noch mal halb zu mir um, wobei ihr die Haare über die Wangen fallen. »Und, Jack?«

»Ja?«

»Hab keine Angst. Trau dich was. Und wenn das zu nichts führt, trau dich noch mehr.«

Ich frage mich, ob sie auf jetzt anspielt. Sprich: *Jack, trau dich jetzt was, bei mir.* Aber ich rühre mich nicht. Bewege keinen Muskel, zucke mit keiner Wimper; irgendwo stirbt ein Pantomime vor Neid. Währenddessen geht Kate in das verglaste Eingangsfoyer ihres Wohnheims. Und plötzlich macht es Klick.

Ich hämmere gegen die Scheibe, und eine erschrockene Kate wirbelt mit »Was soll der Scheiß«-Miene zu mir rum. »Wie kann ich mich bei dir melden?«, brülle ich, die Lippen an das beschlagende Fenster gepresst.

Sie lächelt. »Keine Sorge. Wir sehen uns schon wieder.«

Und damit, zack, ist sie weg.

Und ich habe so eine Vorahnung –

Diesen Moment mit ihr erlebe ich nicht zum letzten Mal.

Sunday Funday

Ich hatte vor, mich heimlich, still und leise ins Wohnheim zu schleichen, aber weil ich den Code für die Haustür vergessen habe, muss ich klingeln und Albert wecken, den Typen, bei dem ich untergebracht bin, und er muss sich aus dem Bett quälen und die drei kalten Treppen runterkommen. Er schaut mich nicht mal richtig an, sondern zieht die Tür nur so weit auf, dass ich meinen Fuß reinschieben kann. Dabei murmelt er was von *Zumutung* und *Verantwortungsbewusstsein*.

Ich schlurfe hinter ihm her ins Zimmer, wo er sich in einen dreilagigen Decken-Burrito einwickelt und ich auf meinen Schlafsack falle.

Nur: Ich bin nicht müde. Kein bisschen.

In meinem Kopf rasen die Gedanken um die Wette.

Fast hätte ich zu Albert rübergerufen, ob er Kate kennt.

Und wenn ja, wie viel weiß er über sie?

Habe ich eine Chance? Eine klitzekleine?

Eine klitzekleine würde mir schon reichen.

Ich bin nicht wählerisch. Hoffnung ist Hoffnung, auch wenn es nur ein Fitzelchen ist.

Aber aus den Tiefen des Burritos dringt ein leises Schnaufen, also behalte ich meine Fragen für mich. In meiner Tasche summt eine Nachricht, und eine Sekunde lang bilde ich mir ein, es könnte

Kate sein, die mich jetzt sofort sehen will, die draußen vor dem Wohnheim wartet, scheiß auf Ausschlafen und Hausarbeiten. Aber natürlich ist es nicht sie; sie hat meine Nummer ja gar nicht.

JILLIAN: Hey, schläfst du?

ICH: Nee. Du?

JILLIAN: Natürlich nicht LOL was machst du?

ICH: Wach rumliegen. Und nachdenken.

JILLIAN: Über was? Lass mich raten. Die Frau, mit der du den Wein geteilt hast!!!

ICH: Du glaubst wohl, du kennst mich 😌

JILLIAN: Wie heißt sie überhaupt???

Ich zögere, bevor ich antworte.

ICH: Kate.

JILLIAN: Jack liebt Kate, Jack liebt Kate

ICH: In welcher Klasse sind wir noch mal?

ICH: Im Kindergarten?

JILLIAN: Ha! Du bist verliebt, gibs zu!

ICH: Hattest du einen schönen Abend?

JILLIAN: Ja, aber ich finds schade, dass du und ich nicht mehr Zeit miteinander verbracht haben.

ICH: Du wurdest doch von Verehrern belagert.

JILLIAN: Quatsch! Ich hab immer wieder zu dir rübergeguckt, weil ich dachte, wir könnten vielleicht noch ne Runde drehen oder so. Als ich endlich aus der Küche weggekommen bin, warst du kurz davor, dich in Luft aufzulösen, Houdini.

ICH: Bin halt kein Partytyp, weißt du doch. Sorry.

JILLIAN: Kein Ding. Ich freu mich, dass du eine schöne Zeit hattest.

JILLIAN: Und klar bist du ein Partytyp. 😜

ICH: Was sagt Franny?

JILLIAN: Er ärgert sich tierisch, dass er nicht mitkommen konnte.

ICH: Ja, er hat mir ungefähr 20 Nachrichten geschickt. LOL

JILLIAN: Nur 20? LOL

ICH: Konservativ geschätzt.

JILLIAN: Sehr konservativ bestimmt. Na ja, jetzt werde ich doch müde. Danke für die Unterhaltung.

ICH: Immer wieder gern.

JILLIAN: Und penn mal ne Runde, du Frauenheld!! In ein paar Stunden müssen wir los!!

ICH: Schlaf schön, J.

JILLIAN: Du auch, J.

Fast hätte ich ausgemacht, dann tippe ich doch auf ein blaues Icon, klicke die Suche an und gebe *Kate* ein.

Kate und wie weiter? Der Cursor blinkt mich ungeduldig an. Ich erinnere mich nicht an Kates Nachnamen. Oder ob ich ihn überhaupt schon mal gewusst habe. Ich suche trotzdem nach »Kate« und schreibe noch »Whittier University« dazu, um die Suche einzugrenzen, aber die Facebook-Götter sind mir heute nicht gewogen. Kate bleibt ein Geheimnis.

Und zu allem Überfluss verwandelt sich Alberts nur leicht nerviges Schnaufen jetzt in ein lautstarkes Todesröcheln, und ich weiß, dass dieses Schnarchen zusammen mit meiner wachsenden Kate-Besessenheit dafür sorgen wird, dass ich kein Auge zukriege. Ich starre an die Decke und dann aus dem Fenster und frage mich, ob es Kate gerade genauso geht, ob sie an eine ähnliche von braunen Flecken übersäte Spritzputz-Decke schaut, denselben Himmel und die Morgensonne sieht und dabei an mich denkt.

Ich bin nicht sicher, was die Antwort ist, als mir endlich die Augen zufallen. Ich bin mir bei gar nichts mehr sicher.

^-^-^

»Wach auf«, intoniert jemand über mir. Ich versuche, ein Auge aufzumachen, aber meine Gesichtsmuskeln spielen nicht mit. Sie wollen auch weiterschlafen.

»Komm schon, Jack«, sagt Jillian und zieht den Reißverschluss meines Schlafsacks auf. »Wir müssen los. Du weißt, meine Mom kriegt die Krise, wenn ich im Dunkeln fahre.«

»Wie spät ist es?«, frage ich. Meine Augen sind immer noch zu.

»Zwei.«

»Waaas, zwei Uhr morgens?« Im gleichen Moment wird mir klar, dass das nicht sein kann, aber ich leide noch an Schlaftrunkenheit.

»Ähem, eher nachmittags. Pff, ich glaube nicht, dass du überhaupt vor zwei von der Party zurückgekommen bist.«

»Wo ist Albert?« Ich blinzele rüber zu der Lawine von Decken vor seinem Bett.

»Wahrscheinlich geht er irgendwo vernünftigen menschlichen Tätigkeiten nach.«

»Uff, mir tut alles weh.«

»Kein Wunder, Casanova. Also, du springst jetzt unter die Dusche, du müffelst nämlich nach Junge, und wach macht es dich hoffentlich auch. Wenn wir uns beeilen, haben wir noch Zeit, uns in der Cafeteria im Studi-Zentrum was zu essen zu holen und zu tanken, bevor wir nach Hause fahren.«

Meine Sicht ist immer noch leicht verschwommen – Jillian schwebt über mir wie ein Engel am helllichten Tag, und der Kettenanhänger in Form einer silbernen Palme, den ich ihr letztes Jahr zum Geburtstag geschenkt habe, baumelt knapp über meinem Kinn hin und her. *Niemand liebt den Strand mehr als du. Jetzt hast du ihn immer bei dir*, hatte ich damals gesagt, als sie das schmale Schächtelchen auspackte. Sie machte ein ganz komisches Gesicht. Eins, das ich bis dahin noch nicht gesehen hatte, was seltsam war, denn ich war mir sicher, dass ich all ihre Gesichtsausdrücke kannte. *Superkitschig, ich weiß*, sagte ich und konnte ihr vor Verlegenheit gar nicht in die Augen schauen. Da gab sie mir einen ganz sanften Kuss auf die Wange. *Überhaupt nicht*, sagte sie.

»Aber wir können noch nicht losfahren. Ich muss noch was erledigen.«

»Vergiss es, Mann. Keine Zeit.«

»Ich mach schnell, versprochen.«

Jillian grinst über das ganze Gesicht. »Jack, so was darf bei uns Frauen nicht schnell gehen.«

»Du bist pervers«, sage ich. Ich werfe mein Kissen auf sie, aber sie duckt sich, und es segelt harmlos durchs Zimmer.

»Unter die Dusche mit dir«, bellt sie und springt hoch. »Dann haben wir vielleicht, aber nur vielleicht, ein paar Minuten, damit du deine neue Freundin stalken kannst.«

So schnell habe ich noch nie in meinem Leben geduscht.

Okay, das stimmt vielleicht nicht.

Aber ich habe noch nie so *zielbewusst* geduscht.

^-^-^

»Und wie finden wir diese Kate jetzt?«, fragt Jillian. Wir stehen auf dem zentralen Platz zwischen den Campusgebäuden – Geviert heißt das, glaube ich. Jedenfalls ist hier echt viel los. Komisch eigentlich, für einen Sonntag. Aber was weiß ich schon über den Wochenrhythmus am College?

Überall liegen Studenten auf dem Rasen, viele lesen auf Tablets, manche in richtigen Büchern, ein paar telefonieren. Ein Frisbee saust zwischen zwei Jungs hin und her. Ein Mädchen macht geschmeidig mehrere Überschläge hintereinander, und ihre Freundinnen applaudieren begeistert.

»Wenn ich es sehe, erkenne ich das Gebäude bestimmt«, versichere ich Jillian. »Es ist aus Glas und Stein. Und hat so eine Vordertür.«

Jillian schlägt sich an die Stirn. »Ich dachte, du hättest sie nach Hause begleitet.«

»Hab ich auch.«

»Und du erinnerst dich nicht an ihr Wohnheim?«

»Ich war in Gedanken woanders.«

»Ach ja? Wo denn?«

Ich zucke mit den Schultern.

Sie zwinkert. »Verstehe.«

»Nein! *Daran* hab ich nicht gedacht!«

»Du schaffst es nicht mal, das Wort zu sagen. Oh Gott, Jack! Ich fass es nicht, dass du sie nicht wenigstens nach ihrer Nummer gefragt hast.«

»Ich fass es ja selber nicht«, sage ich. Plötzlich habe ich einen Geistesblitz. »Hawthorne.«

»Was?«

»So heißt ihr Wohnheim ... glaube ich.«

Jillian studiert das Faltblatt mit dem Campus-Lageplan. »Sorry, aber ich finde hier kein Hawthorne.«

»Verdammt«, sage ich, gerade als das Frisbee aus der Bahn fliegt und vor meinen Füßen landet. Die Frisbee-Spieler rufen mir zu, dass ich ihnen die Scheibe zurückschmeißen soll. Ich nehme mein ganzes Wurftalent zusammen und sehe zu, wie das Frisbee gute zwanzig Meter über ihre Köpfe hinwegsegelt.

»Boa, danke, Mann«, sagt einer der Jungs.

Aber heute ist mir sogar meine schwache Frisbee-Performance egal. Ich will nur Kate sehen.

Jillian legt mir den Arm um. »Aber es gibt ein *Hawk*thorne.«

»Du verarschst mich, oder? Bitte sag mir, dass du mich nicht verarschst.«

»Ich trieze dich gern ein bisschen«, sagt sie grinsend. »Aber das wäre wirklich ein sauschlechter Witz.«

»Ich liebe dich.« Ich küsse sie auf die Wange. »Ich liebe dich so sehr.« Ich reiße ihr den Lageplan aus den Händen und sprinte über den Rasen.

»Hey«, ruft Jillian mir nach. »Vergiss deine Mitfahrgelegenheit nicht!«

Aber ich bin schon auf dem Weg zum Hawkthorne-Gebäude.

Als ich das richtige Zimmer finde, ist Kate nicht da. War ja klar. »Ist zum Lernen weg«, informiert mich ihre Mitbewohnerin.

»Weißt du, wo sie hin sein könnte?«, frage ich.

Das Mädchen setzt sich schon wieder ihren Kopfhörer auf. »Keine Ahnung.«

Doch da höre ich meinen Namen.

»Jack, was machst du denn hier?« Es ist Kate. Die hübsche, strahlende Kate. Ihr schwarzes Haar ist zurückgebunden, ein paar Locken kräuseln sich an ihren Schläfen. Sie ist bildschön.

Meine Kehle schnürt sich zusammen. »Ich … Ich hab dich gesucht«, stottere ich.

»Ich dachte, du wärst längst wieder zu Hause«, sagt sie lächelnd.

»Ich wollte mich verabschieden. Von dir. Und. Dir. Sagen. Wie. Sehr. Ich. Gestern Nacht war … super. Ähm, toll, meine ich. Es war super und toll. Es war supertoll. Und ich wollte dir meinen Kontakt geben. Wenn das okay ist?«

Sie geht in ihr Zimmer und kommt mit Papier und Stift zurück.

»Ich könnte dir meine Nummer auch schicken. Wenn du mir deine gibst.«

Kate grinst. »Ganz schön clever, Jack. Ich wette, die Frauen von Elytown liegen dir zu Füßen.«

Ich lache. »Im Gegenteil.«

»Also mir sind Papier und Stift lieber. Ich mag Wörter auf richtigem Papier. Das hat so was Romantisches.«

Ich nicke, weil ich Papier auch mag. Vor allem die Sorte Papier, die Kate romantisch findet. »Oldschool ist cool«, reime ich aus unerfindlichem Grund. Offenbar verspüre ich das Bedürfnis, mich lächerlich zu machen. Sie lacht – wahrscheinlich über mich.

Ich kritzele meine Nummer und meine E-Mail-Adresse hin.

Sie nimmt das Blatt lächelnd entgegen. »Schön, dass du vorbeigeschaut hast. Würde mich freuen, wenn wir uns nächstes Jahr hier auf dem Campus sehen. Vielleicht gehen wir dann mal wieder bei fremden Leuten Frühstücksflocken essen.«

»Das fände ich toll.«

»Ich auch.«

Ich muss wohl ein komisches Gesicht gemacht haben, denn sie fügt hinzu: »Was denkst du gerade?«

»Ehrlich?«

»Ehrlich.«

»Bis nächstes Jahr ist es noch lang hin.«

Einige Sekunden lang schweigen wir, bis Kates Mitbewohnerin, die den Kopfhörer abgenommen hat, loskichert. Dann kichert Kate auch, und das fasse ich als Zeichen auf, dass ich jetzt gehen sollte. Mit einem halbherzigen Winken gehe ich Richtung Tür. Ich könnte ihr zum Abschied auch irgendeine Lebensweisheit mitgeben. So was wie *Denk dran, Kate, hab keine Angst. Trau dich was.* Aber ich habe nichts parat, und dann fällt mir ein, dass ich meinen Namen nicht dazugeschrieben habe. Was, wenn sie vergisst, von wem die Kontaktdaten sind, und den Zettel wegwirft? Was, wenn sie mich anrufen oder mir mailen will, aber es dann doch lässt, weil sie sich nicht an meinen Namen erinnern kann? (Okay, ich gebe zu, Letzteres ist weniger plausibel, aber trotzdem.)

Ich drehe mich langsam um. »Hey, ich glaube, ich habe vergessen, meinen Namen ...«

Kate hält ihr Notizbuch hoch. Sie hat meinen Namen schon aufgeschrieben und sogar ein Kästchen drum herum gezeichnet. Mein Name in eindimensionalen Leuchtbuchstaben. In Kates Notizbuch. In Kates Händen. Die sie zufällig in genau diesem Moment knapp über ihrem Herzen hält.

Sie lehnt sich an ihre Zimmertür. »Fahr vorsichtig, Jack Attack.«

Meine Wangen beginnen zu glühen, ich nicke, und dann konzentriere ich alle meine Hirnzellen darauf, beim Rausgehen nicht zu stolpern.

Jillian parkt vor dem Wohnheim. Ich steige auf der Beifahrerseite ein, aber sie hält meine Hand fest, bevor ich mich anschnallen kann.

»Moment mal«, sagt sie. »Wenn du mich schon einfach so stehen lässt, sag mir wenigstens, ob es sich gelohnt hat.«

Aber ich bin wie in Trance. Oder ein sehr kraftvoller Traktorstrahl hat mir die Lippen hermetisch versiegelt, und nichts und niemand kann sie wieder öffnen.

»Jack King, bitte melden«, sagt Jillian. »Wie ist es gelaufen, Mann?«

Ich bin elektrisiert. Wenn ich an der Küste stehen würde, könnten die Schiffe mich als Leuchtturm benutzen.

»Es lief«, antworte ich. »Es lief.«

So kann es jetzt immer weitergehen.

^-^-^

Auf der Heimfahrt redet Jillian in einer Tour vom College.

Dass sie es gar nicht erwarten kann, bis die Schule endlich vorbei ist und wir unser College-Leben beginnen.

Dass wir bald das wichtigste Kapitel unseres Lebens aufschlagen werden. *Unsere prägenden Jahre,* sagt sie mehrmals.

Dass sie sich so freut, dass wir das zusammen erleben.

Dass sie sich nicht vorstellen kann, mit jemand anderem ans College zu gehen. Beinahe frage ich: *Was ist mit deinem Freund und meinem besten Kumpel, Franny?* Aber ich bin auch so euphorisch über unser zukünftiges College, dass ich sie kommentarlos weiterschwärmen lasse.

Dann erwähnt sie Franny doch noch.

»Es tut mir so leid für ihn. Dass er nicht genommen wurde«, sagt Jillian. »Seit er an unsere Schule gewechselt hat, hängt er sich so rein, um bessere Noten zu schaffen. Er hat eine Chance verdient.«

Sie hat recht. Manchmal vergesse ich, wie sehr Franny sich reingehängt hat. Sich immer noch reinhängt. Bevor Jillian ihn mit dem Auto mitnehmen konnte, musste er jeden Morgen in den Linienbus steigen, vierzig Minuten einfache Fahrt, nur um in die Schule zu kommen. Es ist schon verrückt, wie man weniger als zehn Meilen voneinander entfernt und trotzdem in zwei verschiedenen Welten wohnen kann, wo alles anders ist – die Schulen, die Häuser, sogar die Lebensmittelgeschäfte. In den letzten vier Jahren ist Franny zwischen beiden Welten hin- und hergependelt.

»Das ist scheiße. Als Nachrücker könnte er es aber noch schaffen.«

»Eher unwahrscheinlich.«

»Na ja, die State ist auch eine gute Uni. Außerdem haben sie da ein viel besseres Sportangebot, und das ist ihm ja total wichtig. Ganz abgesehen davon, dass wir trotzdem nah beieinander wohnen werden. Unser Trio wird also weiterbestehen.«

»Genau«, sagt Jillian. Aber ich spüre, dass ihr noch etwas zu schaffen macht.

»Alles in Ordnung?«, frage ich.

»Die Dinge verändern sich einfach so schnell. Schau dich doch an. Gleich am ersten Wochenende schleppst du eine Studentin ab.«

»Ich hab sie nicht abgeschleppt.«

»Ich frage mich halt, was sich sonst noch alles ändern wird. Es ist schon verrückt, wie sich alles, was man zu wissen glaubt, alles, was man für sicher hält, plötzlich in Luft auflöst.«

»Ähm, worüber reden wir jetzt eigentlich? Konkret?«

Jillian dreht an Knöpfen auf dem Armaturenbrett herum. »Und, rufst du sie nachher noch an?«

»Wen?«, frage ich.

Jillian wirft mir einen Blick zu.

»Na ja, ich habe ihre Nummer nicht.« Als ich aus dem Fenster sehe, wischt eine Rehfamilie aus einem Waldstück. »Und selbst wenn, würde ich nicht wollen, dass sie denkt, ich hätt's so dringend nötig.«

Jillian lachte. »Hast du aber doch, oder?«

»He!«

»War nur Spaß. Du weißt gar nicht, wie viele Mädchen es in Elytown gibt, die gern mit dir in die Kiste steigen würden.«

Ich lache. »Da hast du recht, davon weiß ich rein gar nichts.«

Aber ihre Miene bleibt ausdruckslos und sie starrt stur geradeaus auf die Straße. »Doch, das stimmt. Du hast ihnen nur nie eine Chance gegeben.«

Jetzt fehlen mir die Worte, denn Jillian weiß genau, dass das nicht stimmt. Sie weiß das besser als jeder andere. Sie weiß es, weil ich es ihr erzählt habe, weil sie in den letzten drei Jahren den Logenplatz bei allen von Jacks Beziehungsdramen hatte – und einen Backstage-Pass noch dazu. Wie oft habe ich ihr gestanden, wie einsam ich mich fühle – und jetzt tut sie, als wäre ich ein verkappter Casanova. Was soll das? Klar, ich hatte ein paarmal was mit einem Mädchen, aber nie eine dauerhafte Freundin. Ich war zu beschäftigt damit, eine zu wollen, die ich nicht kriegen konnte. Und die mich nicht wollte.

»Ich glaube, du merkst gar nicht, was für ein großartiger Mensch du bist, Jack. Ehrlich. Du bist klug und witzig und sentimental, aber auf eine überhaupt nicht nervige, sondern einfach reizende Art.«

»›Reizend‹? Das klingt wie ein Kompliment von meiner Urgroßmutter. *Ach Gottchen, Jack, du bist einfach reizend.*«

»Nein, das ist mein voller Ernst. Kannst du nicht mal eine verdammte Minute lang ernst bleiben?«

»Hoppla«, sage ich und hebe abwehrend beide Hände. »Was hat denn das jetzt zu bedeuten?«

Jillian justiert ihren Rückspiegel nach. »Nichts«, sagt sie. »Gar nichts.«

»Geht es um Kate?«

Sie lacht höhnisch auf. »Weißt du überhaupt, wie sie mit Nachnamen heißt?«

Sie stellt das Radio lauter. Fast hätte ich es wieder leiser gedreht, aber dann lasse ich es, weil ich nicht sicher bin, was sie hat und warum das Gespräch so plötzlich gekippt ist. Eben haben wir noch über unser gemeinsames College-Leben geredet, und jetzt kann sie mir nicht mal in die Augen schauen. Und für den Bruchteil einer Sekunde lasse ich den Gedanken zu, dass …

Aber ich verdränge ihn schnell wieder, denn wenn es irgendwo einen Planeten gibt, auf dem Jillian *solche* Gefühle für Jack hat, muss die Menschheit ihn erst noch entdecken.

Ich lehne mich zurück und versuche, mich von der Musik und der vorbeirauschenden Straße einlullen zu lassen. Jillian fährt heute mit Bleifuß und wir kommen gut voran.

Als sie schließlich bei unserem Haus hält, angle ich meine Tasche von der Rückbank. »Wir sehen uns morgen früh«, sage ich.

»Ja«, gibt sie zurück. Sie hat schon den Rückwärtsgang eingelegt, noch bevor ich die Tür zuschlagen kann. »Zurück in unserem tollen Highschool-Leben.«

»Schick mir 'ne Nachricht, wenn du angekommen bist.«

Sie nickt und setzt aus der Einfahrt zurück.

Kaum habe ich meinen Schlüssel in die Tür gesteckt, zerren mich meine Eltern ins Haus und löchern mich mit Fragen. Nachdem ich ihre Neugier einigermaßen gestillt und Moms Abendessen runtergeschlungen habe, krieche ich ins Bett und entsperre mein Telefon. Ich habe eine Nachricht von Franny – *Willkommen zurück, Alter* –, aber sonst nichts.

Danke, Mann, schreibe ich zurück. *Schön, wieder zu Hause zu sein.*

Ein Teil von mir empfindet Mitleid, vielleicht sogar ein schlechtes Gewissen gegenüber Franny, dabei verstehe ich gar nicht, wo diese Gefühle herkommen. Ich habe ja nichts falsch gemacht. Nicht direkt jedenfalls. Daran gedacht habe ich vielleicht schon. Jillian meine unsterbliche Liebe zu gestehen und so. Aber durchgezogen habe ich es nicht. Und das will doch was heißen, wenn man darauf verzichtet, eine schlechte Idee durchzuziehen, oder?

Ich öffne meinen Chat mit Jillian und beginne zu tippen.

ICH: **Hey, bist du gut nach Hause gekommen, J??**

Eine Sekunde später sehe ich diese drei Punkte, die mir anzeigen, dass sie auch tippt. Doch dann verschwinden sie wieder. Die Antwort bleibt aus.

Und wer weiß – vielleicht sagt das ja alles.

Gedankenkarussell

Die nächsten drei Tage verbringe ich damit, auf eine SMS von Kate zu warten, eine E-Mail, einen Anruf, irgendwas. Ich lade mein Postfach ständig neu (nur Spam), sende ein paar Test-SMS, um sicherzugehen, dass mein Telefon funktioniert (tut es), checke die Anruferliste auf unserem uralten Festnetztelefon, obwohl Kate unsere Festnetznummer gar nicht kennen kann (ich kenne sie ja selbst nicht mal) – nichts. Wer immer den Ausdruck *ohrenbetäubende Stille* zuerst benutzt hat, muss auch darauf gewartet haben, dass Kate sich meldet.

Und das größte Sahnehäubchen auf meiner fetten Versager-Torte?

Jillians preisgekrönte »Ich bin supersauer auf Jack«-One-Woman-Show läuft immer noch auf allen Bühnen der Stadt. Und wird offenbar nie abgesetzt.

Ich erhoffe mir Aufschluss von Franny, aber der ist auch ratlos. »Sie ist so komisch drauf, seit ihr zwei zurückgekommen seid. War was an dem Wochenende?«

Das Schlimmste ist, dass ich Jillian andauernd sehe. Wir haben vier Kurse zusammen und sind für dieselbe Freistunde im Hausaufgabenraum eingeteilt. Sie nimmt Franny und mich in ihrem Auto mit zur Schule und wieder nach Hause. Sprich, ich bekomme die volle Ladung ihres demonstrativen Schweigens ab.

Es ist das lauteste nicht vernehmbare Geräusch, das ich je gehört habe.

Ich flehe sie an, mit mir zu reden. Kein Mucks.

Wenn sie bei uns vorm Haus hält, danke ich ihr überschwänglich fürs Mitnehmen und achte darauf, ihr einen ordentlichen Anteil am Benzingeld in den Aschenbecher zu stopfen, nur um dieselben verknitterten Geldscheine später im vorderen Reißverschlussfach meines Rucksacks zu entdecken.

Die meisten meiner Nachrichten an sie bleiben unbeantwortet. Und wenn doch mal was zurückkommt, dann nur ein einziges Wort – Varianten von »Hör auf, mich zuzuspammen, du Arsch«:

Ja.

Hmm.

Vielleicht.

Nö.

Schließlich schlage ich mit einer Packung ihrer Lieblingscookies und unserem heimlichen peinlichen Lieblingsfilm, *Die Nacht der Abenteuer*, bei ihr auf.

Jillian öffnet die Tür gerade mal weit genug, um ihren Kopf durchzustecken. Sie wirkt alles andere als erfreut, mich zu sehen.

»Was machst du denn hier?«

»Ich wollte dich besuchen«, sage ich. Als sie sich nicht rührt, halte ich die Kekse hoch. »Ich komme in Frieden.«

»Ist gerade nicht so günstig«, sagt sie und macht Anstalten, die Tür zu schließen.

»Jack, bist du das?«, fragt eine Stimme von drinnen. »Jillian, lass Jack rein.«

»*Mom!*«, protestiert Jillian.

Die Tür schwingt auf, und ich sehe nichts als Dunkelheit, bis Ms Anderson in einem blaugrünen Morgenmantel im Türrahmen erscheint. Sie hat ihr braunes Haar zusammengebunden und hält eine flackernde Kerze in der Hand. »Ich glaube nicht, dass Jack Angst im Dunkeln hat, oder, Jack?«

Ich schüttele verwirrt den Kopf. Um ehrlich zu sein, würde ich fast alles bestätigen, was Ms Anderson sagt, weil 1) ihr italienischer Akzent einfach zum Dahinschmelzen ist und sie 2) einer der aufrichtigsten Menschen ist, die ich kenne.

»Komm rein, komm rein«, sagt Ms Anderson, zündet an ihrer Flamme eine weitere Kerze an und drückt sie mir in die Hand. Ich folge ihr und Jillian in die Küche, wobei wir unsere Kerzen wie Mini-Taschenlampen vor uns halten. Schatten huschen über die Wände.

»Ihr habt einen Stromausfall?«, frage ich.

Jillian antwortet nicht. Selbst im Halbdunkel kann ich erkennen, dass sie sauer ist.

»Ach, unser Stromanbieter glaubt, dass ich die Rechnung nicht bezahlt habe, dabei hab ich das sehr wohl«, sagt Ms Anderson. Sie seufzt. Legt eine Hand an den Kopf. »Ich musste einfach an zu viele Dinge gleichzeitig denken. Ich meine, es ist möglich, dass ich etwas spät dran war, aber nicht so spät, dass …« Sie bricht ab.

Ich nicke verständnisvoll. »Das kommt vor.«

»Es ist eigentlich auch mal ganz schön«, sagt Ms Anderson gedankenverloren. »So ohne Internet und Fernsehen und …«

»Ohne Warmwasser, Kühlschrank, Herd«, ergänzt Jillian.

»Ohne *Ablenkungen* wollte ich sagen, Jillian. Außerdem haben sie versprochen, dass bis 18 Uhr der Strom wieder da ist.«

»Es ist jetzt fast acht. Bist du sicher, dass du angerufen hast?«

»Wie meinst du das? Ich hab dir doch erzählt, dass ich angerufen habe.«

»Ach so. Na dann«, sagt Jillian.

Auf einmal habe ich das Gefühl, fehl am Platz zu sein. Mir kommt der Gedanke, dass Jillian vielleicht gar nicht böse auf mich war. Dass sie andere Sorgen hat. Und ich nichts mitgekriegt habe.

Ms Anderson runzelt die Stirn. »Was soll das denn heißen? Ich habe angerufen und …«

»Okay, Mom.«

»Jeder macht mal Fehler, Jillian«, sagt Ms Anderson mit bebender Stimme.

»Mom.«

»Sogar du.«

»Mom.«

»Ich sage ja nur, ich weiß, dass ich nicht perfekt bin. Aber ich gebe mir Mühe. Ich gebe mein Bestes, Jillian.«

Und Jillians Stimme wird weich. »Das weiß ich doch. Okay? Das weiß ich.«

Die beiden starren sich in der kerzenbeleuchteten Küche an, bis Ms Anderson das Schweigen bricht. »Ich habe neulich bei deiner Mutter im Laden total süße Seifen gekauft, Jack. Wie geht es deinen Eltern?«

Aber bevor ich antworten kann, flackert die Dunkelheit, und ringsumher springen Lichter an und brummen die Geräte los. »Siehst du, Liebes«, sagt Ms Anderson, zeigt auf die Deckenlampe und fährt Jillian dann durchs Haar. »Ich hab dir doch gesagt, dass ich mich immer um dich kümmere.«

^-^-^

»Und, ähm, wie gehts deiner Mom so?«, frage ich. Ich lehne am Küchentresen, Ms Anderson hat sich schon lange nach oben zurückgezogen.

Jillian reicht mir eine große Schüssel und schüttet frisches Popcorn aus der Mikrowelle hinein.

»Mal so, mal so.«

»Ja.« Ich schüttele die Schüssel ein bisschen, um das Popcorn gleichmäßig zu verteilen. »Und *dir*?«

Jillian sieht mich an, als wäre ich ein Fremder, den sie gerade erst kennengelernt hat, aber schon jetzt eher unsympathisch findet. »Ich habe keine Wahl, Jack. Ich muss da ja irgendwie durch.«

Und ich komme mir blöd vor, weil ich das weiß. Weil ich Jillian da raushelfen will, obwohl ich gar nicht so sicher bin, woraus eigentlich. Und selbst wenn ich es wüsste, hätte ich mit hoher Wahrscheinlichkeit nicht die richtigen Mittel dazu.

»Das tut mir leid, J.« Ich räuspere mich. »Dein Dad ist also immer noch, ähm ...«

Sie wirft Eiswürfel in unsere Gläser. »Ich dachte, du bist zum Filmgucken vorbeigekommen.«

»Schon, aber ... Ich meine ... Wenn ...«

»Na dann los.« Sie verschwindet ins Fernsehzimmer.

Wir sitzen an entgegengesetzten Enden der Sofalandschaft und sind mit dem Film halb durch, als ich das Video anhalte.

»Nicht schon wieder eine Pinkelpause, King.«

Beim Nachnamen nennt sie mich nur, wenn sie sauer ist.

»Du musst mit mir reden, J.«

Sie verschränkt die Arme. »Tu ich doch.«

»Nein, nicht richtig. Was immer ich getan habe, ich entschuldige mich dafür, in jeder erdenklichen Form.«

Eine Sekunde vergeht, dann noch eine, bis Jillian seufzt und sich einen halben Cookie in den Mund steckt. Sie kaut und kaut, und als sie runtergeschluckt hat, schaut sie zu mir rüber.

»Ich schätze, ich hatte –«, sagt sie, aber das letzte Wort ist unverständliches Gemurmel.

»Du hattest was?«

Sie seufzt noch mal. »Angst, Jack«, sagt sie leise, aber deutlich. »Ich hatte Angst, okay?«

»Was? Wovor?«

»Alles verändert sich.«

»Was denn?«

»Alles.« Sie holt tief Luft. »Erst in meiner Familie. Und jetzt anscheinend auch zwischen uns. Auf der Heimfahrt vom College ist mir zum ersten Mal klar geworden, dass ich dich vielleicht nicht für immer haben werde.«

Ich bin sprachlos. Ich dachte, das wären Dinge, über die nur ich mir Gedanken mache. Jillian wirkt immer so selbstbewusst und sicher, was ihre Gefühle angeht; ich hätte nie geglaubt, dass sie auch mal mit Zweifeln kämpft. Und jetzt erinnert sie mich daran, wie menschlich sie ist, wie menschlich wir alle sind.

»Das ist bescheuert«, sagt sie. »Ich weiß. Ich meine, du bist mein bester Freund. Und das wird immer so bleiben. Aber ich hatte eben all diese Vorstellungen, wie die letzten Monate unserer Schulzeit so laufen würden. Dass wir noch enger zusammenrücken, dass wir die ganzen Abschlussfeiern zusammen machen, den Ball, das Dinner und den ganzen kitschigen Kram, über den wir immer gelacht haben. Und dann würden wir unser Zeugnis in der Tasche haben und diesen Quatsch hinter uns lassen und gemeinsam in unsere College-Zukunft reiten. Wir würden eine neue Seite aufschlagen. Ganz neu anfangen. Und dann hast du ... Du warst so aufgeregt wegen Kate, so begeistert von der Aussicht, Zeit mit ihr zu verbringen. Ihretwegen hast du sogar auf Burger mit deiner besten Freundin verzichtet.« Sie versucht zu lachen, aber es klingt angestrengt. »Du warst schon völlig aus dem Häuschen, nur weil du *vielleicht* noch mal mit ihr reden konntest. Ich kann mich nicht erinnern, dich jemals so erlebt zu haben.«

Ich bin drauf und dran zu sagen: *Hättest du doch mal gemerkt, wie ich mich benehme, wenn du in der Nähe bist, wie aufgeregt und glücklich ich jedes Mal bin, wenn ich mit dir auch nur im selben Zimmer bin.* Aber ich unterbreche sie nicht.

»Ich schätze, ich hatte das Gefühl ... weniger wert zu sein. Als würde ich dir nicht mehr so viel bedeuten. Und das war so scheiße, weil du ... für mich so viel mehr bist.«

Ich rutsche auf der Couch rüber, bis ich dicht neben ihr sitze, und fege dabei fast die Cookies vom Sofa. »J, du bist meine beste Freundin, weil du der beste Mensch bist, den ich kenne. Das wird sich auch nie ändern.«

Ihre Augen sind feucht, ihr Blick ist sanft. Jillian zeigt sich von einer Seite, die mir irgendwie neu ist – als wäre sie in meiner Gegenwart nervös und unsicher.

»Ehrlich?«, sagt sie. »Versprochen?«

»Hand aufs Herz.«

Wir schauen uns lange an, und mir wird wieder einmal klar, warum ich mich in Jillian verliebt habe (als könnte ich das je vergessen).

»Jack?«

»Ja?«

»Du bist auch der beste Mensch, den ich kenne.«

Wir lassen den Film weiterlaufen und teilen uns eine Sofaecke, ihr Kopf an meiner Brust. Ich spüre ihre sachten, warmen Atemzüge. Und ich kriege keine einzige Filmszene mehr mit. Ich denke an den Tag vor fast vier Jahren, an dem ich in der Schule mit Jillian zusammengestoßen bin, an dem sie mir, einem vertrottelten Nerd aus Elytown, eine Chance gab, ihr Herz zu erobern ...

Tut mir leid, dass ich nicht hinter dir hergepurzelt bin, habe ich damals gesagt.

Sie hat gelächelt. *Was nicht ist, kann ja noch werden.*

Da klopft es an der Haustür. Wir rühren uns nicht, bis es noch mal klopft. Erst dann löst sich Jillian von mir und geht aufmachen. Als sie zurückkommt, ist sie nicht allein.

»Nicht schon wieder dieser Film«, stöhnt Franny. »Ich bin doch nicht mit drei Bussen durch die Gegend getuckert, um mir diese Schnulze anzugucken.« Er lässt sich auf das Sofa fallen, an genau die Stelle, die eben noch halb von Jillian und halb von mir belegt war. Jillian setzt sich neben ihn, und er zieht sie in seine Arme. Er lacht. »Hey, rieche ich etwa Triple Chocolate Cookies?«

Und in genau dem Moment, in dem Franny es fertigbringt, sich zwei ganze Cookies in den Mund zu schieben, vibriert meine Jeans. Ich angle mein Telefon heraus.

> Hey, tut mir leid, dass es so lange gedauert hat. Ich bin's übrigens, Kate.

Eine halbe Sekunde lang überlege ich, ob ich mir mit der Antwort Zeit lassen soll. Ich will nicht zu eifrig, zu anhänglich wirken. Aber ich halte es keine Sekunde länger aus.

Macht nichts, versichere ich ihr. *Dein Timing ist perfekt.*

»Wer schreibt dir da?«, fragt Franny und schnappt mir mit seiner Riesenpranke das Telefon weg. »Du grinst ja über beide Backen.«

Ich greife vergeblich danach. »Rück das raus, Mann.«

Zu spät. Er springt auf und schmeißt dabei fast mein Glas um. Feixend liest er die Nachricht. »Ich hab dir doch gesagt, die meldet sich.«

Jillian zieht die Augenbrauen hoch. »Kate.«

»Korrekt«, bestätigt Franny.

»Cool«, sagt sie. Sie schaut zu mir und setzt ein Lächeln auf. »Jetzt sind alle glücklich.«

Franny wirft mir mein Telefon zu. »Und?«, sagt er. »Worauf wartest du noch? Mach deinen Move.«

Machen oder nicht machen

Das Ding ist: Ich bin in so was total schlecht. Ich bin eher der Typ, der wartet, bis die Frau die Initiative ergreift.

IHR: Und wie ist das bisher für dich gelaufen, Jack?

ICH: Zugegebenermaßen nicht gut.

Weshalb ich beschließe, es bei Kate auf andere Art zu versuchen.

Ich werde den Stier bei den Hörnern packen.

Scheiß auf Abwarten.

Scheiß auf Däumchendrehen.

Zur Hölle mit dem Weg des geringsten Widerstands.

Also mach schon, Jack, sagt ihr.

Der Move wird jetzt gemacht, Freunde.

Ich nehme mein Telefon und verharre über Kates leerem Profilkreis; mein Daumen schwebt zögernd über der voreingestellten genderneutralen Silhouette.

Ich zögere. Und zögere noch ein bisschen länger.

Denn die Frage, die mich seit meiner ersten Sandkastenliebe verfolgt, quält mich auch über ein Jahrzehnt später: *Was um alles in der Welt soll ich sagen?*

Ich denke: *Sei einfach du selbst, Jack. Immerhin kriegst du das einigermaßen glaubhaft hin.*

Ich tippe: Hey, ich bin morgen bei dir in der Gegend. Lust auf Frühstücksflocken?

Zuckerschock

Ich muss mir Moms Auto borgen, weil mein eigenes so komische Rauchwolken ausstößt, was wahrscheinlich kein gutes Zeichen ist.

»Und wo fahrt ihr hin, mein Auto und du?«, will Mom wissen.

»Weg«, sage ich. Ich habe mein Gesicht nicht unter Kontrolle, sodass sich ungehindert ein breites Grinsen ausbreiten kann. »Frühstücksflocken besorgen.«

Mit einem »Was ist mit meinem Sohn los«-Blick wirft Mom mir die Schlüssel zu und sagt: »Milch haben wir auch keine mehr.«

Wahrscheinlich hätte ich erwähnen sollen, dass ich für diese speziellen Frühstücksflocken neunzig Minuten fahren muss. Aber so kann sie, wenn Dad fragt, wie viel sie gewusst hat, auf das zurückgreifen, was unsere Regierung »glaubhafte Abstreitbarkeit« nennt.

Jedenfalls drücke ich ordentlich auf die Tube und rase prompt an einem Einsatzwagen der Verkehrspolizei vorbei, der auf dem Mittelstreifen steht. Aber entweder macht der Polizist gerade Pause oder er erkennt, dass ich ein Mann auf wichtiger Mission bin, denn er rührt sich nicht vom Fleck.

Ich dafür schon, und in Nullkommanichts bin ich an der letzten Abbiegung angekommen. Ich schreibe Kate: *Hey, bin da.*

Mein Herz zwängt sich in einen raketenförmigen Karton, entfacht die Zündschnur und lässt ein Feuerwerk in meinem Brustkorb explodieren.

Dabei habe ich Kate noch gar nicht gesehen.

Allein beim Gedanken an sie breche ich in Schweiß aus, rutsche auf dem Fahrersitz tiefer und frage mich, ob es zu spät ist, umzukehren und nach Hause zu fahren. Ja, ich will sie sehen. Unbedingt. Aber ich will das auch nicht versauen.

Dummerweise stehe ich in einer Einbahnstraße.

Und jetzt tappt jemand an mein Fenster ...

Da ist sie. Die schöne Kate mit ihrer dunklen Haut und den krausen Locken. Sie beugt sich zum Fahrerfenster runter und gestikuliert, ich soll die Scheibe runterlassen. Was ich auch versuche. Allerdings muss ich erst den Zündschlüssel drehen, weil in Moms Auto alles elektrisch ist. Ich will ihn nur so weit drehen, dass ich Strom habe, ohne dass der Motor anspringt, aber das klappt nicht. Also mache ich den Motor an und fummele dann vergeblich an den Fensterknöpfen herum, weil Mom die Kindersicherung eingeschaltet hat – anscheinend traut sie weder mir noch Dad das richtige Urteilsvermögen beim Fensteröffnen zu –, und Kate biegt sich vor Lachen.

Schließlich mache ich einfach die Tür auf.

Kate schüttelt den Kopf. »Alles in Ordnung bei dir?«, fragt sie.

Die Antwort ist Nein.

Und die Antwort ist Absolut.

^-^-^

Wir rüsten uns mit Schüsseln und Löffeln, Milch und Frühstücksflocken aus. Kate nimmt mich an ihren Lieblingsort mit, eine versteckte Stelle in den Schluchten, an die sie sich zum Lesen und Zeichnen zurückzieht. »Hier kommen mir die besten Gedanken«, vertraut sie mir an. »Zumindest rechtfertige ich damit vor mir selbst, dass ich hier so wahnsinnig viel Zeit verbringe.«

Über einen schmalen Fußweg, an dem zu beiden Seiten rote Felswände aufragen, erreichen wir den Fluss. Wir schauen zu, wie sich das Wasser um glatte Steine kräuselt und langsam und gemächlich weiterströmt.

Kate könnte zehn Stunden lang über Pizzakrusten referieren, ich würde nicht müde werden, ihr zuzuhören. Allerdings streifen wir das Thema nur, als wir übereinstimmend feststellen, dass wir beide keine großen Fans von mit Käse gefüllten Krusten sind, sondern Pizzakrusten-Puristen. Wir reden darüber, wo wir aufgewachsen sind (sie kommt ursprünglich aus einem Vorort von Pittsburgh), und über unsere Lieblingsfilme (ich beichte *Die Nacht der Abenteuer,* den ich zum ersten Mal mit meiner »Mawmaw«, meiner sechzigjährigen früheren Babysitterin, geguckt habe; Kate erzählt von einem Film namens *Long Way Home – Sommer in New York,* der ihr mal zufällig untergekommen ist und der mir überhaupt nichts sagt).

»Ich wette mit dir, dass du ihn nicht anschauen kannst, ohne lachzuheulen«, sagt sie.

»Sicher? Das ist mir noch nie passiert.«

Sie lächelt. »Nur die allerbesten Dinge im Leben bringen einen gleichzeitig zum Lachen und zum Weinen.«

»Und, was hat dich sonst noch zum Lachheulen gebracht?«

»Das bleibt mein Geheimnis …« Sie schlürft die restliche Milch aus ihrer Schüssel und taucht mit dem süßesten Froot-Loops-Milchbart aller Zeiten wieder auf. Es ist ihr kein bisschen peinlich oder unangenehm, und sie zuckt auch nicht weg, als ich ihn abwische.

Frühstücksflocken sind definitiv mein neues Leibgericht.

Dafür müssen Schüsseln und Löffel erfunden worden sein.

Schuld und Sühne

Natürlich sind meine Eltern nicht gerade begeistert, als ich nach meiner Frühstücksflocken-Expedition zu Hause eintrudele und sie erfahren, dass ich für eine Schüssel überzuckerter Milch um die halbe Welt gefahren bin.

»Du hast das Abendessen verpasst, Jackie. Warum warst du überhaupt so weit weg?«, fragt Mom.

»Na ja, die Milch schmeckt anderswo irgendwie ...«, ich zucke mit den Schultern, »naturbelassener?«

»Ich bitte dich, Jack«, sagt Dad mit seiner verständnisvoll-strengen Vaterstimme.

»Ich habe mich mit jemandem getroffen«, platze ich heraus. »Einer Freundin.«

Mom und Dad wechseln einen Blick.

»Kennen wir diese Freundin?«, fragt Dad.

»Nein. Ich hab sie, ähm, neulich erst kennengelernt.«

»Warum hast du uns das nicht gleich gesagt?«, fragt Mom kopfschüttelnd.

Ich sage ihnen die Wahrheit: dass ich das auch nicht weiß.

Also sprechen wir jetzt darüber, was es bedeutet, *vertrauenswürdig* zu sein.

Besser gesagt, meine Eltern sprechen darüber, und ich höre zu und nicke gegebenenfalls zustimmend.

Weil Dad im Grunde seines Herzens Sprachwissenschaftler ist, besteht sein Teil des Vortrags vor allem darin, auf Wortbedeutungen herumzureiten – *Verstehst du, was vertrauenswürdig heißt, Jackie? Es bedeutet, dass du unseres Vertrauens* würdig *sein musst. Du musst es dir* verdienen – und so weiter und so fort, bis selbst Mom genug hat.

»Und, wie heißt sie?«, mischt Mom sich ein.

»Was?«, frage ich.

»Mach mir nichts vor«, sagt Mom mit ihrer »Ich verstehe keinen Spaß«-Stimme. Dad klärt die Begriffe, Mom übernimmt das Verhör. »Diese neue Freundin von dir.«

»Kate«, sage ich.

»Und?«

»Und was?«

»Erzähl mir von Kate. Wer ist sie? Woher kennst du sie? Ist sie vorbestraft?«

»Soweit ich weiß, nicht. Sie studiert an der Whittier. Ich habe sie bei dem Campusbesuch kennengelernt.«

»Eine ältere Frau«, sagt Dad und grinst beifällig. »Der Apfel fällt nicht weit vom Stamm ...«

Mom bringt Dad mit einem vernichtenden Blick zum Schweigen. »Jackie, Dad und ich sind nicht sauer, weil du bis zur Whittier gefahren bist. Oder weil du diese Kate magst. Uns stört, dass du uns absichtlich im Unklaren gelassen hast. Das sieht dir gar nicht ähnlich.« Ihre Stirn legt sich in besorgte Falten.

Ich kann das verstehen. Eltern leben in ständiger Angst, dass schon die kleinste Verfehlung ihres Kindes ein erster Schritt in ein kriminelles Leben sein könnte, mindestens aber zu dauerhaft dysfunktionalem Verhalten führt. Könnte es zum Beispiel nicht sein, dass meine neunzigminütige Fahrt mit dem Auto meiner Mutter ein Vorzeichen dafür ist, dass ich mit 23 Jahren schweren Autodiebstahl begehe, woraufhin ich auf der Flucht vor der Polizei von der Autobahn abkomme, in eine riesige Kloake falle und fortan ein Dasein als stinkender Rattenkönig friste? Oder dass mein zu spätes Nachhausekommen dazu führt, dass ich bis Mitte dreißig noch zu Hause bei meinen Eltern auf dem Dachboden wohne, weil ich keinen richtigen Job finde, und nur mit einem unsichtbaren Freund namens Otis spreche?

Schon klar.

»Daher haben deine Mutter und ich beschlossen, dass du zur Strafe …« Dad schaut zu Mom rüber. Offenbar soll sie das schuldangemessene Strafmaß festlegen.

»Auf Bewährung gesetzt wirst«, sagt Mom.

»Genau«, bestätigt Dad. »Ab jetzt bewegst du dich auf dünnem Eis, Freundchen. Wenn du dir in den nächsten Wochen noch mal so etwas leistest, ist es vorbei mit Smartphone, mit Partys, mit …«

»Meinem Leben«, fasse ich zusammen. »Ich verstehe. Und danke. Für die Strafaussetzung.«

»Nicht so voreilig. Nachbarschaftsdienst ist trotzdem fällig«, sagt Dad.

Ich unterdrücke ein Stöhnen.

Dad und Mom sehen sich noch mal an, offenbar um ihre elterliche Telepathie wiederherzustellen. »Stimmt«, sagt Mom, immer noch in Blickkontakt mit Dad. »Du wirst einen Monat lang bei Ms Nolan den Rasen mähen …«

»Und vorher die Hinterlassenschaften ihrer Hunde aufsammeln«, ergänzt Dad.

Diesmal stöhne ich laut. Ms Nolan ist nett, aber sie hält nichts vom Kotschaufeln. In ihrem Garten gibt es mehr Hundehaufen als Rasen. »Och nee. Ms Nolan hat doch mindestens dreiundvierzig Hunde da rumlaufen.«

»Das hast du dir selber eingebrockt, mein Lieber«, sagt Mom.

Ich seufze.

»Du weißt, du kannst deine Freunde jederzeit hierher einladen, Jack. Wir freuen uns, wenn wir die Menschen in deinem Leben kennenlernen«, sagt Mom.

»Ich weiß. Keine Ahnung, was mich geritten hat.«

»Tja, hoffentlich war es das hier wert«, sagen sie und beide heben dabei die Augenbrauen.

Darauf antworte ich besser nichts, sonst könnte ich auch gleich auf Strumpfsocken über ein mit Glatteis überzogenes Minenfeld laufen. Stattdessen lasse ich den Kopf hängen und setze eine Miene auf, die hoffentlich mein ernsthaftes Bedauern zum Ausdruck bringt.

»Es tut mir leid, dass ich euch enttäuscht habe«, sage ich zum x-ten Mal. »Das war total blöd von mir.«

»Na, solange du dir das eine Lehre sein lässt«, sagt Mom. Ich nicke heftig, während sie mich in die Arme nimmt und Dad mir den Kopf tätschelt, und ich nicke immer noch, als sie den Gerichtssaal verlassen. An der Tür hält Dad inne.

»Ach ja, Jackie: Hast du nun eigentlich Milch für uns alle gekauft?«

Mist, das hab ich auf dem Rückweg ganz vergessen. »Leider nicht, Dad. Tut mir leid.«

»Hm«, macht Dad. »Irgendwie hatte ich plötzlich auch Lust auf Frühstücksflocken.«

^-^-^

FRANNY: **Na, wie war dein großes Date?**

Ich falle rückwärts auf mein Bett, schließe die Augen und versetze mich wieder in die Schluchten, wo die Sonne, die Wolken und die Felsen im Fluss plötzlich alle wie rosa Marshmallows aussehen, Zuckerkörner am Himmel funkeln und Silberlöffelbäume im Puderzuckerwind schwankend von Liebe und Glück singen. Und mittendrin treiben Kate und ich, den Hintern in riesigen Froot Loops versenkt, träge in einem Fluss aus Milch, und halten Händchen. Halb singen wir mit, halb lachen wir, denn was machen wir, wenn unsere Reifen durchgeweicht sind?

Aber das kümmert uns nicht.

Solange wir nur zusammen sind, kümmert uns gar nichts.

ICH: Jeden Cent wert.

FRANNY: War mir klar.

FRANNY: Du ... Ich habe Neuigkeiten.

ICH: Das gesamte Wentworth-Team hat Gehirnentzündung, sodass ihr die Landesmeisterschaft automatisch gewinnt?

FRANNY: Der Troll kommt nach Hause.

ICH: Ernsthaft?!?

FRANNY: Wäre ein mieser Witz.

ICH: Also haben sie ihn entlassen? Einfach so? Ohne Auflagen?

FRANNY: Ende des Monats kommt er raus.

ICH: WTF?!

FRANNY: Du sagst es.

Der Troll kommt raus

»Der Troll« ist Frannys Spitzname für seinen Dad. Den hat er ihm in der fünften Klasse verpasst, als sein Dad sich mal wieder getrollt hat, ihn einfach alleingelassen hat, und das ausgerechnet am Vorabend von Frannys allerererstem Match. Mit ansehen zu müssen, wie deinem besten Freund zum x-ten Mal das Herz gebrochen wird, ist an sich schon Mist. Und dazu ist Franny auch noch der loyalste Mensch, den ich kenne.

Das ist keine Übertreibung.

Angefangen hat das mit Franny und mir – wie bei so vielen Freundschaften – auf dem Spielplatz. Für die meisten Kinder ist der Spielplatz ein magischer Ort mit glänzenden Aluminiumrutschen und rostigen Schaukelketten. Ein Ort, wo man Freunde findet und sich austoben kann.

Für mich war es ein Ort, wo ich verprügelt wurde. Regelmäßig.

Auftritt Franny.

Sogar als Kind war er eine einschüchternde Erscheinung. Überragte die meisten Eltern und hatte mit sieben Jahren schon eine tiefere Stimme als die meisten Väter, meiner eingeschlossen. Mehr als einmal hat er mich vor dem sicheren Verderben gerettet. Warum, war mir unbegreiflich. Ich meine, was konnte ich denn für ihn tun, außer meine Flutschfinger mit ihm zu teilen und uns bei jedem Dreibeinlauf hinterherhinken zu lassen?

Ich gewinne sowieso immer mit links, sagte er einmal zu mir, nachdem er unseren Baseball so weit weg geschlagen hatte, dass wir bis zum Abend danach suchten. *Aber genau deswegen mag ich dich. Dir ist egal, ob du gewinnst.*

Damit lag er natürlich falsch. Es war mir nicht egal. Ich hatte nur gemerkt, dass Gewinnen nicht gerade zu meinen Stärken gehört, und mich mit der Zeit ans Verlieren gewöhnt.

Aber so ist Franny. Gib ihm Regen, und er zeigt dir den Regenbogen. Zum Glück, denn Regenwetter hatte er in seinem Leben schon mehr als genug.

^-^-^

»Irgendwie konnte ich mir nie vorstellen, dass es mal so weit ist«, sagt Franny, lehnt sich an den Pfosten unserer Veranda und pfeffert einen Stein über den Gartenzaun in das alte Maisfeld. Früher sind wir dort mit unseren Fahrrädern langgeprescht, zwischen endlosen Reihen und mit Karacho über die Erdhuckel, wie angehende Motocross-Stars. Ich lausche, höre den Stein aber nicht auftreffen.

»Wie lange war das jetzt, sechs Jahre?«

»Acht«, sagt Franny und schmeißt noch einen Stein. »Ich erinnere mich fast nicht mehr an ihn. Und das, woran ich mich erinnere, ist alles nicht gut.«

»Was sagt Abuela dazu?«

Franny zuckt mit den Schultern. »Na ja, es ist ihr Sohn, da ist sie ziemlich hin- und hergerissen. Sie hat mir gesagt, dass sie ihn nicht bei uns wohnen lässt, wenn ich das nicht will.«

»Und was willst du?«

»Keine Ahnung. Sie freut sich, dass er wiederkommt. Aber sie ist auch traurig, weil sie denkt, ich hätte ihm nicht verziehen. Ich weiß, was sie von mir erwartet. Du kennst sie ja, mit ihrem ständigen ›Francisco, du musst der Reifere sein‹. Was für eine gequirlte Scheiße. Er hatte viel länger Zeit, rauszufinden, wie's in der Welt läuft, aber weil er jede einzelne Chance verbockt hat, weil er alles um sich herum ruiniert hat, muss *ich* jetzt der Reifere sein. Das ist doch hirnrissig, oder?«

Franny lässt sich auf die Treppe fallen. »Wenn ich ihm sage, dass er abhauen soll, bin *ich* der Böse. Lass ich ihn wieder rein, ist es nur eine Frage der Zeit, bis er wieder Mist baut. So oder so zieh ich die Arschkarte. Klingt ganz nach mir, oder?«, sagt er mit einem Lächeln. Nur dass ich sein echtes Lächeln kenne. Sein glückliches Lächeln. Das sieht anders aus. Dies hier ist sein »Ich muss stark sein, ich darf nichts an mich ranlassen«-Lächeln, und so lächelt er meistens.

»Mach dir keinen Kopf, was die anderen denken«, sage ich ihm. »Du musst tun, was für dich richtig ist.« Das ist zwar leichter gesagt als getan, aber es stimmt, glaube ich, auch wenn es sich nach pädagogischem Fernseh-Geseier anhört.

»Ich hab einfach ein ungutes Gefühl.«

»Was für ein ungutes Gefühl?«

Er kaut auf der Unterlippe. »Weiß auch nicht. Dass was Schlimmes passieren könnte.«

»Dann solltest du Abuela vielleicht sagen, dass du ihn lieber nicht im Haus haben willst.«

Franny nickt. »Kommst du trotzdem noch vorbei? Also wenn er da ist, meine ich?«

Ich lege ihm eine Hand auf die Schulter. »Seit wann lassen wir den Troll über unser Leben bestimmen?«

»Du hast recht! Der Troll kann mich mal.« Und er lacht. »Manchmal vergess ich ganz, dass du so sein kannst, Mann.«

»Wie denn?«

»So knallhart. Und das, obwohl du so ein Nerd bist.«

Jetzt bin ich dran mit Lachen. »Danke ... glaube ich.«

Als er aufsteht, erstreckt sich sein langer Schatten über den ganzen Garten. Er wirft einen Stein so hoch und so weit, dass er garantiert noch weiterfliegt, nachdem wir schon lange weg sind.

»Ich hab zu danken, Alter«, sagt er, ohne mich anzuschauen. »Ehrlich.«

Ich schiebe die Hände in die Hosentaschen. »Jedenfalls bin ich fürs Erste auf Bewährung gesetzt. Und muss Hunde hüten.«

»Selber schuld, wenn du das Auto deiner Mutter klaust.«

»He, ich hab sie gefragt!«

Franny grinst. »Jillian sagt, Kate ist echt scharf. Ist das was Ernstes?«

»Ich glaub schon«, sage ich so lässig wie möglich.

»Na, du bist ja ein braver Junge. Meistens jedenfalls«, sagt er und wuschelt mir so großer-Bruder-mäßig durch die Haare, was er öfter macht, obwohl ich streng genommen vier Monate älter bin. »Bestimmt lassen sie dich bald wegen guter Führung laufen.«

»Sie waren ziemlich enttäuscht.«

»Das gehört sich auch so, Mann. Hauptsache, du kannst weiter proben.«

»Ach ja«, sage ich. »Die Band.«

Die wollen ja nur spielen

Man sieht es uns wahrscheinlich nicht an. Wenn es für so was eine Schublade gibt, passen wir da eher nicht rein. Aber wir drei machen Musik. Nein, nicht in einer Band (zumindest nicht bis vor Kurzem). Wir *musizieren*. In der Big Band der Schule. Jillian spielt den fetten Bass; Franny schwingt die Stöcke; und ich steuere die Trompete bei. Ich will euch nichts vormachen: Wir sind ziemliche Nieten. Na ja, um fair zu sein – *ich* bin eine Niete. Jillian ist ganz gut und Franny hält prima mit. Aber der Vergleich ist eigentlich nicht fair, denn Jillian kommt aus einer musikalischen Familie und Franny fällt sowieso alles leicht.

Wie auch immer, was mir an Talent abgeht (und das Defizit ist beträchtlich), mache ich mit (fast) unermüdlichem Eifer wett. Und seit drei Monaten proben wir noch intensiver als je zuvor. Denn in nur zwei Monaten wird unsere neu gegründete Band, JoyToy, ihre Weltpremiere auf der Bühne haben.

Bei der Party zum 30. Hochzeitstag meiner Eltern.

Okay, eine eingeschränkte Weltpremiere.

Und in einem Garten voller Fünfzigjähriger, was nicht gerade unser Zielpublikum ist.

Aber trotzdem.

Hundertfünfundzwanzig Leute sind hundertfünfundzwanzig Leute, oder?

Wir sind Feuer und Flamme.

Aber *pst!*, ihr dürft meinen Eltern unter keinen Umständen verraten, dass wir eine dreiköpfige Band gegründet haben, dass wir seit Monaten ununterbrochen proben und dass wir uns auf diese Weise bei zwei der großartigsten Menschen bedanken wollen, die das Universum je hervorgebracht hat.

Es soll eine Überraschung sein.

Briefverkehr

Ich überlege, ob ich Kate eine Nachricht schicken soll, aber dann fällt mir ein, was meine Mom mal erzählt hat: Mein Dad habe sie »mit langen, von Hand geschriebenen Briefen umworben«. Leider habe ich eine Sauklaue, und Kate soll meine Nachrichten ja noch irgendwann dieses Jahr kriegen, von daher.

Ich werfe meinen Laptop aufs Bett. Klicke auf Verfassen.

Huhu Kate …

Zu flapsig.

Löschen.

Hey du!

Nee. Macht zu sehr auf cool.

Löschen.

Liebe Kate,

Zeitlos, oder?

Liebe Kate,

wie stehst du zu Schulbällen? Speziell *Abschluss*bällen? Und wenn du prinzipiell nicht abgeneigt bist, würdest du vielleicht in Erwägung ziehen, einen zu besuchen, zum Beispiel mit meiner Wenigkeit? Ich verspreche dir, das wird nicht so wie in Highschool-Filmen, wo der größte Loser der Schule mit einer attraktiven Studentin zum Ball erscheint, von all seinen Peinigern beneidet wird und im *Soul Train*-Spalier eine so heiße Sohle aufs Parkett legt, dass seine süßen, hochnäsigen Mitschülerinnen sich schmachtend fragen, seit wann Jack King so ein toller Hecht ist, während seine besten Freunde, die natürlich schon immer gewusst haben, was in ihm steckt, ihn begeistert anfeuern.
Ich bin nicht superbeliebt, aber unbeliebt bin ich auch nicht. Ich bin irgendwo dazwischen. Das heißt, als meine Begleitung würdest du wenig oder gar kein Aufsehen erregen, weil ich sowieso kaum beachtet werde. Ich verschwinde in der Masse. Falls irgendetwas daran unklar war - was ich eigentlich fragen will: Würdest du mit mir zum Abschlussball gehen, Kate?

Bitte (ausdrucken und) einkreisen: JA / NEIN / VIELLEICHT

LG
JK

PS: Auf die Gefahr hin, dich an den peinlichen Umstand zu erinnern, dass ich noch zu Hause bei Mama wohne und daher gezwungen bin, mich an ihre Regeln zu halten, möchte ich dir hiermit mitteilen, dass ich bis auf Weiteres zum Nachbarschaftsdienst verdonnert bin. Die Nachbarschaft besteht aus einer Dame und ihren Hunden. Der Dienst ist kacke (im wahrsten Sinne des Wortes).

Egal.
Eine kleine Bitte nur: Schreib mir bald zurück, sonst sterbe ich.

Das ist alles.

^-^-^

Lieber Jack,

ich führe Anweisungen (meistens) gern aus. Deswegen habe ich, wie du dir vorstellen kannst, deine E-Mail auch sofort begeistert ausgedruckt, meine Antwort eingekreist und dann …
Tja, dann stand ich dumm da. Ich habe ja keine Postanschrift von dir.
Ich also so: E-Mail als PDF speichern, PDF öffnen, Antwort mit einem Markierungstool einkringeln, Dokument wieder speichern, an die Mail anhängen und abschicken. Ich weiß, ich weiß, man trichtert uns ständig ein, dass man Anhängen nicht trauen darf. Aber hab bitte keine Angst, diesen zu öffnen, er enthält keine Malware und / oder Explosionen. Soweit ich weiß. Jedenfalls nicht zum Zeitpunkt des Versendens. Ich übernehme keine Verantwortung für etwaige Änderungen, die erfolgt sind, nachdem ich die E-Mail abgeschickt habe.

Eins noch: Ich bin Bällen nicht grundsätzlich abgeneigt, nicht mal, wenn sie an Highschools stattfinden. Aber ich habe etwas gegen das Tanzen. Beziehungsweise mein Körper. Entgegen dem weitverbreiteten Klischee werden nicht alle Schwarzen mit einem unglaublichen Rhythmusgefühl geboren. Alles, was ich auf der Tanzfläche zu bieten habe, ist eine armselige Two-Step-Variante, und selbst da komme ich aus dem Takt. Behalte das also bitte im Hinterkopf, wenn (und falls) du zukünftig Einladungen aussprichst, die dich, mich und Musik beinhalten.

Das mit dem Nachbarschaftsdienst ist ja echt kacke. Aber vielleicht kannst du die Zeit dazu nutzen, darüber nachzudenken, wie du dich so in die Scheiße reiten konntest (ich nehme an, es hat damit zu tun, dass du mich mit dem Auto deiner Mutter besucht hast??) und wie du dir den Weg zurück in ein redliches Leben freischaufeln kannst. Das wäre angesichts deiner kriminellen Neigungen doch mal eine sinnvolle Beschäftigung. Die Autosache *plus* dein rücksichtsloser Verstoß gegen die Frühstücksflocken-Frühstücks-Etikette – du hast den letzten Rest Milch aufgebraucht, Mann!

Okay, ich muss Schluss machen, denn wenn ich dir schreibe, lerne ich nicht, und nicht lernen macht zwar Spaß, ist aber verheerend für die Noten.

Alles Liebe
Kate

[Anhang: JaNeinVielleicht.pdf – gescannt, keine Viren festgestellt]

Ich lade Kates Anhang herunter und finde Folgendes:

> Falls irgendetwas daran unklar war – was ich eigentlich fragen will: Würdest du mit mir zum Abschlussball gehen, Kate?
>
> Bitte (ausdrucken und) einkreisen: JA / NEIN / (VIELLEICHT)

Wie man auf der Welt weniger allein ist

Obwohl meine Eltern von mir enttäuscht sind (*nein, nicht von dir, Liebling – von dem, was du getan hast. Wir lieben dich, Jackie*) und meine Bewährungsauflagen weiter gelten, darf Franny am Freitag bei mir übernachten. Das ist aber nicht die Inkonsequenz, die Eltern bei der Erziehung manchmal an den Tag legen – dass sie erst das eine sagen und sich dann selbst widersprechen –, sondern liegt daran, dass Frannys Großmutter an jedem zweiten Wochenende in Nachtschicht arbeitet und Mom und Dad ihn seit einigen Jahren bei uns übernachten lassen, wann immer er will. Dieses Wochenende ist da keine Ausnahme, und ich bin froh über seine Gesellschaft.

Meine Auflagen sind nicht so schlimm (Rasen mähen, Hundehaufen aufschaufeln, keinen Quatsch machen), aber da meine Kate-Besessenheit ein fortgeschrittenes Stadium erreicht hat und mir ihr VIELLEICHT mitsamt all seinen möglichen Bedeutungen nicht aus dem Kopf will, ist mir jede Ablenkung willkommen.

Wie immer besteht Franny darauf, dass wir mit meinen Eltern zu Abend essen. Im Esszimmer.

»Du weißt, dass ich nichts davon halte, in der Küche zu essen«, sagt Franny.

»Ich weiß, ich weiß. Aber in der Küche essen ist halt praktisch. Weil das Essen eh schon da ist.«

»Küchen sind praktisch, klar, aber wozu hat man denn dann ein Esszimmer? Sagt ja schon der Name, dass man darin essen soll.«

Das Argument hat er schon öfter gebracht. Aber ich glaube, Franny ist vor allem deswegen so scharf darauf, weil seine Abuela niemanden auch nur in die Nähe ihres Esszimmers lässt und die Tische und Stühle unter Plastik-Schutzhüllen verpackt bleiben.

Ich gebe mich geschlagen. »Okay, Mann. Wie du meinst. Dann eben im Esszimmer.«

Franny lächelt. »Ich wusste, dass du Vernunft annimmst.« Er schnüffelt. »Alter, du brauchst 'ne Dusche. Dringend.«

Ich stöhne. »Ich musste gestern Ms Nolans Garten sauber machen. So viel Hundekacke hab ich noch nie im Leben gesehen.«

»Tja, wer Scheiße baut, wird Scheiße ernten.«

»Halt die Klappe. Wie gehts Abuela?«

Franny zuckt mit den Schultern. »Rackert sich ab, wie immer.«

»Mmh.«

»Ich mach mir Sorgen um sie. Sie ist ja noch fit und so, aber ich würde ihr gern mehr abnehmen, weißt du?« Er wohnt bei Abuela, seit er neun ist. *Ich hab ja noch Glück*, sagt er manchmal. *Viele Kids in meinem Viertel haben nicht einen einzigen Erwachsenen, auf den sie sich verlassen können.*

Für Frannys Abuela muss das Wort *verlässlich* erfunden worden sein. Sie hat eigentlich immer zwei Jobs, damit sie und Franny über die Runden kommen. Außerdem verdient sie sich mit Schneiderarbeiten was dazu und sitzt bis spät an ihrer Nähmaschine, um Anzüge, Taufkleidchen und gefühlt jedes jemals in Ohio getragene Brautkleid zu ändern. Franny hilft mit, indem er als Aushilfe im Dollar Den jobbt und im Bowlingcenter Deo in miefende Schuhe sprüht.

»Ich hab die Werbung deiner Mom gesehen«, sagt Franny grinsend.

»Ich will nichts hören, Mann.«

»Ich finde deine Mutter toll, das weißt du, aber …«

»Franny, ich warne dich.«

»Sie ist so wunderschön, Alter. Ich weiß gar nicht, wie du das aushältst.«

»Ähm, sie ist meine *Mutter*?!«

Meine Eltern lieben Franny. Wie die meisten Eltern. Ist auch kein Wunder, dass sie ihn so vergöttern. Er ist nämlich in jeder Hinsicht *vertrauenswürdig*. Wenn meine Eltern mal unschlüssig sind, ob sie mir [Zutreffendes bitte eintragen] erlauben sollen, brauche ich meistens nur zu erwähnen, dass Franny ebenfalls [Zutreffendes bitte eintragen], und schon habe ich ihren Segen.

Es schadet wohl auch nicht, dass Franny der supersportliche Sohn ist, den meine Mom biologisch nicht bekommen hat. Mom war in der College-Basketballmannschaft und hat ziemlich gut gespielt. *Im Alltag eine Dame, aber auf dem Platz ein Biest,* sagt sie gern. (Dazu passt auch Moms Benehmen bei Sportveranstaltungen: Sie streitet mit den Schiedsrichtern, brüllt den Trainern Spielzüge zu oder verhöhnt das Maskottchen des Gegners und ruft einem jederzeit in Erinnerung, dass »Fan« die Kurzform von *fanatisch* ist.)

Jedenfalls gehen Mom und ich (und Dad normalerweise auch) zu allen von Frannys Spielen (Basketball, Football, Baseball und Leichtathletikturniere) und halten Abuela einen Platz frei, weil sie es oft nicht rechtzeitig von der Arbeit weg schafft. *Das Latino-Viertel,* sagt Franny dann achselzuckend und lacht, wenn Abuela am Ende des ersten Quarters angekeucht kommt.

»Und, wie geht es Ihrer Herzensdame, junger Herr?«, fragt Franny und schmeißt die Tasche mit seinen Schlafsachen auf meinen Schlafzimmerboden.

Ich strahle sofort von einem Ohr zum anderen.

Wie kann das sein, dass ich schon debil grinse, wenn sie nur erwähnt wird?

»Hallo-o? Jack?«, ruft Franny. Er bewirft mich mit einer zusammengerollten Socke, aber das beeindruckt mich nicht. Ich weile in anderen Sphären, über den Hügeln von Kateland.

»Und du behauptest, bei *mir* dreht sich alles nur um mein Mädchen? Wie soll das denn weitergehen, wenn du sie regelmäßig siehst?«, fragt Franny.

»Sie ist echt cool, Alter. Ich glaube, du wirst sie mögen.«

Franny geht Richtung Tür. »Wenn du sie magst, mag ich sie jetzt schon. Hast du was dagegen, wenn ich das Licht ausmache?«

Ich schüttele den Kopf. Er drückt auf den Schalter und es wird dunkel.

Ein schemenhafter Franny durchquert den Raum, holt sein Telefon raus und hängt es an die Steckdose. Er scrollt durch seine Favoriten; seine Finger verharren über Jillians Gesicht in dem kreisrunden Profilbild, und ich denke daran, wie oft ich genau dasselbe gemacht habe, mein Zeigefinger keinen Zentimeter von ihrem Gesicht entfernt. Nur dass sich mein Gehirn nie getraut hat, die Bewegung zu Ende zu führen. Franny schon – er tippt auf Jillians schiefes Lächeln, die Grübchen in ihren Wangen.

»Hey, Baby. Du fehlst mir auch«, sagt er ins Telefon. Er verkriecht sich unter der Decke, und ich höre nur noch Geflüster und Franny-Jillian-Insiderwitze und seine ernste »Ich will dich für immer«-Stimme.

Und ich –

Ich versuche zu lesen, aber ich kann nicht aufhören, an Kate zu denken. Bald tausche ich das Buch gegen Instagram und finde Kates Profil. Ich scrolle Bilder durch, auf denen sie mit Freunden lacht oder mit ihrer Familie rumalbert. Egal wo oder mit wem, Kate hat immer ein Lächeln im Gesicht.

Nach einer Weile hört Franny auf zu flüstern. Reißt sich die Decke weg und schaut mich durch seine verstrubbelten Haare an.

»Was grinst du denn so vor dich hin?«, flüster-schreit er. »Schlafenszeit!«

»Geht dich nichts an.«

»He!« Er fährt seinen langen Arm aus wie einen Kran und legt sein Telefon auf meinen Schreibtisch. »Mal im Ernst. Danke, dass ich hier pennen kann. Das hab ich gebraucht. Zu Hause war es in letzter Zeit … Na, du weißt schon.«

Ich lasse mein Telefon sinken und greife nach der Nachttischlampe. »Ja, Mann. Geht mir genauso. Bist immer willkommen, weißt du ja.«

Denn unter Freunden gibt es Zeiten, wo es nicht reicht, nur zu wissen, wie viel man einander bedeutet.

Man muss es auch mal aussprechen.

»Hey, Jack«, sagt er nach ein paar Minuten, ganz leise, als wollte er mich nicht wecken, falls ich schon schlafe, als wäre er nicht sicher, ob er wirklich sagen soll, was er auf dem Herzen hat.

»Mhm?«

Er liegt auf dem Rücken, die Hände hinter dem Kopf verschränkt, den Blick so konzentriert an die Decke gerichtet, wie es Decken gar nicht verdient haben. »Wenn er rauskommt, kocht Abuela ein Wahnsinnsdinner. Anscheinend will sie alle seine Lieblingsgerichte machen.«

»Echt?«

»Weißt du, was komisch ist? Er und ich stehen beide total auf Pork Chops. So ein Zufall, oder?«

»Verrückt«, stimme ich zu. Obwohl *ich* das auch gern esse, wie wahrscheinlich halb Amerika.

»Also jedenfalls dachte ich … Ich habe überlegt … ob du vielleicht – du weißt schon. Dabei sein könntest. Bei uns zu Hause. Wenn er kommt. Ich fände es irgendwie ganz gut, wenn noch jemand anders dabei ist. Als Back-up oder Puffer oder so. Erst habe ich an Jill gedacht. Ich meine, sie ist superlieb, und sie hat mich total unterstützt, aber ich weiß nicht, ob ich das schon packe, mein Vater und meine Freundin im selben Raum. Also dachte ich … du wärst … vielleicht … Das ist irgendwie schräg, oder? Ich klinge bestimmt wie ein Baby. Verdammt. Vergiss es, okay? Es ist bescheuert. Ich nerv dich nur.«

»Franny, ich komme.«

»Echt?«

»Na klar. Und keine Sorge, wenn er anfängt rumzuspinnen, polieren wir ihm die Fresse. Oder jedenfalls springe ich ihm auf den Rücken und halte ihn fest, damit du ihm die Fresse polieren kannst.«

»Der Troll wird sein blaues Wunder erleben.«

»Er wird sich in den Knast zurückwünschen.«

»Genau«, sagt Franny. Er rollt auf die Seite, zur Wand.

Und einen Moment lang sehe ich vor mir, wie Frannys Dad in eine Decke gewickelt daliegt und an eine ähnlich leere Wand starrt – aber ich kann mir nicht vorstellen, was er denkt.

»Das wird er«, sagt Franny und verstummt.

Status: unklar

KATE: **Jack, können wir reden? Kann ich dich anrufen?**

Das macht mich irgendwie nervös. *Kann ich dich anrufen* kann natürlich eine gute Sache sein, absolut, ein Geschenk des Himmels, aber bei mir schrillen da die Alarmglocken. Zugegeben, ich kann auf sehr wenige Erfahrungswerte zurückgreifen, aber trotzdem.

ICH: **Klar.**

»Hey«, sagt Kate ins Telefon.

»Hey«, echoe ich.

»Na?«

»Na?«

»Also ... bevor ich dir für den Abschlussball zusage, solltest du über etwas Bescheid wissen.«

»Du bist von einem anderen Planeten und das Zeitfenster für deine Rückreise fällt genau in die Mitte des Balls?«

Sie lacht. »Nein, das Zeitfenster hat schon vor Jahren die Läden dichtgemacht.«

»Ach so, du sitzt hier fest.«

»Ich betrachte es lieber als dauerhafte Korrespondentenstelle«, sagt Kate.

»Und das tröstet dich darüber hinweg, dass du hier festsitzt?«

»Ja, bis so ein junger Erdling alles ruiniert hat.«

»Das ist typisch für die.«

»Er ist eher von der untypischen Sorte, würde ich sagen.«

Ich weiß nicht, ob *untypisch* in dem Fall was Gutes ist, aber es fühlt sich so an. Mein Herz schlägt Purzelbäume.

»Also, worüber muss ich Bescheid wissen, bevor wir zum Ball gehen können?«

Sie seufzt. »Ich habe dir doch erzählt, dass ich gerade eine Beziehung hinter mir habe?«

Die Purzelbäume hören auf. »Ja. Ich erinnere mich.«

»Ich glaube nicht, dass ich damit schon ganz durch bin, Jack.«

»Und was heißt das?«

»Das ist schwer zu erklären. Da spielt viel mit rein. Aber ...« Sie hält inne. »Um es kurz zu machen: Er hat mit mir ziemlich krasse Sachen durchgestanden. Und es ist schwer, jemanden aus deinem Leben zu streichen, der dir immer Halt gegeben hat.«

»Meinst du damit, dass du weiter mit deinem Ex zusammen sein willst?«

»Nein. Ich glaube nicht.«

»Da komm ich nicht mit.«

»Ich will nur sagen – es gibt ihn noch. Wir sind nicht zusammen, aber wir gehen auch noch nicht getrennte Wege.«

»Euer Status wäre also *Es ist kompliziert*?«

»Nein. Wir sind statuslos.«

»Und was bedeutet das jetzt für uns?«

»Wir gehen auch statuslos auf den Ball? Oder mit ungeklärtem Status?«

»Hmm.« Natürlich will ich trotzdem mit Kate auf den Ball, aber ich weiß nicht so recht, ob ich über alldem stehen kann oder ob es mich ins Stolpern bringen wird.

»Ich wollte nur ehrlich mit dir sein. Das ist alles neu und verwirrend für mich. Ich finde, du bist ein cooler Typ, Jack. Und ich wäre gern dein Prom-Date, wenn du mich noch einladen willst?«

Und bevor mein Gehirn die Kosten-Risiko-Analyse ausspucken kann, antwortet mein Herz. »Wir laden dich ein.«

Kate lacht. »Wir?«

»Ich meine, ich. Ich lade dich ein.«

Ich spüre sie durch das Telefon lächeln. »Ach, ich freue mich schon, dich persönlich beim Verhaspeln zu erleben, Jack.«

»Die Freude ist ganz meinerseits.«

Suppe & Spiele

Kate und ich beschließen, dass sie meine Freunde kennenlernen sollte, bevor wir zu viert den Abschlussball rocken. Meine Eltern sind an dem Abend nicht zu Hause, also treffen wir uns alle bei mir.

»Freunde, das ist Kate«, sage ich. »Kate, meine Freunde.«

Jillian lacht. »Wir haben übrigens auch Namen. Ich bin Jillian. Freut mich, dich kennenzulernen.«

»Mich auch. Ich hab schon viel von dir gehört«, sagt Kate. Und fügt hinzu: »Von euch beiden.«

»Das ist ein geiles T-Shirt«, sagt Franny und deutet auf Kates Oberteil. »Sag mir nicht, dass du Mighty Moat live gesehen hast.«

»Okay«, sagt Kate. »Dann sag ich auch nicht, dass der Schlagzeuger mit meiner Schwester zusammen ist.«

»Ach Quatsch. Ernsthaft?«

»Mit Mighty Moat ist es mir immer ernst.«

»Oh mein Gott. Du musst uns Tickets besorgen. Kannst du uns Tickets besorgen?«

»Süßer, krieg dich wieder ein«, bremst Jillian. »Lass sie wenigstens erst mal ankommen, bevor du sie fragst, ob sie uns auf den Mond fliegen kann.«

»Kein Ding«, sagt Kate. »Klar kann ich uns Tickets besorgen. Habt ihr Freitag in zwei Wochen schon was vor? Und wärt ihr bei einem Ausflug nach Detroit dabei?«

»Ohne Scheiß?!« Franny springt auf einen Küchenstuhl und boxt wie ein Irrer in die Luft. »Das ist ein Witz, oder? Hast du sie dazu angestiftet, Jack?«

»Ich habe damit nichts zu tun«, sage ich.

Kate lächelt. »Ich garantiere dir, dass ich bei Angelegenheiten von so fundamentaler Bedeutung keine Witze mache.«

»Oh mein Gott, wir fahren nach Detroit zu einem Mighty-Moat-Konzert, Baby, hast du das gehört?« Franny hüpft jetzt doch tatsächlich auf dem Stuhl auf und ab.

Jillian legt ihm beschwichtigend eine Hand an den Rücken. »Du musst meinen Freund entschuldigen. Ich gieße ihn, wenn ich daran denke, aber er kriegt nicht viel Sonne ab.«

Kate und ich lachen.

Dann erklärt Jillian: »So, meine liebe Kate, dir zu Ehren hauen wir heute richtig auf den Putz. Wir haben Ramen mit *Shrimps*-Geschmack.«

»Extra für mich?«, sagt Kate lachend. »Die normale Nudelsuppe wäre auch okay.«

Aber davon will Jillian nichts hören. »Nein, nein«, sagt sie. »Nur das Beste für unseren geschätzten Gast.«

Kate strahlt. »Oh, danke.«

»Aber gerne«, sagt Jillian. Sie reißt die Ramenpackung auf und lässt den Nudelklumpen in das kochende Wasser fallen.

»Kann ich was helfen?«, fragt Kate.

Jillian grinst und stemmt eine Hand in die Hüfte. »Du hast schon mal Ramen gemacht, oder? Dafür brauche ich noch nicht mal meine *eigene* Hilfe.«

»Ich könnte wenigstens den Tisch decken.«

»Das lass ich normalerweise die Jungs machen, aber …« Jillian zeigt auf einen Küchenschrank. »Die Schüsseln sind da drin.«

»Alles klar«, sagt Kate.

Ich schaue zu Jillian und wieder zurück zu Kate. Die einzigen beiden Frauen, in die ich jemals richtig verliebt war, sind im selben

Raum und werden aus den Schüsseln meiner Kindheit zusammen Nudelsuppe essen? Komisch, oder?

Aber es fühlt sich auf komische Art genau richtig an.

Zwei Stunden später ist Franny im klassischen Franny-Anekdoten-Modus, und wir lachen uns wenn schon nicht ganz kaputt, dann mindestens den Arsch ab.

»Jack steht mit runtergelassener Hose da, und Mrs Calloway ist knallrot wie eine Tomate, und sie kommt mit einem riesigen Kehrbesen auf uns zu, so ein Ding, mit dem man auf Sportplätzen sauber macht, nur dass sie uns damit köpfen will.«

»Stooopppp«, sagt Kate. Sie verschluckt sich fast an ihrer Kool-Aid-Brause. »Was habt ihr gemacht?«

Franny wirft mir einen Blick zu. »Was junge Burschen bei so was eben tun: Leine gezogen und gebetet, dass sie unsere Mütter nicht anruft.«

»Oh Gott«, sagt Kate und kriegt einen Lachkrampf.

Franny schüttelt den Kopf. »Jack hatte seine Hose nicht mal ganz oben, aber du hättest mal sehen sollen, wie der gerannt ist. Als wäre er vom Teufel besessen.«

»Das erste und einzige Mal, dass ich Franny in einem Sprint besiegt habe«, füge ich hinzu.

»Auf die guten Zeiten«, sagt Franny. Er hält seinen Becher in die Tischmitte.

»Auf uns«, sage ich und proste ihm zu. Die Mädchen schließen sich an.

Ich verschwinde in der Garage, um in der Kühltruhe nach Eiscreme zu suchen, aber als ich siegreich zurückkehre (Double Choco Fudge Fantastic *und* Praliné-Karamell), wechseln Franny und Jillian einen Blick. Franny schüttelt den Kopf und schiebt seinen Hocker von der Kücheninsel zurück.

»Du, Jack-O, wir machen mal los«, erklärt er. »Ich muss noch 'ne Hausarbeit für Geschichte schreiben, wie's scheint.«

»Ach nö«, protestiert Kate. »Wann ist die fällig?«

Franny zwinkert ihr zu. »Morgen. Zur Ersten. Also, ähem, acht Uhr.«

»Und du bist trotzdem die Ruhe selbst«, sagt Kate lachend.

»Du weißt es noch nicht, Kate, aber unser guter Franny ist ein Meister des Aufschiebens«, sage ich.

»Nur *Meister*? Das wird Frannys Begabung auf dem Gebiet nicht gerecht«, merkt Jillian an. Sie trägt das Geschirr ab und ich räume es in die Spülmaschine.

»Leute, wir wissen alle, dass ich unter Druck besser arbeite.«

Jillian macht die Spülmaschine mit der Hüfte zu. »Arbeitest du denn sonst überhaupt?«

»Uh, das hat gesessen«, sagt Franny.

»Oooh, mein armer Schatz«, sagt Jillian und schlingt die Arme um seine Taille.

»Ich liebe dich, Baby«, sagt Franny. Er schmiegt sich an sie und sie vergräbt die Nase an seiner Brust.

»E-kel-haft«, rufe ich. »Wir *essen* hier!«

»Besorgt euch doch ein Zimmer«, sagt Kate.

Aber dass meine zwei besten Freunde so glücklich miteinander sind, ist das Schönste, was ich mir denken kann. Sie sind einfach ein perfektes Paar.

Auf dem Weg nach draußen ruft Franny über die Schulter zurück: »Viel Spa-haß, ihr zwei!«

Jillian dreht sich mit einem entschuldigenden Lächeln um und bugsiert ihn die Einfahrt runter.

Ich schließe die Tür ab und lehne mich mit dem Rücken dagegen. »Also«, sage ich.

Ich kneife die Augen zusammen und präsentiere Kate den unwiderstehlichen Jack-King-Verführerblick. Der mir bis jetzt rein gar nichts eingebracht hat.

»Also«, wiederholt Kate. »Was sollen wir jetzt machen?« Ihr Ton deutet an, dass sie wohl ein paar Ideen hätte.

»Wir könnten zocken«, schlage ich vor, vielleicht etwas zu ernsthaft. »Oder fernsehen? Magst du College-Basketball? Die March Madness hat ja gerade angefangen. Ich könnte uns auch Milchshake machen, oder ich glaube, Mom hat Keksteig im Tiefkühlfach, da könnten wir …«

»Jack.« Sie legt mir ihren leicht gekrümmten Zeigefinger auf die Lippen. »Bei ›zocken‹ war ich schon dabei.«

Ich will jetzt nicht behaupten, dass sie mich nicht sowieso geschlagen hätte, aber ich kann mich beim Spielen kaum konzentrieren. Immer wieder linse ich zu ihr rüber, weil ich Angst habe, dass sie nur ein Wunschtraum ist.

Sie macht mich acht Runden nacheinander fertig. »Alles klar bei dir? Du bist irgendwie meilenweit weg.«

»Sorry, hab an was anderes gedacht.«

»Woran denn?«

»Soll ich ehrlich sein?«

Sie lacht. »Klar, nur raus mit der Wahrheit.«

»Dass ich dich gern küssen würde.«

»Oh«, sagt sie. Leider kann ich ihren Ton nicht deuten.

Also hab ich es wahrscheinlich vermasselt. Zu schnell, zu früh, Jack.

»Und warum zögerst du?«, fragt sie. Ihre Frage breitet sich in mir aus wie eine Schallwelle. *Warum zögerst du, Jack? Warum zögerst du? Warum zögerst –*

Doch bevor ich antworten kann, hebt sie mein Kinn an, nimmt mein Gesicht in die Hände und presst ihre Lippen auf meine.

Ein Dietrich ist nichts dagegen, so schnell hat sie mich aufgekriegt.

Und –

Und –

Feuerwerk, Leute.

Ein einziges Feuerwerk.

Mall Talk

Drei Tage vor dem Ball probieren wir in der Mall Prom-Outfits durch.

Meine Funktion besteht allerdings vor allem darin, Jillians Handtasche zu bewachen, während sie die Ständer mit Abendkleidern abklappert, und Franny mit Kommentaren zu verunsichern, während er uns bei der Suche nach dem einzig wahren Anzug *jedes* einzelne Modell vorführt.

»Kate wollte nicht mitkommen?«, fragt Jillian. Wir haben gerade den x-tausendsten Laden verlassen, und außer einer Pizza-Brezel hat Franny immer noch nichts gekauft. *Mit leerem Magen sollte man nicht shoppen gehen, Jack,* hat er mir erklärt. *Wenn man Hunger hat, handelt man unüberlegt.*

Ich schüttele den Kopf. »Sie hat einen Termin, den sie nicht absagen konnte.«

Franny patscht lachend auf meine Einkaufstüte. »Ist bestimmt besser so. Sonst hätte sie mitgekriegt, wie farbenblind du bist!«

»Lass ihn in Ruhe«, sagt Jillian.

»Danke, Jillian«, sage ich.

»Ich für meinen Teil finde es süß, dass Jackie keine Ahnung von Farben hat«, sagt Jillian.

»Boa. Ich hasse euch beide«, sage ich.

Bis jetzt habe ich mich auf den Ball nicht sonderlich gefreut –

weil, ihr wisst schon, Tanzen und Mädchen und vielleicht Tanzen *mit* Mädchen –, aber dank Kate kann ich mich allmählich dafür erwärmen.

Orchidee

Mit Blumen kenne ich mich nicht gut* aus.

*Gar nicht.

Daher bitte ich Mom, mir zu helfen, eine Ansteckblume für Kate auszusuchen. Denn 1. mache ich Mom damit glücklich und 2. – wo kauft man so was überhaupt?

Wir gehen die Reihen im Gewächshaus auf und ab.

Schließlich bleibt Mom stehen. »Die ist es«, sagt sie. Sie hält eine leuchtend gelbe Blume hoch.

»Perfekt«, sage ich.

Zehn Minuten später sind wir auf der Heimfahrt, die Orchidee in einer durchsichtigen Schachtel auf meinen Schoß gebettet.

Mom schaut vom Fahrersitz zu mir rüber. »Jackie?«

»Ja, Mom?«

Sie nimmt eine Hand vom Lenkrad und wischt sich über die Augen.

Ich lächle ihr zu. »Mom, was ist los? Sag jetzt bloß nicht, du zweifelst an der Orchidee. Wir können noch zurückfahren und die Tigerlilie kaufen. Es ist nicht zu spät.«

»Blödmann«, sagt sie und lacht durch ihre Tränen. »Es ist alles in Ordnung.« Sie wuschelt mir durch die Haare, und ich denke daran, wie oft sie an meinem Bett gesessen und mir über den Kopf gestreichelt hat, wenn ich sie angefleht habe, bei mir zu bleiben, bis ich eingeschlafen bin. »Ich bin stolz auf dich, Jackie. Auf den Menschen, der du wirst. Der du schon bist.«

Und ich nicke nur, sage leise »Ich liebe dich« – denn was kann man auch anderes sagen zu der Frau, die dich zu dem gemacht hat, der du bist?

»Kate wird deine Orchidee lieben, aber das hat nichts mit der Blume zu tun.«

»Ich liebe dich, Mom«, sage ich noch einmal, und diesmal kein bisschen leise.

Abfahrten

Dad ist im Paparazzi-Modus.

Verfolgt mich auf Schritt und Tritt und fotografiert, wie ich mich rasiere, die Zähne putze, die Sockenschublade nach meinem Lieblingspaar durchwühle.

»Jack, schau doch mal kurz her.«

»Dad, bitte«, stöhne ich. »Wenn Kate kommt, ist aber Schluss damit, okay?«

»Ich verspreche nichts«, sagt Dad zwinkernd. »Okay, jetzt dreh den Kopf ein Stück nach rechts. Nein, nein, zu weit. Ein bisschen zurück. Ja, stopp. Bleib so. Nicht bewegen – bleib so.«

»Ich brech mir gleich den Hals, Dad.«

Mom legt ihren Arm um Dads Taille. »Du weißt doch, dein Vater lebt für diese Momente, Jackie. Lass ihm die Freude.«

Ich löse die Pose auf. »Ich gönne ihm ja seine Freude. Ich will nur nicht, dass es auf Kosten meiner Freude geht. Ihr wisst, dass ich Fotos hasse.«

»Aber du siehst so gut aus«, sagt Mom und tritt zu mir, um mich in die Wangen zu kneifen.

Ich gehe auf sicheren Abstand. »Vielleicht warte ich einfach vorn auf der Veranda auf Kate.«

»Ha, ha, ha«, sagt Dad trocken. »Ich verstehe immer noch nicht, warum du sie nicht abholst.«

»Ich hab euch doch gesagt, sie ist dieses Wochenende zu Hause bei ihrer Familie, und sie meinte, es wäre Quatsch, wenn ich den ganzen Weg zu ihr rausfahre und dann denselben Weg wieder zurück. Ich wollte sie umstimmen, aber es war nichts zu machen.«

»Grmpf«, schnaubt Dad. »Zu meiner Zeit ...«

»... hattest du kein Auto, und es gab den schlimmsten Schneesturm der Geschichte, obwohl schon April war, und du bist dreißig Meilen ohne ordentliche Jacke durch den Schnee gestapft. Und hast Mom trotzdem zum Ball abgeholt.«

»Und er sah *trotzdem* wahnsinnig sexy aus«, fügt Mom hinzu.

Dad strahlt. »Mein Anzug war komplett durchnässt und zerknittert. Weißt du noch, wie deine Mutter mich gezwungen hat, mein Jackett über die Heizung zu hängen, bevor sie uns gehen ließ?«

Mom lacht. »Und dein Gesicht, als Dad verlangt hat, dass du dich auf der Hinfahrt zu ihm nach vorn setzt!«

»Der Mann hat total übertrieben. ›Keine Sperenzchen unter meiner Aufsicht‹, hat er getönt. Er hatte ja keine Ahnung, was unter seiner Aufsicht alles gelaufen ist ...«

Dad zieht Mom an sich und drückt ihr einen schmatzenden Kuss auf die Wange. Mom lacht und gibt ihm einen Klaps auf die Hände. »Bring deinen Sohn nicht auf dumme Ideen«, sagt sie. »Schlimm genug, dass er sich mit deinen Genen herumschlagen muss.« Mit besorgter Miene wendet sie sich zu mir um. »Jackie, du wirst doch aufpassen, ja?«

Ich ahne, wo das hinführt, und versuche es abzuwenden. »Mom, bitte.«

»Geh kein Risiko ein. Besser, man ist vorbereitet, als ...«

»Mom«, sage ich fest.

»Hör auf deine Mutter«, bekräftigt Dad. »Wir sind noch jung und stehen mitten im Leben. Für Enkel wären wir noch nicht bereit.«

Das ist der Vorteil daran, Einzelkind zu sein: Man genießt die ungeteilte Aufmerksamkeit seiner Eltern.

Das ist der Nachteil daran, Einzelkind zu sein: Man genießt die ungeteilte Aufmerksamkeit seiner Eltern.

»Alles unter Kontrolle, Leute. Danke für eure überbehütende Anteilnahme.« Ich hole mein Telefon aus der Tasche. Kate ist eine Viertelstunde zu spät.

Dad liest meine Gedanken. »Vielleicht musste sie noch tanken.«

»Sie ist bestimmt unterwegs«, versichert Mom.

Noch eine Viertelstunde später schicke ich Kate eine Nachricht.

> ICH: **Hey, wollte nur hören, ob alles in Ordnung ist. Je später der Abend, desto schöner die Gäste? LOL**

Weitere zehn Minuten – nichts.

Mom ruft aus der Küche: »Willst du noch eine Kleinigkeit essen, Jackie? Um dich auf andere Gedanken zu bringen?«

»Nein, danke.«

Ich wähle Kates Nummer und lande auf ihrer Mailbox.

Ich rufe noch mal an, mit gleichem Ergebnis.

Ich ziehe mein Jackett aus und breite es über den Polstersessel im Wohnzimmer, damit es nicht unnötig knittert. Setze mich neben Dad auf die Couch. Er legt mir einen Arm um die Schultern und brummt verständnisvoll. Ich brumme dankbar zurück.

Als ich ein Auto in die Einfahrt biegen höre, springe ich hoch und reiße den Vorhang am Fenster zur Seite. Doch das Auto setzt schon wieder zurück und braust davon.

»Fehlalarm«, teile ich Dad mit.

»Ruf doch bei ihr zu Hause an«, schlägt er vor.

Ich zucke mit den Schultern. »Ich habe nur ihre Handynummer.«

»Du könntest im Telefonbuch nachschauen?«

Ich grinse. »Was ist ein Telefonbuch?«

Ich rufe Kate an und spreche ihr auf die Mailbox.

Ein Donnerschlag erschüttert das Wohnzimmer, und draußen beginnt es wie aus Eimern zu schütten.

Mein Telefon summt. Aber es ist bloß Franny.

> FRANNY: **Es wird Zeit!! Bereit für unseren legendären Auftritt, Digga?!?!**

Ich antworte nicht.

Ich schicke Kate noch eine Nachricht.

Mom kommt mit zwei beladenen Tellern aus der Küche, stellt sie uns hin, küsst erst mich und dann Dad auf die Stirn.

»Danke, Liebes«, sagt Dad.

»Danke«, bringe ich heraus.

Dad spießt ein Brokkoliröschen auf. »Jack, vielleicht solltest du zu ihr fahren. Vielleicht ...«

Bevor er zu Ende sprechen kann, werfe ich mir schon das Jackett über und schlüpfe in meine Schuhe.

Mom taucht an der Haustür auf, die gelbe Orchidee in der einen, ihre Autoschlüssel in der anderen Hand. »Fahr vorsichtig, Jackie.«

»Danke, Mom.« Ich nehme die Schlüssel und die Blume und renne los, ohne daran zu denken, dass es in Strömen gießt.

»Jackie, ein Schirm!«, ruft Mom mir nach.

Ich kann jetzt aber nicht mehr zurück.

Bis ich beim Auto ankomme, bin ich klatschnass.

Und dann rase ich an einförmigen Blocks mit einförmigen Einfamilienhäusern und einförmigen Vorgärten vorbei. Fahre auf die Autobahn. Der Regen prasselt an die Windschutzscheibe, von den Reifen spritzen Fontänen auf.

Mein Telefon piepst.

> JILLIAN: **Wo bist du, Mann?! Hebt euch die Knutscherei für NACH dem Ball auf!!! LOL ☺ Mach hinne!!**

Ich drücke das Gaspedal durch.

Beinahe hätte ich die Ausfahrt verpasst. Ich schneide über zwei Spuren, komme dabei ins Rutschen, aber ich schaffe es. Insgeheim frage ich mich: *Was machst du da, Jack?*

Wie stellst du dir das eigentlich vor?

Du klingelst bei ihr an der Tür, sie macht auf – und was dann?

Was dann, Jack?

Darauf habe ich keine Antwort.

Obwohl ich Kates Adresse in das GPS meines Handys eingegeben habe und ständig auf das Display starre, fahre ich an ihrem Haus vorbei und muss in der Einfahrt eines Nachbarn wenden.

In der Haustür ist ein Milchglasfenster eingelassen. Drinnen scheint alles dunkel. Und still.

Mein Telefon klingelt.

»Jack, es tut mir so, so, so leid«, sagt Kate in mein nasses Ohr.

»Ist alles in Ordnung? Wo bist du?«

Lange Pause. »Ich kann nicht zum Ball mitkommen. Ich weiß, das ist sooo beschissen, aber ich verspreche dir, wenn ich irgendwie ...«

»Liegt es an mir, Kate? Ich verstehe das nicht.«

»Du hast nichts falsch gemacht. Ich weiß nicht, wie ich das erklären soll.«

»Versuch es wenigstens. Erklär es mir bitte.«

»Ich wollte nur, dass du weißt ... wie leid es mir tut.«

»Es tut dir leid?«

»Ja.«

»Das ist alles?«

»Ich weiß nicht, was ich sagen soll.«

»Sag *irgendwas*, Kate. Bis jetzt hast du gar nichts gesagt.«

»Jack ...«

»Der Ball hat vor zwei Stunden angefangen. Ich habe auf dich gewartet.«

»Was, du bist nicht hingefahren?«

»Wir wollten doch zusammen hin, Kate. Wir wollten ... Wo bist du? Bist du bei dir zu Hause?«

»Nein. Hör zu, das ist eine lange Geschichte ...«

»Zufällig habe ich gerade viel Zeit.«

»Ich muss Schluss machen, Jack. Es tut mir so leid.«

»Ja, das hast du gesagt.«

»Tschüs, Jack.«

»Warte, Kate –«

Aber sie ist schon weg.

Mein *Fast*-Fluch hat wieder zugeschlagen. Ich lehne mich an ihre Haustür, und meine Beine geben nach. Meine Füße rutschen nach vorn, bis ich zusammengesunken am Boden sitze, zerknittert, verwirrt, durchnässt.

Ich drapiere die leuchtendste Orchidee der Welt an Kates Tür.

Und kaum sitze ich wieder im Auto, hört es auf zu regnen.

War ja klar.

Wie man über jemanden hinwegkommt (und ein zerquetschtes Herz wieder in Form bringt)

Wenn ihr wissen wollt, wie man über jemanden hinwegkommt, seid ihr bei mir an der falschen Adresse.

Ich kann euch aber sagen, was man nicht tun sollte.

Im Nicht-Tun bin ich ganz groß.

Nicht tun sollte man: das Duschen unterlassen. Wenn man erst mal merkt, wie schlimm man riecht (könnt ihr euch vorstellen, wie sehr man stinkt, wenn das eigene Gehirn es nicht länger verdrängen kann?), ist es schon zu spät.

Nicht tun sollte man: in einem Anfall von Selbsthass mehrere Packungen Kekse auf einmal verdrücken.

Nicht tun sollte man: ins Kissen rotzen. Oder ins Hemd. Oder in die Decke. Richtig geweint habe ich zwar nicht, aber ich hatte eine Vorstellung davon, wie Tränen sich anfühlen. Es ist eine emotionale Zeit. Ach ja: Weint, wenn euch danach ist.

Aber nur damit das klar ist, *ich* habe *nicht* geweint.

Ich hatte was im Auge.

Mom hat die Weichspülermarke gewechselt, was meine Allergien verschlimmert hat. Dad hat mich zum Hilfskoch ernannt, und ich musste Zwiebeln hacken.

Will heißen, es gibt eine Million guter Gründe für das, was ihr auf meinem Gesicht gesehen zu haben meint.

^-^-^

Meine Freunde glauben offenbar, dass Bandproben gegen gebrochene Herzen helfen.

Das würde erklären, warum sie mich aus dem Bett geholt und in Jillians Garage geschleift haben.

»Du kannst den Kummer nicht wegschlafen«, sagt Jillian.

»Sagt wer?«, halte ich dagegen.

»Es geht dir bestimmt gleich besser, wenn wir richtig drin sind. Mit welchem Stück sollen wir anfangen?«, fragt Franny.

»Bloß kein Lovesong«, murmele ich.

»Das wird schwer. Schließlich ist unsere Setlist für ein Hochzeitsjubiläum gedacht«, sagt Jillian.

Ich zucke mit den Schultern. »Na und?«

Franny und Jillian wechseln Blicke. »Wie wärs mit Stevie Wonder?«, schlägt Franny vor. Normalerweise wäre das ein toller Einstieg. Einer der absoluten Lieblingssongs meiner Eltern – und einer von meinen –, aber heute tut es einfach nur weh, Stevie *When I Fall in Love* singen zu hören.

»Muss das sein?«, frage ich.

Aber Jillian zählt uns schon ein.

Nach dreißig Sekunden verhaue ich die Töne und breche ab.

»Hör nicht auf«, sagt Jillian.

»Setz noch mal ein«, ermuntert mich Franny.

Ich versuche es, aber es bringt nichts, ich klinge noch schlechter als sonst. Was eigentlich schwer zu toppen ist.

»Nächstes Stück«, schlägt Franny vor.

Jillian zählt wieder ein.

Diesmal schaffe ich es bis zum Refrain, bevor nichts mehr geht.

»Verdammt!«, brülle ich und bin drauf und dran, meine Trompete wegzuschmeißen.

»Wir machen mal eine Pause«, sagt Jillian.

»Wir machen mal Schluss«, sage ich, hole mein Telefon raus und fange an zu surfen.

»Was schaust du dir da an, Jack?«, fragt Jillian.

»Nichts«, sage ich, während ich scrolle.

»Er ist auf ihrem Instagram-Account«, stöhnt Franny. Er entreißt mir das Telefon.

»Hey!«, protestiere ich.

»Du brauchst 'ne strenge Hand«, sagt Franny. »Es ist nur zu deinem Besten.«

Da klingelt auf einmal mein Telefon. Ich versuche, hinter Frannys Rücken zu greifen, aber er wehrt mich ab. »Gib mir mein Telefon zurück, Franny. Ich mein's ernst.«

»Chill mal, Alter. Das ist nicht deins. *Mein* Telefon klingelt. Das ist mein Trainer. Ich muss rangehen.« Franny wirft Jillian mein Telefon zu. »Pass auf, dass er sich von Social Media fernhält, okay?« Er geht nach draußen. »Hey, Coach, was gibts?«

Ich attackiere Jillian mit meinem besten flehenden Blick.

»Tss, vergiss es«, sagt sie. »Auf den Blick fall ich nicht rein.«

Ich schiebe die Unterlippe vor. »Auf den Schmollmund vielleicht?«, frage ich.

»Ich bin immun gegen deine Tricks«, sagt sie, schiebt mein Telefon in ihre Jeanstasche und verschränkt die Arme.

»Dann halt nicht.«

»Jack, mal ehrlich: Wie geht es dir wirklich? Wie viel Sorgen muss ich mir machen?«

»So mäßig bis mittelviel? Keine Ahnung.«

Sie lächelt. »Mittelviel krieg ich hin.«

»Und was ist mit dir?«, frage ich.

»Was soll mit mir sein?«

»Wie geht es dir?«

Sie zuckt mit den Schultern. »Es geht.«

»Und deiner Mom?«

Sie seufzt. »Sie hatte eigentlich eine ganz gute Woche. Aber dann hat er angerufen.«

»Dein Dad?«

Jillian nickt.

»Wo ist er?«

»Auf dem Weg nach Hause.«

»Nach Hause? Also hierher?«

»Nein, dahin, wo er herkommt. Zur Elfenbeinküste.«

Damit habe ich nicht gerechnet. »Oh. Krass.«

»Ja. Krass.« Jillian plumpst auf das alte Sofa, das in der Garage steht. »Ich meine, er kommt schon wieder zurück. Er will nur seine Familie besuchen. Um den Kopf frei zu kriegen, wie er das nennt.«

»Dafür fährt er aber ganz schön weit.«

»Wahrscheinlich verstehen Franny und ich uns deswegen so gut. Wir haben beide Väter, die sich selbst am meisten lieben.«

Ich setze mich neben sie aufs Sofa. »Ach komm. Dein Vater liebt dich.«

Sie schnaubt. »Eltern machen dir immer weis, dass sie nur voreinander weglaufen, dass sie nicht *dich* verlassen. Sie schwören, dass sich nichts ändert. Und dann wird doch alles anders.«

»Ich kapier die Liebe einfach nicht«, gestehe ich. »Wenn alles gut ist, ist sie der Wahnsinn. Aber es bleibt nie gut.«

»›Nie‹ stimmt auch nicht. Ich meine, manche Paare kriegen es hin, oder? Deine Eltern zum Beispiel.«

»Irgendwie schon. Höhen und Tiefen gabs bei ihnen aber auch.«

»So ist das Leben halt. Man hat Probleme. Und versucht es trotzdem weiter. Man kämpft doch für die Dinge, die man liebt.«

»Und wenn einen die Dinge nicht zurücklieben?«

»Tja, dann ist man am Arsch«, sagt Jillian mit einem knappen Lachen.

»Hm. Vielleicht kommt es gar nicht so darauf an, wie etwas ausgeht. Vielleicht kommt es vor allem darauf an, dass man etwas Gutes hat, auch wenn es nicht lange hält.«

»Vielleicht.«

»Was hab ich verpasst?«, fragt Franny und springt mit einem Satz zurück in die Garage.

»Nichts«, sage ich.

»Alles«, sagt Jillian.

»Aa-ha.« Franny schaut erst mich, dann Jillian an, und wir lachen.

Ich springe hoch und hebe meine Trompete auf. »Los, Leute, jetzt wird gejammt!«

Ich spiele zwar nicht besser als je zuvor. Aber auch nicht schlechter.

Real Life

Trotz Superman-mäßigem Einsatz von Franny verlieren die Elytown High Panthers in der zweiten Runde der Playoffs 62:57. Jillian und ich warten auf dem Parkplatz auf ihn.

Kaum taucht er auf, wirft Jillian die Arme um ihn, und er beugt sich zu ihr runter, um sie an sich zu drücken.

»Du warst der Hammer«, versichern wir ihm nacheinander.

»Danke«, sagt er. »Schade, dass es nicht gereicht hat.«

Jillian schüttelt den Kopf. »Kommt drauf an, wen man fragt.«

Ich setze mich auf die Rückbank, Jillian ans Lenkrad, Franny auf den Beifahrersitz.

»Ich weiß, es ist völliger Quatsch, aber ich dachte, er kommt heute vielleicht zuschauen«, sagt Franny. »Ich meine, er ist schon seit ein paar Wochen draußen, und niemand hat was von ihm gehört. Selbst wenn er nichts mit mir zu tun haben will, könnte er ja mal seine Mutter besuchen. Also die Frau, die seine Hausgeldkarte aufgeladen hat, obwohl sie die Kohle selbst nicht hatte. Die drei Stunden hin und zurück nach Winston Hills getuckert ist, um seinen Sträflings-Arsch zu sehen. Da wäre es doch das Mindeste, mal anzurufen. Nur damit sie weiß, dass es ihm gut geht. Und dann ist er auch noch so dreist, eine Einladung zum Essen auszuschlagen, obwohl seine Mutter ihn praktisch auf Knien anfleht zu kommen und ihm unbedingt sein Lieblingsgericht kochen will.

Ehrlich, wie konnte ich nur so blöd sein, zu glauben, dass er sich vielleicht geändert hat.«

Jillian nimmt eine Hand vom Lenkrad, streicht Franny über die Wange. Auf einmal habe ich einen faustgroßen Kloß im Hals, der zu dick zum Runterschlucken und zu zäh zum Aushusten ist. Er steckt fest und brennt.

Mein Telefon plingt, und ich denke sofort an Kate. Seit unserem letzten Telefonat sind zwei Wochen vergangen.

Aber es ist eine Nachricht von Mom: *Sag Franny, dass wir ihn lieben!*

»Sein Pech, Franny«, sagt Jillian. Sie sagt es so leise, dass ich es kaum verstehe.

»Der alte Knacker kann mich mal«, sagt Franny.

»Franny, vielleicht ist er ...«, beginne ich. Aber Franny hat mit dem Thema abgeschlossen.

»Ooooh, mach das lauter«, sagt Franny. Er dreht am Lautstärkeregler und wippt im Takt des Basses mit den Schultern.

Jillian tippt an die Autodecke, und das Schiebedach gleitet zurück und lässt flirrendes Mondlicht und pfeifenden Wind herein.

»Ist das zu fassen, dass wir in einer Woche mit der Schule fertig sind?«, brülle ich, ziehe mich hoch und stecke den Kopf ins Freie.

»Die Welt gehört uns«, johlt Franny.

Den ganzen Abend lang cruisen wir herum, holen uns Fast-Food, recken die Hälse aus dem Auto und schreien Passanten oder dem fast vollen Mond unseren Frust entgegen. Und nein, das ist vielleicht kein Ersatz dafür, dass dein Dad endlich auftaucht und dir sagt, dass er dich liebt. Oder dass deine Eltern erkennen, dass sie sich immer noch gernhaben und es noch mal miteinander versuchen wollen. Oder dass das Mädchen, in das du verknallt bist, dich anruft und gesteht, dass sie ständig an dich denken muss.

Im echten Leben gibt es keine Power-ups für gebrochene Herzen.

Aber es ist immerhin etwas.

Es ist nicht nichts.

Die Party des Jahres

Einen Grammy für die beste Livedarbietung wird JoyToy wohl nicht gewinnen, aber unser Auftritt zum dreißigsten Hochzeitstag meiner Eltern läuft gut. Mom weint vor Glück und Dad grinst wie ein Irrer, und beide drücken mich so fest, dass ich Angst um meine Rippen habe. Alles in allem ist die Party ein voller Erfolg.

Als die Gäste gegangen sind und im Garten nur noch die Wimpelgirlanden flattern und die Kugelleuchten geisterhaft glimmen, schenken meine Eltern uns allen – auch Franny und Jillian – ein Glas Rotwein ein.

»Ihr wart so klasse«, sagt Dad.

»Gern geschehen, Mr King«, sagt Franny. »Für Sie doch immer.«

»Hast du es auch wirklich aufgenommen, Jack? Ist alles auf dem Video drauf?«, fragt Mom.

»Jaaaaa, Mom«, sage ich.

Dad nimmt Moms Hand. »Also, wir beide werden unseren Wein oben auf dem Balkon genießen.«

Franny zwinkert ihnen bedeutungsvoll zu. »Dann viel Spaß noch.«

»Uh, das ist widerlich«, werfe ich ein.

»Vielleicht sollten wir Jack langsam mal das mit den Bienchen und Blümchen erklären«, sagt Franny. »Was meinen Sie, ist er schon alt genug?«

»Nicht mal annähernd«, sagt Mom. »Vielleicht, wenn ...«

»Gute Nacht, Leute«, sagt Dad und führt Mom aus der Küche. »Jillian und Franny, ihr schlaft vielleicht besser hier auf dem Sofa.«

Mom steckt ihren Kopf noch mal in die Küche. »Aber auf getrennten Sofas!«

Dad zieht sie zurück.

Wir sitzen im Keller und schauen uns das Video von unserem Auftritt an, als mein Telefon klingelt. Ich bin so abgelenkt, dass ich schon fast rangehe, bevor ich registriere, wer da anruft.

Alles bleibt stehen.

Alles wird schwarz.

Als hätte mir jemand einen Staubsauger in den Rachen geschoben, der meine Organe aufschlürft.

Jillian, die auf dem Boden hockt, schaut zu mir hoch. »Wer ist es?«

Ich beschließe, es klingeln zu lassen.

Das ist garantiert ein Versehen. Ein unglücklicher Hosentaschenanruf. Jemand spielt mit ihrem Telefon rum. Sie hat sich vertan und den falschen Jack angerufen.

Eintausend Gründe, warum es nicht sein kann, dass sie mich anruft.

Hunderttausend Gründe, warum ich nicht annehmen sollte.

Leider gibt es nicht genug Willenskraft auf diesem Planeten, um meinen Finger aufzuhalten.

»Hallo? Jack?«

Ihre Stimme bricht alle Weltrekorde im Freistilschwimmen: Sie braucht nur Sekunden für drei Runden um meinen Körper.

»Jack, ich bin's ... Ich ...«

Ich antworte nicht. Es geht nicht. Meine Gefühlsverwirrung lähmt mir die Zunge.

»Bist du noch dran, Jack?«

Meine Lippen sind wie versiegelt.

»Ich kann verstehen, dass du nicht reden willst. Dass du sauer bist. Und durcheinander vielleicht auch. Und verletzt. Es tut mir leid, dass ich dich so unglücklich gemacht habe. Es tut mir leid, dass … Mir geht es genauso, Jack. Ich bin verletzt, durcheinander, sauer. Auf mich selber. Weil ich daran schuld bin. Und es tut mir leid. Alles. Ich hatte Angst, Jack. Vor dem, was passieren würde, wenn du die Wahrheit erfährst. Über mich. Dass du dich dann zurückziehst. Es wäre wirklich von jedem zu viel verlangt, zu bleiben. Jack … hast du schon mal solche Angst gehabt, jemanden zu verlieren, dass du es für besser gehalten hast, ihn dir ganz aus dem Kopf zu schlagen?

… Und ich schwöre dir, ich rufe dich nicht an, weil ich ein schlechtes Gewissen habe. Ich rufe dich an, weil ich so viele Dinge empfinde … Jack, irgendwas hast du mit meinem Gehirn angestellt. Und ich will meine letzten Stunden mit dir verbringen. Zählt das als Entschuldigung? Dass du von allen Menschen auf der Welt der Einzige bist, den ich bei mir haben möchte, wenn ich sterbe. Ich weiß, das ist schräg. Ich kenne dich ja nicht mal. Du kennst mich nicht. Nicht wirklich. Aber ich weiß, was ich weiß, Jack. Und es ist mir egal, wenn es sonst keiner weiß. Ich weiß, dass du es weißt, Jack. Ich weiß, dass …«

Meine Nase braucht ein Taschentuch. Oder zwei. Oder drei.

»Jack? Bitte? Sag wenigstens irgendwas. Sag mir, dass ich dich mal kann. Dass ich mich verwählt habe. Dass ich dich verdammt noch mal in Ruhe lassen soll. Egal was.«

»Kate?«

»Ja?«

»Sei still.«

»Das hab ich schon versucht. Und dich verloren.«

»…«

»Jack?«

»Wo bist du gerade?«

^-^-^

»Jack, wo willst du hin?«, fragt Jillian und springt vom Teppich auf.

»Ich ruf euch später an«, sage ich, schon halb im Erdgeschoss.

»Jack«, ruft Franny mir nach. »Jack!«

Abendstimmung

Es gibt kein Gesetz der Straßenverkehrsordnung, gegen das ich auf dem Weg zu ihr nicht verstoße.

Ich bin kurz davor, mit dem Auto die Sicherheitsschranke zu durchbrechen, so ewig lässt sich die Wächterin an der Parkgarage mit dem Aufmachen Zeit. Ich renne fünfhundert identische Flure entlang und muss zweimal nach dem Weg fragen, bis ich endlich da bin.

Zimmer 443.

Beinahe rempele ich eine Krankenschwester um, die gerade herauskommt.

»Tschuldigung«, sage ich und spähe an ihr vorbei ins Zimmer. Das Bett ist hinter einem Vorhang verborgen, und es ist dunkel. Nur butterweiches Mondlicht fällt herein.

Die Krankenschwester übergeht meine Entschuldigung. »Sind Sie ein Angehöriger?«, fragt sie.

»Ja«, lüge ich, weil ich nicht weggeschickt werden will. Doch dann besinne ich mich und verbessere: »Nein, ich meine ... Ich bin ihr ... Ich glaube, ich bin ihr ...«

»Er gehört zu uns, Linda«, sagt eine Frauenstimme von drinnen. Die Krankenschwester tritt beiseite.

»Du musst Jack sein«, sagt die Frau. Sie streckt die Arme aus, und ich gehe direkt in ihre Umarmung hinein. Ich nehme an, dass sie Kates Mutter ist, obwohl ich sie nie kennengelernt habe. Und es fühlt sich gar nicht komisch an, sie so herzlich zu begrüßen. Außerdem riecht sie so richtig schön nach Mutter. Der Art von Mutter, die in jeder Lebenslage ein Pflaster und ein Lächeln für dich hat.

»Ich bin Kates Mom«, bestätigt sie.

»Freut mich, Sie kennenzulernen, Mrs Edwards. Ich meine, es ist … bedauerlich, dass wir uns nicht unter besseren Umständen …«, stammele ich.

Sie wischt sich über die Augen. »Nenn mich doch Regina.«

»Ich bleibe lieber bei Mrs Edwards. Meine Mom würde mich umbringen, wenn sie hören würde, dass ich Sie Regina nenne.«

Ihr Lachen klingt, als wäre sie unter Wasser. »Verstehe.«

»Kate wird doch wieder gesund, oder?«

Mrs Edwards schüttelt den Kopf. »Wir wissen noch nicht viel. Sie ist nicht … Mein Gott …«

Ohne nachzudenken, nehme ich sie wieder in die Arme. Ihr Körper wird von Mini-Zuckungen geschüttelt. Ich warte kurz, dann drehe ich mich zum Vorhang.

»Mach ruhig«, sagt sie.

Langsam gehe ich um den Vorhang herum. Geräte pumpen, blinken, summen. Und mittendrin liegt Kate.

»Hey«, sage ich.

»Hey«, sagt sie. Sie verzieht kurz das Gesicht, als hätte sie Schmerzen beim Sprechen. »Ich hätte nicht gedacht, dass du mich noch sehen willst.«

Ich stelle mich ans Fußende des Bettes. »Will ich nicht und will ich doch.«

»Du siehst gut aus«, sagt sie.

»Du auch.«

»Lügner.«

Aber das ist *nicht* gelogen.

Sie winkt mich näher zu sich. »Ich beiße nicht«, sagt sie.

»Zumindest nicht heute.« Sie versucht zu lächeln, aber ihre Züge verkrampfen sich.

Ich trete vorsichtig über die Kabel, die am Boden verlaufen.

»Geht es dir gut?« Was für eine dumme Frage. Das wäre genau meine Nische: dumme Fragen aus 100 % biologischer Freilandhaltung.

Sie stöhn-lacht. »Oh, ganz prima. Die haben hier einfach die besten Schoko-Milchshakes, da hab ich beschlossen, mich einweisen zu lassen.«

»Ich bin ein Idiot.«

»Bist du nicht.« Sie beißt sich auf die Unterlippe. »Ich bin froh, dass du gekommen bist.«

Mrs Edwards räuspert sich. »Ich gehe mal ... Kaffee ... in der Cafeteria. Soll ich jemandem was mitbringen?« Ich habe ganz vergessen, dass sie da ist.

»Für mich nichts, danke, Mom«, sagt Kate.

»Für mich auch nicht«, sage ich.

Mrs Edwards nickt und tätschelt Kates Füße. »Bin gleich wieder da.« Als sie auf den Flur hinausgeht, ruft ihr die Krankenschwester etwas nach und redet eindringlich auf sie ein. Kates Mutter nickt währenddessen unaufhörlich, dann fallen sie sich in die Arme.

»Das mit dem Ball tut mir so leid, Jack.«

»Anscheinend hattest du ja einen ziemlich guten Grund«, sage ich. »Wenn dir irgendwas leidtun sollte, dann höchstens, dass du mir nicht einfach die Wahrheit gesagt hast.«

»›Ich bin genetisch indisponiert‹ schreckt die meisten Leute eher ab.«

Genetisch indisponiert? Was soll das denn heißen? Mir schießen tausend Möglichkeiten durch den Kopf.

»Wie gut, dass ich nicht die meisten Leute bin. Und, sagst du mir jetzt, was los ist? Warum du hier bist?«

»Ja.« Kate nickt. Doch dann schüttelt sie den Kopf. »Also eigentlich nein.«

»Kate.«

»Ich schulde dir eine Erklärung, ich weiß. Und ich verspreche dir, dass ich es dir erzähle, aber noch nicht jetzt. Jetzt will ich einfach nur ein bisschen Zeit mit dir haben, in der ich nicht die Kranke bin. In der du mich anschaust, wie du mich angeschaut hast, als ich noch keinen Sauerstoffschlauch im Gesicht hängen hatte. Wie bei unserer ersten Begegnung. Als wir bei fremden Leuten in der Küche gesessen und zusammen gefrühstückt haben.«

Ich beginne zu protestieren, denn ich will natürlich wissen, was Kate hat, warum sie im Krankenhaus ist, aber noch mehr will ich, dass sie glücklich ist. Dass sie sich bei mir sicher fühlt. So wie ich mich bei ihr sicher fühle.

»Okay, nicht jetzt«, sage ich. »Aber später.«

»Später, versprochen«, sagt sie. Ihr Gesicht hellt sich auf, als wären in ihren Augen die Glühbirnen ausgetauscht worden.

»Also.« Ich halte eine Supermarkttüte hoch. »Es sind zwar leider keine Froot Loops, aber ich habe uns was Feines mitgebracht.«

»Mein Held!«

»Es sind nur Büfettreste von der Party.«

»Oh Gott! Die Party deiner Eltern! Verdammt. Wie blöd von mir. Du solltest bei deiner Familie sein. Nicht hier.«

»Mach dir bloß kein schlechtes Gewissen. Die Party war sowieso vorbei.« Ich gehe die Tupperdosen durch. »Delikatessen sind das jetzt nicht. Der Süßkartoffelauflauf ist ganz okay. Und, hm, Spinatlasagne. Ich hoffe, es stört dich nicht, dass es ein Mittelstück ist. Eigentlich ganz lecker, aber die Käsemischung ist so lala. Ach ja, und ein bisschen von dem ziemlich genialen Kuchen. Der passt übrigens hervorragend zu Krankenhaus-Milchshake.«

»Oh, Jack. Du scheffelst gerade eine Menge Bonuspunkte.«

»Es ist auch ein Randstück.«

Sie klatscht in die Hände. »Du hast mir ein Randstück mitgebracht? Mit extra viel Zuckerguss?«

»Mit extra viel Zuckerguss«, sage ich. »Ohne extra Zuckerguss für dich komm ich dich doch nicht besuchen.«

Wir schweigen. Nicht weil wir nichts zu reden hätten. Sondern weil es so viel zu sagen gibt.

Kate versucht zu lächeln und wischt verstohlen die Tränen weg, die sich unter ihren Augen sammeln. »Was für ein schlechtes Timing. Mann, ich bin so bescheuert. Ausgerechnet am Hochzeitstag deiner Eltern hängst du hier fest.«

»Ich hänge nicht fest.« Ich hebe meine Füße nacheinander an, hoch genug, dass sie sie über das Bettgitter sehen kann. »Meine Füße sind frei. Siehst du?« Ich drehe mich einmal im Kreis.

»Tatsächlich.«

Ich hole einen Klappstuhl ans Bett. »Und, worüber willst du reden? Die bevorstehende Wahl? Die Katastrophenschutzbehörde? Soll ich dir eine Geschichte erzählen?«

»Nein. Nein. Und kommt drauf an. Was für eine Art Geschichte?«

»Ich dachte an so eine langweilige Nullachtfünfzehn-Story mit Happy End.«

Sie zieht ihre Decke hoch. Ich klopfe ihr Kissen auf. Klein wirkt sie in diesem Bett, blassbraun auf den strahlend weißen Laken.

»Langweilig mag ich«, sagt sie. »Langweilig ist gut.«

»Umso besser, denn du hast den allerlangweiligsten Geschichtenerzähler der Welt vor dir.«

»Mein Glückstag.«

Ich nehme ihre Hand; ihre Finger sind kalt. Ich höre das Zischen des Sauerstoffs, der in ihre Nase strömt. Ich rieche den bitteren Geruch von Alkoholtupfern. Ich lächele sie an. *Alles wird gut,* sage ich mir.

»Gestern Nacht hatte ich einen total verrückten Traum«, sagt sie.

»Echt?«

»Ja. Du warst ein grandioser Schriftsteller. Das an sich ist ja nicht überraschend. Und einer deiner Romane wurde fürs Theater adaptiert. Ich glaube nicht, dass du mit meinem Kommen gerechnet hast, jedenfalls saß ich im Publikum. Und ich war so happy. Dass ich dabei war. Mir etwas anguckte, was von dir war. Und nach dem Ende der Vorstellung habe ich draußen auf dich gewartet. Du bist rausgekommen und auf eine Gruppe von Freunden zugegangen, und ich sagte: ›Hey, Jack Attack.‹ An der Art, wie du den Kopf bewegt hast, konnte ich sehen, dass du mich gleich erkannt hast, obwohl du noch mit dem Rücken zu mir warst. Du hast dich umgedreht und gelächelt. Und dann bist du in meine Richtung gegangen, wir haben uns in die Augen gesehen, und …«

Sie hält inne.

»Und was ist dann passiert?«

»Dann hat sich der Traum komplett verändert, und ich habe mich plötzlich in ein Auto verwandelt. Wie ein Transformer. Das war der Hammer. Ich war ein feuerwehrrotes Auto mit getönten Scheiben und einem Überrollkäfig.«

Ich pruste los. »Du bist die eigentliche Schriftstellerin in dieser Beziehung.«

Sie schüttelt den Kopf. »Ich wollte mich um die Position der Muse bewerben. Wenn die Stelle noch offen ist?«

»Klar«, sage ich. Ich drücke ihre Hand. Sie drückt zurück. Unser eigener Morsecode.

»Wo habe ich dich gefunden?«, frage ich sie.

»Auf einer ollen Treppe mit Pissflecken.«

»Der besten Treppe der Welt.«

»Der besten Treppe der Welt«, wiederholt sie. Sie reißt ihren Blick von mir los und heftet ihn auf den Vorhang. Der ist zwar blickdicht, aber sie starrt darauf, als könnte sie hindurchsehen. Vielleicht kann sie das ja. Vielleicht war sie oft genug hier, oder an Orten wie diesem, um zu wissen, was sich auf der anderen Seite befindet.

»Jack?«

»Ja?«

»Wenn etwas passiert, will ich, dass du dich an mich erinnerst –«

Ich schneide ihr das Wort ab. »Ach was, es wird nichts passieren.«

»Lass mich.« Sie drückt wieder meine Hand. »Hör mir zu.«

Ich nicke, denn wenn ich spreche, bricht mir die Stimme weg.

»Ich will, dass du mich in Erinnerung behältst, aber nicht als das kranke schwarze Mädchen mit den Storchenbeinen aus irgendeinem namenlosen Vorort. Ich will, dass du mich in Erinnerung behältst wie diesen Moment. Als Mondschein, der über deine Schulter fließt, der sich gegen die Nacht ausdehnt. Als flimmernde Sterne. So sollst du mich in Erinnerung behalten. Als Regenschauer und wogenden Nebel. Als aufflackerndes Licht der Straßenlaternen. Jedes Mal, wenn du einen Abend wie diesen spürst oder siehst, sollst du an mich denken, wie ich dir zulächele, wie ich dich anlache. So sollst du mich, so sollst du uns in Erinnerung behalten: als Stimmung eines Tages.«

Ich will etwas sagen, klappe aber nur stumm den Mund auf und zu.

Die Krankenschwester kommt herein und bietet Kate eine Schmerzmittelinfusion an. Mich warnt sie vor, dass das Kate schläfrig machen wird und dass ich, wenn ich ihr etwas Gutes tun will, sie am besten ausruhen lasse.

Und ich will natürlich tun, was das Beste für Kate ist.

Leider weiß ich nur eins: dass ich nicht weiß, was das Beste für Kate ist. Meine Gedanken drehen sich wie wild, aber immer bloß im Kreis.

Also sitze ich still da und beobachte, wie Kates Augenlider flattern, bis sie in den Schlaf driftet.

»Jack«, sagt sie, kurz bevor ihr die Augen endgültig zufallen.

»Ich bin hier.«

»Sag Franny, es tut mir leid wegen Mighty Moat. Ich schulde ihm noch ein Konzert.«

Ich nehme ihre Hand. »Er wirds überleben.«

Und ihre Lippen kräuseln sich zu etwas, das nicht ganz ein Lächeln ist, aber fast.

Als ihre Mom zurückkommt und mir einen Kaffee reicht, nippe ich daran, obwohl er so abgestanden schmeckt, als wäre er tagelang warm gehalten worden; so habe ich wenigstens etwas zu tun, während Kate schläft. Während ich dasitze und darauf warte, was als Nächstes kommt.

Als der Kaffee alle ist, legt Kates Mutter mir ihre Hand auf die Schulter. »Jack, fahr nach Hause. Ich sage ihr, dass sie dich gleich anrufen soll, wenn sie aufwacht.«

»Kommen Sie klar?«, frage ich.

Sie nickt. »Mein Mann ist auf dem Weg hierher. Es geht schon.«

Ich will widersprechen, aber stattdessen drücke ich sie fest, so wie ich es bei meiner eigenen Mutter viel öfter machen sollte. Dann beuge ich mich über Kate und zögere kurz, bevor ich sie auf die Stirn küsse. Sie rührt sich nicht. »Gute Nacht, meine liebste Stimmung des Tages«, sage ich.

^-^-^

Ich schalte die Scheinwerfer aus. Unser Haus steht dunkel und schweigend da, am Briefkasten wehen erschlaffende Luftballons. In ein paar Stunden wird es hell. Schon komisch – da steckt man so viel Zeit und Energie in eine Sache, und plötzlich ist sie vorbei und etwas Neues tritt an ihre Stelle.

Drinnen stolpere ich über meinen Trompetenkoffer. So viel zum Thema leise ins Bett schleichen.

Aber daraus wäre sowieso nichts geworden, denn meine Eltern warten in der Küche auf mich.

»Jack«, flüstert Mom, als hätte sie Angst, dass ich in Flammen aufgehe, wenn sie auch nur ein Dezibel lauter spricht als nötig. Sie sieht mir prüfend ins Gesicht. »Wie geht es ihr?«

»Sie wird wieder gesund«, versichere ich ihnen.

»Was ist denn passiert? Was hat sie?«, fragt Dad.

»Ich weiß es nicht genau. Sie wollte es mir nicht sagen.«

»Na, ich bin froh, dass sie auf dem Weg der Besserung ist. Das ist die Hauptsache. Du solltest Jillian und Franny anrufen«, sagt Mom. »Sie machen sich Sorgen.«

»Sind sie heimgefahren?«

»Ich habe sie vor einer Weile nach Hause gebracht«, sagt Dad.

Ich nicke. »Tut mir leid, dass ich so schnell los bin, ohne euch Bescheid zu sagen.«

Aber sie schütteln nur energisch die Köpfe.

»Das braucht dir nicht leidzutun. Du hast das Richtige getan, Jack.«

Oben in meinem Zimmer schicke ich Franny eine Nachricht, dass alles in Ordnung ist und wir uns morgen sehen. Als ich ins Bett krieche, ruft Jillian an, und wir machen aus, dass wir morgen zusammen ins Krankenhaus fahren.

Ich ziehe die Flanellbettwäsche über mich und denke an die Menschen, die mir nahestehen, meine Familie und meine Freunde; ich denke an Kate, die in ihrem Krankenhausbett eingekuschelt liegt, und ja, ich habe definitiv Angst – vor der Zukunft, vor dem Unbekannten, vor den Schreckmomenten und unerwarteten Wendungen im Leben –, aber mir wird auch bewusst, wie unglaublich glücklich ich mich schätzen kann, so viele und so vieles zu haben. Ich frage mich, womit ich das verdient habe.

Und noch während ich darüber nachdenke, schlafe ich ein.

Λ-Λ-Λ

Kates Klingelton reißt mich aus dem Tiefschlaf.

Ich greife nach dem Telefon. Es ist 3.37 Uhr nachts. Ich räuspere mich, bevor ich annehme. »Hey du, hast du dich schön ausgeruht?«

»Jack, es tut mir so leid, dass ich um die Zeit störe.«

Die Stimme klingt zwar ähnlich, aber es ist nicht Kate. Und ich weiß sofort, dass etwas nicht stimmt.

»Jack, bist du noch dran?«, fragt ihre Mutter. »Sie ist gestorben, Jack. Kate ist tot.« Ich lege nicht auf. Ich bewege das Telefon nicht mal von meinen Lippen weg. Aber ich sage auch nichts. Was kann ich darauf auch antworten außer: Warum haben mich alle angelogen? Kates Mutter. Die Krankenschwester. Kate.

Sie muss sich ein bisschen ausruhen. Du musst dich ein bisschen ausruhen, haben sie gesagt.

Warum sind sie alle Lügner?

Und ich denke: Sie muss es gewusst haben. *Wenn etwas passiert,* hat sie gesagt.

Ich hasse den Mond.

Ich hasse die Sterne. Ich hasse den Abendhimmel. Und Regen und Nebel. Ich hasse Krankenhäuser. Und weißes Bettzeug. Und alle Geräte, die je gebaut worden sind. Und Krankenschwestern und Ärzte. Sie hätten sie am Leben halten müssen. Das war ihre einzige Aufgabe. Das war meine einzige Aufgabe. Und mich selbst hasse ich am allermeisten. Meine furchtbaren Lügen. *Du wirst wieder gesund,* habe ich zu ihr gesagt. Ich hatte nicht das Recht dazu. Ich hatte nicht recht. Ich hatte auf die fatalste Weise unrecht.

»Ich fahre gleich los«, sage ich schließlich. Aber ich bin nicht mal sicher, ob Kates Mutter noch dran ist. Ich stolpere aus dem Bett, ziehe eine Jogginghose an, schlüpfe in ein Paar alte Sneaker und rase zur Treppe. Aber ich bin ganz benebelt im Kopf, und auf dem Flur ist es dunkel, und ich verpasse die erste Stufe.

Ich falle kopfüber die Treppe runter. Mit rudernden Armen suche ich nach Halt, doch meine Finger streifen nur über Wand und Geländer, und ich kann den Sturz nicht aufhalten. Nichts bremst mich. Mein Körper rattert, rutscht, rumst über jede einzelne Stufe. Bis er unten aufschlägt. Ich kann nicht atmen. Mir ist die Luft weggeblieben. Ich kann nicht denken. Mein Kopf ist leer.

»Jack, ist alles in Ordnung? Jack! Jack!«

Oben an der Treppe schreit jemand. Aber ich erkenne die Stimme nicht. Vielleicht Mom. Vielleicht Dad. Könnte auch Gott sein, was weiß ich. Das Licht geht an, und ich versuche instinktiv, meine Augen abzuschirmen. Wenn ich denn die Arme heben könnte. Nicht mal die Finger kann ich bewegen. Ich höre Holz knarzen. Und panische Rufe. »Ruf einen Krankenwagen! Schnell! Jack! Jack!«

Und dann ein unerträglicher Schmerz.

Als wäre mein Kopf eine Packung Eiscreme und jemand würde versuchen, sehr gründlich eine Kugel nach der anderen aus meinem Gehirn zu kratzen.

Bis auf einmal ein durchdringendes Pfeifen in meinen Ohren gellt und ich weiß, dass es aus ist.

Gute Nacht, Abend. Gute Nacht, Welt.

Gute Nacht, Jack. Gute Nacht.

FORTSETZUNGEN SIND MEISTENS DOOF, ABER …

Glaubt ihr an ein Leben nach der Liebe?

Sterben ist nicht so, wie ich es mir vorgestellt habe.

Mein Leben zieht nicht an mir vorbei. Vielleicht hat derjenige, der den Beamer bedient, ja beschlossen, mir die Langeweile zu ersparen.

Es gibt kein grenzenloses Meer unentrinnbarer Dunkelheit.

Ich fühle mich nicht schwerelos oder als würde ich ziellos dahintreiben.

Sterben, stelle ich fest, fühlt sich eher wie Aufwachen an.

In Anbetracht der Tatsache, dass ich eben eine Treppe runtergeschossen und nur zum Halten gekommen bin, weil mein Schädel auf den unteren Treppenabsatz geknallt ist, scheint es mir ein Riesenglück zu sein, dass ich überhaupt wach werde (auch wenn es der Tod ist).

Trotzdem, als »Schön, dass du wieder bei Bewusstsein bist, Jack, wir haben dich vermisst«-Willkommensgeschenk wäre der Himmel nicht das Schlechteste. Aber ein Krankenhausbett ist wohl wahrscheinlicher. Von daher weiß ich nicht so recht, was mich erwartet, als ich die Augen öffne.

Sterile weiße Wände vielleicht.

Grelles, künstliches Licht über mir.

Meine Eltern, die sich an mein Bett klammern.

Aber mit Erwartungen ist es so eine Sache. Meistens täuscht man sich.

Denn stattdessen bekomme ich wellige, vergilbte Tapete.

Kitschige Discobeleuchtung.

Und laute Musik.

Aber keinen Chor wunderschöner Engel, die auf Harfen zupfen.

Das ist dumpfer, wummernder Bass.

Stimmen höre ich auch. Nur sind es nicht meine Eltern.

Oder jemand, der mir sagt: *Geh ins Licht.*

Diese Stimmen sind jung, unbeschwert, aufgekratzt. Diese Stimmen dröhnen ausgelassen und voller Elan durch den Raum.

Jemand beschwert sich, dass heutzutage niemand mehr richtige Musik macht. Und sein Gegenüber pflichtet ihm bei. *Ja, genau,* brüllt sie.

Ich fasse an meinen Kopf. Obwohl ich gerade einen menschlichen Torpedo gespielt habe, blute ich nicht.

All meine Sinne scheinen intakt zu sein. Ich glaube, ich lebe noch.

Ich lebe.

Ich sehe etwas verschwommen, aber ich sitze eindeutig auf einer Treppe.

Nur: Ich bin nicht bei mir zu Hause. Das ist nicht unsere Treppe.

Jedenfalls nicht die, auf der ich vorhin Harakiri begangen habe.

Aber ich kenne dieses Haus. Diese hässliche Tapete. Diese abgewetzten Stufen. Ich war schon mal hier, an genau dieser Stelle. Ein einziges Mal. Vor Monaten. Aber das kann nicht sein. Ich habe mir den Kopf zu heftig angeschlagen. Ich muss im Koma liegen.

Oder vielleicht habe ich mich geirrt. Bin ich ... doch tot?

Ich fasse an meine Brust, meine Beine. Fühlt sich alles fest an.

Ich gebe mir eine Ohrfeige. Es tut weh.

Das ergibt alles keinen Sinn. Vielleicht ist dieses Haus eine

Durchgangsstation, eine Art Warteraum, während Gott oder wer auch immer meine Papiere prüft?

Aber wenn das hier auch nur entfernt mit dem Himmel zu tun hat – und ich will jetzt nicht undankbar klingen, falls es so ist –, dann haut mich das nicht vom Hocker. Die Musik, die Beleuchtung, die Unmenge an derben Ausdrücken, die ich in den letzten vierzig Sekunden gehört habe, das alles schreit nicht gerade nach paradiesischer Wonne. Nicht dass ich mich viel mit dem Himmel beschäftigt hätte. Oder mit dem Sterben.

Gottes Name fällt eigentlich erst, als ein Typ was Richtung Fernseher brüllt.

»Oh Gott, holt euch doch mal 'nen Rebound! Die kacken dermaßen ab«, sagt er zu seinem Nebenmann, der größer ist als er.

Der Reporter verliert die Fassung. »Das ist die ENTTÄUSCHUNG DES JAHRES!«

Der Größere schüttelt den Kopf. »So wird das nichts im Turnier.«

Moment, das Spiel kenne ich doch. Dieses Spiel habe ich *gesehen*. Ganz zum Schluss dreht das Team von der State noch mal auf und gewinnt mit einem Off-Balance-Dreier in der letzten Sekunde. Daran erinnere ich mich, weil Franny noch tagelang davon geredet hat.

Ich gucke mich gründlicher um. Auch die Leute hier habe ich schon mal gesehen.

Der Typ mit dem tief ausgeschnittenen Sweatshirt.

Das Mädchen mit dem Hello-Kitty-Tattoo.

Es ist alles genau so wie vor vier Monaten.

Und noch bevor ich in die Küche schaue, weiß ich, wer da steht. An die Küchenzeile gelehnt, in einer Traube von Menschen – meine beste Freundin.

Jillian.

Unsere Blicke begegnen sich, und sie winkt. Ohne nachzudenken, proste ich ihr mit meinem Becher zu und lege den Kopf schräg.

Sie lächelt, und mir wird siedend heiß, wie immer. Sie bedeutet mir, zu ihr zu kommen. Doch bevor ich die Beine anziehen kann, höre ich die eine Stimme, von der ich sicher war, dass ich sie nie wieder höre. Ich schaue über die Schulter zurück. Das Mädchen schüttelt so entschieden den Kopf, als würde ihr jede Sekunde, in der ich sie mit meiner Unbeweglichkeit zum Warten verdamme, unsägliche Qualen bereiten, und sie spricht diese magischen, unvergesslichen ersten Worte:

»Tschuldigung, bist du immer so breit?«

^-^-^

Ich dachte immer, ich wüsste, was *vom Donner gerührt sein* bedeutet.

»Ich bin wie vom Donner gerührt« heißt, dass man sich vor Verblüffung oder Schreck nicht rühren kann.

Nur funktioniert meine Grobmotorik noch erstaunlich gut. Ich springe hoch.

»Was machst du denn hier?«, rufe ich aus. Mein Körper will schon die engste und überschwänglichste Umarmung aller Zeiten einleiten.

Aber Kate zuckt mit angewiderter Miene zurück. So habe ich sie sonst nur zwölfbeinige, achtäugige Krabbelviecher anstarren sehen. »Was soll der Scheiß, Mann?«

Ich lache. »Was, rieche ich nach Tod?« Ich hebe die Arme, damit sie einen schnellen Achsel-Check machen kann.

Kate sieht vollkommen verdattert aus. Eigentlich eher fassungslos. Aber sie schnüffelt trotzdem kurz. »Vielleicht, aber ich bin generell nicht der Typ, der jedem dahergelaufenen Fremden um den Hals fällt.«

»Fremden? Ich bin ja wohl – hast du was von der Bowle getrunken? Bestimmt hat jemand extra Alk …«

Da fällt es mir wie Schuppen von den Augen.

Das Hello-Kitty-Mädchen.

Das Basketballspiel.

Bist du immer so breit?

Kate spielt mir nichts vor. Sie hat tatsächlich keine Ahnung, wer ich bin.

Wir haben uns keine E-Mails geschrieben.

Sie hat mich nicht beim Abschlussball versetzt.

Die Party meiner Eltern hat nicht stattgefunden.

Wir haben nicht mal zusammen Frühstücksflocken gegessen.

Wir haben keine Vorgeschichte, in jeder Hinsicht.

Das ist der Anfang von allem.

Wir sind uns wieder völlig fremd.

Na ja, »völlig« stimmt nicht. Ich kenne sie ja immer noch. Ich fast-liebe sie immer noch.

Aber sie kennt mich nicht. Und ihrem Gesichtsausdruck nach zu urteilen kommt Liebe in ihrem Gefühlsspektrum auch nicht vor. Nicht mal annähernd.

Wir stehen doof rum, bis sie sich räuspert und mir klar wird, dass sie nur deswegen noch hier ist, weil ich ihr den Weg nach unten versperre.

Ich presse mich an die schmutzige Blümchentapete. »Ich bin schon weg!«

»Nett, dich kennenzulernen, Schonweg.«

»Neinnein, so heiße ich nicht …«

Sie lacht. »Ist das deine erste zwischenmenschliche Interaktion? Oder bist du immer so unsicher?«

Am liebsten würde ich sie berühren. Um mich zu vergewissern, dass sie echt ist. »Nur wenn der andere Mensch etwas Besonderes ist.«

Sie lächelt. »Dann muss ich ja *ganz* besonders sein.«

»Die Allerbesonderste.«

Sie klimpert mit den Wimpern. »Ich wette, das sagst du zu allen Menschen.« Sie setzt einen Fuß auf die nächste Stufe. »Na dann, man sieht sich, Schonweg.«

»Cool«, sage ich und winke unerklärlich eifrig, als wäre ich ihre Mutter und sähe sie zum ersten Mal in den Schulbus steigen. »War schön, dich kennenzulernen.« War *wieder* sehr schön, denke ich im Stillen.

»Finde ich auch.« Sie grinst. »Glaube ich.«

»He, warte«, rufe ich ihr nach. Aber meine Stimme geht im Partylärm unter.

Und dann ist sie weg, verschluckt von der Masse der Feiernden.

Ich dagegen bin auf der Treppe festgenagelt, die im Übrigen gar nicht mehr so schlimm nach Pisse riecht.

Ihr hättet mir sagen können, dass ihr eine Lösung für die Klimakrise habt.

Oder dass ihr beim McDonald's-Monopoly die Schlossallee gefunden und die Million gewonnen habt.

Ich hätte euch nicht gehört.

Weil: Kate. Lebt.

^-^-^

Jillian taucht neben mir auf. Sie steckt sich einen Chip in den Mund. »Hey, J. Hast du Spaß?«

Wie ist sie so schnell zur Treppe gekommen? Doch da stelle ich fest, dass ich offenbar die Stufen runtergegangen und in die Küche geschwebt bin. *Geschwebt* ist übrigens nur so dahingesagt – das betone ich lieber noch mal, weil ich ja irgendwie in der Zeit zurückgereist bin und es euch nicht verdenken könnte, wenn ihr *schweben* so versteht, dass ich ein Geist bin oder so was.

»Ja, die Party ist … super«, sage ich und halte nach Kate Ausschau. »Und wie stehts bei dir?«

Jillian zuckt mit den Schultern. »Ich hatte irgendwie gehofft, dass du und ich zusammen abhängen. Also ohne andere Leute. Und einfach mal quatschen oder so.«

Ich halte meine Kate-Suche an und sehe Jillian ins Gesicht. »Stimmt was nicht?«

»Nö, alles in Ordnung. Ich hab in letzter Zeit halt das Gefühl, dass wir nie allein sind. Wir sind immer so eingespannt mit Schule, Familie oder unseren Nebenjobs.«

»Ich weiß, was du meinst«, sage ich und lasse die Suche weiterlaufen.

»Nach was guckst du dich denn um?«

»Nichts.«

»Lügner. Ist es ein Mädchen? Hast du jemanden kennengelernt, Jackie?«

Ich grinse übertrieben. »Ich? Jemanden kennengelernt? Ja, klar.«

»Oh mein Gott!« Sie knufft mich in die Schulter. »Wo ist sie? Die muss ich sehen.«

»Da war nichts«, sage ich. »Wir haben einfach ... Ich will es jetzt nicht bedeutsamer machen, als es ist, aber ...«

»Ich helfe dir, sie zu finden. Wie sieht sie aus?«

»Hm, mal überlegen. Also, sie ist schwarz. Mit schwarzen Haaren. Und braunen Augen.«

Jillian schüttelt den Kopf. »Aha. Damit können wir immerhin die Hälfte der Leute hier ausschließen. Sonst noch was? Was hat sie an, Romeo?«

»So ein Sweatkleid-Teil. Mit einem Gürtel in der Taille.«

Jillian schnippt mit den Fingern. »Ah, die hab ich gesehen. Sie hat sich was von der Bowle genommen und ist dann gegangen, glaube ich. Jedenfalls ist sie raus. Vielleicht ist ...«

Aber ich warte nicht darauf, dass Jillian zu Ende spricht. Mit einem Satz bin ich an der Haustür.

Woher kenne ich dich noch mal?

Ich renne um das Haus herum und schlängele mich durch rauchende und trinkende Studenten, bis ich sie an der Seite des Hauses an der Wand lehnen sehe. Sie hält einen Becher in der Hand und starrt auf ihr Telefon.

Als sie bemerkt, dass ich auf sie zukomme, schaut sie kurz hoch. »Stalkst du mich, Schonweg?«

»Wer, ich?«

»Nein, der komische Typ hinter dir.«

Ich widerstehe der Versuchung, mich umzudrehen. »Nur zur Sicherheit: Hinter mir ist kein komischer Typ, oder?«

Sie grinst. »Da müsste schon ein Spiegel hinter dir stehen.«

»Du bist witzig«, sage ich und denke mit Wehmut daran, wie sie mich immer zum Lachen gebracht hat.

»Nach deinen Standards vielleicht«, schießt sie zurück. »Aber danke, Mann.« Sie nimmt einen Schluck. »Und, was studierst du?«

»Häh?«

»Ich weiß, ich weiß. Total lahmer Anmachspruch. *Hey Mann, was ist dein Hauptfach?* Aber ich bin halt eher lahm, also nimms mir nicht übel.«

»Ich studiere hier gar nicht.«

»Nein?« Sie macht ein überraschtes Gesicht. »Gehst du auf die State?«

»Ich bin nur zu Besuch. Übers Wochenende.«

»Übers Wochenende? Hast du Freunde an der Whittier?«

»Noch nicht«, sage ich verlegen. »Ich bin zu einer Besichtigung hier.«

»Einer Campusbesichtigung? Das heißt, du bist noch Schüler?«

»Ich bin in der Zwölften«, sage ich und versuche, meiner Stimme unauffällig mehr Bass zu verleihen. »Du hast uns heute durch das Studi-Zentrum geführt.«

Sie richtet den Zeigefinger auf mich, als würde sie damit Blitze abschießen. »Der Stille ganz hinten!«

»Jepp, das war ich«, sage ich leise, aber immer noch extra bassig.

Sie lacht. »Du bist ein großer, cooler Zwölftklässler«, sagt sie in demselben lässig-tiefen Ton. »Und, wieso bist übers Wochenende hergekommen? Um Studentinnen aufzureißen, ja?«

Ich verfalle in mein übliches »Ich h-h-habe ein M-M-Mädchen vor mir«-Stottern. »Nein, äh, gar nicht, ich wollte eigentlich nur, ich meine, das würde ich nie, also jeder, der mich kennt, weiß, dass ich nicht so bin, ich bin eher …«

»Komm mal runter, Mann. Ich verarsch dich doch nur.«

»Ja. Das habe ich gemerkt.«

»Klar. Du bist ja auch in der Zwölften.« Sie stellt ihren Becher auf das Verandageländer. »Hast du Hunger, Schonweg?«

Die Wahrheit ist: Ich habe keine Ahnung, was mir da passiert. Was ich hier mache. Und das schon zum zweiten Mal.

Ob ich überhaupt hier bin.

Ob ich nicht jede Minute aus dem Koma aufwache oder das Ganze nur geträumt habe oder sonst irgendein abgelutschter Plot-Twist.

Aber allein die Möglichkeit, eine weitere Chance bei Kate zu haben, beflügelt mich.

Ich wippe auf den Füßen, als hätte ich gerade entdeckt, dass ich fliegen kann.

Als würde ich gleich zum ersten Mal abheben.

»Jepp«, sage ich. »Ich könnte was vertragen.«

^-^-^

Sie schiebt sich eine ellenlange Pommes in den Mund. »Ich bin übrigens Kate.«

»Ich bin Jack.«

Sie zeigt auf meinen unangetasteten Burger. »Ich dachte, du hast Hunger.«

Ich beiße ein kleines Stück ab. »Hab ich auch.« Hab ich nicht. Wie soll ich was essen, wenn ich noch nicht mal verdaut habe, dass ich durch die Zeit gereist bin?

Wenn ich mir den Kopf darüber zerbreche, *warum* ich hier bin. Ausgerechnet an *diesem* Abend. Mit *Kate*.

Sie runzelt die Stirn. »Bist du einer von diesen Ja-Sagern, die anderen immer hinterherdackeln?«

»Nein«, sage ich kauend. »Ich schätze, ich bin heute Abend einfach für alles zu haben.«

Sie hebt die Augenbrauen. »Ach ja?«

»Was soll ich sagen? Es fühlt sich an wie eine dieser Nächte, die man nur einmal in einer Million Jahren erlebt.«

»Na, du bist aber selbstbewusst. Das gefällt mir. Ich wette, du bist ein Herzensbrecher.«

»Das schockiert dich jetzt vielleicht, aber als Nerd hat man auf der Highschool keine guten Karten.«

Sie mampft eine weitere Pommes. »Keine Sorge. Dafür hat man als Nerd bei der Jobsuche umso bessere Chancen. Außerdem ist das Beste am College, dass man sich ganz neu erfinden kann.«

»Und, wer warst du früher?«

»Ich? Ich arbeite noch an meiner Verwandlung.«

»Verändere dich aber nicht zu sehr. Wie soll ich dich sonst wiedererkennen?«

Sie wischt sich den Mund mit einer Serviette ab. »Jack, kenne ich dich von irgendwoher?«

Ich schüttele den Kopf. »Warum fragst du?«

Sie starrt mich an, und ich starre zurück, und wir segeln geradewegs an dem Punkt vorbei, an dem die meisten Leute den Blickkontakt abgebrochen hätten, weil es ihnen unangenehm geworden wäre.

»Darum«, sagt sie. »Eben darum.«

»Was meinst du?«

»Wie du mich anschaust. Als hättest du das schon unser ganzes Leben lang gemacht.«

^-^-^

»Worauf hast du jetzt Lust?«, frage ich.

Wir stehen vor dem Lokal, und es ist gefühlt zehn Grad kälter geworden.

Kate zieht die Ärmel nach unten und vergräbt die Hände in ihrem Sweatshirt. »Ich glaube, ich geh nach Hause. Ich muss eine Hausarbeit abgeben und hab noch nicht mal die Texte dazu fertig gelesen.«

»Oh«, sage ich und zermartere mir das Hirn nach einem Grund, den Abschied rauszuzögern.

»Und deine Freundin macht sich doch bestimmt irgendwann Sorgen um dich, oder?«

»Meine Freundin?«

»Du hast gesagt, dass du mit einer Freundin von zu Hause hier bist.«

»Ah. Richtig. Jillian. Nö, die ist da ganz locker.«

Kate hebt den Blick, der Mond schaut auf uns herab. »Das ist eine gute Lebenseinstellung. Es bringt überhaupt nichts, sich einen Kopf zu machen.«

»Dann machen wir uns heute Nacht keinen Kopf. Komm, wir

unternehmen was Tolles. Wenn du dir jeden beliebigen Ort aussuchen könntest, wo würdest du gern hin?«

»Jeden beliebigen Ort«, wiederholt sie und tippt sich ans Kinn. »Venedig.«

»Na gut«, sage ich lachend, »mit dem Auto müsste er schon erreichbar sein.«

»Hm, da wüsste ich einen, aber der ist mitten in der Pampa.« Sie zögert. »Du bist kein Serienmörder, oder?«

»Noch ist es keine Serie«, beruhige ich sie. »Aber irgendwo muss man ja anfangen.«

»Perversling.« Sie lächelt. »Du hast was Besonderes, Jack. Ich bin mir nicht sicher, was es ist. Aber ich krieg es schon noch raus.«

»Gut. Gib nicht auf.«

^-^-^

»Schon ganz schön hier.«

»Ganz schön?« Kate fährt zu mir herum. »Schau dich mal um, Jack. Die Schluchten sind nicht ›ganz schön‹. Das ist der herrlichste Ort auf Erden, dass du's nur weißt.«

»Jetzt weiß ich es.«

»Umso besser.« Sie balanciert über einen Baumstamm. Konzentriert und anmutig setzt sie einen Fuß vor den anderen.

»Tanzt du?«

Sie sieht mich über die Schulter an. »In einem früheren Leben.«

»Warum hast du aufgehört?«

Sie starrt aufs Wasser. Steckt ihre Hand hinein, holt einen glatten Stein heraus und betrachtet ihn auf ihrer Handfläche. »Die Welt hatte anderes mit mir vor.«

»Auf mich wirkst du nicht wie eine, die sich von irgendwem reinreden lässt, nicht mal von der Welt.«

»Tja.« Sie lässt den Stein zurück ins Wasser fallen. »Ich schätze, du kennst mich nicht, oder?«

»Hey, es tut mir leid«, sage ich. »So war das nicht gemeint. Ich wollte nur sagen –«

»Ich weiß, was du gemeint hast. Entschuldige dich nicht.« Sie geht tiefer in die Schlucht hinein. »Willst du was richtig Cooles sehen?«

Wir laufen weitere hundert Meter durch das Flussbett, bevor ich erkenne, wo wir sind. Wohin sie mich geführt hat. Wir stehen an genau der Stelle, an der wir zusammen Froot Loops gegessen und stundenlang geredet haben. Bevor ich erfahren habe, dass sie krank ist. Bevor ich sie kannte. Als wir noch in der »Wir finden uns sympathisch«-Phase waren.

Sie zeigt nach oben. »Die Sterne funkeln heute total hell.«

»Ja, als würden sie wetteifern. *Ich strahle am hellsten! Nein, ich!*«, sage ich in meiner schönsten Sterne-Piepsstimme.

Sie grinst. »Du hast eine interessante Sicht auf die Dinge.«

»Das kriege ich öfter zu hören. Ich entwickele schon einen Komplex.«

»Nein. Interessant ist gut. Interessant ist sehr gut.«

Jetzt halte ich es nicht länger aus. Keine Sekunde. »Kate, kann ich dir eine Frage stellen?«

Sie wendet den Blick ab und schaut wieder zum Himmel. »Hm, klar, warum nicht.«

»Aber ich warne dich, es wird komisch und auf jeden Fall verfrüht rüberkommen.«

»Okay, jetzt machst du mir Angst. Du wirst mich doch nicht bitten, dich zu küssen oder so?«

»Noch nicht, aber vielleicht kriegst du mich ja irgendwann so weit. Wenn du deine Trümpfe richtig ausspielst.«

Sie lacht, und ich spüre, wie ihr Lachen mir durch Mark und Bein geht. Wie früher. »Was ist es dann?«

»Denk dran, ich habe dich gewarnt.«

»Okay, okay. Schieß los.«

»Wie stehst du zu Abschlussbällen?«

Combat Wombat

Irgendwie verschlägt es uns in den Save-Mart.

In die Cerealien-Abteilung.

Der Gang ist schier endlos. Es gibt so viel Auswahl. Die Schachteln scheinen sich vor unseren Augen zu multiplizieren.

Kate und ich stehen Schulter an Schulter da. »Und, welche ziehst du dir am liebsten rein?«

Sie zuckt mit den Schultern. »Hast *du* eine Lieblingssorte?«

»Ich esse einfach gern Frühstücksflocken.«

»Ja, aber du musst doch eine Lieblingssorte haben.«

»Was ist deine?«

Sie lacht. »Froot Loops. Ganz klar.«

Ich blicke auf den Einkaufskorb, den ich in der Hand halte. »Ich glaube, wir brauchen einen Wagen.«

Sie grinst. »Wer schneller ist?«

»Auf die Plätze, fertig ...«

Aber sie ist schon losgerannt.

Ich nichts wie hinterher, und kurz darauf rollern wir den Gang mit den Cerealien entlang und kippen wahllos Schachteln in unseren Wagen. Wir gehen ganz unparteiisch vor. Erdbeer-Cornflakes, Nuss-Crunchy, Rice-Krispies, ganz egal. Wenn es in Milch schwimmt, muss es mit.

Ich kriege mich gar nicht mehr ein vor Lachen.

Und dann jagt Kate mich mit dem Einkaufswagen und droht mir mit dieser nervigen, halb schmerzhaften Kollision, bei der dir jemand den Wagen in die Achillesferse rammt und du anschließend fluchend und brüllend rumhopst. Aber zum Glück für meine Achillesfersen bin ich gerade schnell genug, um Kates Wagen-Stupsern zu entkommen. Wir flitzen den Gang mit den internationalen Lebensmitteln hoch und runter, dann geht es durch die Obst- und Gemüseabteilung, und schließlich hält unsere Cerealien-Karawane in der Tundra.

Auch bekannt als der Gang mit den Milchprodukten.

Kate kichert. »Dafür brauchen wir 'ne Menge Milch.«

»Glaubst du, die verkaufen hier auch Kühe?«, frage ich.

Den Blick von der Frau an der Kasse, als wir mit Bezahlen dran sind, hättet ihr mal sehen sollen. »Ähm, haben Sie alles gefunden, was Sie wollten?«, fragt sie, während wir eine Schachtel nach der anderen aufs Band stapeln.

Ich schaue Kate an und nicke. »Ich bin wunschlos glücklich.«

Kate schüttelt den Kopf, als wollte sie sagen: *Der Typ ist so peinlich.* Doch dann verschränkt sie ihre Finger mit meinen und alles verblasst, bis die Welt nur noch aus mir, Kate und einem endlosen Warenband voller Frühstücksflocken besteht. Und alles Sinn ergibt.

^-^-^

Wir schleppen unsere Ausbeute in Kates Wohnheimzimmer hoch und hauen uns die Bäuche voll, bis wir uns selber wie gepufftes Getreide fühlen.

Der Boden ist mit halb leeren Cornflakes-Schachteln und den dazugehörigen schrottig-niedlichen Gimmicks übersät. Wir tragen beide bereits die Abzieh-Tattoos, die sich in einer Box versteckt haben: Kate hat einen Feuer spuckenden Drachen auf dem Unterarm, und ich habe mir ein Ding, das ein freundlicher Wombat sein könnte, auf die Schulter geklebt.

Kate kratzt sich am Kopf. »Wir wirken bestimmt total bekifft.«

»Also«, sage ich. »Was machen wir jetzt mit den restlichen Vollkornflocken und künstlichen Aromastoffen in unserem Schatzkistchen?«

Kate hebt einen Finger. »Ich habe eine Idee.« Sie sammelt so viele Schachteln auf, wie sie tragen kann.

Ich schiebe meine leere Schüssel zur Seite. »Warte, was soll das werden?«

»Komm mit! Frühstücksflocken fürs Volk«, verkündet sie und marschiert zur Tür.

Ich springe hoch und halte sie ihr auf.

»Verrätst du mir, was du vorhast?«

»Worauf wartest du noch? Nimm auch einen Armvoll mit, Jack Attack.«

Und dann klopfen wir an jede einzelne Wohnheimtür und verteilen wahllos Schachteln mit Frühstücksflocken an die überraschten – und erfreuten – Bewohner. Weil jeder mal einen Moment braucht, der einem das Leben versüßt.

Weil jeder ein bisschen Magie verdient hat.

Unheimliche Begegnung der freundschaftlichen Art

Bevor Jillian auch nur ein Wort gesagt hat, weiß ich, dass diese Unterhaltung nicht angenehm wird. Sie lehnt am Auto, und ihre Körpersprache basiert auf so hübschem Vokabular wie:

Verärgert.

Entnervt.

Passiv-aggressiv.

»Wo warst du?«, fragt Jillian.

»Es tut mir leid«, sage ich und hebe beide Hände. »Es tut mir wirklich sehr leid.«

»Hast du vergessen, wie man Anrufe annimmt? Ich habe mir Sorgen gemacht, dass dir was passiert ist!«

»Ich hab das Zeitgefühl verloren und ich hab nicht gemerkt, dass ... Es tut mir leid, J.«

Sie stemmt die Hände in die Hüften. »Hat das Mädchen im Sweatkleid was damit zu tun?«

Ich nicke.

»Hab ich mir gedacht.« Ihr Gesicht entspannt sich ein winziges bisschen. »Wars schön?«

Ich schiebe die Hände in die Taschen und wippe auf meinen Sneakern. »Ja, war cool.«

»Tja, Casanova, jetzt müssen wir aber zack, zack los. Wo sind deine Sachen?«

»Ja, also. Das Ding ist, ich dachte eigentlich, ich … bleibe vielleicht noch bis heute Abend.«

»Aber du weißt doch, dass ich noch für die Französischklausur morgen lernen muss. Sorry, Jack, aber deine Freundin läuft ja nicht weg.«

»Na ja, ich dachte mir … vielleicht … fährst du einfach ohne mich?«

»Was redest du da? Und wie kommst du dann nach Hause?«

»Mi'm Bus«, murmele ich und hebe mit der Schuhspitze eine Mini-Kiesgrube aus.

»Ich bin aber auch ein Idiot. Irgendwie hatte ich mir eingebildet, dass wir dieses Wochenende zusammen abhängen. Und dann gehen wir auf'ne Party und du machst einfach die Fliege. Egal, wir treffen uns ja wie verabredet zum Frühstück, denke ich, aber da lässt du dich auch nicht blicken …«

Verdammt. Unsere Pläne fürs Frühstück habe ich komplett vergessen.

»Und dann schaltest du den ganzen Vormittag lang dein Telefon nicht an, tauchst urplötzlich am Auto auf und teilst mir mit, dass du dir deine Heimfahrt selber organisierst und den dämlichen Bus nehmen willst.«

»J, so ist das nicht. Es tut mir leid. Ich wollte wirklich … Es ist was total Verrücktes passiert.«

»Was hier gerade passiert, ist auch total verrückt, Jack«, sagt sie. »Ich hoffe, du hast einen tollen Tag. Grüß deine Sweatkleid-Schönheit von mir.«

»J, ich … Sei doch nicht so, bitte. Du verstehst das nicht.«

Sie reißt die Fahrertür auf. »Nö, ich weiß genau, was hier läuft. Vielleicht sehen wir uns ja in Elytown. Falls dir wieder einfällt, wie man ein Telefon bedient. Bis dann, Jack.«

Sie biegt auf die Straße. Ich winke ihr nach.

So geht es einem also, wenn man sich gleichzeitig megaglücklich und total mies fühlt.

^-^-^

Kate und ich finden einen ruhigen Winkel in der Bibliothek; sie lernt für ihren VWL-Kurs, während ich studiere, wie süß sie ist. Meine Studienmethode besteht im Wesentlichen darin, sie anzustarren und dann schnell wegzugucken, wenn sie es merkt.

»Was ist, hab ich was im Gesicht?«, fragt sie, als sie von ihrem Buch hochschaut.

»Nein«, beruhige ich sie. »Aber ich könnte meine Lippen anbieten.«

Sie stöhnt laut auf. »Gerade als ich dachte, ich hätte schon alle kitschigen Kalauer gehört ...«

»... kam ich daher«, beende ich den Satz für sie.

Sie verdreht die Augen, lächelt aber dabei.

»Kate, kann ich dich etwas fragen?«

»Was, gibt es noch einen Schulball?«

»Fühlst du dich gut? Ich meine, wie geht es dir, ähm, körperlich?«

»Warum fragst du das?«

»Weiß nicht.« Ich lüge, weil es keinen logischen Grund gibt, dass ich das frage. »Du bist ein bisschen blass?«

Sie mustert mich. »Ich fühle mich gut, Jack. Danke.«

»Cool«, sage ich. »Super.«

»Wahrscheinlich habe ich es in den letzten 24 Stunden ein bisschen übertrieben.«

Ich nicke. »Wir sind ganz schön viel rumgerannt.« Ich bekomme ein schlechtes Gewissen, weil ich nicht schuld daran sein will, dass es Kate nicht gut geht. Aber ich bin auch nicht sicher, wie ich das ändern soll. »Vielleicht sollten wir unsere Supermarkt-Marathons sein lassen«, schlage ich vor.

Sie lächelt. »Ja, die Cerealien-Kurzstrecke liegt mir auch mehr.«

Der Trip meines Lebens 2.0

Ich nehme den letzten Bus um Mitternacht, was meine Eltern gar nicht cool finden.

MOM am Telefon: In Nachtbussen gibt es viele Spinner.

ICH: Ich bin ziemlich sicher, dass Spinner sich nicht so streng an bestimmte Fahrzeiten halten, wie du denkst.

DAD: Sei nicht frech zu deiner Mutter. Sie macht sich Sorgen um dich.

MOM: Dein Vater hat Steaks gegrillt.

ICH: Tut mir leid. Ehrlich.

DAD: Tja, da ist jetzt nichts mehr zu machen.

MOM: Vielleicht sollten wir kommen und dich abholen.

ICH: Ich glaube nicht, dass das …

DAD: Das ist nicht nötig.

ICH: Das sehe ich auch so wie Dad.

DAD: Aber wir werden uns darüber unterhalten müssen, was es bedeutet, vertrauenswürdig zu sein, Freundchen.

*ICH: *seufz* Okay.*

DAD, vermutlich im OFF zu MOM: Dann werden wir beide wohl allein essen, Schatz. Ich würde sagen, wir lassen den Hauptgang aus und gehen gleich zum Dessert über.

MOM, vermutlich im OFF zu Dad: Zwei oder drei Desserts, wenn du meinst, dass du das schaffst.

DAD: Oh, ich habe ordentlich Appetit, Süße …

ICH: Uff, Leute, vielleicht haltet ihr das Telefon beim nächsten Mal etwas weiter weg, wenn ihr was Persönliches zu besprechen habt, oder noch besser, es gibt da diese praktische Stummschalt-Funktion, wisst ihr.

DAD: Bis morgen früh, Jackie.

MOM: Pass auf dich auf! Ruf an, wenn du unterwegs bist!

ICH: Okay, ich laufe dann einfach von der Haltestelle nach Hause, sind ja nur zwei Blo...

DAD: Prima! Gute Nacht!

KLICK.

Hab euch auch lieb.

Also.

Mit allen Zwischenhalten dauert die Fahrt zweieinhalb Stunden.

Ich beschließe, dass es ganz gut wäre, wenn ich ein bisschen schlafe. Was natürlich bedeutet, dass ich kein Auge zukriege.

Das liegt nicht mal daran, dass es im Bus riecht wie in einer Fabrik für volle Windeln. Oder dass mein »Sitz« zum Großteil aus Klebeband besteht.

Ich bin gar nicht sicher, ob ich je wieder schlafen werde. Wie könnte ich?

Denn wenn das wirklich ~~die Vergangenheit~~ ~~DIE VERGANGENHEIT~~ **DIE VERGANGENHEIT!** ist, warum bin ich dann hier?

Ich meine, warum war es von allen Orten, die Gott, der Kosmos, wer oder was auch immer zur Verfügung hatte, um mich in die Vergangenheit zu versetzen, ausgerechnet der hier – eine versiffte Treppe, mit dem Mädchen, das ich fast-liebe, dem Mädchen, das doch gestorben war und jetzt wieder gesund und munter ist und sich darüber ärgert, dass ich ihr den Weg nach unten versperre? Einem Mädchen, das sich kein bisschen an mich oder die letzten vier Monate erinnert?

Soll ich diesmal irgendwas anders machen? Irgendwas verändern?

Ich meine, es kann doch kein Zufall sein, dass ich direkt nach Kates Tod respawne (entschuldigt das Computerspiel-Vokabular).

Vielleicht ist es irgendwie so gedacht, dass ich ihr helfe, nicht zu sterben.

Weil Kates Zukunft eigentlich nicht hätte enden sollen.

Vielleicht erlebt ja jeder Mensch Teile seines Lebens mehrmals, aber weil es so unglaublich ist, spricht niemand darüber.

Als ich nach Hause komme, schnarcht Dad auf dem Sofa. Also beschließe ich, meine Theorie an Mom auszutesten.

»Hey, alles klar, Mom?«

»Ich dachte, ich nutze die Gelegenheit, um ein bisschen Obst einzuwecken.«

»Es ist drei Uhr morgens, Mom.«

»Na, wir können nicht alle zum Spaß eine Nachtbusfahrt machen.«

»Da hast du auch wieder recht.«

»M-hm.«

»Es tut mir echt leid. Ich wollte nicht, dass ihr euch Sorgen macht.«

Was Mom mit einem rekordverdächtigen Augenrollen quittiert. »Wehe, du kommst demnächst mit irgendwelchen Vorladungen an, Jackie Ellison.«

Ich küsse sie auf die Wange, und sie rührt kopfschüttelnd ihre Pfirsiche um.

»Mom, kann ich dich was fragen?«

»Ach herrje.«

»Bist du irgendwann in deinem Leben mal ohnmächtig geworden, hast schreckliche Schmerzen gehabt und dich gefühlt, als würdest du gleich in menschliches Konfetti zerplatzen, und warst beim Aufwachen mehrere Monate in die Vergangenheit zurückversetzt?«

Mom legt die Schöpfkelle weg und trocknet sich die Hände an einem Geschirrtuch. »Jackie, hast du was geraucht?«

Λ-Λ-Λ

Da an Schlaf immer noch nicht zu denken ist, nutze ich meine Zeit anderweitig. Wecke meinen Laptop. Verfasse eine neue Nachricht.

Liebe Kate,

ich weiß, was du gedacht hast, als du das in deiner Inbox gesehen hast. Wenden wir uns also zunächst dem Elefanten in der E-Mail zu.
Diese E-Mail hat *in keinster Weise* etwas mit der Frage zu tun, die ich dir gestern am Fluss gestellt habe, der Frage, auf die du mir geantwortet hast, du würdest es dir überlegen und mir dann Bescheid geben (»nach einer angemessenen Bedenkzeit«, so hast du es ausgedrückt). Also bitte, bitte, bitte fühl dich *nicht* unter Druck gesetzt, mit einer Antwort auf diese Frage zurückzuschreiben. Weil diese E-Mail *nichts* damit zu tun hat, okay?
Wenn du mir deine Antwort zurückschreiben willst, tu das bitte, wann immer es dir passt. Denn diese E-Mail ist für was anderes reserviert. Einverstanden?
Gut.
Ich bin froh, dass wir das geklärt haben.
Jetzt können wir uns dem eigentlichen Anliegen dieser E-Mail widmen: dich zu bemuttern. Denn wer lässt sich nicht gern ab und zu bemuttern, vor allem per E-Mail und von einem quasi Unbekannten, oder?
Also: Isst du gesund? Genug Obst und Gemüse? Das vergisst man ja so leicht. Meine Mom schmuggelt sie mir oft auf den Teller. Manchmal tarnt sie sie als Fleisch. Sie ist da extrem erfinderisch. Sie schneidet zum Beispiel eine Aubergine in Steak-Form. Und sie predigt mir immer, dass Leib und Seele zusammengehören: *In einem gesunden Körper, Jack, wohnt ein gesunder Geist!* Absurd, ich weiß. ☺

Du kennst mich schon zu gut, Kate. Du durchschaust mich, stimmts?

Na gut, vielleicht bin ich nicht *ganz* bei der Wahrheit geblieben. Ich weiß, ich weiß – Unaufrichtigkeit ist absolut der falsche Weg, eine Beziehung anzufangen (sei es eine Freundschaft oder auch mehr). Aber ich bin nervös. Nein, ich habe Riesenschiss, wenn ich ehrlich bin.

Okay, ich gebe es zu: Diese E-Mail hat eigentlich (ausschließlich) mit meiner Frage von gestern zu tun. Weil ich will, dass du Ja sagst.

Hier also ein paar Informationen zu meiner Person, die dich hoffentlich positiv beeinflussen, falls du immer noch über deiner Entscheidung brütest.

Ich bin 1,75 Meter groß – in (sehr hohen) High-Top-Sneakern. Diese Information könnte vielleicht nützlich sein, falls wir mal was High-Top-Geeignetes unternehmen.

Mein Leibgericht (abgesehen von Frühstücksflocken) ist Schweinebauch. Hauptsächlich deswegen, weil die Leute bei Schweinebauch seltener die Nase rümpfen als bei Speck, obwohl das im Prinzip dasselbe ist.

Ich liebe (unerklärlicherweise, wenn du meine besten Freunde Jillian und Franny fragst) Jelly Beans mit Popcorngeschmack. Außerdem mag ich es, Bücher in gedruckter Form zu lesen (weil Papier so schön riecht), und wie jeder andere Mensch auf der Welt liebe ich lange Strandspaziergänge. Siri traue ich nicht, aber Google kriegt von mir ein Herzchen. Ich wünsche mir einen schokobraunen Labrador, aber mein Dad behauptet, er wäre allergisch gegen Hunde, obwohl er in Wirklichkeit bloß Angst hat. Also hole ich mir vorerst meinen Kick, indem ich YouTube-Videos gucke, in denen schokobraune Labradorwelpen niedliche Sachen machen.

Ich bin Schulbällen, auch Abschlussbällen, eigentlich prinzipiell abgeneigt.

Aber für dich würde ich eine Ausnahme machen.
Kein Druck.

Mit jeder Menge Druck (obwohl ich gerade »Kein Druck« geschrieben habe), aber ich würde es ehrlich verstehen, wenn du es zeitlich nicht schaffst oder wenn du einfach keinen Bock hast, immerhin ist es ein Schulball, da hast du natürlich keinen Bock drauf, aber wenn du es dir vorstellen könntest, wäre das echt auch cool, jedenfalls *kein Druck*, egal wie du dich entscheidest,

Jack

Viel mehr als 100 Prozent

Ich schicke Jillian eine Nachricht, um zu fragen, ob sie mich morgen trotzdem zur Schule mitnimmt, aber sie antwortet nicht. Weil sie die Lesebestätigung auf ihrem Telefon ausgeschaltet hat, weiß ich nicht, ob sie mich einfach ignoriert.

Umso überraschter bin ich, als sie am nächsten Tag an unserem Stammplatz in der Schulmensa auftaucht.

Was eine Erleichterung ist, weil 1. Franny das Mittagessen auslässt, um zu trainieren, und ich 2. mit der lästigen Entscheidung konfrontiert gewesen wäre, entweder ganz allein zu essen oder das fein austarierte ökologische Gleichgewicht in der Mensa zu stören, indem ich mich mitten im Schuljahr an einen anderen Tisch setze – ein Ding der Unmöglichkeit.

»Hey«, sage ich.

»Wo ist Franny?«

»Hanteln stemmen«, sage ich und spanne meinen nicht vorhandenen Bizeps an.

»Oh«, murmelt sie. Woraus ich schließe, dass sie wohl nicht aufgetaucht wäre, wenn sie gewusst hätte, dass wir nur zu zweit sind.

Betretenes Schweigen.

Das ich mit strategisch entwaffnendem Small Talk breche. »Ist das nicht krass, dass Mrs Holstein den Test abgesagt hat? Ich meine, so ein Scheiß, oder? Was denkt die sich denn dabei?«

Aber Jillian stiert auf ihr Telefon, als könnte jede Minute der Präsident bei ihr anrufen, um ihren Rat zum Truppeneinsatz in Afghanistan einzuholen.

»Kann ich dich was fragen, J?«

Sie murmelt etwas, aus dem ich mit viel gutem Willen ein *Klar* heraushöre.

»Wie lang wirst du noch sauer auf mich sein?«

»Kommt drauf an. Wie lang wirst du dich wie der letzte Arsch benehmen?«

Ich schaue auf die Uhr. »Hm, glaube, damit bin ich jetzt fertig.«

Sie löst sich aus ihrer Smartphone-Trance und funkelt mich an. »Bist du sicher?«

»Hundertzwanzig Prozent«, erkläre ich.

Sie stöhnt. »Ich hasse es, wenn die Leute das machen.«

»Was?«

»Eine Prozentzahl über 100 nennen, als würde das irgendeinen Sinn ergeben. Und überhaupt, wenn du schon betonen willst, wie ernst es dir ist, warum trägst du dann nicht viel dicker auf? Warum nicht 900 oder 5383 Prozent? Ich meine, wenn du schon keine Ahnung von Mathe hast, sei wenigstens originell.«

»Jillian?«

»Ja?«

»Ich bin 1 234 424 Prozent sicher, dass ich meine Arschloch-Phase abgeschlossen habe.«

»Gut.« Sie lächelt. »Jetzt bin ich nur noch 72 Prozent davon entfernt, dir zu glauben.«

»Schön, dann bin ich ja weiter, als ich dachte.«

»Jaja«, sagt sie und setzt sich auf den Stuhl, auf dem sie immer sitzt. Ich biete ihr einen Erdnusskeks an; er verschwindet in ihrem Mund.

»J, stimmt sonst noch irgendwas nicht?«

Sie seufzt. »Willst du die ganze Geschichte hören?«

»Na klar.«

»Wir hatten heute Morgen keinen Strom, weil Mom vergessen hat, die Rechnung zu zahlen. Ich habe einen Stapel mit ungeöffneten Mahnungen gefunden. In letzter Zeit ist es, als würde sie auf einem anderen Planeten leben.«

»Wow.«

»Dafür durfte ich heute Morgen bei Kerzenlicht kalt duschen. War echt toll.«

»Klingt wirklich traumhaft.«

»Ja, ein Albtraum.«

»Und gibts was Neues von deinem Dad?«

»Der erzählt mir nur immer wieder den gleichen Mist. Ich hab ihm gesagt, dass er sich wirklich einen super Zeitpunkt für seine Midlife-Crisis ausgesucht hat.«

»Oh Mann. Trotzdem, ist schon krass, einfach so an die Elfenbeinküste abzuhauen.«

Jillian zieht die Stirn in Falten. »Moment. Woher weißt du, dass er dahin zurückgeht?«

Verdammt. »Ähm ... weil du es mal erwähnt hast?«

»Nein, hab ich definitiv nicht, Jack.«

»Ich meine, ähm.« Zurückrudern, Jack. Zurückrudern. »Ich habe mir halt vorgestellt, wenn *ich* eine Lebenskrise hätte, würde ich wahrscheinlich, also, dahin zurückkehren, wo ich herkomme, um, na ja, Antworten zu suchen. Oder so.«

Ich sehe an ihrem kritischen Blick, dass sie mir diese Erklärung nicht abkauft, aber andererseits: Gäbe es überhaupt eine logische Erklärung, außer einer Zeitreise?

Sie schaut weg und nestelt an ihrer Halskette. »Als Kind denkst du, deine Eltern habens raus und wissen immer, was sie tun. Aber irgendwann kapierst du, dass sie genauso wenig Plan haben wie du. Sie haben bloß schon ein paar Jahrzehnte länger keinen Plan.«

»Willst du damit sagen, dass wir alle gescheiterte Existenzen sind?«

Sie klaut noch einen Keks aus meiner Packung. »Sozusagen.«

Erörterung

Ich sitze meine Freistunde im Hausaufgabenraum ab und sterbe vor Langeweile, als das aufploppt:

Lieber Jack,

ich muss zugeben, als ich deine E-Mail gelesen habe, fühlte ich mich zuerst schon etwas unter Druck gesetzt, aber weil du mir zigmal das Gegenteil versichert hast, ging der ganze Druck einfach weg. Das war total toll. Und völlig unerwartet. Danke! ☺

Um ehrlich zu sein: Ich tendiere dazu, Nein zu sagen.
Hier sind meine Gründe, in Stichpunkten.

Warum Abschlussbälle Kate Angst machen:
- Weil Tanzen mir Angst macht. Leider bin ich nicht das stereotype Black Girl mit Rhythmusgefühl. Ich fürchte, ich habe nicht mal das »betrunkene Weiße auf einer Party«-Rhythmusgefühl. Ernsthaft, zwei linke Füße wären ein Fortschritt für mich.
- Weil ich bei Kreppgirlanden nervös werde. Ich glaube, sie erinnern mich an dünne, knittrige, bunte Schlangen.

- Weil ich IMMER die Bowle umstoße. Frag mich nicht, wie ich das hinkriege, aber es ist so. Egal zu welchem Anlass, wenn irgendwo ein Bowle-Topf herumsteht, schaffe ich es, ihn umzustoßen. Teppiche haben gegen mich keine Chance!
- Weil ich Kleider hasse. Warum gibt es keine Feste, zu denen man in Jogginghose kommen und die Haare unter einem alten (unhippen) Bandana-Tuch verstecken kann, ohne dass die Leute einen für einen Scharlatan halten? Oder für eine angehende alte Jungfer? Jogginghosen liebt doch jeder.
- Weil ich ein Oktopus bin. Na gut, dieser Punkt stimmt nicht. Daran ist nur Mrs Nielson schuld, meine Englischlehrerin in der neunten Klasse, die der Meinung war, zu einer Erörterung gehören immer, IMMER fünf Argumente. Allerdings hat sie zu Mobiltelefonen auch *Transponder* gesagt, von daher.

Jedenfalls verstehst du jetzt hoffentlich besser, womit du es zu tun hast - oder besser, mit *wem*. Vielleicht ziehst du unter diesen Umständen deine Einladung ja lieber zurück?
Wenn nicht, Jack, habe ich eine ernsthafte Frage an dich. Eigentlich zwei. Ich weiß - *Kate* und *ernsthaft*, das passt zusammen wie [absurdes Wortpaar einfügen].
Also, hier kommen sie - und bitte verzeih mir den triefenden Kitsch in meiner ersten Frage (auf der Trief-Skala bestimmt so 4,5 von 5 Kübeln), aber 1.: Warum habe ich das Gefühl, dass ich dich schon kenne, Jack?
Und 2.: Warum habe ich eine ganze E-Mail geschrieben, in der ich dir erkläre, wieso ich nicht mit dir auf deinen Abschlussball gehen kann, wo ich doch längst weiß, dass ich mit dir auf den Abschlussball gehe?
Falls du mich überhaupt noch dabeihaben willst, denn jetzt ist ja klar wie Kloßbrühe, dass ich durchgeknallt bin (wenn das nicht eh schon klar war), und wenn du nicht mehr mit mir

zum Ball gehen willst (oder sonst irgendwohin), verstehe ich das voll und ganz, ja?

Kate

PS: Und, Jack?

PPS: Kein Druck! ☺

Ich antworte sofort:

Liebe Kate,

durchgeknallt ist ein gutes Stichwort - vielleicht haben wir uns ja in einem früheren Leben gekannt?
Ich weiß nur, dass ich dich in *diesem* Leben gut kennen will.
Und zwar asap.
Also, was meinst du?
Du, ich und eine dramatisch peinliche öffentliche Tanzveranstaltung (auch bekannt als »Prom«)?

Jack

^-^-^

In der sechsten Stunde bekomme ich eine Antwort. (Was eine tolle Sache ist – Kates ultraschnelle Reaktion –, denn manchmal wollen wir so unbedingt cool und lässig rüberkommen, dass wir unsere Antwort lieber um eine willkürlich gewählte Zeit hinauszögern, als zu unseren Gefühlen zu stehen. So uncoolen Gefühlen wie, ihr wisst schon, *aufgeregt* und *happy*. Das macht Kate nicht. Kate antwortet achtunddreißig Minuten später.)

Lieber Jack,

ganz offiziell und entschieden: ja.

Aber auf eins muss ich dich aufmerksam machen. Ich bin gerade frisch getrennt; seit ein paar Monaten. Aber (und das sollte ich dir wahrscheinlich gar nicht sagen) ich bin nicht sicher, ob ich schon über ihn weg bin. Wahrscheinlich weil es mir so vorkommt, als wäre er immer in meiner Nähe. Wahrscheinlich weil er immer in meiner Nähe *ist*. Ich habe Schluss gemacht, weil mein Kopf wusste, dass wir nicht gut füreinander sind. Aber mein verdammtes, blödes Herz – verräterisch, naiv und generell bescheuert …

Ich weiß auch nicht, Jack, das ist so ein Kuddelmuddel, aus dem man nicht rauskommt. Ein bisschen so wie das, was angeblich nicht zwischen dir und deiner Freundin von der Party abgeht – Jill, wenn ich mir das richtig gemerkt habe?

Na gut, ich weiß sehr wohl, dass sie Jillian heißt, aber um ehrlich zu sein, irgendwas hat mich plötzlich dazu gedrängt, so zu tun, als hätte ich ihren Namen vergessen … voll armselig, ich weiß … aber selig sind die Armen im Geiste, oder? 😜

Leugnen ist übrigens zwecklos.

Ich habe doch gesehen, wie du sie angeschmachtet hast.

Als hätte dich Amors Pfeil am Boden festgenagelt. Ich habe auf der Treppe mindestens zwei Minuten auf dich eingeredet, bevor du überhaupt gemerkt hast, dass ich hinter dir stehe. Um deinen Kopf sind lauter trällernde Babyvögelchen geschwirrt – so viel also dazu. ☺

Aber keine Sorge, ich habe kein Problem damit. Ich meine, es fühlt sich zwar nicht so an, aber in Wahrheit kennen uns wir ja kaum. Natürlich abgesehen von der Zeit, die wir in unserem früheren Leben zusammen verbracht haben.

Ich will es nur nicht vermasseln, Jack. Das hätte vorhin mein fünfter Stichpunkt sein sollen – dass ich die blöde Angewohn-

heit habe, Gutes kaputt zu machen. Ausgerechnet dann, wenn es gerade so richtig in Schwung kommt, schlage ich zu, die menschliche Abrissbirne. Vielleicht ist das mein Talent - Dinge verhauen. Vielleicht sollte ich einfach dazu stehen.
Also, du bist gewarnt.
Ich <------------ Großer. Unverbesserlicher. Dummer. Trampel.

Siehst du, ich kann nicht mal eine E-Mail schreiben, ohne komisch zu sein.

Kate

^-^-^

Liebe Kate,

zwei Doofe, ein Gedanke!
Danke für deine Ehrlichkeit. Was deine Situation angeht. Das mit dem »Kopf und Herz sind sich nicht einig« kann ich total nachvollziehen. Ein bisschen zu gut vielleicht.
Aber was Jillian angeht, hast du nur teilweise recht. Es gab mal eine Zeit, da wollte ich mit ihr zusammen sein und habe mir fast nichts sehnlicher gewünscht. Aber sie und ich sind dazu bestimmt, Freunde zu sein - beste Freunde -, und ich bin froh, dass ich sie habe. Neulich hat sie zu mir gesagt, dass sie so was wie mein Bodyguard ist, dass es ihr Job ist, mich vor Verletzungen zu beschützen. Als ich sie gefragt habe, was für Verletzungen sie meint, sagte sie: *Alles, was wehtut.* Ich schätze, ich kann von Glück sagen, dass ich jemanden habe, dem ich so viel bedeute. Ihr Freund, Franny, ist mein anderer bester Freund. Wir drei sind beste Freunde. Du kannst dir also vorstellen, wie komisch / peinlich / schwer es war, Gefühle für sie zu haben / zu verstecken. Es gab mal einen Moment, auf

einer ganz ähnlichen Party wie der, bei der wir uns kennengelernt haben, da hätte ich ihr fast die Wahrheit gesagt. Aber irgendwas (Schicksal / Kismet / Zufall / göttliche Fügung) hat mich davon abgehalten. Was auch immer es war, ich bereue es nicht. Vor allem jetzt. ☺
So, ich will keine Hektik verbreiten, aber ich bin in so was wie einer Band und bin dafür mit Franny verabredet, also muss ich Schluss machen. Mit dieser Mail jedenfalls. Wenn du zufällig was hörst, das wie ein röhrender Elch klingt, brauchst du dich nicht zu beunruhigen. Das ist nur unsere Schul-Big-Band, die sich einspielt. Okay, das war gelogen. Das sind wir bei dem Versuch, einen Song zu spielen.

Beim Spielen dieses Songs kam kein Elch zu Schaden,
Jack

PS: Erzähl mir etwas, das du noch nie irgendwem erzählt hast. (<- Du hättest wahrscheinlich nicht gedacht, dass ich so schamlos kitschig sein kann. Von wegen!)

Die Ironie von Haftstrafen

Ich bin immer noch total hibbelig von Kates E-Mails, als ich Franny wie vor jeder Bandprobe an seinem Spind treffe. »Bereit zum Abrocken?«, frage ich und spiele Luftgitarre mit meinem Trompetenkoffer.

Franny knallt seinen Spind zu. »Ich geh nicht hin.«

Ich lache. »Wie, hast du was Besseres vor?«

»Hab heute keinen Bock auf das blöde Gedudel«, murmelt er und wendet sich zum Gehen. »Grüß die anderen von mir.«

Ich packe ihn am Rucksack. »Erst versetzt du uns beim Mittagessen und dann schwänzt du auch noch die Probe? Was ist los, Alter?«

»Nix is los, Mann. Viel Spaß noch«, sagt er, aber es klingt abfällig. Als wollte er sagen: *Viel Spaß in eurem geilen, sorglosen Leben.*

»Ja, klar. Glaubst du, ich merks nicht, wenn du lügst? Was ist wirklich los?«

Endlich sehe ich seine Augen, und jetzt ist mir klar, warum er meinem Blick ausgewichen ist. »Blutunterlaufen« wäre noch nett ausgedrückt. »Scheiße, Franny, hast du was getrunken?«

»Du liebes bisschen, Fran, hast du was getrunken?«, äfft er mich nach.

»Ernsthaft, Franny? So soll das hier ablaufen? Du hast dich so reingehängt. Wenn ein Lehrer ...«

Sein Blick verdüstert sich. »Was, machst du jetzt einen auf Vertrauenslehrer? Und als Nächstes hältst du mir eine Predigt, dass ich mir meine Chancen verbaue? Leck mich doch, Mann.«

Er will an mir vorbei, aber ich packe ihn wieder, fester diesmal. »Franny, wir sind jetzt schon ewig befreundet … Ich kann mich gar nicht an eine Zeit erinnern, in der wir nicht Freunde waren. Wenn etwas passiert ist, oder … Du kannst mir alles sagen. Dass ich das überhaupt –«

Er fällt mir ins Wort. *»Hör auf«*, brüllt er in scharfem, hartem Ton. Ein paar Leute im Flur bleiben stehen und starren zu uns rüber, aber nach einem bösen Blick von Franny ziehen sie schnell Leine. Er dreht sich wieder zu mir um und fragt genauso schroff, aber etwas leiser: »Was willst du von mir, Jack?«

Ich will, dass du mir erzählst, dass dein Dad aus dem Gefängnis entlassen wird. »Wie wärs mit der Wahrheit?«

»Noch schnulziger gehts nicht, oder wie?« Er beißt sich auf die Unterlippe und grinst gezwungen. Seine roten Augen sind feucht. Im Halogenlicht der Deckenbeleuchtung wirken seine Pupillen schmutzig weiß. »Du kommst zu spät.«

»Was ist los, Franny?«

Die Glocke schrillt.

»Hörst du?« Ich zeige nach oben. »Hat schon angefangen. Jetzt musst du mit mir reden. Wegen dir bin ich zu spät. Du weißt, wie sehr ich das hasse.«

»Dir hat doch was ins Hirn geschissen.« Fast hätte Franny losgelacht, aber er fängt sich sofort wieder. »Sie lassen den Troll vorzeitig raus, wegen guter Führung. Absurd, oder? Das erste Mal, dass der Troll und *gut* in einem Satz vorkommen.«

^-^-^

Die Nachricht von der Entlassung des Trolls ist für mich zwar nicht neu, aber ich denke noch mal neu über das große Ganze nach.

Bis jetzt war ich davon ausgegangen, dass ich in die Vergangenheit versetzt worden bin, um irgendwie zu verhindern, dass Kate stirbt.

Aber vielleicht bin ich auch für Franny zurückgekommen.

Vielleicht kann ich für jeden etwas tun.

^-^-^

Lieber Jack,

jetzt, wo du es sagst: Ich habe gestern Nachmittag tatsächlich einen Elch röhren hören. Und ich dachte: *Kann denn mal jemand das arme Vieh aufmuntern*, aber es spielte, ähm, *röhrte* einfach immer weiter. Aaalso – wann hattest du vor, mir zu erzählen, dass du in einer Band spielst? Und was sagst du zu einem exklusiven Auftritt für nur eine Zuhörerin (= mich ☺)? Was Jillian und Franny angeht: Bessere Freunde könntest du gar nicht haben, wenn sie dich vor *allem* beschützen wollen. Normalerweise hat man eher einen Freund für dieses und einen Freund für jenes, aber Freunde zu haben, die für *alles* da sind, ist superselten. Aber das weißt du ja bestimmt.

Etwas, das sonst niemand weiß, ja?

Als ich klein war, habe ich Spinnen gegessen. Nicht weil ich sie faszinierend* oder besonders lecker** fand, sondern weil ich auch Seide aus meinem Bauch spinnen und wunderschöne Netze weben wollte.

Das Einzige, was ich davon hatte, war Bauchweh.

Ich kann hören, wie du dich totlachst.

Okay, ich bin ziemlich sicher, dass du etwas ganz anderes gemeint hast, aber das ist 100 % wahr und du bist der Einzige, dem ich das je erzählt habe (aus gutem Grund, wie du siehst).

Jetzt bist du dran, Jack. Erzähl mir was.

In freudiger Erwartung einer pikanten oder wenigstens total peinlichen Enthüllung, damit ich mit meiner kindischen Ekelprüfung nicht allein bin,
Kate ☺

*waren sie auch
**waren sie nicht

^-^-^

Liebe seidenspinnende Kate,

ich komme in Wirklichkeit aus der Zukunft. Na ja, wenn man vier Monate die Zukunft nennen will. Aber technisch gesehen ist es die Zukunft, und ganz ehrlich, du wärst überrascht, wie viel sich in nur vier Monaten ändern kann - buchstäblich die ganze Welt. Ich sollte also eigentlich nicht undankbar klingen, denn das Gegenteil ist der Fall. Es bedeutet mir alles, wieder hierher zurückgekommen zu sein. Alles.

Bitte sehr: Das habe ich noch nie jemandem erzählt. Ich vertraue darauf, dass du es strikt für dich behältst.

[Möchten Sie diese E-Mail löschen oder als Entwurf speichern?]

Speichern.

[Ihre E-Mail wurde gespeichert.]

Neue Nachricht verfassen.

Liebe seidenspinnende Kate,

Weiter komme ich nicht, weil Dad mich zu Tisch ruft, Franny zum Essen zu uns stößt und ich daraufhin den ganzen Abend überlege, wie ich meinen Eltern von der Entlassung des Trolls erzählen kann, ohne dass Franny mich mit seinem Tafelmesser absticht.

Aber mir fällt einfach kein guter Weg ein, und so konzentriere ich mich stattdessen darauf, Frannys Gabel abzuwehren, bevor er mir Moms selbst gemachte Ravioli vom Teller klauen kann.

Ich tue nur so, als hätte ich dabei eine Chance.

^-^-^

»Also, Fran, noch mal zu der Sache mit dem Troll«, sage ich.

Meine Eltern haben sich zum Schlafen zurückgezogen, und wir sitzen im Keller, im flackernden Schein von *Metal Brigade IV*, und lassen die Analog-Sticks unter unseren Daumen rattern, um dem feindlichen Kanonenfeuer auszuweichen.

»Was ist damit?«, fragt Franny. In letzter Sekunde aktiviert er sein Super-Power-up und jagt den besten Spieler des gegnerischen Kommandos in die Luft.

Ich hebe die Schultern. »Ich denke, du solltest vorbereitet sein ... Also, er ist ja nicht der Zuverlässigste, wie wir wissen. Ich will nicht, dass es dich fertigmacht, wenn ... du weißt schon ... er nicht ... wenn er nicht ...«

»Müssen wir jetzt darüber reden? Wir räumen hier gerade so richtig geil ab!«

»Es beschäftigt mich halt.«

»Mit dem Scheiß brauchst *du* deine Zeit nicht zu verplempern, okay?«

»Ja, okay, Fran. Tut mir leid.«

Ich frage mich, ob ich es vermasselt habe. Ob das vielleicht zu viel war. Aus dem Augenwinkel spähe ich zu Franny rüber, kann aber nicht sagen, was in ihm vorgeht. Sein Blick bohrt sich wie ein Laser in den Bildschirm, die Lippen sind verkniffen, die Stirn konzentriert in Falten gelegt. Und so sitzen wir da, still und reglos bis auf das Tackern unserer Finger, während wir eine Schneise der Zerstörung durch unsere Feinde schlagen.

Experiment

Wenn ich Kate nicht verlieren will, sage ich mir, lasse ich sie am besten nicht mehr aus den Augen.

Oder bin wenigstens so oft wie möglich in ihrer Nähe.

Also:

büffeln wir gemeinsam bis spät in die Nacht, das heißt, sie lernt und ich tue so, als würde ich lernen, schaue ihr eigentlich aber nur beim Lernen zu und starre gespielt konzentriert in mein Arbeitsbuch, sobald sie zu mir rüberguckt, woraufhin sie kopfschüttelnd feststellt, dass ich es falsch rum halte.

Und wir essen jede Menge Junkfood. Ein Taco-Truck, der bis spätnachts offen hat, wird unser Stammlokal. Die beste Guacamole ever!

Wir verbringen Stunden in den Schluchten und reden über Gott und die Welt. An einem Nachmittag gibt sie sich größte Mühe, mich davon zu überzeugen, dass die neue Star-Wars-Trilogie besser ist als die alte. Ich frage sie, ob sie *Das Imperium schlägt zurück* überhaupt gesehen hat.

Sie versucht, mit mir all die coolen Indie-Filme nachzuholen, die ich bis jetzt irgendwie verpasst habe. Was, wie sich herausstellt, beinahe ALLE COOLEN INDIE-FILME sind. *Sommer in New York* und *Short Term 12 – Stille Helden*: Respekt!

Wir feiern spontane »Wir sind beide miese Tänzer«-Tanzpartys in ihrem Wohnheimzimmer, zum Leidwesen ihrer Mitbewohnerin.

Und wir küssen uns bei unseren Lernmarathons. Wir küssen uns am Taco-Truck. Wir küssen uns in den Schluchten und während unserer Filmabende.

»Glaubst du, du hast irgendwann mal genug vom Küssen?«, fragt Kate.

»Vom Dich-Küssen? Niemals«, versichere ich ihr.

»Bist du sicher?«

»Hmm«, sage ich. »Vielleicht sollten wir ein Experiment durchführen?«

Kate zieht die Augenbrauen hoch. »Ach ja?«

Ich rutsche zu ihr rüber. Wir sitzen zwischen den Bibliotheksregalen. Bis auf ein Mädchen ein paar Tische weiter sind wir allein.

»Anders werden wir es wohl nie herausfinden«, sage ich.

Sie lächelt, legt mir ihre Hand an den Hinterkopf – dabei könnte ich schon immer dahinschmelzen – und küsst mich auf die Nase, die Wange, die Lippen.

Dann weicht sie ein Stück zurück und schaut mich an. »Im Namen der Wissenschaft, ja?«

Ich rücke ganz dicht zu ihr. »Ich liebe die Wissenschaft«, sage ich zwischen zwei Küssen.

Ich verliere mich in Kates Augen, ihren Lippen, dem unregelmäßigen Rhythmus ihrer Atemzüge.

Es ist eine einfache Gleichung: Je mehr Zeit ich mit ihr verbringe, desto mehr Zeit will ich mit ihr.

Kann sein, dass ich Kate-süchtig bin.

Gegen diese Sucht scheint es kein Heilmittel zu geben, und selbst wenn es eins gäbe, würde ich es wohl nicht wollen.

Ich weiß, dass ich es nicht wollen würde.

Ich würde die Behandlung ablehnen und gegen den Rat der Ärzte die Klinik verlassen, würde mir nicht mal die Zeit nehmen, mein Patientenhemd abzustreifen oder diese rutschfesten Einheitsgröße-Krankenhausstrümpfe auszuziehen.

Jack, du musst hierbleiben. Es ist nur zu deinem Besten, würden sie flehen.

Aber ich würde nur abwinken.

Weil ich, Sucht hin oder her, glücklich bin.

Die Kehrseite des Glücks

Aber die »Jack kann von Kate gar nicht genug kriegen«-Medaille hat eine Kehrseite.

Ich knipse das Licht in der Küche an und kriege fast einen Herzinfarkt.

»Dad, was schleichst du hier in der Küche rum?«

»Ich schleiche nicht rum. Im eigenen Haus kann man nicht rumschleichen. Ich konnte nicht schlafen. Und ich habe auf dich gewartet, schätze ich.«

»Ist alles in Ordnung?« Ich gehe zum Küchenschrank, nehme mir ein Glas, hole den Traubensaft aus dem Kühlschrank.

»Lustig, dasselbe wollte ich gerade fragen.«

Der Traubensaft schmeckt süßer als sonst. »Mir gehts gut. Warum?«

»Na ja, ich habe mich eben gefragt, wo du heute Abend gesteckt hast.«

»Ich war unterwegs.«

»Also hast du vergessen, dass du mir helfen wolltest, den Schuppen auszuräumen, damit wir den neuen Rasenmäher dort unterstellen können?«

»Tut mir leid, Dad. Daran hab ich nicht mehr gedacht.«

»Deine Mutter hat sich darauf verlassen, dass das heute passiert. Denn wenn wir den Rasenmäher nicht in den Schuppen schieben können, passen die Stühle und Tische, die sie für die Party bestellt hat, nicht in die Garage.«

»Ich hab gesagt, dass es mir leidtut.«

»Ich habs gehört.«

»Pass auf, ich schaufle mir morgen Nachmittag frei, dann können wir das gleich nach der Schule machen.«

»Es ist schon erledigt, Jack.«

Ich ziehe die Augenbrauen hoch. »Schon erledigt? Das hast du doch nie im Leben alles allein geschleppt.«

»Das stimmt. Deine Mutter hat mir geholfen. Und Franny ist hergekommen und hat mit angepackt. Jillian auch. Ohne sie hätte ich es nicht geschafft.«

»Was läuft hier eigentlich?«

»Was meinst du?«

»Du wartest hier im Dunkeln, bis ich nach Hause komme. Du bist eindeutig stinksauer …«

»Nicht stinksauer, Jack. Enttäuscht«, sagt Dad. Er trinkt einen Schluck Wasser. »Und besorgt.«

»Besorgt wegen was?«

»Das scheint zur Gewohnheit zu werden. Dein Verhalten in letzter Zeit.«

»Mein Verhalten«, sage ich. »Ich habe vergessen, nach Hause zu kommen, um dir beim Umräumen zu helfen. Du hättest mich doch einfach anrufen können.«

»Habe ich auch.«

Ich hole mein Telefon aus der Hosentasche und stelle fest, dass es ausgeschaltet ist. Entweder habe ich es versehentlich ausgemacht oder der Akku war leer. »Mist, meine Schuld, Dad. Ich habe nicht gemerkt, dass mein Telefon –«

»Genau das ist das Problem, Jack. Du hast in letzter Zeit eine Menge vergessen und eine Menge nicht gemerkt, und das holt dich allmählich ein.«

»Es war nur eine Sache, Dad.«

»Dass wir heute alle zusammen zu Abend essen wollten, hast du also nicht vergessen? Dass deine Mutter Chili für uns und deine Freunde gekocht hat?«

Er hat recht. Das hatte ich komplett vergessen. Zwei Dinge an einem Abend ist ein bisschen viel.

»Ich rufe Franny und Jillian an. Das werden sie schon verstehen. Wir holen das Familienessen am Wochenende nach.«

»Wir hatten unser Familienessen schon.«

»Ihr könnt kein *Familien*essen machen, wenn die Familie nicht vollzählig ist.«

Dad zuckt mit den Schultern. »Deine Mutter und ich haben eine Menge gekocht und wollten nichts wegwerfen.«

Ich verschränke die Arme. »Für mich klingt das eher, als wäre es euch ums Prinzip gegangen.«

»Und welches Prinzip sollte das sein?«

»Sag du es mir.«

»Jackie, es ist ja schön und gut, dass du völlig von diesem Mädchen in Beschlag genommen bist …«

»Kate. Ihr Name ist Kate.«

»… aber nicht auf Kosten der Menschen, die dich lieben, die immer für dich da sind …«

Fast hätte ich gesagt: *Sie ist auch für mich da. Und wir machen einander glücklich. Und das sollte euch auch glücklich machen. Ich darf diese Chance, es wieder hinzubiegen, nicht vermasseln. Nicht noch einmal. Nicht, wenn so viel auf dem Spiel steht. Weil* fast *diesmal nicht drin ist. Weil ich nicht der Typ bin, der eine zweite Chance bekommt, vor allem nicht in der Liebe.*

Aber das alles kann ich ihm nicht erklären. Wie astronomisch hoch der Einsatz ist. Niemand, nicht einmal mein Vater, würde mir glauben wollen, würde mir überhaupt glauben können.

»Ich hätte gedacht, dass gerade du das verstehst, Dad.«

»Dass ich was verstehe, Jack?«

»Dass im Leben manchmal etwas Gutes passiert, mit dem man

nicht gerechnet hat, das man nicht mal ganz begreift – aber wenn es passiert, dann muss man sich ganz darauf einlassen, man muss größer denken und ... seiner bisherigen Welt entwachsen. Ich meine, schau dir doch an, was ihr habt, du und Mom. Was Jillian und Franny haben. Warum kann ich das nicht auch haben?«

»Das kannst du. Und das wirst du. Aber noch seid ihr kaum mit der Schule fertig, du und Franny und Jillian. Ihr habt euer ganzes Leben noch vor euch. Ihr könnt in Ruhe herausfinden, was euch wirklich glücklich macht. Das eilt n ...«

»Wer sagt denn, dass ich mich beeile? Warum kann ich die wahre Liebe nicht jetzt haben? Könnte Kate nicht die Richtige sein? Die Leute tun so, als müsste man auf die guten Dinge im Leben warten. Und wenn sie früher kommen als erwartet? Man muss nicht immer auf das Glück warten.«

»Wenn du dir so sicher mit ihr bist, warum hast du sie dann noch nie mit nach Hause gebracht? Sie deiner Mutter und mir vorgestellt?«

Weil ich sie mit niemandem teilen will. Weil die Zeit so knapp ist. »Was willst du von mir hören?«

»Jackie, wir lieben dich alle. Und glaub mir, wir freuen uns, dass du glücklich bist. Wir sind uns alle einig, dass Kate eine wunderbare junge Frau zu sein scheint, aber ... vielleicht geht die ganze Sache etwas zu schnell. Vielleicht ...«

Ich trinke meinen Traubensaft aus, stelle das Glas in die Spülmaschine und gehe zur Treppe, ohne mir den Rest anzuhören. Die Leier kenne ich schon. Die Leute sagen immer, wie sehr sie sich freuen, dass du glücklich bist, bis sie Schiss bekommen, dass dein Glück ihr eigenes Glück beeinträchtigt. Dann freuen sie sich gleich viel weniger über dein Glück.

Okay, das war unnötig konfus. Ihr kapiert hoffentlich trotzdem, was ich meine.

»Wie gesagt, es tut mir leid, dass ich nicht da war, ehrlich. Aber ich bin total müde. Ich hau mich jetzt mal ins Bett.«

»Gut«, sagt Dad leise. »Nacht, Jackie.«

AN FRANNY, JILLIAN: Hey Leute, sorry wegen heute Abend. Hab die Tage verwechselt und gedacht, das Essen wäre nächste Woche. Bitte verzeiht mir?

FRANNY: Alter, jetzt haben wir aber ECHT was gut bei dir!!!

JILLIAN: Entschuldigung, kennen wir uns???

ICH: Ich zahl euch das mit ZINSEN zurück, versprochen!

ICH: Aua, J. Das hat gesessen!!

JILLIAN: Na ja, diese Nummer hat mal unserem besten Freund Jack gehört, aber der ist verschollen. Wir haben angenommen, dass er von der Erde vaporisiert wurde.

ICH: Das stimmt. Unabsichtlich habt ihr damit eine Alien-Verschwörung aufgedeckt. Wir wollen die Macht auf der Erde übernehmen, und ihr zwei seid jetzt Nummer 3 und 4 auf unserer Vaporisier-Liste ...

FRANNY: WTF? Wer sind Nummer 1 und 2??

JILLIAN: Ich wette, der Präsident.

ICH: Der Präsident.

ICH: He! Jetzt tu nicht so, als wäre ich total vorhersehbar!!

JILLIAN: Ist aber so. ☺

FRANNY: Und wer ist die andere zu vaporisierende Person?

ICH: Das ist Geheimwissen!

JILLIAN: Eindeutig Kate!!!

ICH: Jepp. Kate hat unsere Verschwörung auch entdeckt. Aber menno! Bin ich echt so durchschaubar?

JILLIAN: Erwartest du ernsthaft eine Antwort von mir??

FRANNY: Bros over hos, Mann!

ICH: Nichts gegen dich, Jillian^^^^

JILLIAN: Kein Ding. Ich bin ein Bro im spirituellen Sinn!

FRANNY: Genau!! J ist zurzeit ein besserer Bro als du, Jack.

ICH: Tut mir wirklich leid, Leute. Mein Dad hat mir grad schon verklickert, wie assi ich in letzter Zeit war. Das wollte ich echt nicht.

FRANNY: Na, bei Kate kriegst du halt was, das Jillian und ich dir nicht bieten können … hahahaha

JILLIAN: Du warst echt ziemlich daneben. Es gibt doch keinen Grund, warum du nicht mit Kate zusammen und trotzdem nett zu deinen Freunden sein kannst. Du hast sogar Bandproben platzen lassen, die wir für DEINE Eltern machen. Ernsthaft??

ICH: Ich weiß. Du hast recht. Es gibt keinen Grund.

ICH: Es tut mir leid. Ich fühle mich ständig hin- und hergerissen. Ich hätte nicht gedacht, dass es so schwer ist, meine Zeit gerecht aufzuteilen.

FRANNY: So schwer ist das nicht, Digga! Hör auf, mit dem Schwanz zu denken, dann klappt das auch.

ICH: Danke für deinen wie immer weisen Rat.

ICH: Was ich eigentlich sagen will: Danke, dass ihr mich nicht hasst.

FRANNY: Manchmal bist du so ein rührseliger Idiot.

JILLIAN: Halt die Klappe, Jack! Echt jetzt! Lass es einfach!

ICH: Hab euch auch lieb. <3 <3

Ich weiß, wahrscheinlich denkt ihr jetzt, dieser Abend hätte gereicht, um mich wieder in die Realität zurückzuholen – dass ich meine Eltern enttäuscht, meine Freunde vor den Kopf gestoßen habe.

Tja, schön wärs.

Es kommt leider ganz anders.

^-^-^

Denn keine Woche später …

AN FRANNY, JILLIAN: He Leute … wie's aussieht, werd ich es heute nicht zur Bandprobe schaffen. Mir ist was dazwischengekommen.

JILLIAN: Ohne Scheiß?! Die Party ist in sechs Wochen, und wir haben nicht mal richtig angefangen, Jack! Die, die dir dazwischengekommen ist, kann ja wohl warten!

FRANNY: Du hast uns schon mindestens 5 Mal versetzt. Also wenn dir nix mehr dran liegt, sags einfach. War ja schließlich DEINE Idee, das Ganze. Und es sind DEINE Alten, die feiern.

ICH: Ich weiß, ich weiß. Ihr wisst doch, ich würde nicht absagen, wenn es keinen triftigen Grund gäbe.

FRANNY: Ach nee.

30 Minuten später …

VON JILLIAN: Ist alles okay bei dir, Mann? Was geht bei dir eigentlich wirklich ab?

ICH: Mir gehts super, ehrlich. Ich bin total happy.

JILLIAN: Na, wenigstens einer von uns.

ICH: Moment, was ist los?

JILLIAN: Ich hab für meinen Französischaufsatz eine 2,3 gekriegt.

ICH: 😐 Da muss ein Fehler passiert sein!!

JILLIAN: Nö, war verdient.

ICH: Du verdienst Bestnoten.

JILLIAN: Vielleicht damals, als mein Freund Jack noch mit mir geübt hat, aber in letzter Zeit hatte er einfach zu viel anderes zu tun. LOL

ICH: Nichts hat sich geändert, J.

JILLIAN: Alles ändert sich, J.

ICH: Wie meinst du das??

JILLIAN: Vergiss es. Schon gut.

ICH: Ich kann das nicht einfach vergessen.

JILLIAN: Klar kannst du das.

ICH: Hey, es tut mir leid, J. Ehrlich.

JILLIAN: Ich muss los.

JILLIAN: Du solltest übrigens dringend mal mit Franny reden.

ICH: Ist er okay?

JILLIAN: Ich glaube, die Aussicht, dass er den Troll bald wiedersieht, macht ihm total zu schaffen. Er dreht in letzter Zeit irgendwie am Rad. Was man ja verstehen kann. Ich mach mir Sorgen um ihn, weißt du. Er hasst es, über so was zu reden. Er könnte dich jetzt echt gut gebrauchen, Jack.

ICH: Ich rede mit ihm.

JILLIAN: Viel Glück damit.

JILLIAN: OK, jetzt muss ich aber wirklich los!

ICH: Parle plus tard?

JILLIAN: Nous verrons.

5 Minuten später ...

ICH AN FRANNY: Hey Mann, wollte nur noch mal sagen, wie leid es mir tut, dass ich die Probe sausen lasse.

ICH (NACHDEM ICH VERGEBLICH AUF EINE ANTWORT GEWARTET HABE): Und außerdem wollte ich dir sagen, dass ich da bin. Also für dich. Wenn du mal jemanden zum Reden oder Nichtreden oder was auch immer brauchst, okay?

ICH: Es tut mir leid, dass ich so lange abgetaucht bin. So eine Beziehung frisst ganz schön viel Zeit. Jetzt kapier ich endlich, warum du und Jillian immer so beschäftigt seid. LOL 😃

ICH: Also dann, meld dich einfach, wann es passt.

ICH: Du bist mir wichtig, Bro.

ICH (LÖSCHE DIE LETZTE NACHRICHT GANZ SCHNELL UND SCHICKE STATTDESSEN): 😎

90 Minuten danach ...

FRANNY: Mir gehts gut, Mann. Mach dir nicht ins Hemd mit deinem schlechten Gewissen! LOL

ICH: He!

FRANNY: Aber wo du schon fragst, eins könntest du für mich tun.

ICH: Was gibts??

FRANNY: Also, Abuela hat den Troll für morgen Abend zum Essen eingeladen. Ist bisschen knapp, ich weiß, aber wärst du dabei?

ICH: Klar, Mann. Reservier mir einen guten Platz.

Und ich freue mich, weil ich weiß, dass Franny und ich trotz allem immer füreinander da sein werden, komme, was wolle.

Kates Gesicht blinkt auf meinem Display auf.

»Hey, hast du nicht gerade Uni?«, frage ich.

»Ich bin spät dran. Aber ich marschiere in einem unangenehm schnellen Tempo zu meinem Kurs.«

»Ah, das erklärt, warum du dich anhörst, als würdest du auf einem Wolkenkratzer stehen.«

»Genau. Und, was machst du gerade?«

»Ähm, lernen«, sage ich, halte *Rampage III* schnell an und werfe den Controller auf das Kissen neben mir. »Warum? Ist was?«

»Ich wollte eigentlich mit dir reden.«

»Ich bin ganz Ohr.«

»Ich meine so, dass ich dich sehe und du mich.«

»Das heißt Facetime«, sage ich lachend.

Sie lacht nicht mit. »Nein, im Ernst jetzt. Ich muss dich persönlich sehen.«

»Oh.« Ich frage mich, was los ist. Was plötzlich so dringend sein kann. »Geht es dir gut?«

»Ja«, sagt sie einen Tick zu schnell.

»Sicher?«

»Jepp.«

»Okay, an wann hast du denn gedacht?«

»Ich weiß nicht. Ich muss morgen früh eine Hausarbeit abgeben, die ich noch nicht mal angefangen habe. Und ich soll heute Abend mit meiner Schwester auf so eine Preisverleihung gehen und komme aus der Sache irgendwie nicht raus. Ich hatte auf morgen gehofft?«

»Morgen«, wiederhole ich. Mir ist schon klar, dass morgen eigentlich nicht geht. Dass ich ihr nicht zusagen kann, wenn ich Franny gerade versprochen habe, zu ihm zu kommen. Wenn Franny mich braucht.

Aber was, wenn Kate mir erzählen will, dass sie krank ist?

Wenn das der Moment ist, in dem ich erfahre, warum ich zurückversetzt worden bin?

Wie kann ich riskieren, das zu verpassen?

Kann ich nicht.

Ich muss beides unterbringen.

Kate räuspert sich. »Wenn es bei dir nicht geht, dann finden wir schon noch einen anderen Tag.«

»Na ja, wann genau kannst du denn?«

»Egal. Sag du.«

»Hmmmmmm …«

Ich habe den ganzen Tag Schule. Dann muss ich die Fahrtzeit von hier zur Whittier berücksichtigen. Aber wenn ich die letzte Stunde schwänze und in keinen Stau komme, kriege ich vielleicht beides hin. Kann für Franny *und* Kate da sein. Das wäre ideal. Eine absolute Win-win-Situation. Ich weiß – vielleicht hätte Kate ja Verständnis, wenn ich ihr sage, dass ich es nicht schaffe, dass ich schon was vorhabe, das ich nicht absagen kann. Es ist nur so, dass ich in dieser zweiten Runde – in diesem zweiten Versuch, der mir immer noch unerklärlich ist – nicht mal den Bruchteil einer Sekunde vergeuden will. Denn wenn ich eins gelernt habe, dann, dass nichts garantiert ist. Dass man zweite Chancen behandeln sollte wie eine gefährdete Spezies.

»Wirklich, Jack, wenn es zu viel ist …«

»Nein, nein. Ich komme. Morgen Nachmittag.«

»Bist du sicher?«

»Könnte nicht sicherer sein.«

^-^-^

Mit dem Unterricht geht es heute überhaupt nicht voran. Dabei kann die zehnte Stunde gar nicht schnell genug kommen. Ich habe schon eine Strategie. Den ganzen Tag über setze ich gezielte Signale für einen beginnenden Magen-Darm-Infekt:

Frage wiederholt, ob ich aufs Klo darf.

Renne nach jeder Stunde in dieser zusammengekrümmten Haltung, die man bei Bauchkrämpfen hat, aus dem Klassenraum.

Gehe zur Schulkrankenschwester, die mich nach kurzer Rücksprache mit meiner Mutter mit Säureblockern und Tropfen vollpumpt.

Mittags melde ich mich sogar von der Freistunde im Hausaufgabenraum ab, wo glücklicherweise Mrs Randleman Aufsicht hat, meine Lehrerin im Leistungskurs Geschichte.

»Dir geht es offenbar nicht so gut, Jack«, sagt Mrs Randleman, während ich mir leicht vornübergebeugt gegen den Uhrzeigersinn über den Bauch reibe, als könnte ich jeden Moment aus allen Körperöffnungen erbrechen.

»Es geht schon, Mrs R, danke der Nachfrage. Mein Magen ist nur ... ein bisschen durcheinander.«

»Hmm«, sagt Mrs Randleman und händigt mir einen Pass für die Waschräume aus. »Vielleicht solltest du nach Hause. Dich ausruhen. Momentan geht eine Grippe rum.«

»Vielleicht haben Sie recht«, stimme ich zu. »Aber halt, wir schreiben doch eine Klausur in Geschichte?«

Mrs Randleman nickt bedächtig, als ziehe sie diesen Aspekt ausführlich in Betracht. »Nun ja, du könntest sie am Freitag nachschreiben. Ich muss dann sowieso die Nachsitzer beaufsichtigen, also ...«

»Oh, danke, danke, Mrs R. Sie sind die Beste«, sage ich.

»Vorsicht, Jack. Ich kann es nicht sehen, wenn sich jemand übergibt. Dann kommt es mir auch gleich hoch.«

»Ach so«, sage ich. »Tut mir leid, Mrs Randleman. Entschuldigung!«

Ganz ehrlich: Tut es mir insgeheim leid, dass ich die arme, alte, arglose Mrs Randleman anschwindele? Na klar.

Aber ich schreibe die Klausur ja nach. Und so kann ich für meine Freundin *und* Franny da sein. Ist doch ein guter Deal, oder?

Ein Abstecher zu viel

Ich gebe Kate einen Abschiedskuss. Und noch einen. Und noch einen. Und noch einen. Ich kann einfach nicht aufhören.

Sie lacht, küsst mich kurz auf die Wange und macht mir die Autotür auf. »Jetzt fahr schon los, Jack Attack. Franny wartet auf dich.«

»Stimmt«, sage ich. Aber ich will sie nicht verlassen. Ich bin bereit, fast jeden Preis zu zahlen, um ihre Lippen noch einmal auf meinen zu spüren.

Aber sie hat recht. Ich muss ASAP los.

»Ich hoffe, es war den Aufwand wert«, sagt sie. »Der weite Weg bis hierher! Hoffentlich gefällt es dir«, fügt sie hinzu und zeigt auf die Schachtel auf dem Beifahrersitz.

Ich beuge mich zu ihr und küsse sie wieder. »Du bist noch viel mehr wert«, sage ich. »Und es gefällt mir total, Kate. Wirklich.« Für ihr strahlendes Gesicht würde ich jederzeit alles geben.

»Jetzt aber los«, sagt sie.

Während ich zurücksetze, stecke ich den Kopf durchs Fenster. »Ich ruf dich an«, verspreche ich.

Im Rückspiegel sehe ich Kate winken und immer kleiner werden, bis ich ihr Lächeln nicht mehr erkennen kann.

Λ-Λ-Λ

Ich komme gut voran – in den ersten dreizehn Minuten. Dann gerate ich in zäh fließenden Feierabendverkehr. Hupenden, Stinkefinger zeigenden, Kraftausdrücke schreienden Feierabendverkehr. Offenbar interessiert sich kein Schwein dafür, dass ich in weniger als dreißig Minuten in Elytown sein muss.

Auch mein rechter Hinterreifen nicht.

Denn als der Verkehr endlich wieder ins Rollen kommt, merke ich, dass mein Auto nicht mit dem üblichen halbherzigen Schwung an Tempo zulegt. Irgendwie startet es selbst für seine mageren PS nicht richtig durch.

Und dann höre ich ein metallisches Schaben.

Auf der Nebenspur lässt eine Fahrerin ihr Beifahrerfenster runter und bedeutet mir, mein Fenster auch aufzumachen.

»Ihr Reifen!«, brüllt sie mir über die Autobahn zu. »Sie haben einen Platten!«

Ich fahre auf den Standstreifen, warte, bis ein Schwung Autos vorbeigesaust ist, und springe raus. Meine schlimmsten Befürchtungen bestätigen sich.

Scheiße.

Verdammte Scheiße.

Ich trete gegen den Schotter am Straßenrand, und ein Stein prallt von dem platten Reifen ab und trifft mich am Schienbein.

Ihr kennt das ja: Vom Regen in die –

Und da fängt es doch tatsächlich an zu schütten.

Ein Wolkenbruch, wie aus dem Nichts, als hätte die Menschheit gerade eine Meisterschaft gewonnen und Gott hätte beschlossen, den Sektkühler über unseren Köpfen auszukippen.

Natürlich brauche ich volle acht Minuten, um das Montiereisen zu finden, das in einem Fach im Kofferraum sehr gut versteckt ist, nur um dann festzustellen, dass es, genau wie der Wagenheber, völlig verrostet und kaum zu gebrauchen ist.

Während ich also mit dem Reifenwechsel kämpfe, mit jeder rostknirschenden Umdrehung Tetanus riskiere und der vorbeirauschende Verkehr mit all seinen nicht platten Reifen dicke Fontänen aus kaltem, dreckigem Wasser in mein Gesicht und auf meine vom Regen längst durchnässten Klamotten spritzt, dämmert mir etwas Entscheidendes.

Ich werde zu spät kommen.

Und: Ich bin ein Arsch.

^-^-^

Ich versuche, Franny eine Nachricht zu schicken, aber mein beschissener Provider verweigert seinen Dienst.

Ich trete das Gaspedal bis zum Anschlag durch und überhole rechts und links, was mir noch mehr Gehupe und Stinkefinger einträgt.

Das juckt mich nicht.

Ich habe es eilig.

^-^-^

Als ich endlich in Frannys Straße einbiege, weiß ich, dass ich es komplett versaut habe.

1. Weil ich über eine Stunde zu spät bin. Eher neunzig als sechzig Minuten.

2. Weil Franny auf der Verandatreppe wartet und ein so wütendes Gesicht macht, wie ich es noch nie erlebt habe. Noch bevor ich den Motor abstellen kann, kommt er schon wie eine Furie anmarschiert.

Meine Eingeweide verkrampfen sich. Ich atme tief durch.

Ich bin noch nicht mal ausgestiegen, da brüllt Franny schon: »Wo warst du, verdammte Scheiße?«

»Franny«, sage ich und komme mit erhobenen Händen aus der Deckung. »Es tut mir leid. Ich bin im Stau stecken geblieben und …«

Er schüttelt den Kopf und stößt so prustend Luft aus, als wäre er ein Sauerstofftank, den jemand ganz aufgerissen hat. »Stau? Es sind 15 Minuten durch die Stadt, Jack. Von was für einem Stau redest du?«

Ich bin versucht, ihn anzulügen. Aber ich bringe es nicht über mich. Franny und ich sind immer ehrlich zueinander. Ich könnte es auf den Platten schieben, aber das wäre auch nicht die ganze Wahrheit. »Ich war nicht zu Hause.«

Er steht auf der Beifahrerseite des Autos. Ich bin noch auf der Fahrerseite, mitten auf der Straße, und traue mich nicht näher ran. Besser, wir haben einen Puffer zwischen uns.

»Und wo warst du dann?«, fragt er.

»Franny, ich …« Mehr kriege ich nicht raus.

»Wow. Knutschen war dir wichtiger als dein bester Freund.«

»So war das nicht, Mann. Ich – ich bin … zu ihr gefahren, ja, aber nicht deswegen. Ich dachte, sie müsste mir was Wich …«

»Was Wichtiges sagen, ja?« Jetzt kommt er um das Auto herum. »Fick dich, Jack.« Seine Brust ist keine fünf Zentimeter von meiner entfernt, nur dass seine sich aufbläht, als könnte er ein Haus aus Stein umpusten, wenn man ihn provoziert.

Als könnte er einen Kontinent von der Landkarte pusten.

Er rempelt mich an, sodass ich zurückstolpere. Instinktiv hebe ich die Arme, um mich zu verteidigen. In all den Jahren, die wir uns schon kennen, haben wir uns noch nie geprügelt. Wahrscheinlich weil eh klar ist, dass er mich innerhalb von Sekunden fertigmachen würde.

»Franny, hör zu, jetzt bin ich doch hier. Ich gehe rein und entschuldige mich bei Abuela und dem Troll, und dann essen wir schön zusammen. Oder ich hole uns schnell noch eine Packung Eis und …«

Ich lasse die Hände sinken und schaue Franny endlich an. Also richtig ins Gesicht. Seine Augen sind feucht. Und ich rieche Bier. Nicht ein, zwei Bier – eher einen oder zwei *Kästen* Bier.

»Eis«, wiederholt er. »Dafür ist es zu spät.«

»Ich bringe das wieder in Ordnung. Lass mich einfach reingehen und …«

»Du hast mich nicht verstanden.«

»Ich weiß, du bist sauer auf mich, aber wenn du einfach …«

»Er ist weg, Mann.«

»Was meinst du mit ›Er ist weg‹? Wohin?«

Franny zuckt mit den Schultern. »Wahrscheinlich zurück in den Knast.«

»Was redest du denn da?«

Jemand hupt uns an, und mir fällt auf, dass wir immer noch auf der Straße stehen. Ich rücke zur Seite, um dem Auto Platz zu machen, aber Franny scheint es nicht zu kümmern, dass er den Weg versperrt. Der Fahrer hupt noch mal, und ich versuche, Franny Richtung Bordsteinkante zu ziehen, doch er reißt seinen Arm weg und schubst mich zurück. Ich bleibe am Heck meines Autos hängen und wäre beinahe gestolpert.

»Tut mir leid, aber ich kapiere wirklich nicht, was los ist, Franny.«

»Du hättest hier sein sollen, das ist los.«

»Ich weiß. Ich weiß. Es tut mir leid.«

»Es tut dir leid«, sagt er höhnisch. Er dreht sich zu dem Auto um, das um ihn herummanövriert. »Es tut ihm leid«, sagt er zu dem Fahrer und lässt seine Knöchel über das Dach des Wagens rattern, als er vorbeikriecht. »Yo, es tut ihm leid«, brüllt er in den Himmel hinauf.

»Was ist passiert, Franny?«

»Willst du das wissen? Willst du das wirklich wissen?«

»Ja, ehrlich.«

»Du bist nicht aufgetaucht, und ich habe darauf bestanden, dass wir auf dich warten, weil mein bester Freund doch weiß, wie wichtig der Abend ist, und bestimmt unterwegs ist, oder? Also sitzen wir da, Abuela, ich und der Troll. Die Stimmung ist voll komisch. Er macht einen auf Small Talk, aber da hab ich keinen Bock drauf.

Ich frage Abuela, ob sie genug Eis für den Nachtisch hat oder ob ich schnell zum Laden an der Ecke laufen soll. Und er sagt: ›Ich mach das schon.‹«

Franny setzt sich auf meine Heckstoßstange. Ich stelle mich neben ihn.

»Nach einer halben Stunde ist er immer noch nicht zurück.«

Ich setze mich zu Franny auf die Stoßstange und rechne halb damit, dass er von mir abrückt. Tut er nicht.

»Abuela macht sich Sorgen. Aber er hat nur so ein Prepaid-Telefon, und wir kennen seine Nummer nicht. ›Geh ihn suchen‹, sagt sie. Ich denke mir, der Typ ist halt irgendeiner Frau über den Weg gelaufen, die er noch von früher kennt oder so. Dann komm ich zu dem Supermarkt, und davor stehen drei, vier Polizeiautos. Der Sohn vom Nachbarn sagt, jemand hätte versucht, den Laden auszurauben. Und ich krieg die Krise: Was mach ich, wenn der Troll sich hat abknallen lassen? Das überlebt Abuela vielleicht nicht.«

Franny schluckt schwer. Ein Auto rast mit laut wummerndem Bass vorbei.

»Ich versuche, näher ranzukommen, aber ein Cop hält mich fest und sagt: ›Treten Sie zurück.‹ Ich will um ihn rum und weitergehen, da packt er mich von hinten und reißt mich auf den Gehweg. In dem Moment seh ich ihn. Den Troll. Er sitzt hinten in einem der Autos. Unsere Blicke treffen sich, und er dreht völlig durch, quetscht sein Gesicht ans Fenster, donnert gegen die Scheibe, schreit: ›He, he, das ist mein Sohn. Finger weg von meinem Sohn!‹, und dann schreie ich auch los: ›Das ist mein Vater, Mann. Das ist mein Dad!‹ Und die ganze Zeit kommt mir alles so unwirklich vor. Als wäre alles nur ein Traum.«

»Ich weiß nicht, was ich sagen soll.« Das weiß ich ehrlich nicht. Ich riskiere den Versuch, ihm meinen Arm um die Schulter zu legen; er versteift sich, schüttelt ihn aber nicht ab. »Komm, wir fahren auf die Wache und fragen, wie die Anklage lautet. Vielleicht können wir ihn ja irgendwie raushauen.«

»Abuela ist schon unterwegs. Sie hat deine Eltern angerufen. Sie treffen sich direkt dort.«

Ich weiß, dass ich schuld bin.

Franny hat recht.

Bin ich pünktlich, wird keiner unruhig.

Kein Abstecher zum Laden an der Ecke.

Keine Verhaftung.

Kein Franny mit einem Riesenhass auf mich.

Aber ich komme zu spät.

»Der Typ hält keine zweiundsiebzig Stunden in der realen Welt durch. Wie kann man nur so blöd sein?«

»Es war bestimmt ein Missverständnis, Franny.«

»Das einzige Missverständnis war, dass ich dachte, er könnte sich ändern.«

»Es tut mir leid, dass ich zu spät gekommen bin. Wenn ich mich nicht verspätet hätte, dann ...«

»Wenn du glaubst, dass du das mit einer Entschuldigung aus dem Weg räumen kannst, hast du den falschen Zeitpunkt erwischt, Mann.«

»Du hast recht«, gebe ich zu. »Tut mir leid.«

»Und außerdem«, sagt Franny und zieht beim Aufstehen eine so höhnische Fratze, dass er in dem gelben Lichtschein der Straßenlaterne wie ein Superschurke wirkt, »hast du mir, wenn überhaupt, eher einen Gefallen getan. Es war ja klar, dass er es irgendwann verkackt. Den ganzen Bullshit dazwischen hast du uns jetzt erspart.«

Und dann geht Franny zum Haus zurück, und noch bevor ich überlegen kann, ob er damit signalisiert, dass ich ihm folgen soll, verschwindet er nach drinnen und schlägt die Tür hinter sich zu.

^-^-^

Und jetzt kommt der eigentliche Knaller.

Ihr fragt euch sicher, was denn nun so wichtig war, dass Kate mich unbedingt sehen wollte, oder?

Wie ich habt ihr bestimmt gedacht, es ginge um ihre Krankheit, von der sie mir lieber unter vier Augen erzählen wollte.

Wie ich wart ihr auf dem falschen Dampfer.

Sie wollte mich sehen, weil wir unser Dreimonatiges haben und sie mir ein Geschenk geben wollte. Prompt fühlte ich mich megaschlecht, weil ich nichts für sie hatte. Was noch schlimmer wurde, als ich sah, wie toll ihr Geschenk war.

Ein digitaler Bilderrahmen mit sorgfältig zusammengestellten Fotos von uns beiden.

Genau.

Ich bekomme ein liebevoll ausgewähltes elektronisches Andenken, das ich nicht mal verdient habe, und Franny verliert seinen Dad zum zweiten Mal – am selben Tag, an dem er ihn wiederbekommen hat.

∧-∧-∧

Von da an spricht Franny kein Wort mehr mit mir.

Jillian sagt, ich solle mir lieber eine andere Mitfahrgelegenheit suchen, *nur bis er sich wieder beruhigt hat,* versichert sie mir.

Dabei protestiere ich gar nicht.

Ich hätte viel Schlimmeres verdient.

Mom versucht mich zu überzeugen, dass ich mir das mit Frannys Vater nicht zum Vorwurf machen soll, dass er ein erwachsener Mann sei, der selbst Verantwortung für sein Handeln übernehmen müsse – was zwar alles gut gemeint, aber doch überwiegend typisches Mutter-Geschwafel ist.

»Wo ist Dad?«, frage ich eines Tages nach der Schule.

»Ähm«, sagt Mom und tippt konzentriert in ihren Computer. Ich schaue ihr über die Schulter. Sie hat irgendeine Tabellenübersicht für die Arbeit offen. »Ich glaube, er ist mit Franny unterwegs.«

»Oh«, sage ich. »Was machen die beiden denn?«

»Einen Smoking kaufen, soweit ich weiß. Franny hat wohl jemanden gebraucht, der ihm beim Aussuchen hilft.«

»Ach so.«

»Zum Abendessen ist er zurück. Wolltest du was Bestimmtes?«

»Nein«, sage ich. »Eigentlich nicht.«

Mom nimmt ihre Brille ab, behält sie aber in der Hand, was sie immer tut, wenn sie etwas Wichtiges sagen will. »Bei dem, was Franny gerade durchmacht, wollten ihm dein Vater und ich einfach gern bei den Vorbereitungen zum Ball zur Seite stehen. Franny schien sich sehr zu freuen.«

»Bestimmt.« Ich weiß, ich sollte nicht eifersüchtig sein. Ich meine, meine Eltern bitten mich andauernd, mehr Zeit mit ihnen zu verbringen. Dass ich den Großteil meiner freien Zeit lieber mit Kate verbringe, ist ja nicht ihre Schuld, und Frannys genauso wenig, aber trotzdem ...

»Was soll das heißen, Jack?«

»Nichts.«

Sie starrt mich an. »Wie geht es Kate?«

»Gut.«

»Ja? Läuft alles gut mit euch beiden?«

»Alles super.«

»Bis zum Ball ist es nicht mehr lang hin. Hast du so weit alles dafür?«

»Ich dachte, vielleicht könntest du mit mir zum Blumenhändler fahren? Mir helfen, eine Ansteckblume auszusuchen?«

»Ach, Schatz, das würde ich liebend gern«, sagt Mom. »Dummerweise habe ich mit dem Laden und unserem Hochzeitstag gerade alle Hände voll zu tun und ... Ich würde dir wirklich gern helfen. Franny hat mich dasselbe auch schon gefragt. Wir könnten alle zusammen fahren. Das wird sicher schön.«

Ich winke ab. »Nein, lass mal. Macht es einfach so, wie ihr es geplant habt. Stresst euch nicht wegen mir.«

»Jackie, jetzt sei doch nicht so. Wie wäre es, wenn du und ich …«

Ich zwinge mich zu einem Lächeln. »Schon gut, Mom. Ich verstehe das total. Ich werde es ja wohl schaffen, selber so eine dämliche Blume auszusuchen. Kein Ding.« Ich küsse sie auf die Wange, wende mich dann schnell ab und tue, als würde ich was in den Küchenschränken suchen, denn mit meinen Augen und meinen Nasengängen passiert was ganz Komisches: Sie werden so nass.

»Bist du sicher, dass du nicht noch etwas auf dem Herzen hast?«, fragt Mom.

»Ja«, sage ich und wische mir verstohlen über Augen und Nase, bevor ich mich wieder zu ihr umdrehe. »Ganz sicher.«

Sie öffnet den Mund, um etwas zu sagen, aber ich hechte schon aus der Küche, um mich in mein Zimmer zu verziehen.

Fassen wir also zusammen: Alles, was nicht Kate heißt, hat sich zum Schlimmeren gewendet, und daran bin ich schuld.

Und ich dachte die ganze Zeit, ich müsste Kate retten. Vielleicht bin ich es, der gerettet werden muss.

^-^-^

Frannys Dad bekommt neunzig Tage Haft wegen Ruhestörung.

Was völliger Schwachsinn ist.

Anscheinend hatte der Ladeninhaber den Eindruck gewonnen, dass der Troll sein Marshmallow-Eis mitnehmen wollte, ohne zu bezahlen.

Also sagte er dem Troll, er sei in seinem Laden nicht willkommen.

Was bei dem Troll gar nicht gut ankam.

Er beschloss, in aller Ruhe durch die Reihen zu schlendern und sich Sachen anzusehen, die er gar nicht kaufen wollte, weil das sein gutes Recht war, so wie das jedes anderen Kunden auch.

Schließlich stellte er seine Eispackung auf den Tresen und wartete darauf, dass der Mann ihn abkassierte.

Der Inhaber dachte nicht daran. Erteilte ihm Hausverbot.

Was ist Ihr Problem?, fragte der Troll.

Sie sind das Problem, und Leute wie Sie, brüllte der Inhaber. *Und jetzt raus aus meinem Laden!*

Leute wie ich, wiederholte der Troll. *Leute. Wie. Ich.* Er spürte eine gewalttätige Wut in sich auflodern. Er war nie der Typ gewesen, der die Dinge auf sich beruhen lassen konnte. Aber er dachte an seine Mutter, seinen Sohn, die auf das Eis warteten. Riss sich zusammen. Nahm den Kassenscanner, richtete ihn auf den Barcode an der Seite der Packung, schaute auf den Preis, rechnete die ungefähre Mehrwertsteuer dazu. Warf sein Geld hin, nahm sich eine Plastiktüte vom Tresen, packte sein Eis ein und ging zur Tür.

Nur kam er nicht weit.

Die Frau des Ladeninhabers hatte schon die Polizei gerufen.

Und rein zufällig fuhr keinen Block weiter gerade ein Streifenwagen vorbei.

Und, tja –

Wie es dann weiterging, kennt ihr schon.

Ihr könnt die Szene selbst zu Ende schreiben, wenn ihr wollt.

Wie man nach Hause kommt

Das Unheimliche ist, dass du ins Träumen geraten kannst, ohne es zu merken. Das entgegenkommende Auto blendet zur Warnung auf und hupt wie wild, während du gefährlich weit nach links abdriftest. Du hoffst nur darauf, dass es nicht zu spät ist, wenn du endlich die Augen aufreißt.

»Jackie, Essen«, ruft Mom die Treppe hoch.

Als ich ins Zimmer komme, stehen zwei zusätzliche Gedecke auf dem Tisch, und Dad führt Franny und Jillian herein.

Ich schaue Mom an, und sie nickt, als wollte sie sagen: *Es wird Zeit, Jackie.*

Die Stimmung ist erst mal drückend. Was vor allem daran liegt, dass Franny eine Runde »Ich darf Jack nicht in die Augen sehen« spielt und das richtig gut draufhat.

»Wie läufts mit Französisch?«, frage ich Jillian.

Sie lacht. »Ich sags nur ungern, aber ohne dich ist es nicht dasselbe.«

Mir wird warm ums Herz. »Schade, dass du das nur ungern sagst, aber ich versteh dich. Ich habe in letzter Zeit echt neben mir gestanden.«

»Kann man wohl sagen«, stimmt Franny zu.

»Also, das tut mir leid. Das habt ihr nicht verdient. Ihr wart immer viel besser zu mir als ich zu euch. Ich muss mich bei allen hier entschuldigen. Ich glaube, es hatte damit zu tun, dass ich bekommen habe, was ich mir immer gewünscht habe, was ich bei meinen zwei besten Freunden und bei meinen Eltern gesehen habe – diese herrliche Verbundenheit mit einem anderen Menschen, diese kosmische Verschmelzung, bei der man nicht weiß, wo der andere anfängt und man selber aufhört.«

Jillian beißt sich auf die Unterlippe. »Das hast du so schön gesagt, J. Und das haben wir dir auch immer gewünscht. Franny und ich wollen, dass du glücklich bist. Du verdienst es, dich geliebt zu fühlen, geliebt zu werden. Darum haben wir ja versucht, Verständnis zu haben. Dir deinen Raum zu geben.«

»Ich weiß«, sage ich. »Ihr wart echt fantastisch.«

Mom drückt meine Hand. »Die Sache ist die: Man gibt nicht seine ganze Welt auf, um einem anderen Menschen seine Liebe zu beweisen. Man bringt beide Welten zusammen. Die Welt wird größer, nicht kleiner.«

^-^-^

»Hey«, sage ich zu Franny, als wir den Tisch abräumen.

»Hey«, brummelt er zurück.

»Du, es gibt keinen passenden Ausdruck für das, was ich getan habe, aber es tut mir wirklich ...«

Aber Franny schüttelt den Kopf. »Lass stecken, Mann. Sobald wir mit dem Geschirr fertig sind, revanchier ich mich bei dir.«

»Uhhhhh«, gurgele ich.

»Ich mach dich so fertig, dass du nicht mehr weißt, wo oben und wo unten ist«, verspricht er mir. »In *Metal Brigade*.«

Er boxt mich gegen die Schulter.

Hinter uns murmelt Jillian ein beglücktes »Oooch«.

Ich boxe zurück.

Die Nacht der Nächte

In der Nacht vor dem Abschlussball kann ich nicht schlafen.

Natürlich kreisen meine Gedanken um Kate. Aber das ist nicht alles.

Ich denke an meine letzte Prom-Nacht.

Diese Achterbahn der Gefühle – wie ich erst glaubte, dass Kate mich versetzt hat, und dann später erfuhr, dass sie stattdessen im Krankenhaus war.

Was, wenn morgen genau dasselbe noch mal passiert?

Wenn Kate nicht auftaucht? Wenn es ihr nicht gut geht?

Aber Kate taucht auf. Und sie ist noch schöner, was ich nicht für möglich gehalten hätte.

»Wie fühlst du dich?«, frage ich, kaum dass ich die Haustür aufgerissen habe.

»Ähm, nervös, ehrlich gesagt«, erwidert sie.

»Das ist alles? Mehr nicht?«

Sie lacht. »Aufgeregt? Ich weiß nicht, was du von mir hören willst.«

Eigentlich will ich sie fragen: *Fühlst du dich denn auch gesund?* Ich sehe sie prüfend an, obwohl ich nicht weiß, wonach ich Ausschau halten soll, aber ich kann nichts Auffälliges entdecken.

»Jack, willst du uns dein Date nicht vorstellen?«, fragt Mom hinter mir. »Ich schwöre, er ist nicht von Wölfen großgezogen worden.«

»Entschuldigt«, sage ich. »Mom, Dad, das ist Kate. Kate, meine Mutter, mein Vater.«

»Freut mich, dich kennenzulernen, Kate«, sagt Dad. »Wir haben so viel Gutes über dich gehört.«

Kate grinst. »Wenn das mal alles stimmt.«

Mom strahlt. »Ihr zwei seht so gut zusammen aus! Darf ich dich drücken, Kate? Ist das komisch, wenn ich das frage?«

»Mom«, protestiere ich.

Aber Kate lacht und streckt die Arme aus. »Ich liebe Umarmungen.«

^-^-^

»So, so.« Kate nickt. »Das habe ich also verpasst, als ich nicht auf meinen eigenen Abschlussball gegangen bin.«

Das Thema des Balls ist Mardi Gras, und wahrscheinlich hängen in diesem Saal mehr Plastik-Perlenketten als auf der ganzen übrigen Welt zusammen. »Ja«, sage ich und sehe mich staunend um. »Das ... alles.«

»Soll ich jetzt schon meinen Busen blitzen lassen oder lieber bis später warten?«

»*Jetzt* ist zwar sehr verlockend, aber ich bin für warten.«

»Gute Entscheidung«, sagt sie und zieht mich auf die Tanzfläche. »Zuerst zeigen wir allen, wie viel Rhythmus uns nicht im Blut liegt.«

»Au ja«, sage ich. Ich schnippe zur Musik mit den Fingern und liege natürlich zehn Meilen neben dem Takt. Zum Glück ist Kate auch sehr gut darin, sich im falschen Rhythmus zu bewegen.

»Tolle uncoole Moves«, sage ich, während ich eine Kreuzung aus Cha-Cha-Cha und einem Tanzschritt versuche, den ich gern als »Zugedröhnter Eisbär auf Rädern« bezeichne.

»Du bist aber auch ein ziemlich professioneller schlechter Tänzer.« Sie wedelt so heftig mit den Armen, als würde sie (unsichtbar) in Flammen stehen und die (unsichtbaren) Flammen zu löschen versuchen, oder als würde sie sich in Schwung bringen, um abzuheben und Mary-Poppins-mäßig über unsere Köpfe zu fliegen, bevor sie den Ball durch ein Dachfenster verlässt.

»Wie nennt sich dieser Move?« Sie macht einen Schritt zurück, um meine Hammer-Tanzeinlage besser bewundern zu können.

»Sieht man das nicht? ›Auf Rolltreppe gefangenes Huhn‹«, sage ich, flattere weiter unbeirrt mit den Armen und hebe die Füße zum nächsten unsichtbaren Schritt.

Daraufhin rudert sie weit ausholend mit den Armen, macht dabei ein zischendes Geräusch und dreht sich dann wild im Kreis. Und ich muss fragen: »Wie heißt der?«

»›Katze auf Windrad‹.«

Wir verbringen einen Großteil des Abends auf der Tanzfläche und blamieren uns bis auf die Knochen. Es macht einen Riesenspaß.

»Diese Bowle würde noch viel besser schmecken, wenn man sie aus einem Päckchen trinken könnte«, brüllt Kate über den dröhnenden Bass.

»Trinkpäckchen sind Kult«, sagt Jillian.

»Trinkpäckchen for president!«, schreit Franny und reckt seinen Plastikbecher in die Höhe.

Ich hebe meinen. »Trinkpäckchen for ever!«

Als unser Lieblingssong von Mighty Moat gespielt wird, legen wir vier unseren bisher schlimmsten Tanz hin.

»Ich hätte nie gedacht, dass jemand noch größerer Mighty-Fan sein könnte als ich«, sagt Franny beeindruckt zu Kate, nachdem sie den Text Wort für Wort mitgeschmettert hat.

»Würde es arrogant klingen, wenn ich dir sage, dass ich die Band kenne?«, fragt Kate.

Franny hört auf zu tanzen. »Ist nicht wahr.«

»Nö, ist glatt gelogen«, sagt Kate. »Und dass ich euch zu ihrem Konzert einladen kann, ist natürlich auch Quatsch.«

»Ist das dein Ernst?«, sagt Franny und hüpft vor Aufregung auf und ab.

»Du hast ja keine Ahnung, was du getan hast«, sagt Jillian lachend.

»Jack, warum hast du Kate so lange für dich behalten?«, fragt Franny. Das scheint eine beliebte Frage zu sein.

Bei der letzten Ballade grübele ich noch, was ich mit meinen Händen machen soll, da nimmt Kate mir die Entscheidung ab und legt meine Hände auf ihren Rücken, knapp über den Hintern. Ihr Gesicht schmiegt sie an meine Schulter. Und so könnten wir gern für immer bleiben.

Doch dann fühle ich ein Zittern durch ihren Körper gehen.

»Alles okay?«

»Mhm«, sagt sie. »Hatte nur kurz so ein komisches Gefühl. Ich glaube, es ist wieder vorbei.«

»Bist du sicher?«

»Lass uns einfach weitertanzen.«

Aber noch bevor der Song vorbei ist, führt sie mich raus ins Foyer.

Die Tür fällt kaum hinter uns zu, als sie sagt: »Ich muss gehen, Jack. Jetzt gleich.«

»Wohin?«, frage ich. »Was ist los?«

Sie zieht sich schon in den Flur zurück. Ihr Atem geht stoßweise, ihr Blick ist starr vor Angst. »Es tut mir leid, dass ich dir das antun muss.«

»Ich verstehe das nicht. Wohin willst du denn?«

Sie hämmert auf den Aufzugknopf. »Es tut mir leid.«

»Warte, sag mir doch, was los ist.«

»Es war ein Fehler. Ich kann nicht mit dir zusammen sein. Nicht so, wie du es willst. Es tut mir leid, Jack. Ich hätte nicht kommen sollen. Vergiss mich einfach, okay? Vergiss mich.«

Der Aufzug plingt auf. Kate betritt die Kabine, streift ihre Pumps ab und nimmt sie in dieselbe Hand, mit der sie ihre Clutch hält. Mit der anderen schlägt sie auf Knöpfe ein, als könnte die Tür nicht schnell genug schließen, als hätte sie es eilig, von mir wegzukommen.

»Kate, warte«, rufe ich. »Ich kann dich nicht vergessen. Ich könnte dich nie vergessen.« Ich schiebe einen Arm in den Türspalt.

»Bitte, Jack, lass mich einfach gehen«, schnauzt sie.

»Warte, sag mir nur eins: Geht es dir gut?«

»Was meinst du?«

Gute Frage. »Keine Ahnung ... Fühlst du dich ... irgendwie krank? Ich ...«

»Ich habe nur das Gefühl, dass ich nicht hier sein sollte, Jack. Das ist alles.«

»Aber ...«

»Bitte, lass mich gehen.«

Ich trete vom Aufzug zurück, denn was bleibt mir auch anderes übrig? Die Tür schließt, Kate verschwindet vor meinen Augen.

Es ist so, wie wenn man die Tafel nicht gründlich genug wischt und das, was da zuvor gestanden hat, immer noch durchschimmert – ich kann die letzte Prom-Nacht nicht aus meinem Hirn löschen. Ich kann Kate nicht allein wegfahren lassen. Ich drücke auf den Rufknopf nach unten, aber es gibt nur zwei Aufzüge, und einer rührt sich nicht aus dem neunten Stock weg, und der andere schnurrt ungerührt in die Lobby hinunter, wo er Kate in die funkelnde Nacht entlassen wird.

Ich stoße die schwere Tür zum Treppenhaus auf und rase, stolpere, springe die Stufen nach unten. Ich bin ein pfeilschneller, heftig schwitzender Torpedo, und ich lasse nicht von meinem Zielobjekt ab. Ich platze in die reich vergoldete Lobby des Hotels und rucke den Kopf so hektisch hin und her, dass die Schweißtropfen sprühen. Eine alte Dame trifft womöglich fast der Schlag, als sie mich wie einen Irren in Kates leeren Aufzug starren sieht.

Ich stürme durch die Messingtüren nach draußen, die kühle

Nachtluft füllt meine Lungen – und da ist Kate. Sie steigt gerade in ein Taxi ein, sieht mich, zieht die Tür zu.

Die Rücklichter des Taxis zwei knallrote Ausrufezeichen hinter Kates Flucht.

Ich klappe am Straßenrand zusammen.

Wie ein frisch überfahrenes Tier.

Mein Herz tobt.

Ich schnappe nach Luft.

Ich kriege gar nichts auf die Reihe. Nicht mal Atmen.

Da quietschen Reifen. Ich richte mich gerade rechtzeitig auf, um zu sehen, wie das Taxi mit jaulendem Motor in die Hoteleinfahrt zurücksetzt und dabei das Gras am Straßenrand abrasiert.

Kate ist zurückgekommen.

Der Taxifahrer springt raus, brüllt: »Sind Sie Jack?«

Ich stehe auf. »Das bin ich.«

»Rufen Sie den Notarzt!«

Ich schreie in die Lobby: »Rufen Sie einen Krankenwagen! Rufen Sie sofort den Notarzt!« Dann renne ich die Treppe vom Hotel wieder runter und reiße die hintere Tür des Taxis auf.

Kate liegt schwer atmend und mit verzerrtem Gesicht auf der Rückbank. »Kate, was ist? Was hast du?«

Der Taxifahrer murmelt: »Braucht sie einen Inhalator oder so was? Gott, bitte hilf diesem Kind.«

»Jack ...«

»Kate, sag mir, was ich tun soll.«

Aber sie ist kaum noch bei sich.

»Kate, sprich mit mir.«

»Jack«, sagt sie schwach. »Bleib bei mir.«

»Ich gehe nie wieder weg.« Ich krieche in das Taxi, hebe sacht ihren Kopf an und bette ihn auf meinen Schoß.

Nicht allzu weit entfernt hört man Sirenen heulen.

»Kate, das wird schon wieder.«

»Es tut mir leid«, sagt sie.

Ich weiß nicht, ob ich versuchen soll, sie weiter zum Sprechen zu bringen, oder ob es besser ist, wenn sie ihre Energie aufspart. Ich weiß gar nichts. Warum weiß ich nichts?

»Es gibt nichts, was dir leidtun müsste«, sage ich und streichle ihr übers Haar. »Atme einfach, Kate. Immer schön weiteratmen. Ganz locker und entspannt.«

»Hey, was ist los, Mann?« Franny ist da. »Ist alles okay bei euch?«

Ich schüttele den Kopf. »Kate hat irgendwas.«

»Oh Gott«, sagt Jillian, als sie sich durch die Tür beugt. »Hat schon jemand einen Arzt gerufen?«

»Ist schon unterwegs«, sage ich zu meinen Freunden. »Hilfe ist unterwegs«, wiederhole ich ganz nah an Kates Ohr. Einige ihrer Haarsträhnen haften an meiner Wange.

Die Sirene kreischt heran.

Ich spähe durch das Heckfenster und sehe fast alle meine Mitschüler auf der Hoteltreppe stehen. Sie klammern sich erschrocken aneinander oder haben die Hand vor den Mund geschlagen.

Zwei Sanitäter, ein Mann und eine Frau, tauchen auf und ziehen Kate eine Sauerstoffmaske über, sodass ich nur noch ihre erdbraunen, feuchten Augen sehen kann.

»Macht Platz, Leute«, blafft der Mann, ein kräftiger Typ. Sie heben Kate schnell auf eine Trage und bringen sie zu ihrem Rettungstrupp.

»Wo bringen Sie sie hin?« Ich renne ihnen nach, als sie Kate in den Krankenwagen schieben.

»Gehörst du zur Familie?«, fragt die Sanitäterin.

»Ja«, sage ich.

Sie weiß, dass ich lüge. »Dann rein mit dir«, sagt sie.

»Und steh uns bloß nicht im Weg rum«, schärft mir ihr Kollege ein.

»Jack!« Jillian und Franny tauchen am Straßenrand auf. »Wir fahren hinterher.«

Ich nicke. Die Türen des Krankenwagens schlagen zu. Die Sirene heult los. Ich achte darauf, nicht im Weg zu sein, setze mich nur so, dass ich Kates Hand halten kann. Sie drückt meine Finger ganz leicht, aber ich halte fest. Ich halte fest.

»Sie kommt doch durch, oder?«, frage ich die Sanitäterin.

Ich sehe ihr an, dass sie die Frage gern bejahen würde, mir aber nichts vormachen will.

^-^-^

Im Krankenhaus nehme ich alles nur verschwommen wahr: hastende Menschen, funkelnde Instrumente.

Befehle werden gebellt, Geräte brummen los.

Ich brauch hier noch 'nen Zugang!

Sauerstoff her!

Leute, wo bleibt der Zugang? Ich warte!

Die Venen auf der Seite kann man vergessen. Ich schau mal auf der anderen. Aus dem Weg, Mann!

Was will denn dieser Junge hier?

Der ist mit ihr hergekommen, glaube ich.

Der hat hier nichts verloren. He, Kleiner, raus mit dir. Wir kümmern uns um deine Freundin. Wir holen dich, wenn alles unter Kontrolle ist.

Mehr Volumen, Juan.

Kochsalz?

Nee, nimm Ringer.

Brauchen wir eine BGA?

Ja, Blutgase, Blutbild, E'lyte, Krea. Die ganze Latte, Tracy.

Kate, Kate. Hören Sie mich? Schauen Sie mich an. Sie müssen atmen. Immer schön weiteratmen, ja? Ganz ruhig, okay?

Zugang läuft.

Wurde auch Zeit.

He, was steht der Junge hier immer noch rum? Glaubt der, er ist beim

Fernsehen oder was? Bringt den mal einer ins Wartezimmer, wie oft muss ich das noch sagen!

»Komm, Junge, du musst jetzt raus. Hier lang. Na komm. Das wird schon, okay? Setz dich hierhin, okay? Wir haben jetzt Kabel, bestimmt findest du irgendwas zum Angucken, wenn du lang genug zappst. Zu trinken gibts auch, da drüben ist Wasser. Und schlechter Kaffee, wenn es gar nicht anders geht. Das war ein Witz. Okay, war es nicht ... Hör zu, das wird schon wieder. Wenn sie stabil ist, komme ich wieder her und lasse dich zu ihr, dann siehst du, dass alles okay ist, ja? ... Okay?«

Das sagen wir immer so dahin, *alles ist okay*, dabei kann *okay* alles Mögliche heißen.

Zum Beispiel:

Diese Frühstücksflocken schmecken okay. (Also: nicht schlecht, aber auch nicht gut.)

Der Film war ganz okay. (Also: so mittelmäßig.)

Auf Menschen bezogen ist es noch schlimmer:

Was hältst du von dem Neuen? – Scheint ganz okay zu sein. (Also: nicht unbedingt sympathisch.)

Du, ich hab das mit deiner Mutter gehört. Wie geht es ihr? – Okay. (Also: eher schlecht.)

Hey, ich hab gehört, du hattest eine OP. Wie ist es gelaufen? – Okay. (Also: wäre fast schiefgegangen.)

»Okay« ist nicht so tröstlich, wie die Leute meinen.

Die Krankenschwester, Ärztin, Notfallmedizinerin, gute Fee – wer auch immer sie ist – rennt zurück in den Flur und verschwindet durch die Tür mit der Aufschrift »Zutritt nur für Personal«. Die Türflügel pendeln hin und her, und ich überlege, ob ich ihr nachlaufen, meinen Schuh in die Tür schieben und zu Kate zurückstürzen soll. Doch dann hören die Türen auf zu pendeln, und ein lautes *Klick* ertönt, ein schepperndes Einrasten, das besser zu einer Haftanstalt passen würde, weil es mich und alle anderen Unbefugten aussperrt, weg von den Menschen, die wir lieben.

Von den Menschen, die wir brauchen.
Damit sie versuchen können, sie zu retten.
Damit wir nicht dabei sind, wenn es schiefgeht.

^-^-^

Dreiundvierzig Minuten später kommt dieselbe Frau wieder. Ich habe genau verfolgt, wie der Zeiger Minute für Minute vorgerückt ist. Ich könnte nicht sagen, wann Franny und Jillian angekommen sind. Nur dass sie jetzt rechts und links von mir sitzen.

Die Frau lächelt, was ich als hoffnungsvolles Zeichen auffasse.

»Alles okay«, versichert sie mir. Schon wieder dieses *Okay*. »Gedulde dich noch dreißig Minuten, dann kannst du sie sehen.«

»Was ist passiert?«

Die Frau ringt die Hände. »Ohne die ausdrückliche Genehmigung der Patientin kann ich leider nichts zu ihrem Gesundheitszustand sagen, tut mir leid.«

Ich nicke. »Hauptsache, es geht ihr gut.«

»Das ja. Also, dreißig Minuten.« Sie verschwindet hinter der Pendeltür.

»Siehst du«, sagt Franny mit einem Stoßseufzer. »Alles in Ordnung.«

»Hast du ihre Eltern angerufen, Jack?«, fragt Jillian in einem Ton, der mich vermuten lässt, dass sie mich das schon mal gefragt hat und ich sie in meiner Geistesabwesenheit nicht gehört habe.

»Sie sind unterwegs«, sage ich.

»Ich frage mich, was das war«, sagt Jillian.

»Ich auch«, sage ich. »Ich auch.«

»Ich bin bloß froh, dass wir da waren«, sagt Franny.

»Ich auch«, sage ich. »Ich auch.«

»Bist du sicher, dass alles okay ist?«, fragt Jillian. »Du bist irgendwie ganz woanders.«

Sie hat recht.

Ich bin wieder in unserer ersten Prom-Nacht, stehe im Regen auf der Veranda von Kates Elternhaus, warte darauf, dass sie die Tür aufmacht, dass sie mir erklärt, warum sie auf einmal nichts mehr von mir wissen will.

Jetzt weiß ich ja, dass es nichts mit mir zu tun hatte.

Kate konnte nicht mit mir zum Abschlussball.

Sie war zu beschäftigt damit, um ihr Leben zu kämpfen.

^-^-^

Als ich in ihr Zimmer gehe, lächelt Kate. Aber ich glaube ihr nicht.

Ich weiß, dass sie mich nur beruhigen will.

Aber ich bin nicht beruhigt.

Nicht einmal fast.

Ich bleibe an der Tür stehen.

»Hi«, sagt sie.

»Hi«, sage ich.

Sie zieht sich den Sauerstoffschlauch aus der Nase und schiebt ihn auf die Stirn. »Komm her«, sagt sie und klopft aufs Bett.

Ich gehe zu ihr. »Darfst du das überhaupt? Den Schlauch abnehmen?«

»Nein«, gibt sie zu. »Aber was wäre das für ein Leben, wenn ich nur das tun würde, was ich tun darf?«

»Kate, was ist passiert?«

»Ich bin krank geworden«, sagt sie.

»Wie, krank? Was stimmt denn nicht mit dir?«

»Was ist denn das für eine Frage?«

»So habe ich es nicht gemeint. Ich … Bitte rede einfach mit mir, Kate. Was immer ich tun kann, ich tue es.«

»Ich bin keine Maschine, Jack. Du kannst mich nicht reparieren.«

Ich folge ihrem Blick aus dem Fenster.

»Das wollte ich damit nicht sagen. Ich will dich nicht reparieren. Du bist nicht kaputt, Kate. So, wie du bist, bist du für mich –«

»Ich habe eine Krankheit. Aber *ich* bin nicht krank.«

»Aber was denn für eine Krankheit? Warum erzählst du es mir nicht einfach? Ich verstehe nicht, warum du so … so ein Geheimnis draus machst. Ich meine, du liegst im Krankenhaus, verdammt noch mal, und ich will dir eben helfen und dich besser verstehen, und ich versuche …«

Sie schneidet mir das Wort ab. Wirft die Hände in die Luft wie ein Verkehrspolizist: *Halt. Nicht weiter.* »Ich mag dich nicht, okay?! Nicht so.«

»Nicht wie?«

»Ich meine, ich *kann* dich nicht mögen. Es tut mir leid, Jack. Du bist wirklich ein super Typ, witzig und –«

Diesmal unterbreche ich sie. »Erspar mir die Schönfärberei, ja?«

»Ich kann das eben nicht.«

»Was kannst du nicht?«

»Das hier. Eine Beziehung.«

»Wer hat denn was von einer Beziehung gesagt?«

»Du weißt nicht, was auf dich zukommt, Jack. Ich schon. Und glaub mir, es ist besser so.«

Am liebsten würde ich schreien: *Ich weiß GENAU, was auf mich zukommt! Das ist ja das Problem!* Aber ich beherrsche mich und sage stattdessen, was ich selbst so gern glauben würde –

»Kate, wir haben unsere Zukunft doch selbst in der Hand.«

Sie kaut auf ihrer Unterlippe. »Xander will es noch mal versuchen.«

»Wer ist Xander?«, frage ich, aber kaum habe ich seinen Namen ausgesprochen, fällt der Groschen. »Oh.«

»Ja, oh«, sagt sie, als wünschte sie, sie könnte ihre Worte zurücknehmen.

»Xander. Natürlich heißt er Xander.« Auf diesen Namen wäre ich zwar nie im Leben gekommen, aber das sagt man halt so, wenn man mit dem Namen seines neu ernannten Erzfeinds konfrontiert wird. »Ich dachte, du hättest gesagt, er würde dir nicht guttun.«

»Ja. Das stimmt wohl auch. Er ist ... Aber manchmal bist du ...«

»Manchmal bin ich was?«

»Es ist kompliziert.«

»Dann klär mich auf, Kate, ich verstehe gar nichts mehr.«

»Ich glaube nicht, dass du es verstehen willst.«

Ich zucke mit den Schultern. Da hat sie irgendwie recht. Ich will es nicht verstehen. Aber ich frage euch: Wem würde es nicht so gehen? Hat Ponce de Léon etwa *verstanden*, dass es in den Sümpfen von Florida keinen gottverdammten Jungbrunnen gibt? Hat Mr George Washington Carver *verstanden*, warum die Leute über die bescheuerte Idee lachten, Suppe aus Erdnüssen zu machen? *Verstehen* wird schwer überschätzt, würde ich mal behaupten.

»Okay«, sage ich. »Dann erklär mir eins: Warum bist du mit mir hier? Und nicht irgendwo bei Xander? Warum bist du ausgerechnet zu einem Highschool-Abschlussball gegangen, wenn jemand wie du losziehen und viel coolere Dinge mit viel cooleren Leuten machen könnte?«

Sie zieht ihre Nase kraus – und ich will jetzt wirklich nicht alles, was Kate tut, auf supersüße Gesten und Gesichtsausdrücke reduzieren, aber selbst wenn sie wütend ist, selbst wenn sie genervt ist, selbst wenn sie von *mir* genervt ist, ist sie noch so atemberaubend schön, dass ich all meine Willenskraft zusammennehmen muss, um nicht zu einem klebrigen, zähen Jack-Klumpen dahinzuschmelzen.

»Jack, mein eigener Abschlussball ist erst ein Jahr her.«

»Ich meine, du weißt, dass ich dich mag, Kate. Das ist klar, oder? Wie sehr ich dich mag? Und dann gehst du mit mir zum Ball. Und wir feiern unser Dreimonatiges und ... Ich meine, spinne ich jetzt total? Wahrscheinlich spinne ich ganz allgemein. Aber speziell hier?«

Sie schüttelt auf diese »Ich will es nicht sagen, zwing mich nicht dazu«-Art den Kopf. Ich weiß, dass ich aufhören sollte, weil jetzt der Moment kommt, wo sie mir das Herz bricht. Aber ich kann nicht aufhören. Insgeheim wusste ich längst, dass wir nicht zusammenbleiben. Genauso wie ich insgeheim weiß, dass ich es einfach hinter mich bringen sollte.

Trotzdem will ich es so lang wie möglich hinauszögern. Es auf unbestimmte Zeit aufschieben und mit Kate in einem Vakuum unverletzbarer Gefühle leben.

»Jack, du wirst drüber wegkommen. Garantiert.«

»Das kannst du nicht wissen.«

»Irgendwann wirst du mich vergessen.«

»Alle sagen, dass ich ein hervorragendes Gedächtnis habe. Sogar Elefanten haben mir das bestätigt.«

»Du solltest gehen«, sagt sie und greift nach dem Lichtruf.

»Sag mir noch eins: Was hat Xander, das ich nicht habe? Warum er und nicht ich?«

»Lass das, Jack. Das ist bescheuert.«

Ich lächele – ein bescheuertes, trotziges Grinsen, weil ich mich auf einmal so kühn fühle. Aber nicht im positiven Sinne kühn. Nicht im Sinne von: der Held stürzt sich selbstlos in das Inferno, weil er weiß, dass er handeln muss, dass Menschenleben auf dem Spiel stehen, nicht nur sein eigenes, und dass nur er sie retten kann. Nein. Ich verspüre eine Kühnheit, wie sie ein Eichhörnchen zeigt, das beschließt, sich mitten auf die Autobahn zu hocken und einen Sattelschlepper mit bloßer Gedankenkraft zu stoppen.

Tja.

Muss ich euch erzählen, wie das ausgeht?

»Ich will es wissen, Kate. Warum er? Warum nicht ich?«

»Weil Xander da war. Er war der Erste, der bei mir geblieben ist, als es schwer wurde. Ist er manchmal ein Arschloch? Und wie! Aber er ist eine bekannte Größe. Ich weiß, wer er ist. Und ich weiß, wenn es hart auf hart kommt, ist er für mich da.«

»Ich will auch dann für dich da sein, wenn es weich kommt, Kate.«

»Hör auf, nett zu mir zu sein.«

»Nichts läge mir ferner.«

Sie schüttelt den Kopf. »Es tut mir leid, aber ich kann dich niemals lieben, Jack. Ich kann es nicht, und ich wollte dich nie verlet ...«

Aber ich springe schon vom Bett. »Hör auf«, sage ich. Es ist zu viel. Alles.

Als ich die Tür aufreiße, stehen vier Leute davor, die alle wie unterschiedliche Versionen von Kate aussehen und folglich ihre Familie sein müssen.

»Entschuldigen Sie mich«, sage ich und drücke mich an ihnen vorbei.

Die junge Frau in der Gruppe lächelt mich an. »Jack?«, fragt sie, als wäre ihr mein Name vertraut. Als wäre er in ihrer Gegenwart schon oft gefallen.

»Ja«, sage ich.

»Hi. Ich bin Kira. Kates Schwester.«

»Freut mich«, bringe ich mühsam hervor und spüre Tränen, wo sie nichts zu suchen haben, nämlich in meinen Augen. »Es tut mir leid, aber ich muss los.«

Ich warte nicht ab, dass sie »Wohin?« oder »Warum?« fragt.

Ich renne über den Flur zurück ins Wartezimmer.

»Los, wir fahren«, sage ich zu Franny und Jillian.

»Warte, was ist passiert?«, fragt Jillian.

»Jack«, ruft Franny mir nach.

Aber ich bin schon draußen.

Ich sauge schon die kühle Nachtluft auf.

Ich wische schon dumme Tränen aus meinen dummen Augen und befehle meinem dummen Herzen, sich zusammenzureißen. *Sie ist nicht für uns bestimmt,* erkläre ich meinem dummen Herzen. *Komm gefälligst über sie hinweg.*

Aber ich merke, dass es mir nicht glaubt.

So spielt das Leben

Klar, dass ich danach in ein Loch falle.

Alles ist grau. Kein glänzendes Chrom-Grau. Stumpfes, monochromatisches Grau. Ich bin der Inbegriff des an Weltschmerz und Liebeskummer leidenden Teenagers. Als äußerliches Symbol meiner Seelennöte trage ich mehrere Tage lang dieselbe Jeans.

Fällt aber keinem auf, selbst wenn ich das eine Woche mache.

Also trage ich als offensichtlicheres äußerliches Symbol meiner Seelennöte dasselbe Oberteil.

Und kein Flanell- oder unifarbenes Hemd – da könnte man leicht tricksen. Na gut, du hast an zwei Tagen nacheinander ein rotes Flanellhemd angehabt, aber bei dem von heute sind die Karos vielleicht weiß schraffiert, während die Linien gestern eher eierschalenfarben waren? Nein, um deinen Herzschmerz auszuposaunen, musst du konsequent sein – weshalb ich ein unverwechselbares Outfit trage.

Ein weißes T-Shirt mit einem fetten Bügelbild genau in der Mitte.

Ein Geburtstagsgeschenk von Grandma Charlie vor zwei Jahren – ein Großer Tümmler, der aus keinem ersichtlichen Grund selig lächelt und eine beeindruckend hohe Fontäne aus seinem Blasloch ausstößt, einen spiralförmigen Wasserstrahl, auf dem eine grinsende Gummiente schwimmt.

Ihr habt richtig gehört. Gruseliger Delfin, Blasloch, unheimliche Gummiente. Alles auf einem einzigen T-Shirt. Ha!

Wie gesagt, da zweifelt keiner mehr, ob ich wirklich dasselbe T-Shirt trage.

Das ist sonnenklar.

Damit falle ich echt auf.

Und zwar genau so, wie man erwarten würde. In Kunst steht Molly Hendricks plötzlich auf und sagt: »Gott, Jack, bitte sag mir, dass du von diesem T-Shirt fünfzehn Stück besitzt. Oder dass deine Eltern sich scheiden lassen und du bei deinem Dad in einer Bruchbude wohnst und er keine Münzen für die Waschmaschine im Keller hatte.«

»Wow, Molly, das war ein sehr unhöflicher, aber durchaus eloquent formulierter Witz«, muss Ms Haggerty, die Kunstlehrerin, zugeben. Nach der Stunde nimmt Ms Haggerty mich beiseite.

»Jack, ist bei dir zu Hause alles in Ordnung?«

»Da schon.« *Mein Herz ist ein ganz anderer Fall.*

Sogar unser Unterstufen-Basketballteam mischt eifrig mit. »Quietsche-Entchen, nur mit dir plansche ich so gerne hier, Quietsche-Entchen, ich hab dich so furchtbar lieb ... *bop-bop-bup-di-du* ...«, trällern sie, während wir in der Mensa anstehen, um unseren Teller Montags-Pampe in Empfang zu nehmen.

Immerhin sind die Hänseleien lustig. Sogar ich lache darüber, vor allem über das Sesamstraßen-Ständchen, wenn auch nur ganz kurz, denn Lachen verträgt sich nicht mit dem Tal der Tränen, das ich gerade durchschreite. Meine Freunde dagegen finden das alles gar nicht witzig.

»Jack, du miefst«, sagt Franny auf der Heimfahrt.

Jillian legt noch eins drauf. »Wenn du morgen wieder in dem T-Shirt ankommst, Jack, musst du dir eine andere Mitfahrgelegenheit suchen.«

Doch dann runzelt sie die Stirn und streckt vom Fahrersitz den Arm zu mir aus, um mich in die Wange zu kneifen. Manchmal bemuttert Jillian mich regelrecht; in diesen Momenten kann ich in ihre Kristallkugel blicken und sehen, dass sie eine phänomenale Umweltaktivistin / Ärztin / Supreme-Court-Richterin werden und trotzdem noch Zeit finden wird, die besten Hafer-Schoko-Kekse für ihre Kinder zu backen und ihnen bei den Hausaufgaben zu helfen, selbst wenn es »Neue Mathematik« ist, und natürlich wird sie auch bei ihren schrecklichen, schrecklichen Chorkonzerten stolz in der ersten Reihe sitzen. Und am allerwichtigsten: Wenn sich die ganze Welt verbündet, um ihren Kindern in den schönsten Tönen vorzusingen, wie scheiße sie sind, wird sie für sie da sein und sie unermüdlich daran erinnern, wie sehr sie geliebt werden und wie unendlich viel sie wert sind.

»Sie hat dich nicht verdient, Mann«, sagt sie leise, wie das Fadeout am Ende eines Lovesongs. Jillians Zuspruch ist lieb gemeint, aber die Wahrheit ist: Ich verdiene Kate nicht. Ich habs verkackt.

^-^-^

»Also echt, Alter, wenn dir so viel an ihr liegt, dann kämpf um sie«, sagt Franny.

Wir hängen zu dritt bei mir ab. Jillian schreibt ihren Geschichtsaufsatz fertig und ich schaue zu, wie Franny *Imperials* zockt, unseren Lieblings-Online-Shooter. »Jedenfalls muss mal Schluss sein mit diesem Trauerspiel. Das verdirbt uns doch alles. Und du stinkst zum Himmel.« Das verkündet er, als er gerade einen unglaublichen Lauf hat und so viele Gegner wegballert, dass er meinen Rekord von vor ein paar Wochen locker einstellt, was ich als Omen auffasse.

Ich verzichte darauf, ihm zu sagen, dass ich nicht mehr stinke, weil ich seit zwei Tagen wieder morgens dusche.

Aber was das andere angeht, hat Franny recht.

Dann kämpf um sie, Jack.

Das ist doch kein Leben, so in seinem Schmerz zu ertrinken.

Lieber ertrinke ich in Liebe, oder wenigstens in einem Fass »starker Zuneigung«. Also, wenn ich ertrinken müsste und mir die entsprechende Flüssigkeit aussuchen könnte.

Λ-Λ-Λ

Später teilt mir Jillian ihre Sicht der Dinge per Chat mit.

JILLIAN: Hörst du mir jetzt mal zu, du Dumpfbacke?!

ICH: Na gut. Schieß los.

JILLIAN: Aus irgendeinem idiotischen Grund bildest du dir ein, dass du sie nicht verdienst, Jack. Aber was mich echt aufregt – wo ich dich so richtig schütteln könnte –, ist, dass du aus irgendeinem noch idiotischeren Grund glaubst, dass du es nicht verdienst, glücklich zu sein. Das stimmt nicht, Jack.

JILLIAN: Du verdienst es genauso wie alle anderen.

ICH: Aber das sagst du doch nur, weil wir befreundet sind.

JILLIAN: Nein, glaub mir. Definitiv nicht.

JILLIAN: Und seit wann sage ich Sachen zu dir, die ich nicht meine??

ICH: Guter Punkt.

JILLIAN: Eben.

ICH: Ich weiß nicht, was ich sagen soll.

JILLIAN: Es gibt nichts zu sagen.

JILLIAN: Fahr einfach zu ihr, Jack.

JILLIAN: Also echt! Verplemper keine Zeit mehr mit mir und fahr sofort zu ihr!

ICH: Danke danke danke

JILLIAN: Mach schon!

Λ-Λ-Λ

Blöderweise ist mein Auto in der Werkstatt.

Und Mom braucht ihres für die Arbeit.

Und der letzte Bus nach Whittier ist vor zwanzig Minuten abgefahren.

Und Jillian hat die Spätschicht im Pizza-Imbiss und käme da nicht mehr weg, wenn ich ihr Auto borge.

Doch dann lässt Jillian ein Wunder geschehen (sie erzählt ihrer Chefin was von einem Notfall in der Familie), sammelt mich ein, klopft auf den Beifahrersitz, während Franny mit einem »Los gehts!« auf die Rückbank springt, und dann brettern wir an orange abgesperrten Baustellen und anderen Hindernissen vorbei über die Autobahn. Franny stellt eine »Hol dir deine Liebe zurück«-Playlist zusammen und beglückt uns abwechselnd mit Songs von seinem Handy und selbst gesungenen Stücken, die meistens auch Einlagen von zwei Gast-Rappern beinhalten, namentlich von Jillian und mir, die zwar grottenschlecht sind, aber in ihrer Qualität nur angemessen beurteilt werden können, wenn man unseren *Flow* mit berücksichtigt.

»Okay, wir müssen mal rechts ran«, sagt Franny mitten in einer meiner Freestyle-Passagen.

»Was? Warum?«, fragt Jillian.

»Ich muss pinkeln. Fahr ran.«

»Spinnst du? Weißt du, wie gefährlich es ist, auf dem Standstreifen zu halten? Da legst du es quasi drauf an, von einem vorbeirasenden Minivan geköpft zu werden.«

»Ich muss aber ganz dringend.«

»Bis zum nächsten Rastplatz sind es nur noch neun Meilen.«

»Nur neun«, sagt Franny sarkastisch.

»Denk einfach nicht an Wasserfälle«, schlage ich vor.

»Oder an Schwimmen im Meer«, fügt Jillian hinzu.

»Ich hasse euch beide«, sagt Franny.

Neun Meilen später fahren wir auf eine versiffte Tankstelle ab.

»Wasch dir bitte gründlich die Hände, bevor du wieder in mein Auto steigst«, brüllt Jillian Franny durchs Fenster nach.

Franny bleibt in der Nähe des Eingangs stehen, um uns seinen nackten Hintern zu zeigen, entblößt ihn aber nur halb, weil im gleichen Moment eine ältere Schwarze aus dem Gebäude kommt und Franny sichtlich erschrocken seine Hose hochzuziehen versucht. Die Dame lächelt und stößt den besten Pfiff aus, den ich je gehört habe, woraufhin sich Franny lachend verbeugt.

Jillian und ich kritzeln Zahlen auf Servietten, und als Franny zurückkommt, lehnen wir uns aus unseren Fenstern und halten die Servietten hoch. Auf meiner steht »7,5« und auf Jillians »glatte 10«, denn so ist die Liebe: Man weiß, dass es das Schlechte gibt, aber entscheidet sich dafür, lieber das Gute zu sehen.

Falls es irgendwo bessere Freunde gibt als diese beiden, könnt ihr sie behalten. Ich glaube euch nicht.

Als wir die Hauptstraße verlassen und unter dem Torbogen hindurch auf den Campus fahren, johlen und jubeln wir, und Franny greift über die Rücklehne des Beifahrersitzes und massiert mir die Schultern, als wäre ich ein Boxer, der gleich den Ring betritt.

Ich hechte aus dem Wagen, noch bevor Jillian richtig geparkt hat, schlüpfe durch die Sicherheitstür, als ein rothaariger Student herauskommt, und klopfe an Kates Tür.

Drinnen höre ich Schritte.

Auf einmal bereue ich es, dass ich nicht noch kurz auf die Toilette gegangen bin oder wenigstens irgendwo mein Spiegelbild geprüft habe. Was, wenn ich furchtbar aussehe? Wenn mir Beef Jerky zwischen den Schneidezähnen steckt? Soll ich eine lässige Pose einnehmen? Ich will mich mit einem Arm am Türrahmen abstützen, verschätze mich aber bei der Entfernung, stolpere gegen die Tür und falle. Der Krach hallt durch den ganzen Flur.

Ich rappele mich hoch und überlege, ob ich die Flucht antreten soll, aber es ist schon zu spät. Die Tür geht auf.

»Kann ich dir helfen?«, fragt ein sehr gut aussehender Typ lächelnd.

Ich versuche, über seine athletischen Schultern zu spähen,

aber das Zimmer hinter ihm ist leer. Er wirft ebenfalls einen Blick zurück, wahrscheinlich um zu sehen, was ich da anstarre, und schüttelt den Kopf.

»Kate ist nicht da. Bist du ein Kommilitone von ihr?«

Ich weiß zuerst nicht, was ich sagen soll. »Nein.« Ich frage mich, wer dieser Typ ist. »Ich bin ein ... Freund von ihr.«

Er lächelt. »Tja, Freund von Kate, ich hoffe, du bist nicht extra hergekommen. Kate ist bis nächsten Montag weg. Aus familiären Gründen.«

»Geht es allen gut?«

Er zuckt mit den Achseln. »Hoffen wir mal, oder?« Aber er sagt es so, als wüsste er selbst nicht genau, was hinter diesen »familiären Gründen« steckt.

Und dann sagt er: »Eigentlich wollte ich gerade los. Kate hat mich gebeten, was für sie in den Briefkasten zu werfen.« Er hält einen schmalen Umschlag hoch, auf dem in geschwungener schwarzer Schrift mein Name steht und darunter meine Adresse.

»Hey, das bin ja ich.«

Der Typ guckt auf den Umschlag. »Du bist Jack King? Aus Elytown?«

»Jepp«, sage ich, zücke meine Brieftasche und zeige ihm meinen Führerschein.

Er wirkt überrascht, ja verdattert, doch dann setzt er ein noch breiteres Lächeln auf. »Freut mich, dich kennenzulernen, Jack. Ich bin Xander.«

^-^-^

»Du hast dem Kerl keine reingehauen?«, fragt Franny, als wir das Auto vom Parkplatz manövrieren. »Ich hätte ihn sofort ins nächste Jahrzehnt befördert.«

»Franny, manchmal bist du so ein Neandertaler«, sagt Jillian und fixiert ihn im Rückspiegel.

»Na, vielen Dank auch«, sagt Franny. »Ich Jilly lieben.«

»Er war eigentlich ziemlich nett. Und sehr attraktiv.«

»Wie jetzt, du hast ihn nicht nur *nicht* vermöbelt, du willst auch was von ihm?«

»Er hat mir das hier gegeben«, sage ich und halte den Umschlag hoch. »Von Kate.«

»Na los, mach auf«, sagt Jillian.

»Der ist total dünn«, sage ich. »Ein Liebesbrief wäre doch bestimmt dicker, oder?«

Franny saugt Luft durch die Zähne. »Das ist kein Ablehnungsschreiben von ’nem College, Mann. Mach schon auf.«

»Ich weiß nicht, ob …«

Franny reißt mir den Umschlag aus den Händen. Ich schnalle mich ab und hechte auf die Rückbank wie ein Mann, der zwanzig Sekunden hat, um eine Bombe zu entschärfen, aber Franny verwandelt sich in die härteste menschliche Kugel der Welt, den Arsch mir zugewandt, den breiten, runden Rücken als Kraftfeld über den Brief gelegt.

»Jungs, lasst den Quatsch, sonst bau ich noch einen Unfall!«, sagt Jillian.

»Lies ihn wenigstens laut vor«, flehe ich Franny an.

»Ich werd nicht mehr«, sagt Franny kurz darauf. »Kra-ass!«

»Was?«, frage ich, und mir wird ganz schwindlig. »Ist es so schlimm? Ist es eine einstweilige Verfügung? Sie will mich nie wiedersehen, stimmts?«

Franny legt mir seine Pranke auf die Schulter und gibt mir mit der anderen eine Ohrfeige, aber eine leichte, nur so, dass ich die Klappe halte.

»Reg dich ab, Alter. Du willst doch nicht, dass ich dein Ticket an jemand anderen weitergeben muss«, sagt er.

»Welches Ticket?«

»Diese Tickets«, sagt Franny und hält drei Mighty-Moat-Konzertkarten hoch. »Sie hat Wort gehalten. Obwohl sie dich auf den

Tod nicht ausstehen kann, Jack, hat sie Wort gehalten. Zu blöd, dass du es dir mit ihr verscherzt hast, denn sie ist wirklich ganz große Klasse.«

»Moment«, sagt Jillian und starrt in den Rückspiegel. »Mighty Moat? Sie hat uns Karten besorgt?«

»Ja. Ihre Schwester Kira ist mit dem Drummer zusammen. Hab ich euch doch erzählt.«

»Äh – nein. Das hätte ich mir garantiert gemerkt«, sagt Jillian.

»Ist ja auch egal jetzt. Wir fahren nach Detroit!«, johlt Franny.

Die beiden stimmen einen ausgiebigen »Detroit, Detroit!«-Schlachtgesang an.

»War noch was in dem Umschlag?«, frage ich und strecke die Hand danach aus.

»Na ja, nur das hier«, sagt Franny und hält ein pinkes Post-it hoch. »Was immer das heißen soll.«

Viel Spaß, Jack.
Dein Cap'n Crunch für immer,
Kate

^-^-^

Kates »Nachricht« ist ganze neun Wörter lang, aber ich denke pausenlos darüber nach. Seziere sie. Analysiere die Zeilenumbrüche, quetsche den Sinngehalt aus jeder Silbe wie den letzten Tropfen aus einer Zitrone. Dabei komme ich immer wieder auf eine Stelle zurück – und zwar nicht auf *Spaß*.

Ihr habt richtig geraten: *für immer*.

Das soll doch wohl heißen, dass sie dauerhaft und auf immer und ewig meine Frühstücksflocken-Partnerin sein will.

Also gibt es vielleicht noch Hoffnung?

Ganz zu schweigen davon, dass die Konzertkarten selbst ein gutes Zeichen sind, oder?

Ein Friedensangebot vielleicht.

Ein Ölzweig, den sie mir hinstreckt.

Doch dann ploppt Xander vor meinem geistigen Auge auf – dieses Adonis-Double, dieser griechische Gott, dieser Alles-easy-Strahlemann –, und ich begrabe meine Hoffnungen sofort wieder. Was hatte er bei ihr zu suchen? Warum hat sie von allen Menschen auf der Welt, von den Tausenden Studenten auf dem Campus ausgerechnet Xander gebeten, während ihrer Abwesenheit auf ihr Zimmer zu gehen? Warum hat sie Xander damit beauftragt, den Brief für mich einzuwerfen? Warum redet sie überhaupt noch mit Xander?

Irgendwann verschmilzt das *für immer* mit Xander, sodass ich jedes Mal, wenn ich es höre oder wenn ich auch nur daran denke, unweigerlich Xanders Gesicht vor mir sehe.

^-^-^

Mighty Moat ist der Wahnsinn. Weil das Publikum einfach nicht gehen will, kommt die Band zurück auf die Bühne und spielt ein halbes Dutzend Zugaben, darunter meinen absoluten Lieblingssong *Home Again*. Wir stehen in der zweiten Reihe in der Mitte, und es ist wie im Traum – ein Meer aus Neon und zuckenden Körpern und darüber Rauchschwaden, die durch das Stadion wehen. Franny, Jillian und ich grölen jeden Song laut mit, bis wir keine Stimme mehr haben, und selbst dann hören wir nicht auf zu singen.

Jillian kriegt jemanden dazu, uns Bier zu besorgen, und wir stoßen an, kippen es runter und spüren die ganze Arena vibrieren: Wenn du lang genug stillhältst, erfasst dich ein Brummen, bis es dir in der Wirbelsäule und in den Füßen kribbelt.

Aber die ganze Show über kann ich nicht aufhören, nach Kate Ausschau zu halten.

Ich warte darauf, dass sie sich von hinten an mich ranschleicht, mir auf die Schulter tippt, die Arme um meine Taille schlingt. Mir die Augen zuhält und flüstert: »Rate, wer da ist!« Aber ich warte vergeblich. In manchen Momenten sehe ich sie irgendwo in der Menge, aber sobald ich genauer hingucke oder blinzele, ist sie weg, hat sich in der wogenden Masse aufgelöst oder in ein anderes Mädchen verwandelt, ein Mädchen, das Kates Kopfhaltung imitiert oder die gleiche Art hat, die Hüfte abzuknicken.

Stunden später biegt Jillian in unsere Auffahrt ein, ich wünsche meinen besten Freunden eine gute Nacht und schlendere zur Haustür hinauf. Als ich eine Bewegung wahrnehme, bleibe ich abrupt stehen und bereite mich im Geiste schon auf einen Zusammenstoß mit Corky vor, dem durchgeknallten Schäferhund unserer Nachbarin. Aber es ist nicht Corky. Ein Schatten sitzt auf den Stufen zur Veranda, die Silhouette streckt sich lang über den Rasen. Dann steht der Schatten auf, tritt in das weiße Licht der Straßenlaterne. Es ist Kate.

»Wie war das Konzert?«, fragt sie und schiebt die Hände in die Taschen ihrer Jeans.

Es ist Kate.

»Welches Konzert?«, sage ich und strecke die Arme nach ihr aus. Ich sage es, weil ich witzig sein will, aber vor allem deswegen, weil ich bei ihrem Anblick alles vergesse, was bis hierhin passiert ist.

Es ist Kate.

»Es tut mir leid«, sagt sie leise. »Ich hätte nicht ...«

»Nein«, sage ich. »*Mir* tut es leid. Es ist mir egal, wenn wir nur Freunde sein können. Ich meine, ganz egal ist es mir nicht. Aber wenn das die Voraussetzung ist, dass du in meinem Leben bleibst, dann ist das okay für mich. Deine Freundschaft ist – alles, was du willst, ist okay für mich, Kate.«

Sie berührt meinen Arm, lässt ihre Finger bis zu meiner Hand gleiten. »Wir müssen über so vieles reden. Ich habe dir so viel zu sagen.«

»Das werden wir. Und ich werde dir zuhören. Wie bist du hergekommen?«

»Zu Fuß.«

»Aber das sind mindestens vierzig Meilen!«, rufe ich aus.

Sie lacht. »Ich habe den Bus genommen, Dussel.«

»Nur um mich zu sehen?«

»Daran ist nichts ›nur‹, Jack.«

Ich weiß nicht, ob das Pochen, das ich zwischen uns spüre, von ihrem oder meinem Herzen kommt, aber ich würde jede Wette eingehen, dass es meins ist. Und es fühlt sich richtig an. Als würde es gleich passieren, als würden wir endlich zusammenkommen – und da hören wir Johlen und Klatschen.

Franny.

Offenbar sind meine Freunde immer noch in der Auffahrt.

»Ach nee, Leute«, sage ich. »Etwas Privatsphäre wäre schön.«

Jillian steckt den Kopf aus dem Fenster und macht Knutschgeräusche.

»Jackieeeee«, brüllt Franny. »Der Kleine ist wieder da!«

»Ist er nicht sü-ü-üß«, trällert Jillian.

»Ihr weckt noch meine Eltern auf«, sage ich und scheuche sie mit einer Handbewegung weg.

Aber sosehr ich mich auch bemühe, ich kann mir das Grinsen nicht verkneifen.

Ich hatte ganz vergessen, dass mein Gesicht das kann.

^-^-^

Wir sitzen in meinem Auto, das auf dem Parkplatz vor Kates Wohnheim steht – mit laufendem Motor, obwohl Kate das normalerweise hasst, wegen Ozonloch und so, aber weil es eine klirrend kalte Spätfrühlingsnacht ist, macht sie eine Ausnahme.

Sie hat eine neue Frisur und sieht so wunderschön aus wie eh und je. Lustig, ich hatte eigentlich gedacht, dass die langen Haare, die sie vorher hatte, perfekt zu ihrem Gesicht passten. Aber jetzt, wo sie sie abgeschnitten hat, merke ich, dass sie sowieso perfekt aussieht. Dad witzelt immer, dass Mom sogar in Sackleinen noch eine strahlende Schönheit wäre. Vielleicht ist es das: Ich bin geblendet von Kates Glanz. Und das ist völlig in Ordnung so. Geblendet ist gut.

»Was«, sagt sie.

»Was, *was*?«, gebe ich zurück.

Sie lacht. Fasst an ihre Nase. »Habe ich was im Gesicht?«

»Wie kommst du darauf?«

»Weil du mich seit mindestens acht Minuten anstarrst, ohne ein einziges Mal zu blinzeln.«

»Ich schätze, ich habe nachgedacht.«

»Worüber?«

Über dich. Über die Kräfte, die uns zusammengebracht haben. Jetzt küss sie schon, Jack, denke ich. »Ich weiß es nicht. Alles Mögliche.«

»Ist bestimmt viel interessanter als das, was ich zu sagen habe.«

Ich richte mich kerzengerade auf. »Auf keinen Fall! Wie kommst du denn auf so was?«

»Weil ich dich gerade etwas gefragt habe und du es nicht mitgekriegt hast.«

Ich war zu beschäftigt damit, zu überlegen, wie ich meinen lang erwarteten, heiß ersehnten »Jetzt küss sie endlich«-Move mache. »Tut mir leid, Kate. Was hast du gefragt?«

Ihr Lachen erstirbt und sie runzelt die Stirn. Prompt bin ich bestürzt, dass sie meinetwegen traurig ist. »Schon gut. Vergiss es.« Plötzlich springt sie aus dem Auto und läuft auf ihr Wohnheim zu.

Schnell steige ich ebenfalls aus. »Was ist denn jetzt?«

Sie bleibt auf dem Gehweg stehen, mit dem Rücken zu mir. Ich habe das Gefühl, dass etwas Wichtiges, Folgenschweres in der Luft liegt.

Kate wirbelt zu mir herum. »Manchmal bist du echt so ein Idiot, Jack.«

Ich schiebe die Hände in die Taschen. »Dieses Gespräch hatten wir doch schon mal.«

»Nö. Ich würde mich daran erinnern, wenn du dich wie ein Vollidiot aufgeführt und ich dich als einen bezeichnet hätte.«

Ich zucke mit den Schultern. »Oh. Dann muss das ein Selbstgespräch gewesen sein.«

»Wahrscheinlich«, stimmt sie zu.

Ich mache ein paar Schritte auf sie zu. »Es tut mir leid, dass ich dir nicht zugehört habe, Kate. Was auch immer du gerade sagen wolltest.«

»Tu nicht so, als wüsstest du das nicht, Jack.« Ihre Augen sind so dunkel, so intensiv, als könnten sie ein ganzes Sternbild verschlucken.

»Oh«, sage ich leise und kratze mit meiner Schuhspitze Muster in den Kies. »Na gut. Sollen wir jetzt darüber reden?«

»Nein«, sagt sie ausdruckslos. »Die ›Ich werde an meiner genetisch vererbten Krankheit sterben‹-Stimmung hast du gerade gründlich gekillt.«

»In dieses Fettnäpfchen trete ich öfter«, sage ich.

Um ihre Mundwinkel zuckt es kurz. »Ich habe die Sichelzellkrankheit.«

»Oh«, sage ich, weil ich ein Idiot bin. Und weil ich zwar mal davon gehört habe, aber nicht genau weiß, was die Sichelzellkrankheit ist. »Das tut mir leid«, sage ich. Was kann man sonst auch sagen?

»Pass auf, ich will nicht, dass du mich deswegen irgendwie anders behandelst als vorher, okay?«

»Warum sollte ich das tun?«

»Weil das alle, die ich kenne, so machen.«

»Ich bin nicht jeder. Ich bin nur einer«, sage ich. »Außerdem handele ich dir gegenüber nur nach einer einzigen Maxime.«

Sie hebt auf ihre sexy, neugierige Art die Augenbrauen. »Und die wäre?«

»Ich will nie, nie, nie von dir getrennt sein.«

Das quittiert sie mit einem »Du bist so kitschig«-Stoßseufzer, geht zurück zu meinem Auto und steigt auf der Fahrerseite ein.

»Und, kommst du mit?«, fragt sie.

Ich hüpfe rein, bevor sie es sich anders überlegen kann. »Wohin fahren wir?«

»Wir lassen uns durch die Nacht treiben«, sagt sie, während sie zurücksetzt und dabei nur knapp an zwei Mülltonnen und einer zotteligen Katze vorbeischrammt. »Oder gehen bei Moe's einen großen, fetten, saftigen Burger und Pommes essen. Je nachdem, wohin es uns zuerst verschlägt.«

»Du«, sage ich, »nur eins noch.«

»Was?«, fragt sie und tritt gerade noch rechtzeitig auf die Bremse, bevor sie einen Briefkasten rammt.

»Das«, sage ich, beuge mich zu ihr und nehme ihr Gesicht in die Hände. Unsere Lippen aufeinander – eine explosive Begegnung. Als könnte man einen brennenden Asteroiden kurz vor dem Einschlag auf der Erde küssen (ohne vaporisiert zu werden).

Nur dass ich, als ich Kate küsse, auch Fanfaren erschallen höre.

Und wir in blendendes weißes Licht getaucht werden.

Als wollten die Götter der Liebe sagen: *Na, ihr zwei, wurde auch Zeit.*

Vielleicht liegt es aber auch daran, dass die Ampel, vor der wir stehen, auf Grün gesprungen ist und die Autos hinter uns mit Fernlicht und Hupe darauf drängen, dass wir losfahren.

Nee. Es war der Kuss.

^-^-^

Als wir uns endlich aus unserer Mund-zu-Mund-Gefangenschaft lösen, fährt uns Kate zu den Schluchten. Heute Nacht wirkt der Himmel ganz nah. Wir sitzen unter dem funkelnden Firmament, und Kate erzählt mir, wie es ist, zu wissen, dass man sterben wird.

»Ich sterbe, Jack. Und damit meine ich nicht dieses ›Irgendwann müssen wir alle sterben‹. Die Frage ist nicht *wann*, sondern *wie bald*.« Sie zuckt mit den Schultern. »Jahre, Tage, ich weiß es nicht.«

Mein Hirn fühlt sich an, als würde es von einer Steilklippe in die Tiefe geschmissen.

»Was ist die Sichelzellkrankheit denn genau?«

»Meine roten Blutkörperchen bleiben nicht schön rund, sondern verformen sich zu Sicheln. Darum sind sie nicht so geschmeidig wie normale Zellen. Und manchmal, wenn zu viele davon verklumpen, kann sich der Sauerstoff nicht mehr im Körper verteilen. Und wenn der Sauerstoff zu lange blockiert ist, dann …«

Ein Schweigen tritt ein, in dem ich jedes Geräusch, das von Kates Körper kommt, überdeutlich wahrnehme – ihre Wimpernschläge, ihre Atemzüge, das Auftreffen ihrer Zähne auf der Unterlippe.

»Gibt es kein Mittel dagegen?«, frage ich mit brüchiger Stimme.

»Inzwischen werden Stammzelltransplantationen gemacht, aber dafür braucht man einen passenden Spender. Und Übereinstimmungen finden sich nur in zehn Prozent der Fälle, von daher …« Sie wendet den Blick ab. »Bislang kann man die Krankheit nicht heilen. Man kann sich nur damit arrangieren. Versuchen, die Krisen zu vermeiden, und bei ersten Anzeichen sofort handeln. Aber es gibt keine geheime Formel, keinen Zaubertrank. Du schluckst Schmerzmittel, als wäre es Studentenfutter, sodass sich dein Kopf anfühlt wie ein Heliumballon, der von deinem Körper wegschwebt, und du trägst rund um die Uhr einen Sauerstoffschlauch, und die Krankenschwester und Pfleger sind deine besten Freunde, weil du, wenn du wie ich ›rekurrierende Episoden‹ hast, mehr Zeit in einem Krankenhausbett als bei dir zu Hause verbringst. Und dort sitzt du dann, drehst Däumchen, schaust so viele Wiederholungen von *Der Prinz von Bel-Air*, dass du eine Doktorarbeit drüber schreiben könntest, und du wartest und wartest darauf, dass es besser wird, was mal ein paar Tage dauern kann und mal mehrere Wochen. Weil du überall Schmerzen hast.« Sie dreht sich wieder zu mir. »Wenn dein Körper gegen sich selbst kämpft, kannst du nur verlieren.«

»Aber es muss doch irgendwo irgendjemand an irgendwas forschen.«

»Das schon, aber …« Ihre Stimme erstirbt.

»Was?«

»Nichts.«

»Sag es mir.«

»Es gibt da diesen einen Arzt«, beginnt sie. »Aber …«

»Aber was?«

»Er kostet mehr, als meine Eltern zusammen in einem Jahr verdienen.«

Mir fehlen die Worte. Insgeheim frage ich mich, ob ich (gewaltlos) eine Bank ausrauben oder irgendwie beim Lotto schummeln könnte. Oder –

»Weißt du, was das Verrückteste ist? Im Krankenhaus fragen sie dich immer, wie schlimm du auf einer Skala von eins bis zehn deinen Schmerz einstufen würdest. Aber nach dem Schmerz hier drin fragt niemand.« Kate zeigt auf ihren Kopf. »Oder hier drin.« Sie tippt sich links auf die Brust. »Weil der jede Skala sprengen würde.«

Ich wische ihre Tränen weg.

Ich ziehe sie an mich.

Ich spüre, dass sie ihre Nase an meiner Schulter vergräbt.

Ich freue mich, dass sie es mir erzählt hat. Wirklich.

Aber vor allem habe ich Angst.

»Hör zu, Kate«, sage ich. »Wenn wir Ernst mit uns machen, du und ich, dann musst du mir eins versprechen.«

»Was?«

»Du musst aufhören, vor mir wegzulaufen.«

»Ich glaube, das kriege ich hin.«

»Du bist nämlich zu schnell für mich.«

Sie lacht.

Ich plappere weiter. »Ich komme echt kaum mit. Ich meine, du hängst mich total ab.«

»Jack?«

»Ja?«

»Du musst mir auch was versprechen.«

»Was denn?«

Sie grinst. »Versprich mir, dass du mich innerhalb der nächsten vier Sekunden noch mal küsst. Eins … zwei … drei …«

Das verspreche ich ihr sofort. Mehrfach.

^-^-^

Sobald ich nach Hause komme, lese ich alles, was ich bei Google über die Sichelzellkrankheit finden kann.

Ich bin so versunken, dass ich nicht mitkriege, wie Mom ins Zimmer kommt.

»Sichelzellkrankheit?«, fragt sie. »Wie kommst du denn darauf?«

»Ähm, also, Kate … hat das. Habe ich gerade erfahren. Ich wusste nicht, wie ernst das ist.«

Mom zieht sich meinen Schreibtischstuhl heran und setzt sich. »Ich trage die Erbanlage auch.«

»Was?«

»Ja«, sagt sie. »Bevor wir dich bekommen haben, sind dein Vater und ich getestet worden. Die Sichelzellkrankheit ist hauptsächlich in der schwarzen Community verbreitet.«

»Ich habe gerade gelesen, dass achtzig Prozent der Betroffenen schwarz sind.«

Sie nickt. »Ja, das ist viel. Aber ehrlich gesagt war ich damals überrascht, wie viele Leute aus anderen Bevölkerungsgruppen ebenfalls betroffen sind. Einige spanischsprachige Gegenden leiden genauso stark darunter. Auch in Indien, dem Nahen Osten und dem Mittelmeerraum ist die Krankheit verbreitet. Eine meiner besten Freundinnen am College, Mira Hassan, hatte Sichelzellenanämie. Sie war eine fantastische Bildhauerin, Jackie. Sie hat diese eine Skulptur geschaffen, zwei Menschen, die sich umarmen.

War bestimmt drei Meter hoch. Mira war großartig. Und dann … Ich weiß noch, wie ich sie im Krankenhaus besucht habe. Wie du hatte ich keine Ahnung, was die Sichelzellkrankheit überhaupt ist. Sie war so krank. Sie musste ihr Studium abbrechen.«

»Was? Warum?«

»Sie musste fast zwei Monate stationär behandelt werden.«

»Zwei Monate?«

»Sie hatte gute Tage und schlechte Tage. An den guten Tagen bin ich mit ihr ein Stück auf dem Flur hin und her gegangen. Sie hielt sich an ihrem Infusionsständer fest und schlurfte neben mir her. Ich erinnere mich, dass ich dachte, wie unfair das alles doch ist. Sie war immer so lebensfroh und energiegeladen, und auf einmal, wie aus heiterem Himmel, konnte sie kaum noch den Kopf halten.«

»Wie ist es mit ihr weitergegangen?«

Mom beißt sich auf die Lippe und sieht weg. »Damals war man medizinisch noch nicht so weit wie heute. Die Hauptsache ist jetzt, dass du für Kate da bist, ja, Jackie?«

»Auf jeden Fall.«

Sie steht auf und drückt leicht meine Schulter. »Ich bringe dir dein Essen heute hier rauf. Lies ruhig weiter.«

Ich nicke. »Danke, Mom.«

Ich googele den Arzt, den Kate erwähnt hat.

Dr. Sowunmi.

Ich rufe in seiner Praxis an, aber die hat schon zu.

Am nächsten Morgen rufe ich wieder an. Die Sprechstundenhilfe teilt mir mit, dass er bis zum Ende des Monats keine Termine mehr frei hat. Ob ich nächsten Monat kommen wolle?

Ja, bitte, antworte ich und hoffe, dass es nächsten Monat nicht zu spät ist.

Ich bin nicht sicher, was ich tun werde.

Ob ich überhaupt was tun kann.

Aber das muss der Grund sein, warum ich hier bin.

Um es zu versuchen.

Vater Morgana

Die Elytown Panthers unterliegen auch dieses Mal in der zweiten Playoff-Runde. Franny spielt wieder überragend. Der Troll ist wieder im Gefängnis.

»Wenn er im Knast sitzt, muss ich mich wenigstens nicht fragen, ob er zum Spiel auftaucht«, sagt Franny, als wir in Jillians Auto steigen. »Das ist doch total abartig, oder? Zu behaupten, dass mein Leben einfacher ist, wenn mein Vater hinter Gittern sitzt?«

»Süßer, alles andere ist abartig, aber ganz bestimmt nicht das«, sagt Jillian und nimmt seine Hand.

»Eine halbe Sekunde lang habe ich gedacht, ich hätte ihn im Publikum gesehen. Gleich nachdem sie die Startaufstellung durchgesagt haben. Ich schwöre, ich habe ihn gesehen. Ich hätte mein Geld drauf verwettet. Dass er es irgendwie zum Spiel geschafft hat. Als hätte er mit seinem Gefängnislöffel einen Tunnel gegraben, nur um mich spielen zu sehen.« Franny nestelt am Fensterknopf herum. »Völlig bescheuert. Eigentlich müsste ich es inzwischen besser wissen, aber ...«

»Du kannst nichts dafür, Franny«, sage ich von der Rückbank aus.

»Nein?«, fragt Franny und starrt aus dem Fenster. »Warum fühlen sich meine Schultern dann so schwer an?«

Fertig

Die Abschlussfeier ist ein buntes Durcheinander aus Gruppenumarmungen, Selfies ohne Filter und dem verzweifelten Versuch, meinen Doktorhut aufzubehalten. Was vor allem daran liegt, dass das Teil für einen Riesen gedacht ist und meinen Kopf komplett verschluckt.

Frannys Doktorhut hingegen, mit dem er so lässig aussieht wie immer, sitzt keck auf seinem frisch gestylten Lockenschopf.

Und Jillian, als Jahrgangsbeste unsere hochverdiente Abschlussrednerin, sieht verdammt cool aus *und* macht uns mit ihrer Ansprache völlig fertig.

»Also gehet hin und erobert die Welt«, endet sie und wirft die Hände in die Luft.

Unser Jahrgang johlt los, Hüte und Quasten fliegen in die Höhe.

Danach gehe ich zu Kate.

»Hey«, sagt sie lächelnd.

»Hey«, gebe ich zurück.

Sie beugt sich vor, unsere Lippen treffen sich und –

Habt ihr das jemals erlebt, dass sich jeder Kuss so magisch und so bedeutsam anfühlt, als wäre es der allererste?

Ich schon.

Gerade eben.

Nicht diesmal

Die Party meiner Eltern hat vor einer Stunde angefangen, und Kate ist noch nicht aufgetaucht.

Was mich erst mal nicht wundert. Kate hat ja viele tolle Eigenschaften, wahnsinnig tolle sogar, aber Pünktlichkeit gehört nicht dazu. Trotzdem hätte ich allmählich mit ihr gerechnet.

Und ich kann nicht umhin, das Schlimmste zu befürchten.

Beim letzten Mal lag sie an diesem Tag im Krankenhaus. *Diesmal ist alles anders*, rede ich mir ein. *Diesmal ist alles besser.*

Ich schicke ihr eine Nachricht: *Hey, wo bist du? Ist alles okay?*

Aber sie antwortet nicht.

Ich warte dreißig Minuten, bevor ich versuche, sie anzurufen. Es klingelt und klingelt.

Jetzt bin ich offiziell besorgt.

Einige alte Freunde meiner Eltern versuchen, mich in Small Talk zu verwickeln. Sie fragen mich nach dem College, was ich studieren will, ob ich mich darauf freue, dass ich das Nest bald verlasse.

Ich bemühe mich, zu lächeln, zu nicken, ein guter Gastgeber zu sein.

Aber das ungute Gefühl, das in mir aufsteigt, wird immer stärker. Eine Angst, die ich nicht rational erklären kann. Ich versuche es noch mal bei Kate, aber diesmal lande ich direkt auf der Mailbox. Keine meiner Nachrichten wird als zugestellt angezeigt.

Wahrscheinlich heißt das gar nichts, ich weiß. Sie hat ihr Telefon ausgeschaltet. Ihr Akku ist leer. Sie hat gerade keinen Empfang. Sie sitzt am Steuer. Es gibt hundert plausible Erklärungen.

Aber keine kann meine böse Vorahnung zurückdrängen, dass etwas passiert sein muss. Ich überlege, ob ich die Party verlassen, ins Auto steigen, zu ihr nach Hause fahren soll.

Da höre ich Frannys Stimme aus dem Mikrofon.

»Es ist so weit, Leute. Jack King, bitte auf die Bühne.«

Die Gäste drehen sich zur Bühne um.

Auf dem Weg zu Jillian und Franny, die ihre Instrumente schon in der Hand halten, wähle ich ein letztes Mal Kates Nummer. Mailbox.

»Kate, bitte, bitte ruf mich sofort zurück, wenn du das abhörst«, sage ich.

Ich nehme das Mikrofon und tappe leicht darauf. Ein schrilles Rückkopplungspfeifen sichert mir die Aufmerksamkeit aller Anwesenden.

»Mom und Dad, könntet ihr euch bitte ganz nach vorn setzen«, verkünde ich und winke sie vom anderen Ende des Gartens zu uns. Ich habe meine Rede auf Karteikarten vorbereitet, aber ich lasse sie in der Innentasche meines Jacketts. »Vor dreißig Jahren habt ihr eure gemeinsame Reise angetreten. Vor dreißig Jahren habt ihr euch das Jawort gegeben und euch einander für immer versprochen. Und ihr habt auf dieser Reise auch Durststrecken gehabt, Enttäuschungen erlebt, ja – wenn ich das sagen darf – mit Zweifeln gekämpft. Und doch seid ihr heute hier. Immer noch gemeinsam. Immer noch glücklich. Und deshalb haben wir uns heute, nach all diesen Jahren, versammelt, um an eurem Freudentag teilzuhaben. So mancher von uns hätte es vielleicht nicht für möglich gehalten, dass ihr das durchzieht.«

Vereinzeltes Lachen.

»Jedenfalls nicht so viele Jahre. Aber jetzt sehen die Skeptiker alt aus, denn sie haben eindeutig keine Ahnung.«

Diesmal wird richtig gelacht, hie und da gejohlt, Beifall geklatscht.

»Denn letztlich läuft es darauf hinaus, was ihr mir beigebracht habt, seit ich laufen gelernt habe: Das Gute im Leben fällt dir nicht in den Schoß. Du musst dich Tag für Tag entscheiden, daran festzuhalten. Du entscheidest dich dafür, zu bleiben, daran zu arbeiten, zu lieben, und diese Wahl triffst du immer wieder. Ihr seid das perfekte Beispiel dafür, wie zwei nicht perfekte Menschen das hinkriegen. Dafür danke ich euch. Für alles. Heben wir nun also unsere Gläser auf Nina und Abe, meine Eltern. Und heute in dreißig Jahren sehen wir uns wieder, am selben Ort und hoffentlich im Kreis derselben Menschen. Alles Gute zum Hochzeitstag, Mom und Dad. Wenn ihr beide mal kurz verschwinden wollt, werden wir alle so tun, als würden wir nichts merken. Aber kommt schnell wieder, okay, denn das ist immerhin eure Party. Auf euch!«

»Auf euch!«, wiederholen alle.

Von Kate ist immer noch nichts zu sehen. Ich räuspere mich, ergreife wieder das Wort. »Und weil wir gerade eure ungeteilte Aufmerksamkeit genießen: Meine Freunde und ich haben etwas ganz Besonderes für euch vorbereitet. Hier kommt jetzt also unser Geschenk an euch. Wir hoffen, es gefällt euch. Und wenn nicht, dann macht, was ihr immer schon gemacht habt, wenn ihr meine Kreativität nicht abwürgen wolltet: Tut einfach so, als ob es euch gefällt.«

Mom wirft mir eine Kusshand zu, Dad reckt den Daumen hoch, und beide grinsen über beide Backen. Ich nicke meinen Bandkollegen – und besten Freunden auf der Welt – fragend zu. Sie nicken zurück. Ich hebe meine Trompete auf, setze sie an die Lippen und blase los.

Und wir spielen, als hätten wir die Musik erfunden.

Wir spielen perfekt synchron.

Wir spielen perfekt im Takt.

Die Wolken über uns verziehen sich.

Die kleinen Laternen, die am Gartenzaun hängen, funkeln wie Narrengold.

Hundert Menschen schunkeln.

Ja, alles in allem hat es das Leben ziemlich gut mit mir gemeint.

Aber dieser Moment ist vollkommen. Spektakulär.

Vielleicht ist es der Wein.

Vielleicht ist es die Trompete in meinen Händen, das kühle Messing unter meinen Fingern.

Vielleicht ist es das Strahlen in den Gesichtern meiner Eltern. Die Freude, die in ihren Augen leuchtet, die Tränen des Glücks, die sie ungehindert fließen lassen.

Vielleicht ist es einfach dieser besondere Abend.

Vielleicht ist es verdammt noch mal alles.

Alles Gute in einem.

Ich könnte es mir nicht schöner vorstellen.

Und dann kommt der Anruf.

Eine zweite Chance ist trotzdem nur eine Chance

Die Straße vor mir ist komplett frei.

Diesmal weiß ich genau, was ich zu tun habe.

Ich werde Kate nicht von der Seite weichen.

Ich werde so lange bei ihr bleiben, wie es nötig ist, so lange, wie sie mich braucht.

Ich werde sie nicht gehen lassen.

Ihr Cap'n Crunch für immer.

Da höre ich ein durchdringendes Pfeifen. Vor mir blinken rote Lichter an einem sich langsam senkenden Balken durch die Dämmerung.

Scheiße, ein Zug!

Ich schwöre, ich kann mich nicht erinnern, wann ich auf diesen Schienen, die unsere Stadt wie ein Jacken-Reißverschluss in zwei etwa gleich große Hälften teilen, zum letzten Mal einen Zug gesehen habe.

Ich überlege, ob ich um die Schranke herumfahren soll.

Ich krieche stückchenweise näher ran, um zu sehen, wie weit der Zug noch weg ist, ob ich es noch schaffen könnte, über das Gleis zu kommen.

Doch dann pfeift mich das ohrenbetäubende Warnsignal des

Zuges zurück, und ich lege fluchend den Rückwärtsgang ein und verwünsche jede Lokomotive, die jemals gebaut worden ist, jedes Gleis, über das sie jemals gefahren sind, und die ganze gottverdammte Welt.

Denn die Zeit, Mann, habe ich nicht.

Ich hupe wie blöd, weil mir nichts Besseres einfällt.

Der Zug tuckert gemächlich vorbei.

Und je wilder ich hupe, desto langsamer wird er.

Fuck.

Ich lege einen illegalen U-Turn hin.

^-^-^

»Ich möchte zu Kate Edwards, bitte«, sage ich zu dem älteren Herrn an der Rezeption. Es ist eine andere Raumnummer als beim letzten Mal. Neunter Stock.

Ich frage mich, was das zu bedeuten hat.

Wenn es etwas zu bedeuten hat.

Als ich an Kates Zimmer ankomme, kann ich kaum mehr atmen.

Ich starre sie von der Tür aus an. Meine Lungen sind regelrecht zusammengeklebt, wie so eine dünne Plastiktüte aus dem Supermarkt, die man nicht auseinanderkriegt. *Sterbenskrank* sieht Kate irgendwie nicht aus, was immer das heißen mag. Aber sie wirkt blasser, kleiner.

»Na, du«, sagt sie, und ihr Gesicht leuchtet auf.

»So sieht man sich wieder«, sage ich, betrete das Zimmer und mache die Tür hinter mir zu. »Hübsches Outfit übrigens.«

Sie schaut auf ihr Patientenhemd runter. »Der alte Fetzen?« Sie grinst. »Ach, den hab ich letzten Herbst von einem Businesstrip nach Paris mitgebracht.«

»Très chic.«

»Je vous remercie.«

»Beeindruckend. Du kannst Französisch?«

»Ähm, nein, das war der einzige Satz, den ich kann.« Sie schiebt sich hoch, klopft ihr Kissen auf, damit sie aufrechter sitzt. »Ich bin nicht ansteckend.«

»Was?«

»Du bist Lichtjahre weit weg.«

»Oh.« Ich habe gar nicht gemerkt, dass ich an der Tür stehen geblieben bin. »Huch. Tut mir leid.«

»Schon gut. Ich hatte eigentlich auf einen Kuss gehofft, oder vielleicht auch nur …«

Bevor sie zu Ende sprechen kann, lege ich die Distanz zwischen Tür und Bett in Rekordzeit zurück, drücke meine Lippen auf ihre und lasse sie eine Ewigkeit nicht mehr los.

Bis sie fast unmerklich ein Stück zurückweicht.

»Was ist los?«, frage ich.

»Ähm, ich kriege keine Luft mehr.«

Panisch werfe ich einen Blick zur Tür. »Soll ich eine Schwester rufen? Einen Arzt?«

»Nicht *so*«, wehrt sie lächelnd ab. »Im positiven Sinn.«

»Na wenn das so ist …«, sage ich und küsse sie noch mal.

Ich ziehe mir einen Stuhl ran. Die Krankenschwester bringt uns Becher mit Eis, und ich öffne den alkoholfreien Sekt, den ich zu Hause noch schnell eingesteckt habe. Zeit, um Essen oder wenigstens Kuchen einzupacken, hatte ich nicht mehr, aber das ist besser als nichts.

Wir stoßen an.

Wir quatschen.

Wir lachen sogar, erzählen uns Geschichten von schrecklichen Ferienlager-Romanzen und Nebenjob-Reinfällen.

Ich könnte euch nicht sagen, wann ich eingeschlafen bin.

Nur dass mich auf einmal laute Stimmen wecken – Krankenschwestern, die zwei Pflegeassistenten Befehle zubellen, und eine Durchsage aus den Lautsprechern, die durch das ganze Krankenhaus hallt:

Rea-Team in Zimmer 918.

Rea-Team in Zimmer 918.

Kates Zimmer.

Dieses Zimmer.

»Wir müssen Sie beide bitten, den Raum zu verlassen.«

Ich sehe Kates Mutter hinter mir auf einem Stuhl sitzen.

»Moment, was ist los? Was ist mit ihr?«, schreit sie im Aufspringen.

»Bitte gehen Sie jetzt hinaus.«

Ich merke gar nicht, wie meine Beine sich bewegen, aber irgendwie stehe ich kurz darauf mit Kates Mutter auf dem Flur und versuche am Sichtschutz in der Tür vorbeizuspähen, bis sich ein halbes Dutzend Ärzte mit Atemmasken in den Händen und einem Gerät auf Rollen, mit dem man, glaube ich, den Herzschlag misst, an uns vorbeizwängen.

»Kate, wir sind hier draußen«, rufe ich ihr zu, als ein weiterer Arzt durch die Tür hetzt. »Kate!«

Doch meine Stimme erstirbt im Nichts.

Hinter meinen Schläfen flammt ein irrer Kopfschmerz auf.

In meinen Ohren tost ein Ozean.

Vor meinen Augen verschwimmt alles.

Ich strecke den Arm aus, um mich an der Wand abzustützen, aber entweder greife ich daneben oder die Wand ist verrutscht oder …

»Kate, ich rühre mich hier nicht weg«, versuche ich zu rufen, aber die Worte bleiben in meinem Gehirn stecken. »Kaaaaate!«

Vergeblich. Eine Million Messerklingen bohren sich in meinen Rücken, meine Kniescheiben verschmelzen mit den Knöcheln, mein Kopf löst sich von den Schultern und –

ALLER MAGISCHEN DINGE SIND DREI

In drei Teufels Namen

Wenn es nicht schon zum zweiten Mal passieren würde, könnte ich es nicht glauben.

Das vertraute Party-Stimmengewirr.

Der Wohnzimmerfernseher mit denselben gebrüllten Kommentaren zum Basketballmatch der State.

Der V-Ausschnitt-Sweatshirt-Typ (*Check!*), der mit Miss Hello-Kitty-Tattoo flirtet (*Doppelcheck!*).

Der rote Plastikbecher in meiner Hand.

Die versifften, ausgetretenen Treppenstufen.

Jillian, die von Erstsemestern umschwärmt an der Küchenzeile lehnt und mir lächelnd zuwinkt.

Fehlt nur noch –

»Tschuldigung, bist du immer so breit?«

Da ist sie ja.

»Eigentlich«, sage ich und drehe mich zu ihr um, »bin ich bei Weitem noch nicht breit genug. Vielleicht hast du ja Lust, mir Gesellschaft zu leisten.«

^-^-^

Ich weiß nicht, warum ich zurückgekommen bin.

Warum die Zeit schon wieder ihren gigantischen Arsch für mich weggeschafft hat.

Womöglich erfahre ich es nie. Das Warum. Und das Wie sowieso nicht.

Aber ich bin jetzt hier.

Anscheinend habe ich das, was ich hätte tun sollen (was auch immer das ist), noch nicht getan.

Jedenfalls nicht zufriedenstellend.

Wenn ich also noch eine Chance bekomme, ein paar wenige Dinge auf der Welt besser zu machen – für meine Familie, für meine Freunde –

Dann wäre es doch dumm, es nicht zu versuchen.

Und zu einem Dummkopf hat mich meine Momma nicht erzogen.

(Hat sie wirklich nicht. Sämtliche meiner Dummheiten gehen einzig und allein auf meine Kappe.)

Aber egal.

Genug rumgequatscht, Leute.

Ich hab noch einigen Scheiß wegzuhauen.

(Okay, in meinem Kopf hat sich das besser angehört. Das versuchen wir lieber noch mal.)

Genug rumgequatscht, Leute.

Wir haben noch was vor uns.

(Besser.)

Plan (Wunschtraum) zu Kates Rettung

Ich brauche Geld.

Und zwar eine astronomisch hohe Summe.

Was ein Problem ist, weil ich nämlich keins habe.

Aber: Die Behandlungsmethoden, die nach meinen Recherchen die besten Heilungschancen bei Sichelzellenanämie versprechen, kosten eine Menge Geld, das ich nicht habe. Und der Arzt, an den Kate und ihre Eltern am meisten glauben, kostet am meisten.

Also ist der Plan, möglichst schnell möglichst viel Geld aufzutreiben. Also setze ich auf ... Glücksspiel.

Ich weiß, ich weiß. Jack + irgendwas, bei dem man *gewinnen* muss = meistens keine gute Idee.

Doch wenn ich es geschickt anstelle und alles so läuft, wie ich mir das denke, ist es kein Glücksspiel im eigentlichen Sinn.

Wobei, wenn ich das jetzt so sage, hundertprozentig wasserdicht ist der Plan auch nicht. Vielleicht sollte ich ...

Nee, nee, das klappt schon. Es muss klappen.

Wann wären Glücksspiele in der Geschichte der Menschheit schon jemals schiefgegangen?

^-^-^

Ich mache einen Kassensturz, der hauptsächlich darin besteht, überall nach Geld zu suchen, das ich vielleicht übersehen habe.

Meine Finanzlage ist überschaubar.

Übersehenes Geld: 0 Dollar.

Auf dem Girokonto: 204,89 Dollar.

Auf dem Sparkonto: 2019,11 Dollar. Mit meinen Sommerjobs als Teppichverleger und den Geldgeschenken zu verschiedenen Geburtstagen habe ich aus meinen begrenzten Einnahmequellen das Maximum herausgeholt.

Trotzdem reicht das gerade so für die Erstberatung beim Arzt. Wenn meine Berechnungen stimmen, bräuchte ich für die eigentliche Behandlung in etwa tausendmal so viel Geld, wie ich angespart habe. Wenn ich Glück habe, vielleicht auch nur siebenhundertfünfzigmal so viel.

Leider ignoriert das Glück sämtliche meiner Freundschaftsanfragen.

Egal. So stelle ich mir die Sache vor: Ich wette auf die Basketballspiele, an die ich mich erinnern kann. Praktischerweise fängt in zwei Wochen die College-Meisterschaft an. Und ich bin ziemlich sicher, dass ich noch weiß, wer bei den verschiedenen March-Madness-Spielen gewonnen hat. Und zumindest bei einigen, wie knapp sie ausgegangen sind.

Noch praktischer: Kein Mensch rechnet damit, dass das Team von der Mandrake University sich für das Turnier qualifiziert, geschweige denn den Titel holt.

Das heißt, wer auf die Mandrake setzt, ist ein Idiot.

Oder ein Zeitreisender aus der Zukunft.

^-^-^

Ich habe trotzdem meine Bedenken.

Was, wenn die Begegnungen diesmal anders ausgehen?

Wenn ich allerdings an das Spiel denke, das gerade lief, als ich auf der Treppe wieder zu mir kam – dieses unfassbare Comeback der State hat sich ja wiederholt.

Außerdem sind die wesentlichen Dinge gleich geblieben.

Die vorzeitige Entlassung von Frannys Vater.

Mein Zusammentreffen mit Kate auf der Treppe.

Meine Gefühle für sie.

Die Sache ist: Was gleich geblieben ist und was sich geändert hat, kann mir eigentlich egal sein. Eine andere Idee habe ich sowieso nicht.

Alles oder nichts.

Also.

Hoch mit den Hängebäuchen, Mandrake Potbelly Pigs!

Der Hammer

Als Jillian und ich am Ende des Wochenendes vom Campus nach Hause fahren, bin ich nicht sicher, ob Kate mit mir zum Abschlussball gehen wird (Spoiler-Alert: wird sie). Aber ich bin felsenfest entschlossen, dem Schicksal den Stinkefinger zu zeigen.

»Erst tauchst du bis zum Morgen ab, und jetzt kriegst du das Grinsen gar nicht mehr aus dem Gesicht. Was ist los?«

»Nichts«, sage ich. »Aber eins sage ich dir: Die Whittier ist der Hammer.«

»Ach, haben sie dich jetzt als Werbeträger angeheuert? Was hast du denn da?«, fragt sie und reißt mir den Zettel aus der Hand, bevor ich antworten kann. Sie faltet ihn auseinander und lacht. »Von wem ist die Nummer?«

Ich zucke mit den Schultern.

»Du Hund, du«, sagt Jillian und bellt laut. Sie hat die Fenster runtergelassen, und der Beifahrer des Autos neben uns starrt zu uns rüber. »Ich hätte wissen müssen, dass da was im Busche ist.«

»Es hat gefunkt zwischen uns«, gebe ich zu.

»Genau das habe ich befürchtet. *Gefunkt*, ja? Hoffentlich hast du ein Kondom benutzt.«

»Was?«, sage ich. »Nein, so habe ich das nicht gemeint!«

Jillian lacht. »Alter, ich verarsch dich doch nur. Reg dich ab.«

»Und was soll das wieder heißen? Dass eh keine mit mir ins Bett will?«

Sie hört auf zu lachen. »Im Gegenteil. Die Mädels würden Schlange stehen, wenn sie könnten. Wenn du das erst mal kapierst, dann aber holla die Waldfee!«

»Jetzt bist du gemein.«

Sie schüttelt den Kopf. »Jack, ich hab dich wirklich gern. Aber für jemanden, der so schlau ist, bist du manchmal echt schwer von Begriff.«

Bevor ich fragen kann, was sie meint, dreht sie das Radio auf und schmettert mit, als wäre sie Arielle, die gerade ihre Stimme zurückbekommen hat.

Ich stelle wieder leiser. »Du, J?«

»Ja?«

»Wie geht es dir?«

»Wie es mir geht?«

»Ich meine das mit deinem Vater. Wie kommst du damit klar, dass er weg ist?«

Sie zuckt mit den Schultern. »Na ja, der wird schon irgendwann wiederauftauchen. Er macht halt eine ... keine Ahnung, so eine Midlife-Crisis durch.«

»Mhm.«

»Ich glaube, es hat damit zu tun, dass man älter wird und das Gefühl hat, man hätte nicht alles gemacht, wovon man geträumt hat, als man jung war. Man hat sich lauter große Ziele gesteckt und Pläne geschmiedet, und auf einmal merkt man, dass die Zeit einem durch die Finger rinnt und man noch fast gar nichts auf seiner Liste abgehakt hat.«

»Aber wie geht es *dir* dabei?«

Sie setzt ein gezwungenes Lächeln auf. »Es geht schon, Mann. Es geht.«

»Wenn du mal drüber reden willst«, sage ich.

»Dann weiß ich, wo ich dich finde, Jack.«

»Gut.«

»Ich mache mir mehr Sorgen um meine Mom als um mich. Sie ist so traurig.«

»Kann ich mir vorstellen.«

»Aber wenigstens malt sie wieder. Das ist schon mal was.«

»Du machst dir immer nur Sorgen um andere. Das mag ich so an dir: dass du so selbstlos bist. Aber du musst auch an dich selber denken. Wenn du was brauchst, ich bin immer für dich da.«

»Ich weiß«, sagt sie, fährt von der Autobahn ab und dreht die Musik wieder auf. »Danke.«

Dann sind wir bei mir zu Hause angekommen. Ich steige aus und Jillian winkt und setzt auf die Straße zurück, aber ich fuchtele mit den Armen, um sie noch mal aufzuhalten.

Sie stellt den Motor ab. »Hast du was vergessen?«

»Du, ähm, meinen Eltern ist kürzlich so was Komisches mit ihrer Stromrechnung passiert. Der Anbieter hat behauptet, sie hätten nicht bezahlt, und wollte bei uns alle Lichter ausknipsen.«

»Was?«

Ja, *was*, Jack? Was Besseres fällt dir nicht ein? »Ja, also, wenn du nach Hause kommst, schau mal lieber nach der Rechnung, damit dir und deiner Mom nicht dasselbe passiert, okay?«

Sie lacht.

»Ich mein's ernst, J. Vergiss es nicht.«

Sie lacht wieder. »Ähm, okay, Jack. Danke für den Tipp.«

Sie fährt los, und ich bringe meine Sachen in die Diele, wo meine Eltern mich mit Fragen bestürmen. Als ich oben in meinem Zimmer bin, bekomme ich eine Nachricht von Franny.

FRANNY: **Hast eine Studentin klargemacht, hab ich gehört ☺**

ICH: **Nee, nur ihre Nummer.**

FRANNY: **Ey, jeder fängt mal klein an.**

Es ist definitiv ein Anfang. Noch einer.

FRANNY: **Alter, ich habe krasse Neuigkeiten.**

Ich kann mir zwar denken, was es ist, aber ich schreibe trotzdem:

ICH: Sie haben ein Mittel gegen deine Rückenbehaarung gefunden?!

FRANNY: Du bist so ein Arsch

ICH: Ich weiß

ICH: Rückst du jetzt raus damit oder willst du mich auf die Folter spammen

ICH: *spannen

FRANNY: *Trommelwirbel*

FRANNY: ENDE DER WOCHE KOMMT DER TROLL FREI!

^-^-^

Weil ich in der ersten Septemberwoche Geburtstag habe, zwei Wochen nach Beginn des Schuljahrs, wurde ich erst mit knapp sieben Jahren eingeschult. Die Enttäuschung darüber, dass ich noch ein ganzes Jahr länger im Kindergarten bleiben musste, versuchte Mom abzumildern, indem sie mir einen entscheidenden Vorteil in Aussicht stellte: Ich würde alle Erfahrungen viel früher machen als meine Mitschüler. *Sieh es doch so, Jack,* tröstete sie mich, *du wirst als Erster den Führerschein machen, als Erster wählen dürfen und irgendwann als Erster Alkohol trinken – im gesetzlichen Rahmen natürlich.*

Verständlicherweise ließ sie dabei einen weiteren entscheidenden Vorteil unerwähnt. Wahrscheinlich war ihr der Gedanke gar nie gekommen. Ich darf auch als Erster Sportwetten abschließen.

^-^-^

Eilmeldung: Das Internet ist der Hammer.

Ich poste Fotos von meinen Sammlerstücken und verdiene innerhalb von einer Stunde 200 Dollar. Nach einem Tag habe ich 345 Dollar eingenommen. Und bis zum Wochenende wächst mein Gewinn auf 800 Dollar an. Dann bestätigt ein Trip auf den Dachboden meine schlimmste Befürchtung: Ich habe nichts mehr, was ich verkaufen könnte.

Oder doch?

Das Mädchen, das sich auf meine Anzeige meldet, ist Studentin an der State.

»Wozu wirst du es nutzen?«, maile ich ihr zurück.

Vor allem für Fahrten auf dem Campus und gelegentliche Wochenendbesuche zu Hause, antwortet sie.

»Und warum verkaufst du es?«, fragt sie, als sie kommt, um es abzuholen.

»Ach«, sage ich und zittere innerlich ein bisschen, als ich ihr die Wahrheit sage. »Für meine Freundin.«

»Das ist cool.«

»Na ja«, gebe ich zu, »sie ist eigentlich noch gar nicht meine Freundin.«

Sie lächelt, als ich ihr den Schlüssel übergebe. »Na, sie kann sich glücklich schätzen, Jack.«

Beim Wegfahren winke ich ihr so lange nach, bis der blaue Sedan in sein neues Leben abbiegt. Wie ich meine neueste Verkaufsaktion meinen Eltern erklären werde, überlege ich mir später.

Hauptsache, ich habe eine echte Chance.

Jetzt brauche ich nur noch einen Buchmacher, der bereit ist, einen hohen Wetteinsatz von einem achtzehnjährigen Schüler anzunehmen. Die schlechte Nachricht: Ich kenne keinen einzigen.

Die gute: Ich kenne einen, der vielleicht einen kennt.

Trolle muss man blocken

Ich rede in einer Tour, während ich meine Trompete auspacke.

»… Meinst du, wir sollten Sticker machen lassen? Für JoyToy? Ich dachte, wir sollten vielleicht so was wie Merchandise haben, nur für den Fall …«

Wir hatten uns vorgenommen, heute bei Jillian richtig viel zu proben, doch vor ein paar Minuten hat sie einen Anruf bekommen und ist im Haus verschwunden.

»… ich meine, wir verkaufen wahrscheinlich kein einz …«

»Also, der Troll pennt fürs Erste woanders«, unterbricht mich Franny.

Ich stelle mein Instrument ab. »Hast du mit Abuela geredet?«

»Ich hatte mich dagegen entschieden. Wenn sie ihn unbedingt um sich haben will … Ist ja schließlich ihr Haus. Aber jetzt müssen wir darüber nicht mehr streiten, weil er sich sowieso nicht blicken lässt.«

»Vielleicht denkt er, dass es dir so lieber ist.«

»Seit wann denkt der Troll an irgendwen außer sich selbst?«

»Okay. Vielleicht will er es einfach langsam angehen.«

»Nee, der ist eiskalt. Hätte mich nicht zu wundern brauchen. So war er ja schon immer.« Franny hebt die Schultern. »Wenigstens weiß man, woran man ist bei dem Arsch.«

»Vielleicht solltest du mit ihm reden.«

»Um was zu sagen?«

»Keine Ahnung. Wie es dir damit geht.«

»Ich wollte ihn sowieso nicht sehen. Wer braucht den schon? Wenn überhaupt, dann braucht er mich. Ich bin super ohne ihn klargekommen, was soll ich jetzt noch mit ihm?« Franny senkt die Stimme. »Jack, bin ich *so* schlimm?«

»Was soll *das* denn heißen?«

Franny beißt sich auf die Lippe, als bereute er seine Frage und würde am liebsten gar nichts mehr sagen, doch dann – »Ich weiß, ich bin vielleicht nicht der Klügste auf Erden, oder der Stärkste oder so. Aber dass ich gut aussehe, könnte doch keiner bestreiten, oder?« Franny posiert, als würde er auf einem Laufsteg stehen, und setzt sein patentiertes »Franny ist alles scheißegal«-Lächeln auf. Nur kann in diesem Moment nicht mal Franny, der ewige Optimist, den Kummer in seinem Gesicht wegbluffen.

»Franny«, sage ich.

Er redet unbeirrt weiter. »Ich kapiers einfach nicht. Ich meine, wenn du mein Dad wärst, wie enttäuscht wärst du von mir? Also ganz ehrlich, Mann?«

»Was laberst du da für einen Müll? Ich wäre nicht enttäuscht, ich wäre stolz auf dich. Ich bin stolz auf dich.«

»Nein, irgendwas muss mit mir nicht stimmen.«

»Mit dir stimmt alles, Franny.«

Er wird laut. »Lüg mich nicht an, Alter. Du kannst es mir sagen. Du kennst mich am besten. Du bist doch angeblich mein bester Kumpel.«

»Ich *bin* dein bester Kumpel.«

»Dann sag mir die Wahrheit. Was stimmt denn nicht mit mir, dass mein eigener Vater mir aus dem Weg geht? Wie kommt es, dass mein Dad nichts von mir wissen will? Warum bin ich nicht gut genug? Warum erwidert er meine Liebe nicht?«

Mir fehlen die Worte.

Ich lege ihm einen Arm um die Schultern. »Wenn er nicht sieht, was für ein toller Mensch du bist, Franny, ist er selber schuld. Denn das sieht man doch auf Anhieb. Jeder, der auch nur einmal hinschaut, sieht das sofort. Ein kurzer Blick reicht.«

»Na, na, was ist denn hier los«, sagt Jillian in neckendem Ton, als sie durch die Schiebetür auf die Terrasse kommt. »Störe ich euch in einem intimen Moment, oder …« Sie unterbricht sich, als sie unsere Gesichter, unsere tränennassen Augen sieht.

»Ach du Scheiße«, sagt sie. »Was ist passiert?«

Ohne auf eine Antwort zu warten, legt sie fest die Arme um uns beide. So halten wir uns, Wange an Wange, und schweigen. Denn wir verstehen uns auch so.

^-^-^

Später am Abend, als Franny mit zu mir nach Hause gekommen ist und oben unter der Dusche steht, fasse ich für meine Eltern die neueste Folge von »Frannys Dad ist das Letzte« zusammen. Dad flucht in sich hinein, und Mom hat Tränen in den Augen; diese Serie kennen sie schon. »Frannys Dad ist das Letzte« hat nur eine einzige Folge, und die läuft rauf und runter.

Als wir uns an den Esstisch setzen, sehe ich meinen Eltern an, dass sie aufspringen und Franny in die Arme nehmen wollen, aber sie beherrschen sich noch, bis wir unsere Salate gegessen haben. Dann greift Mom über den Tisch und drückt Frannys Hand, und Franny guckt zu mir und erkennt sofort, dass ich ausgepackt habe. Wütend wirkt er trotzdem nicht. Er setzt ein gezwungenes Lächeln auf.

»Bloß keine Runde Mitleid, Leute«, sagt er mit schwankender Stimme.

Dad steht auf, geht um den Tisch herum, klopft Franny auf den Rücken und sagt: »Du bist ein großartiger junger Mann. Niemand außer dir entscheidet darüber, was du wert bist. Und du bist alles wert, Francisco.«

Ich frage mich, ob ich das Richtige getan habe, ob Franny die Aufmerksamkeit und die Gefühlsduselei abkann, aber er fährt auf seinem Stuhl herum, drückt seinen Kopf in den Bauch meines Vaters und heult los.

»Schon gut«, sagt mein Dad und drückt ihm leicht die Schulter. »Du bist ein toller Kerl.«

»Ja«, sagt Mom, geht ebenfalls zu ihm und legt ihm ihre Hand auf die andere Schulter. »Wir lieben dich. Wir werden dich immer lieben. Nicht wahr, Jack?«

Ich nicke, obwohl Franny mit dem Rücken zu mir sitzt.

»Absolut«, sage ich.

^-^-^

Tja. Bei der Sache mit dem Buchmacher habe ich so meine Zweifel.

Zum Glück kenne ich jemanden über ein paar Ecken …

Und dieser Jemand, den ich um Hilfe bitten will, ist Frannys Dad. Ich weiß, ich weiß, ganz schön beschissene Aktion. Ich würde es auch verstehen, wenn Franny sich von mir verraten fühlt, weil ich mich hinter seinem Rücken mit seinem Erzfeind treffe. Aber ich hoffe doch, dass er mir seine Unterstützung anbieten würde, wenn er wüsste, was auf dem Spiel steht.

Frannys Dad lacht, als ich ihm meine Idee vortrage. »Nur dass ich das richtig verstehe«, sagt er und kratzt sich am Kinn, als müsste sein Gehirn schwere Hanteln stemmen. »Ich soll für dich ein paar Tausend Dollar bei einem Buchmacher einsetzen, der uns beiden die Birne wegpusten würde, wenn wir das Geld nicht hinblättern? Und mit dem Geld willst du auf ein Team wetten, das nicht mehr an der College-Meisterschaft teilgenommen hat, seit ich ein kleiner Scheißer in Windeln war? UND du willst wetten, dass diese Gurkentruppe den Turniersieg holt? Also den ganz großen Titel? Dass diese Loser, die in ihrem Leben noch nie irgendwas gewonnen haben, Meister werden?«

Um ehrlich zu sein: Wie er mir das um die Ohren haut, ist nicht gerade ermutigend. Ich nicke trotzdem.

»Und deine Eltern wissen nichts davon, richtig?«

»Nein«, bestätige ich.

»Franny auch nicht?«

»Der auch nicht.«

»Das heißt, wenn dein Plan schiefgeht – ich sage nicht *falls*, ich sage *wenn* –, dann bin ich derjenige, der dasteht wie der letzte Trottel, richtig?«

Ich wiederhole mein Angebot, ihm zehn Prozent des Gewinns zu überlassen, aber er schüttelt den Kopf.

»Nein, nein, Mann«, sagt er. »Dein Geld, dein Risiko. Außerdem – ich will ja nicht auf deinen Träumen rumtrampeln, Kleiner, aber an deiner Stelle würde ich noch nicht mit dem Geldzählen anfangen.«

»Also machen Sie es? Sie schließen die Wette für mich ab?«

»Nach allem, was du für meinen Sohn getan hast, kann ich dir das schlecht abschlagen, auch wenn es total hirnrissig ist. Komm aber bloß nicht heulend angekrochen, wenn du pleite bist, okay? Ich kann dich da nicht raushauen, bloß weil du noch ein halbes Kind bist.«

»Danke, danke, danke«, wiederhole ich.

Aber Frannys Dad brummt bloß: »Ich muss lebensmüde sein.«

^-^-^

Vielleicht bin ich auch derjenige, der lebensmüde ist.

Franny hintergehen.

Mit dem Troll gemeinsame Sache machen.

Und dann ist da noch dieses ungute Gefühl, das ich nicht verdrängen kann.

Nämlich: Was bringt eine zweite (oder dritte) Chance, wenn ich alles verbocke?

Nicht nur bei Kate.

Auch bei Franny. Was, wenn meine Abmachung mit Frannys Dad das Leben der beiden komplett in andere Bahnen lenkt? Wenn Franny und der Troll doch noch miteinander glücklich geworden wären, aber sich nun meinetwegen die Pest an den Hals wünschen werden?

Und was ist mit Jillian? Sie würde zwischen allen Stühlen sitzen und sich vielleicht gedrängt fühlen, Partei zu ergreifen. Was, wenn sie gegen mich Partei ergreift? Was, wenn ich sie für immer verliere?

Könnte ich mit alldem leben?

Bin ich bereit, auf alle Menschen zu verzichten, die mir etwas bedeuten, um Kate vielleicht zu retten?

^-^-^

Während ich auf eine Antwort von Kate auf meine E-Mail warte, verfolge ich zur Ablenkung eine TV-Debatte darüber, welche Mannschaften garantierte Nieten sind und welche ins Teilnehmerfeld aufgenommen werden. Die vier Sportreporter sind unterschiedlicher Meinung. Der lautstärkste des Quartetts ist wenig beeindruckt von der Bilanz der Mandrake Pigs in der regulären Saison.

Ich sehe das einfach nicht, sagt er händefuchtelnd. *Haben sie gut gespielt? Ja. Sie haben getan, was sie tun mussten, um eine Chance auf die Turnierteilnahme zu kriegen. Aber wenn wir ehrlich sind, gilt das auch für ein halbes Dutzend andere Mannschaften, die insgesamt solidere Leistungen gezeigt haben.*

Also.

Übermorgen, am *Selection Sunday,* werden die noch nicht gesetzten Teams für das Turnier nominiert. Bleiben noch zwei Tage, bis ich weiß, ob mein Investment in die Pigs eine saudoofe Idee war (blödes Wortspiel, ich weiß). Ich mache mir ernsthafte

Sorgen. Aber ich wüsste nicht, wie ich Kate sonst die Hilfe ermöglichen kann, die sie braucht und verdient. Und wie die Analyse der Experten beweist, habe ich für diesen Plan von Anfang an einen langen Atem gebraucht.

Ich frage euch: Was bringt es denn, aus der Zukunft zu kommen, wenn man keinen Vorsprung auf die Vergangenheit hat?

^-^-^

»Hey, Jackie. Howdy, Mann?«

Frannys Dad hat so eine Art, bei der man glatt denken könnte, dass er in den Siebzigern ein Gott war.

»Ähm, ich wollte nur mal hören, ob mit unserer ... äh ... Abmachung alles ... klargeht.«

»Ach so, die Wette? Ja, alles roger.«

»Oh, okay. Gut.«

»War sonst noch was?«

»Eigentlich ...«

»Ja, ich nehme das Menü 6, kein Salat, keine Essiggurken, aber mit extra Mayo daneben, nicht obendrauf. Und noch 'nen Kartoffelpuffer dazu.«

»Ähm, sind Sie noch dran?«

»Kleinen Moment, Jackie ... Was soll das heißen, Puffer gibts heute nicht mehr? Ich dachte, die habt ihr den ganzen Tag. Hatte grad so Lust drauf ... Na gut. Kann man nichts machen. Dann nehm ich einen Kirschkuchen. – Sorry, Jack. Was wolltest du sagen?«

»Wegen Franny. Francisco.«

»Was ist mit ihm?«

»Er würde Sie gern sehen.«

»Ha. Komische Art, mir das zu zeigen.«

»Was meinen Sie?«

»Na, er ignoriert meine Anrufe und Nachrichten. Neulich ist er wieder abgezogen, bevor ich überhaupt ein Wort sagen konnte.«

Ich traue meinen Ohren nicht. Ist es nicht genau andersrum? Dass der Troll Franny aus dem Weg geht?

»Also, ich bin ziemlich sicher, dass er gern … Ich glaube, er freut sich, dass Sie … also … wieder da sind.«

»Hm.«

»Wenn Sie es noch mal versuchen, wenn Sie sich nicht abwimmeln lassen, dann ändert er seine Meinung bestimmt.«

»Ein paar Päckchen Chilisoße nehm ich auch noch dazu. Und so ein Gabel-Löffel-Ding.«

»Hallo?«

»Ich habs gehört, Jack. Ich denk drüber nach.«

And the winner is …

Als der *Selection Sunday* gekommen ist, bin ich zu nervös, um mir die Bekanntgabe der nominierten Mannschaften allein anzugucken. Also lade ich Franny und Jillian zu mir ein.

Franny lacht sich über meinen Vorschlag kaputt. »Seit wann brennst du so für Basketball?«

Ich tue verständnislos. »Ich hab Basketball doch schon immer gemocht.«

»So, so. Nenne mir das eine NBA-Team, das *nicht* aus den USA kommt«, fordert er mich heraus.

Ich zucke mit den Schultern. »Mich interessieren die College-Turniere halt mehr.«

»Aha.« Er verschränkt die Arme. »Dann nenne mir drei Ligen im College-Sport.«

»Voll leicht! Die Big Ten, die Southwestern Conference, die … Nein, warte, nein, die Southeastern und die, ähm, die Big Southern.«

Franny kriegt einen Lachkrampf. Wenn ich das so weitertreibe, platzt ihm noch das Zwerchfell.

»Ist doch egal jetzt«, sage ich. »Ich muss dir meine Begeisterung für das Spiel nicht beweisen.«

»Stimmt«, sagt er. »Du hast *nichts* zu beweisen.«

Dass Mom bei allem, was mit Sport zu tun hat, sofort mit von der Partie ist, war mir klar. Mit Dad hätte ich allerdings nicht gerechnet, doch als er mit Popcorn, Limo und einer Tüte Keksen zu uns in den Keller kommt, wundere ich mich nicht mehr. Mom achtet in letzter Zeit sehr darauf, dass Dad kein Altersbäuchlein entwickelt, von daher freut er sich über jede Gelegenheit, sich um die ehelichen Diätvorgaben herumzudrücken.

»Hmmmmm«, sagt Dad und schmatzt mit den Lippen. »Fehlt da nicht noch was? Ach ja! Hat jemand Lust auf Pizza? Ich habe zufällig mitgekriegt, dass es bei Pizza-Zar gerade Rabatt auf die Supreme-Pizza gibt.«

»Ich habe schon gegessen, danke, Mr King«, sagt Jillian.

»Wenns um Essen geht, bin ich immer dabei«, sagt Franny, der am Rand des Sofas zum Leben erwacht.

»Super, dann sind wir ja schon zwei«, sagt Dad. »Jack, du bist das Zünglein an der Waage, mein Lieblingssohn auf Erden. Quatsch, mein Lieblingsmensch auf Erden.« Er guckt zu Mom rüber. »Zusammen mit deiner Mutter natürlich.«

Mom hat sich bereits mit der Tatsache abgefunden, dass Dad nicht zu ändern ist, sondern höchstens gebremst werden kann. Sie wirft die Hände in die Luft. »Wie ihr meint. Aber dann sollte wenigstens die Hälfte mit Gemüse sein.«

»Die Hälfte einer Hälfte«, versucht Dad sie runterzuhandeln. Mom zieht die Augenbrauen in die Höhe. Gleich überreizt er sein Glück. »Nein, nein, du hast recht, Schatz. Wir können uns einen schönen *und* gesunden Fernsehabend machen.«

Als die Livesendung beginnt, verschwindet Dad nach oben, um die Pizzen zu bestellen.

Mir ist schlecht vor Aufregung.

Und obwohl ich auf dem Boden sitze und rein gar nichts körperlich Anstrengendes mache, bummert mein Herz, als müsste es einen Triathlon durchziehen.

Keine Ahnung, wie richtige Glücksspieler das aushalten.

Wir werden mit einer endlosen halbstündigen Gesprächsrunde gequält, bevor die Verkündung der Nominierungen beginnt.

… Und auch die Mandrake ist dabei! Das Auswahlkomitee belohnt den Endspurt in ihrer Regionalqualifikation mit Startplatz Nummer fünfzehn …

Ich mache einen Luftsprung, gefolgt von wildem Fäusteschütteln und Chest-Bumps, wobei ich meine Brust nur gegen beliebige unbelebte Gegenstände ramme, die Wand zum Beispiel, den Stützbalken oder die Sofalehne, weil niemand mitmachen will (wahrscheinlich weil sie keine Gehirnerschütterung riskieren wollen).

Aber ich kann nicht anders.

Denn vielleicht klappt die Sache ja tatsächlich.

Der gute Arzt

»Ich habe diesem Treffen nur zugestimmt, weil ich Ihre Briefe und E-Mails bekommen habe und von Ihren wiederholten Anrufen in der Praxis und im Labor in Kenntnis gesetzt worden bin. Ich muss zugeben, dass mich das neugierig gemacht hat.«

»Durchhaltevermögen ist eine Tugend, sagen meine Eltern.«

»Dass Sie so jung sind, hätte ich jedenfalls nicht erwartet.«

»Ich habe vor, eine beträchtliche Summe zu spenden«, sage ich, weil mir nichts Besseres einfällt.

Dr. Sowunmi mustert mich über den Rand seiner Brille. »Wie alt sind Sie? Achtzehn? Neunzehn? Vielleicht zwanzig?«

»Ich bin achtzehn. Aber das sollte keine Rolle spielen, Dr. Sowunmi. Sie sind doch auch nur – was, zweiunddreißig, dreiunddreißig? Als Sie beschlossen haben, ein Heilmittel für die Sichelzellkrankheit zu finden, hat es Sie da nicht gestört, wenn die Leute Sie auf Ihr Alter reduziert haben?«

Dr. Sowunmi schiebt seine Brille höher, sagt aber nichts.

»Hören Sie«, fahre ich fort. »Ich bin hier, weil ich an Sie glaube. An Ihre Forschungen. An Ihre Heilkunst. Und weil ich verliebt bin.«

»Ah.« Der Arzt lehnt sich mit einem Räuspern auf seinem abgewetzten Lederstuhl zurück. Er führt die Hand an den Mund wie jemand, der an einer Pfeife zieht, nur dass er keine Pfeife hat und sicher nicht raucht. »Medizin und Gefühle hält man besser auseinander.«

»Wenn ich richtig informiert bin, hatten Sie Fälle von Sichelzellenanämie in der Familie, Herr Doktor.«

»Ja.« Er nickt. »Eben deshalb weiß ich, dass man die beiden Dinge trennen sollte. Das geht nie gut aus, Jack.«

»Aber Herr Doktor, hat nicht beides mit dem Herzen zu tun?«

Dr. Sowunmi lächelt, und mir kommt es vor, als würde er seine Reserviertheit ein Stück weit ablegen. So ein entspanntes Gesicht wie jetzt macht er wahrscheinlich auch, wenn er seine Lieblingssorte Frühstücksflocken isst oder seinen Lieblingsfilm guckt. »Wie alt sind Sie noch mal?«

»Achtzehn.« Ich erwidere sein Lächeln. »Und habe ich schon erwähnt, dass ich Geld habe?«

»Ich kann Ihnen nichts versprechen. Wir sind noch in einer sehr frühen klinischen Phase.«

»Das verstehe ich.«

»Und zuerst möchte ich die Patientin oder den Patienten sehen. Nach einer Beurteilung des Gesundheitszustands und der Laborwerte würde ich dann, falls wir eine Behandlung beginnen, mit ihr oder ihm die weiteren Schritte besprechen.«

»Natürlich, Herr Doktor«, sage ich, erhebe mich und schüttele ihm die Hand. »Danke sehr. Ich danke Ihnen vielmals.«

»Ich kann nichts versprechen«, wiederholt er, diesmal mit ausdrucksloser Miene.

»Ja«, bestätige ich. »Ganz unverbindlich.«

∧-∧-∧

Gerade als ich die Praxis verlassen will, klingelt mein Telefon. Ich stelle mir vor, dass es Kate ist, und denke: *Wow, perfektes Timing.* Aber es ist nicht Kate.

»Ey, hast du's vergessen?«, fragt Franny in einem an Panik grenzenden Ton. »Bitte sag, dass du es nicht vergessen hast und schon unterwegs bist.«

»Ich habs nicht vergessen«, beruhige ich ihn, obwohl ich tatsächlich die Zeit aus den Augen verloren habe. »Ich komme.«

»Wann?«

»Bald.«

»Aber *bald* bald, oder? Also gleich?«

»Ja, gleich«, sage ich.

»Sag mir, dass alles gut gehen wird, Jack.«

»Franny«, sage ich mit aller Hoffnung und Zuversicht, die ich aufbringen kann. »Es wird alles gut gehen.«

Ich will das wirklich gern glauben.

Nichts anbrennen lassen

Franny steht unter Hochspannung, aber er gibt sich große Mühe, sich nichts anmerken zu lassen.

Normalerweise ist Franny unter Druck die Ruhe selbst. Zum Beispiel beim letzten entscheidenden Auswärtsspiel in der regulären Saison: Cool, gelassen und konzentriert verbuchte er einen Mannschaftsrekord von 24 Punkten für sich, brachte sein Team mit einem Freiwurf in der Nachspielzeit in Führung und sicherte ihnen damit den Sieg und den Einzug in die Playoffs.

Dem Franny von heute hingegen sind das Grinsen und Lachen und Witzereißen vergangen.

Gestern hat er auf dem Heimweg von der Schule darauf bestanden, dass wir anhalten, weil er sich die Haare schneiden lassen wollte. Er hat Jillian dazu gebracht, unter dem wilden Gehupe der anderen Autofahrer rechts ranzufahren, damit er ein Stück die Straße zurücklaufen und einen Bus zu seinem Cousin nehmen konnte, der schwarz als Friseur arbeitet (obwohl Jillian meinte, es wäre kein Problem, ihn hinzufahren). Das Verrückte ist, Franny hat sich schon ewig nicht mehr die Haare geschnitten. Wir haben schon angefangen, ihn deswegen den puerto-ricanischen Questlove zu nennen. Aber seit gestern Nachmittag ist seine Matte ab und sein Schädel glänzt, als wäre er ein Manager, der gleich eine wichtige Vorstandssitzung leiten muss. *Na und?*, sagte er nur, als er die Tür öffnete und mir beim Anblick seines glatten Schädels die Kinnlade runterklappte. *War halt mal Zeit,* fügte er in einem Ton hinzu, der mir klarmachte, dass er nicht weiter darüber reden wollte.

Und jetzt tigert er in dem schmalen Flur auf und ab und tut, als gehörte das zu seinem Ausdauertraining für das nächste Turnier.

»Franny, das wird schon, Mann«, sage ich, und das nicht zum ersten Mal.

»Warum auch nicht?« Er geht in die Küche, ich bleibe auf der Wohnzimmercouch hocken. »Ich schau mal nach den Pork Chops. Wenn die anbrennen, brät mir Abuela eins über.«

»*Ich* brate dir eins über, wenn die anbrennen!«, rufe ich.

»Alles klar!« Er lacht.

Da dreht sich das Schloss in der Haustür, und Franny kommt mit aufgerissenen Augen aus der Küche. »Moment, was mache ich jetzt?«, sagt er zu mir, zu der Wohnung, zu niemandem. »Was mache ich jetzt?«

»Du musst nichts tun, Franny«, sage ich. »Jetzt ist er am Zug, nicht du.«

Wir stehen da und warten darauf, dass die Tür aufgeht, dass sich die Erde auftut.

»Francisco«, sagt Frannys Dad. Seine Stimme ist volltönend, wie von Samt umhüllt. Er tritt über die Schwelle, Abuela stellt sich wortlos neben ihn. Franny rührt sich nicht. Ich weiß nicht, ob er vor Schreck erstarrt ist oder sich mit Absicht zurückhält. Doch dann stürmt sein Dad vor und wirft seine Arme um Franny, sodass Franny völlig unter seiner breiten Brust verschwindet. Neben dem Troll wirkt Franny, der selber wie ein Schrank gebaut ist, geradezu klein, wie eine Miniaturausgabe seiner selbst.

»Du hast wahrscheinlich gedacht, du siehst mich nie wieder, was?«

Franny tut die Frage mit einem Schulterzucken ab und streift die Arme seines Vaters weg. »Hab nie drüber nachgedacht.«

Der Troll sieht Franny in die Augen, so wie mein Dad mich ansieht, wenn er etwas Wichtiges zu sagen hat und sichergehen will, dass ich zuhöre. »Na, jetzt bin ich wieder da, mein Sohn. Endgültig diesmal.«

Franny lacht. »Wie, soll ich dir dafür jetzt schon eine Medaille verleihen?« Er wendet sich Abuela zu und gibt ihr einen Kuss auf die Wange. »Essen ist fertig.« Er geht zurück in die Küche.

Frannys Dad schaut mich an, als hätte er mich gerade erst bemerkt. Sein Gesicht nimmt einen überraschten, vielleicht auch peinlich berührten Ausdruck an. Er setzt ein Lächeln auf, und in seinen Zügen sehe ich Franny – Frannys helle Lippen und die schmale Nase, die glänzenden Augenwinkel, das ovale Kinn.

Ich frage mich, ob er Franny was verraten wird. Ob mir jetzt der Moment bevorsteht, in dem Franny erfährt, dass ich hinter seinem Rücken mit seinem Dad ins Geschäft gekommen bin.

»Das ist doch nie im Leben der kleine Jack. Als ich dich das letzte Mal gesehen habe, warst du gerade mal so groß. Und jetzt sieh dich an.« Er streckt mir seine rissige Holzfäller-Pranke hin. »Mein Kumpel Jack. Lang ists her, Kleiner.«

»Lang ists her«, echoe ich. »Und, wie war es?«, frage ich, weil dumme Fragen ja meine Spezialität sind.

»Was? Im Knast, meinst du? Ätzend, Mann. Tu dir einen Gefallen und schau zu, dass du nie hinter Gittern landest.«

»Okay.« Ich schiebe die Hände in die Taschen. »Ich werd mir Mühe geben.«

»Schreibst du immer noch Gedichte?«

»Eher nicht. Prosa ist jetzt mehr mein Ding.«

»*Prosa.* Aha«, sagt er.

In der Küche scheppert eine Pfanne. Dann noch eine.

Abuela zeigt ans Ende des Flurs. »Schatz, geh dich frisch machen. Ich habe ein paar Sachen gewaschen und auf dein Bett gelegt. Jack und ich müssen in die Küche, bevor dein Sohn mein Haus abfackelt.«

»Ja, Mama«, sagt er, beugt sich zu ihr und küsst sie auf die Stirn. »Ich hab zwei Wochen lang von deinen Pork Chops geträumt. Du hast ja keine Ahnung, wie ich mir gleich den Bauch vollschlagen werde.« Er stößt einen leisen Pfiff aus und schlendert den Flur lang.

^-^-^

Frannys Dad hat nicht übertrieben. Zur Freude von Abuela, die immer selig ist, wenn anderen ihr Essen schmeckt, schlingt er ein Kotelett nach dem anderen runter. Franny rührt währenddessen kaum einen Bissen an.

»Francisco, hast du neulich dieses Spiel von der State gesehen? Das war ein Hammer-Comeback, oder? Die standen ja schon mit einem Bein im Grab, und auf einmal trifft sie ein Blitz von oben und sie versenken jeden Ball.«

»Hab ich nicht gesehen«, sagt Franny. Eine glatte Lüge. Er hat tagelang von diesem Spiel geredet.

»Bestimmt läuft es auf ESPN Classic noch mal, so gut war es«, sagt Frannys Dad und lehnt sich mit leuchtendem Gesicht zurück. »Ich hab in der *Halbzeit* eine Wette abgegeben. Als sie noch zwanzig Punkte im Rückstand waren. Fragt mich nicht, woher ich das wusste, aber ich hatte so eine Ahnung, dass das Spiel noch nicht vorbei ist. So ein Bauchgefühl, wisst ihr.« Er knetet sich den Bauch, als wollte er bekräftigen, wo das Gefühl herkam.

»Francisco, du weißt, dass ich gegen Glücksspiele bin«, wirft Abuela ein.

»Aaah, Mama, es waren nur zwanzig Dollar. So gut wie nichts.«

»Trotzdem«, sagt sie. »Zwanzig Dollar sind nicht nichts.«

Frannys Dad grinst breit. »Im Knast tut man alles, um die Zeit irgendwie rumzubringen. Eine kleine Wette hier und da sorgt wenigstens für Abwechslung.«

»Na, jetzt bist du ja draußen und das liegt alles hinter dir«, sagt Abuela fest.

»Ja, Mama.« Frannys Dad beugt sich über den Tisch und küsst seine Mutter auf die Wange. »Mama hat mir erzählt, dass ihr zwei euch auf den Abschlussball vorbereitet.«

Franny starrt weiter auf seinen Teller, aber ich halte das Schweigen nicht länger aus und murmele ein mattes »Ja«.

»Ich habe deine Mutter auf unserem Abschlussball kennengelernt, Francisco, hab ich dir das mal erzählt? Sie ging am anderen Ende der Stadt zur Schule und kam mit so einem anderen Typen. Aber als ich sie gesehen habe ...« Er macht eine Pause, und ein Lächeln breitet sich auf seinem Gesicht aus, während er ins Leere schaut, als flimmerte die Erinnerung über die Wohnzimmerwand. »Als ich sie gesehen habe, war mir sofort klar: Die ist es. Und bei dir, Mann? Wen führst du aus?«

Franny beißt nicht an. »Ach komm.«

»Ach komm was?«, fragt sein Dad. »Wohin gehen wir denn?«

»Du brauchst kein Interesse zu heucheln.«

»Ich heuchele überhaupt nichts.«

»Essen wir einfach weiter, okay?«

»Du musst mal zu einem von Franciscos Spielen kommen. Er hat sein Team in die Playoffs gebracht. Und jetzt werden sie auch Meister«, lenkt Abuela ab. »Die Leute fragen Francisco immer, woher er sein Ballgefühl hat. Sie haben ja keine Ahnung, dass ich früher sehr gut getanzt habe. Tanztalent und Ballgefühl sind doch eigentlich das Gleiche.«

Ich klatsche Beifall, aber Franny lässt sich nicht aus der Reserve locken.

Der Troll gluckst. »Du vergisst, dass ich auch ein ziemlich guter Spieler war. Ballgefühl liegt uns im Blut. Kein Wunder, dass ...«

Franny schiebt sich so ruckartig vom Tisch zurück, dass die Stuhlbeine über das Linoleum schaben. »Würdet ihr mich entschuldigen?«

»Aber ich habe noch Kuchen im Kühlschrank. Ganz frisch gebacken. Und Eis gibts auch.«

»Hab keinen Appetit mehr.«

Sie schnalzt mit der Zunge. »Francisco, dein Vater ist gerade erst angekommen. Du solltest …«

»Mama«, fällt ihr Frannys Dad ins Wort. »Der Junge sagt, er hat keinen Hunger. Kein Grund, ihn am Tisch festzunageln.« Er zwinkert Franny zu, aber Franny sieht weg.

»Na schön.« Abuela seufzt. »Aber dass du mir ja die Hausaufgaben gründlich machst, Francisco. Lieber alles noch mal nachkontrollieren.«

Franny drückt ihre Hand. »Doppelt und dreifach«, verspricht er und räumt seinen Teller ab. Mit einem Blick fordert er mich zum Mitkommen auf. Dabei scheint es mir unhöflich, jetzt schon abzuhauen.

»Danke für das Essen, Abuela. Es war wie immer köstlich.«

Sie kneift mich in die Wange. »Du bist hier jederzeit willkommen, Jack. Du gehörst zur Familie.«

^-^-^

Danach ist Franny in einer seiner »Ich hab keinen Bock zu reden«-Stimmungen. Was ich zu respektieren versuche, obwohl es so viel zu bereden gäbe. Durch den Flur hört man die Stimme seines Vaters dröhnen und Abuela auf eine Art und Weise lachen, wie ich sie noch nie, seit ich mich erinnern kann, lachen gehört habe – als wäre ihr Lachen auch jahrelang weggesperrt gewesen. Ich freue mich, dass sie so glücklich klingt. Doch je öfter sie laut losplatzt, desto drückender wird Frannys Schweigen.

»Wir übernachten heute besser bei dir«, sagt er.

»Klar, von mir aus. Wie's dir lieber ist.«

»Es ist mir lieber.«

»Okay«, sage ich und bemühe mich um einen möglichst neutralen Ton. Wäre meine Stimme eine Farbe, wäre sie weiß, und wäre sie ein Gegenstand, wäre sie eine Fahne. *Du hilfst Franny am meisten,* hat Mom heute Morgen gesagt, *wenn du einfach für ihn da bist, Jack. Ihr zwei könnt das noch nicht wissen, aber irgendwann einmal wird das das Einzige sein, was zählt.* Das werde ich beherzigen. Da sein. Hier sein.

»Okay«, wiederholt er.

Das Chaos in Frannys Zimmer ist tröstlich vertraut. Der Sitzsack, in dem ich fläze, ist immer noch derselbe, in dem ich schon vor zehn Jahren gefläzt habe. An der Wand hängen immer noch Poster von Bands, die Franny längst nicht mehr hört. In seinem Bücherregal stapeln sich die Comics in ihren Schutzhüllen; ganz oben liegt der neueste *Black Panther.* Auf seinem Schreibtisch, auf dem er gerade hockt, ragt das auf, was wir inzwischen den Turm nennen. Dessen Gleichgewicht ist so heikel wie die letzten Spielzüge beim Jenga, und er wächst stetig weiter an: Es sind Stipendienangebote von Unis und Colleges, Briefe und Päckchen, in denen Hochschulen aus allen Ecken des Landes ihre Vorzüge anpreisen, weil sie einen der talentiertesten Nachwuchssportler der Nation für sich gewinnen wollen. Man spürt förmlich, wie der Turm verzweifelt fleht: *Schau mich an, hu-hu, bitte, bitte such mich aus!*

Es ist schon komisch. So viele Hochschulen legen ihm den Schlüssel zu ihrem Königreich zu Füßen, aber er will hier studieren, vierzig Meilen entfernt, mit uns – Jillian und mir. Die State ist nicht mal unter den zehn besten Hochschulen, die ihm einen Platz anbieten, und trotzdem will er dorthin, weil er nicht von Jillian und mir getrennt sein möchte. Das würde er natürlich nie so sagen, aber es ist uns allen klar. Jillian und ich haben beide versucht, ihn zu einer besseren Wahl zu drängen, aber er weigert sich, auch nur darüber nachzudenken. *Ich weiß, was für mich das Beste ist, Mann. Vertrau mir.*

Franny sieht, dass ich den Turm betrachte, und grinst. Sein erstes Lächeln heute Abend.

»Wie viele sind seit letzter Woche dazugekommen?«

»So fünf, sechs bestimmt«, sagt er. »Aber immer noch nichts von unserer geliebten Whittier.«

Ich zucke mit den Schultern. »Wenn die zu blöd sind, dich aufzunehmen, sollte ich da vielleicht auch nicht hin.«

»Du spinnst doch, Kleiner«, sagt er und grinst noch breiter. »Hab ich dir das heute schon gesagt? Erstens würde deine Mom dir den Hals umdrehen, wenn du der Whittier absagst. Und zweitens hätte sie mich deswegen dann auch auf dem Kieker.«

»Wahrscheinlich«, gebe ich lachend zu.

»Nix wahrscheinlich. Hundert Pro.«

»Trotzdem. Wer würde Francisco Hogan nicht als Student haben wollen? Wer würde Francisco Hogan nicht haben wollen, Punkt?«

»Eins sag ich dir, Alter.« Franny schüttelt langsam den Kopf und starrt in Richtung der Küche, des schallenden Gelächters, des besten Pfirsichkuchens der Welt. »Entweder man will mich oder man will mich nicht. Aber ich will nichts, das mich im Gegenzug nicht auch will.«

^-^-^

JILLIAN: He, wie ist es gelaufen? Er antwortet mir nicht.

ICH: Nicht so toll. Er brütet vor sich hin.

JILLIAN: Mist. Kann ich noch vorbeikommen oder ist es zu spät?

ICH: Es ist nie zu spät.

^-^-^

Zwanzig Minuten später kommt Jillian die Treppe in unseren Keller runter. Ihre langen Beine nehmen immer zwei Stufen auf einmal. Wir ziehen sie gern damit auf, dass bei ihr die Beine 90 Prozent, Kopf und Schultern 8 Prozent und der Oberkörper nur 2 Prozent ihres Körpers ausmachen.

»Hey, Jungs«, sagt sie.

Franny starrt erst sie, dann mich an. »Chattet ihr hinter meinem Rücken?«

Jillian geht zu ihm und küsst ihn auf den Kopf. Er schaut zu ihr auf, seine großen braunen Augen bereit für jeden Trost, den sie ihm geben kann. Sie umfasst sein Gesicht mit den Händen. »Baby«, flüstert sie, setzt sich neben ihn aufs Sofa und zieht seinen Kopf auf ihren Schoß. Er lässt es mit sich machen. »Baby«, wiederholt sie.

Ich könnte euch nicht sagen, was im Fernsehen läuft, nur dass wir stundenlang dasitzen und ich irgendwann lauter stelle, weil etwas in mir, der Teil von mir, der diese beiden Menschen liebt, instinktiv weiß, dass es Franny nicht recht ist, wenn ich ihn schluchzen höre.

Mighty Magical

Mighty Moat sind beim zweiten Mal sogar noch besser.

Der Grund ist klar. Kate. Sogar Jillian und Franny scheinen noch mehr Spaß zu haben.

»Kommt es euch auch so vor, als würde die Band gerade nur für uns spielen, oder bilde ich mir das bloß ein?«, brüllt Franny irgendwann.

»Das bildest du dir nicht ein«, rufe ich zurück.

Nach der Show nimmt mich Kate an der Hand und bringt uns alle vier in den Backstagebereich. Man hat das Gefühl, als würde sie jeden kennen, weil alle kurz innehalten, um ihr zuzuwinken oder zuzunicken, aber ehrlich gesagt bin ich ziemlich sicher, dass sie keinen dieser Leute tatsächlich kennt; sie hat einfach diese Art – *Schaut her, da bin ich* –, und man kann gar nicht anders, als sie, nun ja, *anzuschauen*.

Wir bleiben vor einer roten Tür stehen, auf die lauter schwarze Edding-Strichmännchen gekritzelt sind. Kate klopft an, jemand ruft: *Herein!*, und wir machen einfach die Tür auf. Und wer steht da leibhaftig vor uns? *Mighty Moat!* In ihren leibhaftigen abgerockten T-Shirts!

»Katieeeee«, singt der Drummer. »Komm rein, Süße.«

Franny und Jillian werfen mir ungläubige Blicke zu. »Träume ich, oder was?«, fragt Franny. »Passiert das gerade wirklich?«

»Hey, wollt ihr Champagner?«, ruft der Leadsänger, als ein Korken ploppt und durch den Raum saust. Dann knallt noch ein Korken, und noch einer, und auf einmal lässt die Band einen Champagner-Regen auf alle niedergehen. Franny stößt einen Kriegsschrei aus, hält sich die Augen zu und taucht in das Getümmel ab.

»Worauf warten wir noch?«, sage ich zu Jillian.

Sie hechtet schon vorwärts, mit jubelfeuchten Haaren.

Ich nehme Kate an beiden Händen, und wir stürzen lachend mitten rein.

»So muss das Leben sein, *so* muss das Leben sein«, johlt Franny und tanzt im Kreis um uns herum.

»Wir müssen unbedingt ein Foto machen, bevor wir gehen«, sagt Kate zu dem Gitarristen.

»Sagt ›niemals niiiiie‹«, trällert der Leadsänger, als wir uns für ein Selfie zusammenquetschen.

Zurück am Auto versammeln wir uns um eine Flasche alkoholfreien Cider. *Ihr müsst ja noch fahren. Und Kira würde mich umbringen, wenn ich ihr kleines Schwesterchen betrunken mache,* hatte uns der Drummer ermahnt. *Nehmt den hier mit,* sagte er und gab uns den falschen Champagner.

»Auf Kate«, sagt Franny und hebt seinen Becher mit Cider. »Und die mit Abstand beste Nacht unseres jungen, jungen Lebens.«

»Mögen noch viele weitere folgen«, fügt Jillian hinzu.

»Jawohl«, schließe ich mich an.

Kate schlägt die Hände vors Gesicht, als wäre ihr die Aufmerksamkeit unangenehm, und schielt zwischen ihren Fingern hindurch, aber ich kann trotzdem erkennen, dass sie strahlt.

»Kann es sein, dass es mit euch noch geiler ist als auf einem Mighty-Moat-Konzert?«, fragt sie und lässt die Hände sinken. Jillian lächelt. In diesem Moment habe ich das Gefühl, die nächsten drei Jahrzehnte unseres gemeinsamen Lebens vor mir zu sehen – und wenn man je daran hätte zweifeln können, dass wir für immer Freunde bleiben, selbst nachdem wir gefragte Anwältinnen und viel beschäftigte Ärzte und Elternbeiräte an den Schulen unserer Kinder geworden sind, dann wäre dieser Zweifel hier und jetzt aus der Welt geschafft.

Franny deckt seinen Becher mit der Handfläche ab und schüttelt ihn gründlich, was ich mit einem strengen, aber höflichen »Mach das bloß nicht!« quittiere.

Aber Franny ignoriert mich und schüttelt immer kräftiger, bis er auf einmal die Hand wegnimmt und eine irre hohe Fontäne verspritzt. Es ist schön, Franny so glücklich zu sehen, auch wenn es nur für eine Nacht ist.

»Wir sind die Coolsten«, schreit er und jagt uns über den Parkplatz. »Wir sind die Coolsten«, schreien wir alle und rennen um unser Leben.

^-^-^

Wir winken Jillian und Franny zum Abschied zu, als sie uns in meiner Einfahrt abgesetzt haben. Auf Zehenspitzen schleichen Kate und ich durch die Küche und runter in den Keller.

Ich schalte den Fernseher an, und wir legen uns nebeneinander auf die Couch, was nicht so leicht ist, wie es sich anhört, weil die Sitzfläche eigentlich nur breit genug für einen ist. Aber wo ein Wille ist ...

»Jack«, sagt Kate. »Ich muss dir was sagen.«

Und ich denke: Jetzt kommt es. Jetzt erzählt sie es mir.

»Manchmal ...«, beginnt sie und hält inne.

»Ist schon gut, Kate.«

»Manchmal ... werde ich krank. Also so *richtig* krank.«

Ich drehe mich zu ihr, damit wir uns ins Gesicht sehen können, und mache den Fernseher aus. »Wie das? Was meinst du?«

»Ich bin mit dem Sichelzellen Gen auf die Welt gekommen. Meine Eltern sind beide Träger. Hast du schon mal davon gehört?«

»Ja. Ich hab was darüber gelesen, aber ich bin mir nicht sicher, ob ich es so ganz verstehe.«

»Grob gesagt versteifen sich meine roten Blutkörperchen und können deswegen den Sauerstoff nicht mehr so gut durch meinen Körper transportieren. Und bei den meisten Menschen halten die roten Blutkörperchen ein paar Monate, aber wenn man die Sichelzellkrankheit hat, halten sie vielleicht nur ein paar Wochen, sodass sie mit der Sauerstoffversorgung nicht hinterherkommen. Deswegen gibt es Tage, Wochen, manchmal auch Monate, in denen ich ziemlich schwach bin.«

»Und tut das weh?«

»Ich bilde mir ein, dass ich eine hohe Schmerzschwelle habe, aber ja, es tut furchtbar weh.«

»Oh Mann, du Arme.«

Kate legt mir einen Finger auf die Lippen. »Pst«, sagt sie. »Ich habe dir das nicht erzählt, damit du Mitleid mit mir hast. Ich will kein Mitleid, weder von dir noch von sonst irgendwem. Ich ... Ich will nur, dass du es weißt, weil ... ich das Gefühl habe, dass ich dir alles anvertrauen kann. Dass es nichts gibt, was du über mich nicht wissen sollst. Klingt das komisch?« Sie rückt ein Stück weg, damit sie mich noch besser ansehen kann. »Das hat was Unheimliches. So war das nicht gemeint.«

Jetzt lege *ich* ihr den Finger auf die Lippen. Das scheint unser neues Ding zu sein, diese beschwichtigende Geste, die dem anderen zeigt, dass alles gut ist, dass er sich sicher fühlen kann.

»Das ist gar nicht unheimlich, Kate. Es ist wunderschön«, sage ich. »Das Schönste überhaupt. Und mir geht es ganz genauso. Ich will, dass du alles weißt. Alles, alles.« Ich sehe ihr tief in die Augen, damit sie merkt, dass es mir ernst ist – mit ihr, mit uns –, und dann nehme ich den Finger weg und presse stattdessen meinen Mund auf ihren, öffne und schließe die Lippen, und ich höre sie keuchen, spüre sie erschauern.

Vielleicht ist es auch mein Keuchen, mein Erschauern.

Was zählt das schon.

Nichts zählt.

Wie könnte es auch?

»Ich mag dich wirklich sehr, Kate«, sage ich, weil ich Hemmungen habe, das andere, stärkere Wort zu sagen.

»Du sollst mich nicht nur *mögen*. Ich will kein Twitter-Like. Ich will dich, Jack«, flüstert sie mir ins Ohr, und ihre Stimme bohrt sich in mein Hirn, in meine Brust, tiefer und tiefer, bis mir ihre Worte in den Zehen kribbeln.

Vielleicht liegt es daran, dass mein Blut gerade von meinem Kopf wegströmt, oder daran, dass sich ihr Gesicht in der Neon-Kellerbeleuchtung so bildschön abzeichnet. Vielleicht ist das der Grund, weshalb ich eine weitere Chance bekommen habe. Denn: Es gibt nichts, was *ich* mehr will als Kate Edwards.

Nichts.

^-^-^

Dass die Erde sich um die Sonne dreht, ist klar, oder? Und es wäre doch echt schräg, wenn es plötzlich andersrum wäre, oder? Dass sich die Sonne um die Erde dreht?

Aber genau so fühlt es sich an, wenn du jemanden *liebst*.

Du gehst so durchs Leben, machst dein Ding, setzt deine Prioritäten, kommst deinen Pflichten nach –

Und auf einmal triffst du die Eine.

Und fällst komplett aus deiner Umlaufbahn.

Und kreist von da an um diesen neuen Stern.

Und hoffst, dass die Schwerkraft dich hält.

Aber du kannst nicht wissen, ob es so ist, bis du merkst, dass du wegfliegst.

Ich schätze, du kannst nur vertrauen.

Mandrake-Moneten

Ich kann vor Nervosität kaum hinschauen.

Dabei bin ich zuversichtlich, dass die Mandrake gewinnt. Ich habe die verdammte Zukunft ja erlebt. Aber trotzdem: Ich werde das mulmige Gefühl einfach nicht los. Als würde sich eine ganze Biberkolonie durch meinen Bauch nagen. Offenbar habe ich da drin die Sorte Holz, die Biber besonders schmackhaft finden. Die erlesenste Sorte, die ein Bibermännchen dem Biberweibchen seiner Wahl schicken würde. Junge, gehen die zur Sache. Haben wohl lange nicht mehr so viel leckere Hölzer zu beißen gekriegt und stürzen sich auf diese neue Beute, bevor sie verschwindet.

Zur Halbzeit liegt die Mandrake zweistellig zurück, und die Reporter kommentieren, dass die Mannschaft froh sein solle, so weit gekommen zu sein, dass sie alles in allem stolz auf sich sein könne, und hey, selbst für Aschenputtel sei um Mitternacht Zapfenstreich gewesen, es sei keine Schande, dieses Spiel zu verlieren.

Die zweite Hälfte ist eine einzige Tortur. In den ersten vier Minuten spielt die Mandrake wie eine Grundschulmannschaft, die es in die NBA verschlagen hat; es ist gruselig, aber auf eine Art, dass man nicht wegschauen kann. Ich blinzele zwischen meinen Fingern hindurch.

Doch dann passiert das Unfassbare. Die Mandrake dreht auf. Jeder Wurf ein Treffer. Sie greifen aus allen Richtungen an. Die

Verteidigung macht die Passwege dicht, das gegnerische Team schafft es kaum noch, den Ball über die Mittellinie zu bringen, und der unüberwindliche Vorsprung schrumpft. Die führende Mannschaft wird immer fahriger. Die Spieler gestikulieren wild, streiten mit den Schiedsrichtern und untereinander, ignorieren ihre Trainer. Sie machen keinen einzigen Ball mehr rein.

Der Point Guard der Mandrake schiebt sich an seinem Verteidiger vorbei, tänzelt in die Zone und wirft einen Floater aus mittlerer Distanz, der den oberen Rand des Vierecks küsst, bevor er glatt ins Netz fällt. Die Stadionsprecher rasten aus.

... Noch zwanzig Sekunden zu spielen, und die Mandrake Pigs gehen in Führung! So eine Aufholjagd hat die Basketballwelt noch nicht gesehen! Hier wird Geschichte geschrieben! Die Pigs haben sich vom fünfzehnten Startplatz hochgebissen und stehen jetzt kurz vor ihrem allerersten Meistertitel ... Ist das zu fassen ... Darum geht es beim Sport, Freunde!

Mich braucht ihr nicht zu fragen, worum es beim Sport geht. Oder was das für die Spieler der Mandrake bedeutet. Ich weiß nur, was es mir bedeutet, was es hoffentlich für Kate bedeuten wird.

Ich springe hoch und vollführe einen seltsamen Schüttel-Kreisch-Tanz quer durch den Keller, was Mom komplett verwirrt, weil sie a) nicht damit gerechnet hat, dass ich *so* auf Basketball stehe, und wir b) absolut keinen persönlichen Bezug zu den Pigs haben.

»Das ist die klassische Underdog-Geschichte, Mom«, erkläre ich und reiße die Fäuste so heftig in die Höhe, dass ich mir fast die Schultern auskugele.

Sie klatscht mich ab. »Das ist schon irre.«

Mein Telefon brummt.

FRANNYS DAD: Woher hast du das gewusst?!

ICH: Was?

FD: Du hast gewusst, dass sie gewinnen.

ICH: Sie waren eben der größte Außenseiter. Da dachte ich: Hey, geh doch mal volles Risiko.

FD: Das kauf ich dir nicht ab, aber egal.

Glückwunsch! Du bist jetzt ein gemachter Mann – und hoffentlich kein toter, wenn wir versuchen, deinen Gewinn abzuholen.

ICH (FÜNF MINUTEN LANG ÜBERLEGEND): …

ICH (FÜNF MINUTEN SPÄTER): Ist das ernsthaft eine Möglichkeit, über die wir uns Sorgen machen sollten?

FD: Nicht WIR. Ich schreibe dir morgen, wo und wann wir uns treffen.

ICH: Das war ein Witz, oder? Das mit dem toten Mann … Ich meine, ich WEISS, dass es ein Witz ist, aber es wäre gut, wenn Sie es noch mal bestätigen, ich hab ja ehrlich gesagt noch nie gewettet und …

Aber die letzte Nachricht schicke ich nicht ab, weil ich nicht als Idiot dastehen will, obwohl ich idiotische Gedanken habe. Natürlich war das ein Witz.

Oder?

Zur Sicherheit tue ich kein Auge zu.

^-^-^

Wo: in der Stadtbibliothek von Elytown. Wann: 16 Uhr. Ich stelle Moms Auto ab und gehe rein.

Frannys Dad kommt mit zehn Minuten Verspätung und strahlt über das ganze Gesicht. Vielleicht spielt er mir aber auch was vor, weil die Leute, die mich wegen meines Megagewinns um die Ecke bringen wollen, ihm eingeschärft haben, dass ich nichts von der Gefahr merken darf. *Halten Sie ihn hin, Frannys Dad,* haben sie gesagt, *während der Sniper sein Präzisionsgewehr zwischen den Bücherregalen positioniert.*

»Hallo«, sage ich und stehe auf, als er zu mir an den Tisch kommt.

»Hallo, du Abräumer«, sagt er und wirft mir eine Reisetasche zu. »An deiner Stelle würde ich ein gutes Versteck dafür finden.«

»OK«, sage ich, überrascht, wie leicht sich 200 000 Mäuse anfühlen.

»Zähl es auf der Toilette, wenn du willst. Ich warte hier.«

»Ich vertraue Ihnen. Haben Sie sich Ihren Anteil schon genommen?«

Er lächelt auf eine Art, die mich an Franny erinnert. »Hab doch gesagt, es ist deine Kohle.«

»Also dann … danke«, sage ich. »Vielen, vielen Dank. Ich hoffe, Sie hatten nicht zu viele Umstände.«

»Zweihundert Riesen abholen? Umstände? Pah«, sagt er wegwerfend, und ich kann nicht sagen, ob das ernst oder sarkastisch gemeint ist. Ich entscheide mich für ernst, weil ich den Verdacht hege, dass Frannys Dad schon mit sehr viel mehr als zweihundert Riesen durch die Gegend gelaufen ist. »So, und wohin jetzt?«

»Was meinen Sie?«

»Zum Feiern, Junge. Die Drinks gehen auf dich.«

»Ähm, okay.«

Er reibt sich die Hände, als würde er gerade einen Mega-Deal besiegeln. »Aber pass auf, erst bringen wir das Geld weg. Wer mit so viel Bargeld rumläuft, lebt wirklich gefährlich.«

^-^-^

Frannys Dad geht schon mal in die Bar, während ich noch schnell bei mir zu Hause vorbeifahre. Mit einer Tasche voll Geld unterwegs zu sein macht mich nervöser, als ich erwartet habe. Was, wenn die Polizei mich anhält? Wenn sie das Auto durchsucht? Wenn –

Ich halte mich brav an alle Verkehrszeichen: Tempolimit, Stoppschilder, Vorfahrt beachten. Ich setze immer rechtzeitig den Blinker. Ich schaffe es unbehelligt nach Hause.

Nachdem ich mich in meinem Zimmer umgesehen habe, wird mir klar, dass ich keine Ahnung habe, wo ich eine Tasche mit Geldscheinen aufbewahren soll. Damit habe ich noch keine Erfahrung.

Mein Schreibtisch und die Kommode: zu naheliegend.

Unter meinem Kissen: zu auffällig.

Also verstaue ich sie unterm Bett.

Total originell, ich weiß. Auf die Idee, da nachzusehen, kommt garantiert keiner.

^-^-^

»Das würdest du nicht verstehen, Kleiner«, sagt Frannys Dad, als der mürrisch dreinblickende Barkeeper uns zwei weitere Schnäpse hinstellt.

»Warum nicht?«

»Wenn du deinen Vater anschaust, was siehst du da? Einen starken Mann, oder? Jemanden, den du bewunderst. Den du respektierst. Selbst wenn er etwas getan hat, das dich ärgert, liebst du ihn. Das ist gar keine Frage, stimmts?«

Ich bin nicht sicher, was ich antworten soll. Aber er neigt den Kopf, als warte er darauf, dass ich etwas sage.

»Ich stehe meinem Dad nahe, ja.«

»Wenn Francisco mich anschaut, sieht er das alles nicht. Wenn er mich überhaupt anschaut. Und warum sollte er auch? Was kann ich ihm bieten? Was habe ich, das er braucht?«

»Er wollte nie Geld, Sir. Er –«

Frannys Dad macht eine abwehrende Handbewegung, bei der er fast seinen Drink verschüttet. »Komm mir bloß nicht mit *Sir.*«

»Tschuldigung«, sage ich.

»Schon gut. Sprich weiter.«

»Ich meine nur, Franny wollte nie irgendwelchen Kram. Er wollte nur Sie. Das haben Sie zu bieten. Das ist alles, was er je wollte.«

Frannys Dad hebt sein Glas, wartet, bis ich meins hebe, und wir stoßen an und kippen die Shots runter. Genau genommen kippt er seinen runter, während ich meinen in drei oder vier schmerzhaften Baby-Schlucken runterzwinge.

»Ich bin nicht der ängstliche Typ, weißt du«, sagt Frannys Dad und signalisiert dem Barkeeper, dass er die nächste Runde bringen soll. Ich versuche, Blickkontakt mit dem Mann aufzunehmen, um ihm zu signalisieren, dass er *nicht* noch eine Runde bringen soll, aber er schenkt schon die Gläser voll. »Dort, wo ich aufgewachsen bin, durftest du keine Angst haben, sonst warst du ganz schnell weg vom Fenster. Aber weißt du, was? Ganz ehrlich, Jack? Ich habe Angst, Mann. Ich habe Angst, dass es zu spät ist. Jeder weiß, dass ich es verbockt habe. Und nicht nur mein eigenes Leben. Seins auch. Das weiß ich. Verdammt, das *weiß* ich. Aber ich will keinen Scherbenhaufen zurücklassen. Ich kann nicht alles geradebiegen, was passiert ist, aber ich kann dafür sorgen, dass es nicht noch mal so läuft. Ich bin jetzt hier. Ich kann dafür sorgen, dass ich hier bleibe.«

»Er muss glauben können, dass Sie zu seinen Spielen kommen, dass Sie Teil seines Lebens bleiben.«

Frannys Dad nickt. »Ich werde kommen, und ich bleibe. Wirst schon sehen.«

^-^-^

Ich schlüpfe unbemerkt in mein Zimmer, was dafür, dass ich einen Schwips habe, schon eine ordentliche Leistung ist. Und ein kurzer Blick unters Bett bestätigt, dass ich nicht bestohlen worden bin. Die Welt ist wieder in Ordnung (mein Magen und mein Kopf eher weniger), denn diesmal wird Frannys Dad zum Zuschauen kommen. Nein, die vielen Spiele, bei denen er nicht aufgetaucht ist, kann er damit nicht vergessen machen, aber es ist ein Anfang. Immerhin.

In der Zwischenzeit martert mich mein Hirn mit Fragen zu Franny und dem Geld, über dem ich wortwörtlich schlafe, zum Beispiel: *Wie sauer wäre Franny, wenn er wüsste, dass ich mich hinter seinem Rücken mit seinem Vater getroffen habe?*

Würde er verstehen, dass ich in guter Absicht gehandelt habe?

Dass ich versuche, Kate zu retten?

Würde es in seinen Augen etwas ändern, wenn ich mich in der Zeit, die ich mit seinem Vater verbracht habe, dafür eingesetzt habe, dass sich ihr Verhältnis bessert?

Irgendwann drifte ich in den Schlaf, ohne Antworten gefunden zu haben, aber ein froher Gedanke zieht mit olympischer Geschwindigkeit seine Bahnen in meinem Kopf –

Frannys Dad wird endlich zuschauen kommen.

Kalte Dusche

Aber er kommt nicht.

Nicht, als Frannys großes Spiel beginnt.

Nicht zur Halbzeit.

Nicht, als es vorbei ist.

Als der Buzzer ertönt und die Niederlage unserer Schule besiegelt ist, rennen Jillian, Kate und ich aufs Feld, um Franny in einen Freundschaftskreis bedingungsloser Liebe und Unterstützung zu ziehen, und obwohl er ein verkrampftes Lächeln aufsetzt, ist klar, dass er nicht mit dem Herzen dabei ist. Eigentlich ist Franny versessen darauf, zu gewinnen, aber dass unsere Mannschaft haushoch verloren hat, scheint ihm heute nicht besonders viel auszumachen.

Das andere schon.

Dass der Mensch, den er dabeihaben wollte, nicht da ist.

Abuela versucht, ihren Sohn in Schutz zu nehmen. »Franny, dein Dad wollte ...«

»Mein Vater, nicht mein Dad«, verbessert Franny.

Abuela nimmt seine Hand. »Hör zu, Mijo, du solltest ihm verzeihen. Du kannst ihn doch nicht ewig hassen, Francisco. Ich verstehe ...«

Franny fällt ihr ins Wort. »Du musst ihm verzeihen, Abuela, weil er dein Sohn ist. Es ist deine Aufgabe, für ihn da zu sein. Ich verstehe, dass du ihn nicht fallen lassen kannst. Aber ich bin sein Sohn. Es ist seine Aufgabe, für *mich* da zu sein. Meinetwegen zuschauen zu kommen. Er will nicht, dass ich ihm verzeihe. Erst muss es ihm leidtun.«

»Mijo, hör zu …«

»Es tut mir leid. Ich liebe dich. Mehr als alles andere auf der Welt. Das einzig Gute, was ich von diesem Mann bekommen habe, bist du. Aber gerade halte ich es hier nicht mehr aus. Ich muss weg, okay? Es tut mir leid. Ich rufe dich später an.«

Abuela nickt mit glasigem Blick. »Das Beste, was er mir gegeben hat, bist du.«

Franny geht auf Abuela zu, die halb so groß ist wie er, und sie verschwindet in seiner Umarmung. Er küsst ihre grauen Locken und drückt sie noch mal fest an sich, bevor er sie loslässt.

»Du kommst allein nach Hause, oder?«

»Geh dich ruhig amüsieren, Francisco«, sagt sie. »Hab eine schöne Zeit mit deinen Freunden.«

Er nickt. »Schick mir eine Nachricht, wenn du gut angekommen bist, ja?«

»Du weißt, mit deiner Abuela ist nicht zu spaßen«, sagt sie lächelnd.

»Das soll bloß mal einer versuchen«, sagt Franny und schüttelt die Fäuste. Er dreht sich zu Jillian und mir um. »Seid ihr so weit?«

»Nichts wie los«, sagt Jillian.

»Wo fahren wir denn hin?«, frage ich.

Franny wirft einen letzten Blick zurück in die Sporthalle, bevor wir in die Nacht hinausgehen. »Hauptsache, weg.«

^-^-^

Nachdem wir zwei Weinflaschen aus dem Vorrat von Jillians Mutter stibitzt haben, fährt uns Jillian zu dem Sommerhaus ihrer Großeltern am Lake Erie. Drinnen riecht es muffig, und der Strom ist abgestellt, weil Jillians Großeltern das Haus erst in ein paar Wochen für den Sommer herrichten, aber es ist ein schönes Gefühl, hier zusammen zu relaxen.

Jillian und Kate zünden überall Kerzen an, ich spiele Musik von meinem Telefon, und wir lassen unsere Schatten über die Wände tanzen. Sogar Franny, so traurig und wütend er ist, rafft sich irgendwann auf und schließt sich unserer *Soul Train*-Session an.

Er kreist die Schultern. »Leute, ich zeig euch mal, wie das richtig geht.« Er hat recht. Bei ihm sieht es unendlich viel besser aus.

Schließlich setzen wir uns auf die Terrasse auf der Seeseite, und obwohl es zu dunkel ist, um das Wasser zu sehen, hören wir es unter uns gluckern und plätschern.

»Wir haben noch eine Chance. Im Turnier«, sage ich, nachdem Schweigen eingekehrt ist.

»Über die Trostrunde?« Franny zuckt mit den Schultern. »Unwahrscheinlich.«

»Aber nicht unmöglich.«

Franny zieht einen Zettel aus der Tasche. »Hast recht. Wenn das passieren kann, ist alles möglich.«

»Was ist das?«, fragt Jillian.

»Schau's dir an«, sagt er. Sie nimmt ihm das Blatt ab und beleuchtet es mit der Taschenlampe ihres Handys. Ein Brief.

»Oh Gott«, flüstert sie und schüttelt ihre Hand, als würde das Papier brennen.

»Was?«, frage ich.

»Sag schon«, wirft Kate ein.

»Du bist drin«, kreischt Jillian und hüpft auf und ab. »Du hast es geschafft, Franny!«

»Was hat er geschafft?«, fragt Kate.

Ich muss den Brief nicht sehen, um Bescheid zu wissen.

»Whittier«, sagt Franny. »Ich gehe mit euch aufs College!«

»Genial!«, ruft Kate und wirft sich in Frannys und Jillians Hüpf-Party.

»Freunde für immer«, sage ich in meinem schnulzigsten Ton.

Aber ich meine es genau so.

»Ich weiß ja nicht, wie es euch geht, aber der Wein drückt mir total auf die Blase.« Ich bin schon an der Tür.

»Das ist Jackies superelegante Umschreibung dafür, dass er pinkeln muss«, übersetzt Franny für Kate. »Er ist ein klasse Typ, aber er verträgt überhaupt nichts.«

»Stimmt gar nicht«, brülle ich raus.

»Nicht daneben pinkeln, Romeo«, brüllt er zurück.

»Ich kann nichts versprechen.«

Ich stütze mich mit der Hand an der Wand ab, um nicht zu schwanken, und ich weiß auch nicht – vielleicht ist es die Erleichterung in meiner Blase, vielleicht ist es das Mondlicht, das durch das kleine Fenster neben mir fällt und alles in ein flimmerndes gelbes Licht taucht, aber ich bin mir plötzlich sicher, dass alles gut wird.

Kate wird leben.

Franny geht mit Jillian und mir auf die Whittier.

Vielleicht teilen wir vier uns ja eine Wohnung. Drehen eine eigene Realityshow mit dem Titel *Vier smarte Vollidioten machen das College unsicher*. Ich lache. Darüber, wie gut ich mich fühle. Und was für ein Glück ich habe.

Das Einzige, wo es noch hakt, ist das mit Franny und seinem Vater.

Aber das kriege ich auch noch hin.

Ich kann das geraderücken. Ich werde nicht lockerlassen.

»Hey Jack, dein Telefon klingelt«, ruft Franny durch die Tür.

»Bestimmt meine Eltern. Ich ruf sie gleich zurück.«

»Nein, das ist eine andere Nummer.«

»Dann soll halt die Mailbox rangehen.«

»Zu spät«, sagt Franny lachend. »Hier ist Jacks Anrufbeantworter, wie kann ich helfen?« Er lacht immer noch.

Dann bricht er ab, und ich höre ihn nicht mehr. Nur die Mädchen, die draußen singen.

»Franny, wer war das?«, frage ich, unsicher, ob er noch vor der Tür steht. »Du, wir brauchen mehr Wein. Ich hab jetzt wieder Platz.«

Ich spüle und stolpere zum Waschbecken, wasche die Hände, klatsche mir Wasser ins Gesicht. Lächele mein Spiegelbild an. Mein Spiegelbild lächelt noch breiter und glücklicher zurück.

In dem Moment wird die Badtür so heftig aufgestoßen, dass sie gegen die Wand knallt und wieder zurückschwingt.

»Was zum ...«, bringe ich noch raus, und bevor ich zu Ende sprechen, das Wasser abstellen oder mir die Hände abtrocknen kann, werde ich rückwärts gegen die Duschwand gerammt.

»Was hast du dir dabei gedacht, du Wichser?«, brüllt Franny.

Ich kriege kaum Luft – Frannys Hände liegen zwar nicht direkt um meinen Hals, aber er drückt fest genug, dass mir das Atmen schwerfällt.

»Franny«, stammele ich. »Wovon. Redest. Du?«

»Ich dachte, du hältst zu mir! Reichen dir deine ZWEI perfekten Eltern etwa nicht? Musst du mir auch noch meinen Dad wegnehmen?«

»So war das nicht. Ich habe versucht, zwischen ...«

»Niemand hat dich gebeten, dich einzumischen!«

Er ballt die Faust, und ich kneife die Augen zu.

Aber der Schlag kommt nicht. Nicht in mein Gesicht. Franny boxt knapp neben meinem Kiefer in die Wand. Der dünne Gipskarton bricht, eine Mini-Wolke aus Staub und Putz legt sich über unsere Nasen und meine Wange. Wie das eine Mal, als wir für seine Abuela einen Kuchen backen wollten und mehr Mehl im Gesicht hatten als in der Schüssel.

»Ich krieg den Mann nicht mal dazu, mich wenigstens zurückzurufen. Oder zu meinem Spiel aufzutauchen. Oder überhaupt zu irgendwas. Und dich ruft er mitten in der Nacht an, als wäre er dein bester Kumpel?«

»Franny, es tut mir leid.«

»Es tut dir leid? Warum ruft er dich an?«

Ich schüttele den Kopf. »Franny …«

»Sag mir einfach, warum er dich anruft, Jack. Dein Scheißgelaber interessiert mich nicht.«

»Ich weiß es nicht«, murmele ich. Wie könnte ich ihm das erklären?

»Du bist nicht nur ein Verräter, sondern auch ein gottverdammter Lügner.«

Er lässt mich los, und ich gleite japsend an der Wand runter.

»Das wars mit uns, Mann. Falls das nicht klar war«, sagt er in einem Ton, den ich bisher nur von ihm gehört habe, wenn er auf den Troll geschimpft hat. »Wenn du mich oder Jillian auch nur anschaust, mach ich dich fertig, kapiert?«

»Jungs, was ist los? Was ist das für ein Theater?«, sagt Jillian. Ihre Stimme klingt leicht, fröhlich. »Oh Gott, was ist passiert?«, fragt sie, als sie ins Bad guckt und erst mich in der Duschwanne, dann das Loch in der Wand und schließlich Franny anstarrt.

»Jack, ist alles in Ordnung?« Jillian will auf mich zugehen, aber Franny hält sie auf.

»Hast du davon gewusst?«, fragt er sie.

»Franny, sie hat nicht …«, beginne ich.

Doch Franny stellt sich zwischen uns und bleckt die Zähne. »Halt die Fresse.«

Jillian reißt ihn zurück. »Wovon soll ich gewusst haben, Franny?«, fragt sie. »Schau mich an, Franny. Schau mich an! Was habe ich gewusst?« Sie nimmt sein Gesicht in beide Hände, zieht es zu sich ran.

»Das mit ihm und meinem Dad. Dass die zwei sich zusammengetan haben. Kein Wunder, dass mein Dad nichts von mir wissen will. Nicht wenn er Superheld Jack in seinem Leben hat. Wozu braucht er mich, wenn er den Jungen haben kann, der alles hat?« Franny lacht, aber selbst von hier unten sehe ich die Tränen in seinen Augen.

»Baby«, sagt Jillian und wischt ihm über die Augen. »Baby«, wiederholt sie. Sie nimmt seine Hände in ihre. »Ich brauche dich.«

Frannys Gesicht wird etwas weicher.

»Ich brauche dich«, wiederholt Jillian. »Ich WILL dich.«

Franny nimmt sie in die Arme. »Ich verspreche dir, dass ich dich nie enttäuschen werde. Nie«, sagt er schluchzend, wutbebend.

»Das musst du mir nicht versprechen. Das weiß ich. Ich weiß«, sagt Jillian so leise, dass ich es kaum hören kann. »Komm, wir fahren nach Hause, okay? Fahr uns nach Hause, Süßer.«

Franny nickt. Lässt sich von Jillian hinausführen. Aber nicht, bevor sie mir noch einen letzten Blick zugeworfen haben.

Franny mit vor Zorn blitzenden Augen.

Jillian verletzt und traurig. Eine Abschiedsmiene.

^-^-^

Diese eine Sache habe ich nicht richtig bedacht.

Was, wenn ich Kate rette, aber alle anderen verliere?

Bin ich bereit, für den Rest meines Lebens damit klarzukommen?

Mit diesen Konsequenzen?

Kein Franny mehr.

Keine Jillian.

Zu wissen, dass Franny und sein Dad meinetwegen vielleicht nie zusammenfinden.

Ich sags euch ganz ehrlich.

Ich liebe Kate. Fast mehr als alles andere.

Aber mehr als all das zusammen?

Da bin ich nicht so sicher.

Böses Blut

Seit vier Tagen sprechen meine Freunde nicht mehr mit mir.

Kate tröstet mich immer wieder, dass sie nur Zeit brauchen. Das sagen die Leute ja zu allem: *Das braucht einfach Zeit.*

Wenn sie wüssten, was ich weiß, käme ihnen der Gedanke absurd vor, dass das Vergehen der Zeit alles besser macht. Mehr Zeit macht es meistens nur noch schlimmer.

Deswegen bin ich total erleichtert, als ich den Anruf bekomme, weil ich endlich über etwas anderes nachdenken kann. Ich erkläre Kate, dass es eine Überraschung sein soll, aber sie fragt mich trotzdem bei jedem Entfernungsschild, wo wir denn hinfahren.

»Und wo ist dein Auto?«, fragt sie mich zum zweiten Mal an diesem Morgen. Beim ersten Mal habe ich sie ignoriert und das Thema gewechselt. Aber ich bezweifle, dass das noch mal funktioniert.

»Ich habs verkauft.«

»Was?«, fragt sie und dreht sich auf dem Beifahrersitz zu mir. »Warum?«

»Es hatte schon ein paar Macken. Ich dachte, ich verkauf es lieber, solange es noch was wert ist.«

»Das kommt aber unerwartet.«

»Wenn alles läuft wie geplant, wird es so sein, als wäre es noch bei uns«, sage ich.

Sie verzieht irritiert das Gesicht. Ihre schwarzen Locken hüpfen um die Ohren. »Du bist heute so komisch. Eigentlich schon seit ein paar Tagen.«

Sie hat recht. Ich war komisch. Aber das wärt ihr auch, wenn ihr die Stunden zählen würdet, bis ihr eure Freundin zu einem vielleicht lebensrettenden Arzttermin fahren könnt.

»Tut mir leid«, sage ich.

»Ja, ja, du musst es ja wissen«, sagt sie. Eine Weile reden wir gar nichts, dann meldet sie sich wieder zu Wort. »Wahrscheinlich würdest du dich mit meinem Bruder ganz gut verstehen.«

»Das kommt jetzt aber auch unerwartet«, sage ich. »Und: keine Chance. Er hasst mich jetzt schon.«

In ein paar Tagen werde ich an Kates Esszimmertisch sitzen und mit ihren Eltern und Geschwistern zu Abend essen. Um ehrlich zu sein, habe ich ziemlichen Bammel davor.

Aber irgendwie freue ich mich auch drauf.

Als Kate einschläft, haben wir immer noch vierzig Minuten zu fahren. Sie wacht auf, als ich auf den Parkplatz abbiege. Sie starrt auf das niedrige graue Gebäude. »Was machen wir hier?«

Die gesamte Wartezeit, bis wir aufgerufen werden, bombardiert Kate mich mit Fragen. Wäre ich feindliches Gebiet und Kates Fragen drohnengesteuerte Raketen, wäre ich nach den zwanzig Minuten im Wartezimmer ein Trümmerfeld.

Hier ein kleiner Eindruck:

Warum fülle ich das aus, Jack?

Jetzt sag endlich, was wir hier machen?

Ist dir eigentlich klar, wie viel dieser Arzt kostet?

Wie viel wird dieser Termin kosten?

Ist dir klar, dass diese Behandlung nicht von der Versicherung bezahlt wird?

Und selbst wenn, wäre die Eigenbeteiligung astronomisch hoch, weißt du das?

Ich kapiere einfach nicht, was wir hier sollen. Wir können uns das nie und nimmer leisten, weißt du das? Das habe ich dir doch schon gesagt, Jack.

Wir verschwenden unsere Zeit. Und die des Arztes.

Das bringt doch überhaupt nichts.

Oh Gott, Jack, bitte sag nicht, dass du dein Auto deswegen verkauft hast?

Irgendwie schaffe ich es, die ganzen zwanzig Minuten lang den Mund zu halten, obwohl mir lauter tolle, liebevolle, romantische Sprüche auf der Zunge brennen: *Ist doch egal, wie viel es kostet, es geht um dein Leben. Ja, ich habe mein Auto verkauft, aber ich hätte auch noch das Haus meiner Eltern verkauft, wenn ich gekonnt hätte.*

Aber ich lerne gerade, dass es manchmal nicht darauf ankommt, was man sagt – nicht einmal auf das, was man *nicht* sagt. Das ist alles gut und schön, und auch hilfreich. Aber es kommt vor allem darauf an, dass man handelt. Aktiv etwas tut. Irgendwas. Tu, was du kannst, und wenn du das Gefühl hast, alles getan zu haben, was in deiner Macht steht, tu noch mehr.

Eine Arzthelferin ruft Kate auf.

Ich zögere, ob ich aufstehen soll, weil ich nicht bevormundend rüberkommen will. Dabei würde ich sie liebend gern begleiten. Kate steht auf. »Ich will, dass du mitkommst«, sagt sie.

Also komme ich mit.

Was die Sichelzellkrankheit ist & was Dr. Sowunmi dagegen zu tun gedenkt

Ich rekapituliere: Kates Sauerstoff transportierende Blutkörperchen neigen dazu, sich zu Sicheln zu verkrümmen.

Das macht sie zu hart. Zu stabförmig. Und manchmal bleiben sie in den Arterien hängen, sodass das Gewebe nicht den Sauerstoff bekommt, den es braucht. Wenn das Gewebe nicht genug Sauerstoff erhält, fällt dem Körper alles schwer, jede Bewegung, jeder Atemzug, man leidet furchtbare Schmerzen und hat noch andere Symptome, die ich nicht ganz verstehe.

Aber Dr. Sowunmi und sein Team können so, ähm, Enzyme benutzen, sogenannte Zinkfingernukleasen, und sie auf Kates Gene loslassen, und im Idealfall korrigieren die dann die Genmutation, die daran schuld ist, dass Kates Zellen sich verkrümmen. Möglicherweise – so die Hoffnung – replizieren sie dabei auch die gesunden Zellen in ihrem Körper.

Dazu sind zwei sorgfältig designte Injektionen nötig.

»Kate wird beide Injektionen brauchen«, erklärt Dr. Sowunmi. »Das ist entscheidend.«

»Wie bald nach der ersten kann sie die zweite bekommen?«

Dr. Sowunmi lächelt. »Bald danach. Wir werden die Entwicklung engmaschig überwachen, und wenn alles gut geht, werden es nur sechs oder sieben Monate sein.«

Für den Arzt ist das natürlich keine große Sache. Aber sechs oder sieben Monate ist ein Todesurteil. Denn wenn die Geschichte so läuft wie beim ersten und zweiten Mal, bleiben uns nur drei Monate.

»Was würde passieren, wenn sie die zweite Injektion früher bekommt?«, frage ich.

»Ihr Körper wäre nicht bereit. Sie könnte einen Schock erleiden.«

»Das heißt?«

»Sie könnte sterben.«

Operation: Mich nicht zum Affen machen

KATE: **Ignorier Reggie einfach, okay? Der führt sich heute extra schlimm auf.**

Diese Warnung von Kate bekomme ich auf dem Weg zu dem Abendessen, bei dem ich Reggie und die restliche Edwards-Sippe kennenlernen soll. Kates Nachricht bewirkt das Gegenteil dessen, was sie beabsichtigt hat, denn jetzt kann ich Reggie bestimmt nicht ignorieren.

Und wie sich herausstellt, ist Reggie sowieso schwer zu ignorieren. Reggie hat es sich zur Mission gemacht, meine Aufmerksamkeit zu erregen.

»Jack, das ist Reggie«, sagt Kate. »Mein kleiner Bruder.«

Ich strecke die Hand aus. »Hi, Reggie, schön, dich …«

Aber Reggie starrt mich und meine ausgestreckte Hand nur an, als hätte er mich dabei erwischt, wie ich mich am Po kratze. »Wenn du meiner Schwester das Herz brichst, *Jack*« – er spricht *Jack* so hart aus, dass es knallt –, »dann brech ich dir die Nase. Wetten?«

Zugegeben, Reggie ist drei Jahre jünger als ich und einen halben Kopf kleiner, aber seine Drohung hat trotzdem gesessen.

Die übrigen Familienmitglieder sind viel netter.

Selbst Kates Vater, was mich überrascht, weil ich immer gedacht habe, dass alle Väter es *hassen*, wenn ihre Töchter einen Freund haben.

Vielleicht hat es Mr Edwards aber auch gar nicht nötig, Hass auf jemanden zu entwickeln. Weil Reggie ihm das so eifrig und fachmännisch abnimmt.

»Und wehe, du betatschst meine Schwester heimlich, *Jack*«, sagt Reggie, als wir uns zum Essen an den Tisch setzen. »Behalte deine Hände *und* Füße da, wo ich sie sehen kann.«

»Hm, ich weiß nicht, wie das bei meinen Füßen gehen soll, aber ich gebe mein Bestes«, sage ich mit einem etwas gezwungenen Lachen.

»Reggie«, sagt Mrs Edwards. »Wenn du so weitermachst, bekommst du *meine* Hände und Füße zu spüren.«

»Warten wir noch auf Kira, bevor wir anfangen?«, fragt Mr Edwards in einem Ton, der anklingen lässt, dass er eher *nicht* warten würde.

Mrs Edwards zuckt mit den Schultern. »Das soll Kate entscheiden.«

»Vielleicht geben wir ihr noch ein paar Minuten«, schlägt Kate vor, und Mr Edwards macht ein langes Gesicht.

Reggie hingegen beschließt, die Verzögerung für eine Runde »Stell Jack eine Menge potenziell peinlicher Fragen« zu nutzen.

Dabei leitet er jede Frage mit einem guillotinemäßig ausgesprochenen *Jack* ein.

»Und, *Jack*, wie viele Freundinnen hast du bis jetzt gehabt?«

»Ähm, Entschuldigung«, sage ich und sehe Hilfe suchend zu Kate.

»Reggie«, sagt Kate.

Reggie lässt sich nicht beirren. »Du musst dich nicht entschuldigen, Jack. Beantworte einfach die Frage.«

»Ähm«, stammele ich. »Also …«

»Reggie, lass Jack gefälligst in Ruhe«, sagt Mrs Edwards.

Reggie lächelt mir heimtückisch zu. »Ich unterhalte mich nur, Mama.«

»Ich hatte nicht viele Dates. Ich habe mich mehr auf die Schule konzentriert«, sage ich vage.

Mr Edwards lächelt. »Kate hat uns erzählt, dass du ein guter Schüler bist, Jack. Akademische Leistungen sind in unserer Familie sehr wichtig.«

Obwohl mir schon der Schweiß auf der Stirn steht, dreht mein inneres Thermostat die Heizung noch weiter auf. »Meine Noten sind ganz okay. Ich lerne gern«, sage ich. Ich bin ein Streber.

»Ich lerne auch gern, *Jack*. Ich glaube zum Beispiel, dass ich einiges von dir lernen könnte. Wie hast du es geschafft, Kate rumzukriegen? Willst du sie flachlegen?«

»Reggie«, brüllt Mrs Edwards. »Du reißt dich jetzt SOFORT zusammen, sonst kriegst du eins hinter die Ohren!«

Trotz dieser Drohung schauen Kates Eltern mich irgendwie so an, als würde sie meine Antwort auf diese Frage durchaus interessieren. Was unangenehm ist.

Dazu sage ich definitiv nichts. Bäh, wer redet denn bitte beim Abendbrot mit den Eltern und dem kleinen Bruder seiner Freundin über Sex?

»Na, Reg, wie wars gestern Abend bei Amber Rae?«, fragt Kate und bohrt ihren Blick in den ihres Bruders, als führten sie per Telepathie ein privates Gespräch. Das ist der Nachteil am Einzelkinddasein: Man beherrscht keinen Geschwister-Code.

Reggie macht sich auf seinem Stuhl ganz klein und schüttelt fast unmerklich den Kopf, als wollte er sagen: *Tu das nicht, tu's nicht.*

»Reggie war gestern nicht bei Amber Rae. Er hat mit Quentin und Johnny für Biologie gelernt«, sagt Mrs Edwards.

»Oh«, sagt Kate mit aufreizendem Lächeln, die Augen weiter wie zwei atomare Sprengköpfe auf Reggie gerichtet. »Das wusste ich nicht.«

»Vielleicht sollten wir nach dem Abendessen mal ein ernstes Wörtchen miteinander reden, Reggie«, legt Mr Edwards nach. »Über *Biologie*.«

»Ha, ha«, sagt Reggie und rutscht unbehaglich hin und her. »Nee, lass mal stecken, Dad.«

Mr Edwards sieht Reggie streng an. »Das hast nicht du zu entscheiden, Freundchen.«

Reggie wirft Kate einen »Na vielen Dank auch«-Blick zu, und Kate, meine Heldin, drückt meine Hand. Auch wenn ich den Code nicht kenne, scheint beim Geschwister-Krieg jedes Mittel recht zu sein.

»Entschuldigt, dass ich zu spät bin. Tut mir schrecklich leid«, ruft Kira, die in diesem Moment ins Zimmer gestürmt kommt und Entschuldigungen und Stirnküsschen verteilt. Sogar ich kriege eins ab.

Wir sprechen das Tischgebet und halten uns dabei an den Händen, und selbst Reggie schafft es, seinen Hass für einen dreißigsekündigen Gruß an Gott beiseitezuschieben und meine Hand zu halten, ohne sie zu zerquetschen.

Nach dem Essen setzen Kira, Kate und ich uns auf die vordere Veranda und essen Eis und von Mrs Edwards gebackenen Schokoladenkuchen.

Ich muss unweigerlich daran denken, dass ich einmal genau auf dieser Veranda im Regen stand und dachte, Kate hätte mich verlassen.

»Ihr zwei seid echt süß«, sagt Kira.

»Findest du?«, sagt Kate mit hochgezogenen Augenbrauen.

»Lass dir das von deiner großen Schwester gesagt sein.«

Bevor Kate antworten kann, fliegt die Tür auf, und Reggie kommt mit einem Schälchen in der Hand heraus.

»Geh uns bloß nicht auf die Nerven, Reginald«, befiehlt Kira.

Reggie grummelt, setzt sich dann aber allein auf die Stufen und macht sich über seinen Kuchen her. Wir drei reden und lachen weiter, und als wir irgendwann bei dem Thema landen, wer der nächste Will Smith ist, kann Reggie nicht länger so tun, als interessierte ihn das alles nicht.

»Auf jeden Fall Jaden«, sagt er. »Das ist doch nur logisch.«

Mr und Mrs Edwards stoßen ebenfalls mit ihren Schälchen zu uns, und Mr Edwards fragt, worüber wir gerade reden. »Ihr habt ja keine Ahnung, Kinder. Die Frage sollte doch bitte schön lauten, wer der nächste Denzel ist. *Das* ist mal ein Schauspieler, sag ich euch.«

Bald zieht sich ein Familienmitglied nach dem anderen ins Haus zurück, und Kate und ich bleiben allein auf der Treppe sitzen. Die Laterne, die im Vorgarten aufgestellt ist, taucht unser Gespräch in ein bernsteinfarbenes Schummerlicht. »Es bedeutet mir sehr viel, dass du hergekommen bist«, sagt sie und sieht starr geradeaus auf die leere Straße.

Ich rutsche näher zu ihr, bis unsere Beine sich berühren, und nehme ihre noch von der Eiscreme kalte Hand in meine. Ein Glühwürmchen schwebt dicht an ihrem Gesicht vorbei. »Für dich würde ich überallhin gehen.«

Sie schmiegt sich an mich und streift mit den Lippen über meine Wange, und ich überlege kurz, ob ihre Familie uns vielleicht sehen könnte, doch dann lasse ich es geschehen, küsse sie leidenschaftlich, drücke sie fester und immer fester an mich, wie ein glühendes Versprechen.

Λ-Λ-Λ

Kate beugt sich in mein Auto (okay, Moms Auto), und wir küssen uns noch mal, offenbar so intensiv, dass wir nicht hören, wie ihr Vater sich an uns ranschleicht.

»Ähem«, sagt Mr Edwards mit einem Räuspern.

Kate richtet sich auf, und ich steige versehentlich aufs Gas, sodass der Motor aufheult. Zum Glück stehe ich noch in Parkposition.

»Daddy«, sagt Kate. »Ist alles in Ordnung?«

»Würde es dir was ausmachen, wenn ich mich kurz mit Jack unterhalte?«

Wie sich herausstellt, bedeutet »kurz unterhalten«, dass ich aussteige und mit dem Vater meiner Freundin ein Stück den dunklen Gehweg entlangspaziere.

»Jack, ich dachte, du und ich sollten mal über dich und meine Tochter reden.«

Ich nicke.

»Nun, also, wie du wahrscheinlich weißt, hat sie viel durchgemacht.«

»Ja, Sir.«

»Um es kurz zu machen: Meine Tochter mag dich, und du scheinst ein netter Kerl zu sein. Ich könnte es nicht ertragen, mit anzusehen, wenn sie zu allem anderen auch noch Liebeskummer erleiden muss. Stress ist das Letzte, was sie gebrauchen kann. Stress könnte sie umbringen.«

»Ich will nicht, dass sie Stress hat. Vor allem nicht meinetwegen.«

»Eben«, sagt Mr Edwards und bleibt einen Block von ihrem Haus entfernt stehen. »Deshalb denke ich, du solltest jetzt mit ihr Schluss machen.«

»Entschuldigung, ich verstehe nicht.«

»Oh, ich glaube, du verstehst sehr wohl. Du bist ein kluger Junge. Du hast sicher die allerbesten Absichten, aber die Sache mit dir und Kate kann einfach nicht gut gehen. Du bist nicht mal mit der Schule fertig, Jack. Die beste Entscheidung, die du jetzt treffen kannst, wenn dir ihre Gesundheit wirklich am Herzen liegt, ist, sie in Ruhe zu lassen.«

»Das sehe ich ein wenig anders, Sir«, stammele ich. »Ich meine, bei allem Respekt – aber ich glaube, diese Sache, wie Sie es nennen, mit Kate und mir tut uns beiden gut.«

Mr Edwards runzelt die Stirn. »Du glaubst, du weißt mehr über meine Tochter als ich?«

»Nein, das nicht. Ich meine nur …«

»Du glaubst, du weißt mehr über die Liebe als ich, Junge?«

»Das wollte ich nicht …«

»Wenn du Kate liebst, gib sie frei, Jack. Wenn du willst, dass sie das Leben lebt, das für sie am besten ist, dann gib sie frei.«

Wir gehen schweigend zurück. Kate hüpft von der Verandatreppe und wirft sich in meine Arme. »Warst du nett zu Jack, Daddy?«, fragt sie.

Mr Edwards lächelt. »Nur eine kleine Aussprache unter Männern. Keine Sorge, Kleines.« Er wendet sich mir zu und umfasst fest meine Schulter. »Jack, es war schön, dich kennenzulernen.«

Ich bringe nur ein Nicken zustande. Mr Edwards geht ins Haus.

»Du, das lief ja super heute Abend«, sagt Kate mit großen, freudestrahlenden Augen und hängt sich an meinen Hals.

»Ja.« Ich versuche zu lächeln. »Echt super.«

»Was ist?« Ich kann ihr nichts vormachen.

»Bist du sicher, dass es okay ist, wenn wir zusammen sind?«

Kate senkt den Kopf. »Was meinst du?«

»Ich will nicht, dass ich dir schade. Ich will nicht der Grund dafür sein, dass du zu sehr belastet wirst.«

»Was hat mein Dad zu dir gesagt?«

»Nichts«, lüge ich. »Ich wollte nur … Du bist mir so wichtig, und …«

»Alle bilden sich ein, sie wüssten, was das Beste für mich ist. Seit wann ist es egal, was *ich* denke?«

Ich ziehe sie an mich, und aus dem Augenwinkel sehe ich, wie sich in einem der Fenster hinter uns ein Vorhang bewegt. Wir haben Zuschauer. »Ich pfeife auf das, was andere sagen. Wenn du mich bei dir willst, Kate, dann werde ich dich nie allein lassen.«

Sie küsst mich. »Das will ich«, sagt sie.

Ich erwidere ihren Kuss. Mit allem, was ich habe, allem, was ich bin, erwidere ich ihren Kuss.

^-^-^

Es ist noch nicht mal sieben Uhr am nächsten Morgen, als ich ihre Textnachricht bekomme.

Sei in zehn Minuten vor der Tür.

Ich quäle mich aus dem Bett, lasse Socken und Schuhe weg. Sie ist schon auf der Veranda. Ich setze mich neben sie.

»Diesmal hast du es aber richtig verkackt«, sagt Jillian.

Ich knirsche mit den Zähnen. »Ich bekenne mich schuldig.«

»Was hast du denn gedacht, was passiert, wenn Franny es rausfindet?«

»Ganz ehrlich? Ich hatte gehofft, er würde es nie erfahren.«

»Dir scheint es irgendwie nur noch um Kate zu gehen. Darum, was *Kate* fühlt, wie du *Kate* beschützen kannst. Aber was ist mit uns, Jack? Deinen Freunden? Den Menschen, die immer für dich da waren? Mit denen du schon so viel erlebt hast? Was ist mit mir?«

»Jillian, so hätte das alles gar nicht laufen sollen.«

»Das kann man wohl sagen. Du hast mir doch versprochen, dass du immer da sein würdest. Bei *immer* sind wir noch lange nicht, und du bist jetzt schon dabei, dein Versprechen zu brechen.«

»Ich habe versucht, Franny zu helfen. Das will ich immer noch.«

»Du kannst nicht bestimmen, wie du anderen am besten hilfst, Jack. Gute Absichten geben dir nicht das Recht, dich wie ein Idiot zu benehmen.«

Erst Kates Vater und jetzt Jillian. Zum zweiten Mal innerhalb von zwölf Stunden erklärt mir jemand, gute Absichten seien nicht genug.

»Was kann ich tun? Franny reagiert nicht auf meine Anrufe. Meine E-Mails. Meine Textnachrichten.«

»Er braucht Zeit. Viel Zeit wahrscheinlich.«

Ich dachte ja, wenn ich mehr Zeit habe, wird alles gut. Aber jetzt …

»Und wenn Zeit nicht reicht?«

Jillian runzelt die Stirn. »Es muss reichen.«

∧-∧-∧

Da Franny sich verständlicherweise in einer »Jack kann mir gestohlen bleiben«-Phase seines Lebens befindet, einer Phase, aus der ich ihn unbedingt herausholen möchte, beschließe ich, meine körperliche Unversehrtheit aufs Spiel zu setzen und allen Drohungen zum Trotz mit ihm zu reden.

Nur: Ich finde ihn nirgends.

Bei sich zu Hause ist er nicht.

Im Fitnessstudio ist er nicht.

Bei Jillian ist er auch nicht.

Irrational, wie ich bin, kommt mir der Gedanke, er könnte in seiner schon zweiundsiebzig Stunden andauernden Schmollphase einen neuen besten Freund gefunden haben, bei dem er jetzt abhängt.

Als ich Franny endlich aufspüre, frage ich mich weniger: *Was macht er hier?*, sondern eher: *Warum ist mir das nicht gleich eingefallen?*

Das Waldhaus. Das alte Baumhaus, das wir in einem Sommer vor vielen Jahren in dem kleinen Wäldchen hinter meinem Haus gebaut haben. Die Außenwände verwittert und moosbewachsen. Das Dach durchlässig für Regen und Sonnenschein.

»Ey, ich hab dir doch gesagt, dass ich nichts mit dir zu tun haben will«, sagt Franny, als ich den Kopf durch das Loch im Boden stecke. Im ersten Moment befürchte ich, dass er mir eine knallt, aber er dreht sich nur weg von mir und schaut aus der einzigen Fensteröffnung des Baumhauses. Ich ziehe mich hoch und lehne mich an die gegenüberliegende Wand.

»Ich hätte dir das mit deinem Dad nicht verheimlichen sollen. Das war verkehrt von mir. Und es tut mir leid, dass ich dich verletzt habe. Du hättest mir so etwas nie angetan.«

»Da hast du recht. So was würde ich nie machen.«

»Ich kann nur sagen, dass ich übers Ziel hinausgeschossen bin. Kate zuliebe. Sie ist krank. Schwer krank. Und ich hatte da so eine Idee, wie ich an Geld kommen könnte, um ihr eine Behandlung zu ermöglichen, aber dafür habe ich Hilfe gebraucht. Und da ist mir dein Dad eingefallen. Aber ich hätte auch an dich denken müssen. Ich habe nicht daran gedacht, was es für dich oder für Jillian vielleicht bedeutet. Ich war egoistisch. Und es tut mir wirklich leid. Falls du mir noch eine Chance gibst, werde ich mich bemühen, es besser zu machen. Ein besserer Freund zu sein.«

Franny dreht sich kopfschüttelnd zu mir um. »Was? Jetzt soll ich am Zug sein und dir verzeihen? Du glaubst ernsthaft, ich lasse so einen Spruch ab wie ›Yo, Mann, wir machen alle mal Fehler‹, und dann geb ich dir 'nen Faustcheck und gut ist? Vergiss es. So weit bin ich noch nicht. Noch lange nicht.«

Ich nicke. »Verstehe. Okay.«

»Meine Fresse, Jack, jetzt schau doch nicht so bedröppelt. Ich sag ja nur, dass du mir ein bisschen Zeit lassen musst. Dann sehen wir weiter.«

Zeit, Zeit, Zeit. Ein anderes Thema scheint es nicht mehr zu geben.

Versöhnung

Ein bisschen Zeit heißt anscheinend zwei Tage.

GRUPPENNACHRICHT AN MICH UND JILLIAN, VON FRANNY –

FRANNY: **Proben wir heute Abend, oder wollt ihr euch auf dieser Party zu Idioten machen?**

ICH: **Also ich wäre definitiv für A). Wann und wo?☺**

JILLIAN: **Bei mir! Jetzt!☺**

Ich schlinge meine Arme um Frannys Hals, als wären wir beim Engtanz.

»Hab dich vermisst, Großer«, sage ich mitten in Jillians Garage.

Er versucht, nicht zu lachen, und packt meinen Kopf wie einen Basketball, den er dunken will.

»Yo«, sagt er zu Jillian, »was ist denn mit dem los?« Doch dann lächelt er, und die Welt macht mir sofort viel weniger Angst.

Mit einem Grinsen rennt Jillian auf uns zu, springt mir auf den Rücken und wirft Franny und mich damit auf das alte orange Sofa. Ein wilder Haufen, der wieder zusammengehört. So fühlt es sich einfach richtig an.

Wir versuchen, uns gegenseitig vom Sofa zu schmeißen, ein altes Spiel, wo wir so tun, als wäre das Sofa ein Rettungsboot, das nur einen von uns tragen kann; die anderen beiden müssen über Bord geworfen werden. Wie üblich gewinnt Jillian, und sie hüpft jubelnd auf dem Polster auf und ab.

Franny und ich liegen auf dem mit Farbspritzern übersäten Betonboden, er dreht mir den Kopf zu und sagt: »Okay, Schwamm drüber, aber bei der nächsten beschissenen Aktion von dir …«

Ich hebe die Hände. »Es wird kein nächstes Mal geben.«

Er nickt. »Gut.«

Wir wechseln einen »Cool, dann auf sie mit Gebrüll«-Blick. Springen zurück auf das orange Sofa und kämpfen um unser Überleben auf hoher See.

Doktorhüte & Talare

Der Tag der Abschlussfeier ist da, und Dad ist wild entschlossen, jeden Moment für die Ewigkeit festzuhalten.

Gestern Abend saß er an der Kücheninsel, polierte seine vierzehn verschiedenen Objektive mit seinen Spezialtüchern und testete mehrmals die Blenden, als wäre er ein Jäger, der vor der Jagd seine Flinte überprüft.

Dad ist wirklich ein Jäger. Und besondere Anlässe sind seine Beute.

Heute hat Dad mich im Visier.

Aber ich will mich nicht beklagen. Ich verstehe ja, wie wichtig dieser Tag für Eltern ist – ein dicker, fetter Meilenstein auf dem Weg in die hoffentlich erfolgreiche Zukunft ihres Kindes. Mom hat schon seit gestern Abend rote Augen und tupft sich andauernd mit einem Taschentuch die Tränen weg.

»Mom, ist alles okay?«, frage ich. Selbst wenn klar ist, dass es Freudentränen sind, macht es mich fertig, meine Mutter weinen zu sehen.

»Mein Kleiner«, sagt sie, als wäre damit alles gesagt.

Ich für meinen Teil bin megastolz.

Fühle mich geliebt.

Aber habe auch Angst.

Und jetzt?, denke ich immer wieder. *Was kommt als Nächstes?*

Das College, klar. Aber eigentlich lautet die Antwort vor allem: Ich weiß es nicht.

Ich mustere mich und sage zu meinem Spiegelbild in Doktorhut und Talar: *Viel Glück, Mann.* Worauf es erwidert: *Das wirst du brauchen.* Und da gebe ich ihm recht.

Ich sehe mich in meinem Zimmer um. Irgendwie fühlt es sich schon so an, als würde ich nicht mehr hierhergehören. Als wären das nicht mehr meine Sachen. Die scheußliche Wandfarbe aus der Zeit, als ich Neonblau für eine geniale Idee hielt. Die Sammlung von Flecken unterschiedlichster Getränke, die sich wie die Fährte eines fremdartigen Tiers in den Teppich gesaugt haben. Die am Schrank festgeleimten Poster. Meine uralte, verschlissene Lieblings-Kuscheldecke, die nach mir und meinem Schweiß riecht. Das Regal, dessen Bretter sich unter dem Gewicht zu vieler Bücher biegen. Wem gehört das alles? Wessen Erinnerungen sind gut sortiert in meinem Kopf verstaut? Ich fühle mich so voll. Und frage mich, wie jemals irgendetwas oder irgendjemand anderes in all das hineinpassen soll? In dieses ganze Ich?

Ich betrachte den Türrahmen, an dem ich mich immer wieder kerzengerade aufgestellt habe, damit Dad auf dem Holz mit dunklem Stift meine Größe markieren und daneben mein Alter notieren konnte. Und ich lache, weil ich verdammt noch mal echt klein bin.

Gerade als ich das Licht ausmache, klingelt es unten an der Tür.

Mom ruft hoch: »Jackie, Kate ist da!«

Ich springe die Treppe runter, alle zwölf Stufen auf einmal, wie ich es als Kind gern gemacht habe, nur dass ich diesmal stolpere und mir fast das Genick breche. Was mich an das eine Mal erinnert, wo ich mir tatsächlich das Genick gebrochen habe. Den Moment, in dem das alles angefangen hat – was auch immer »das alles« ist.

Aber das schreckt mich nicht. Denn gerade habe ich das Gefühl, als könnte ich mir nie wieder irgendwas brechen. Ich bin unkaputtbar. Die Welt dreht sich nur für mich.

^-^-^

Kate ist strahlend schön. Klar, das klingt total abgedroschen. Aber trotzdem –

Schaut sie doch an.

Sie ist eine Explosion von Licht, ein Ausbruch, der nie versiegt.

»Du bist da«, sage ich zu Kate, während meine Eltern hinter uns Mäuschen spielen. Ihre »Nicht zu fassen, dass unser Sohn eine richtige Freundin nach Hause gebracht hat«-Vibes spüre ich ganz genau.

Aber ich habe nur Augen für Kate.

Kate, in einem weißen, fließenden Kleid und blauen Pumps, mit einer blauen Clutch in der rechten Hand. Sie lächelt, und wir verharren in diesem unbeholfenen Hin und Her, wo wir nicht sicher sind, ob wir uns nur umarmen sollen oder ein kurzer Kuss auf den Mund auch okay ist. Was damit endet, dass wir beinahe mit den Köpfen zusammenstoßen. Ich küsse sie auf die Wange und spüre, wie ihr Gesicht warm wird. Oder vielleicht bin ich es, dem warm wird. Sie rückt meinen Hut zurecht.

»Herzlichen Glückwunsch, Jack Attack«, sagt sie.

Ich zucke mit den Schultern. »Ist ja nur Schule.«

Aber mit Kate ist alles so viel mehr.

Mich nervt nicht mal die Foto-Session, zu der Dad uns zwingt.

Das Dreißigste

Zwanzig Minuten bevor JoyToy die zur Bühne umfunktionierte Terrasse entert, ruft Mom mich zur Haustür. Ich setze ein Tablett mit Häppchen ab und komme gerade rechtzeitig, um zu sehen, wie Mom dem neuen Gast mit erdrückender Herzlichkeit um den Hals fällt.

»Hey«, sagt Kate mit einem kleinen Winken, als Mom sie aus ihrer Bärenumklammerung befreit.

»Selber hey«, sage ich.

Meine Mutter tritt beiseite und sieht abwechselnd zu Kate und mir, wie eine Zuschauerin bei einem Tennisturnier.

»Du hast es tatsächlich geschafft«, sage ich schließlich, gehe um Mom herum und führe Kate auf die Veranda, wo wir einigermaßen unbeobachtet sind. »Und wow, wie du aussiehst ... einfach *wow*. Fast hätte ich *umwerfend* gesagt, aber ich will ja nicht wie dein Urgroßvater klingen.«

Sie lächelt. »Keine Sorge. Mein Urgroßvater hätte so was nicht gesagt. Er war viel cooler als du.«

»Bämm. Du hast mich erwischt.« Ich presse eine Hand auf die Brust. »Andererseits ist es keine große Leistung, cooler zu sein als ich. Ich meine, man müsste schon spektakulär uncool sein, um eine Chance auf meinen Spitzenplatz zu haben, weil ...«

Sie gibt mir einen Kuss auf die Wange.

»Was habe ich getan, um mir den zu verdienen?«, frage ich. »Ich frage nur, weil ich gern noch einen hätte.«

»Wo soll ich anfangen?«

»Ich bin echt froh, dass du gekommen bist«, sage ich. Beinahe wäre mir ein »diesmal« rausgerutscht.

»Danke für die Einladung. Und, wo steigt denn jetzt diese Party?«

»Ach ja. Die Party. Du bist nicht nur hergekommen, damit wir auf der Veranda stehen und uns anschmachten können?«

»Ich dachte, das wäre erst *nächste* Woche«, sagt sie.

»Oh ja, stimmt, das ist nächste Woche«, pflichte ich ihr bei. »Tut mir leid, ich bringe meine Termine immer durcheinander.«

Ich nehme ihre Hand und führe sie nach hinten in den Garten.

»Wow, das habt ihr ja toll dekoriert. Sieht edel aus.«

»Das hat sich alles Mom ausgedacht. Sie hat uns die Anweisungen gegeben, und Dad und ich haben so lange Sachen im Garten hin und her geschleppt, bis sie keine Geduld mehr hatte und meinte, so wäre es gut genug.«

»Sie hat einen sehr guten Geschmack.«

»Ich finde, ich habe einen noch besseren«, sage ich und fahre mit dem Finger über ihre Schulter.

Sie knufft mich an die Schulter. »Uh, doch nicht jetzt, am großen Tag deiner Eltern.«

»Warum nicht? Wenn du dich geschickt anstellst, könnte es auch *unser* großer Tag werden.«

»Okay, das war eindeutig das Schrägste, was du je von dir gegeben hast.«

»Ich hab dir doch gesagt, dass ich nicht cool bin.«

»Wie oft muss ich dir das noch sagen? Eben darum mag ich dich.« Sie küsst mich wieder, auf dieselbe Stelle, und ich verliere kurz die Kontrolle über meine Muskeln.

»Da ist sie! Die Frau, die meinen besten Freund zu einem besseren Kerl macht«, brüllt Franny über den Rasen.

Er und Jillian tragen das gleiche Sonnenbrillenmodell, nur dass

Jillians Brille schwarz ist und Frannys knallpink. »Schicke Brille«, sagt Kate zu ihm.

»Oje, Kate, musste das sein?«, klage ich.

»*Danke*, Kate. Wie ich diesem Neandertaler schon gesagt habe, kann nur ein echter Mann etwas so Kühnes und Visionäres tragen«, sagt Franny und klappt die Brille hoch, damit er uns zuzwinkern kann.

»Ready to rock?«, fragt Jillian und zeigt auf die Bühne.

»Klar doch«, sage ich und strecke die Hand aus, damit Franny einschlagen kann.

»Wir rocken das Ding«, sagt Franny und macht eine Art Knutschmund, den ich noch nie an ihm gesehen habe.

»Und zwar hart«, sagt Jillian und gibt Kate ein High-Five, bevor sie ihre Hand auf unseren Händestapel legt.

Kate lacht.

»Worauf wartest du, Kate?«, sage ich. »Mach mit!«

»Aber ich bin nicht in der Band«, protestiert sie.

»Du bist aber doch unser Fan«, sagt Jillian.

»Unser Groupie«, fügt Franny hinzu.

Da haut Kate, immer noch lachend, ihre Hand auf unsere.

»Oh yeah, jetzt sind wir bereit«, sage ich.

»Auftritt bei drei«, johlt Franny und reißt die Augen weit auf. »Eins, zwei, drei!«

Λ-Λ-Λ

An einem so perfekten Tag kann ich kaum glauben, dass das heutige Datum noch ein Jubiläum markiert.

Dass das die Nacht ist, in der alles schwarz wird.

Aber diesmal ist Kate nicht im Krankenhaus.

Die Behandlung schlägt an. Dr. Sowunmi zufolge sogar besser, als wir hoffen konnten. Es gibt ein Dutzend Gründe, optimistisch zu sein. Glücklich zu sein.

Warum habe ich dann solche Angst?

»Vielleicht magst du heute hier übernachten?«, schlage ich Kate vor.

Sie lacht. »Du meinst, bei dir, mit dem Einverständnis deiner Eltern?«

»Warum nicht?« Nein, ich bin nicht hundertprozentig sicher, dass meine Eltern es gut fänden, wenn Kate bei mir übernachtet. Aber ich will sie heute Nacht nicht aus den Augen lassen.

Sosehr ich sie auch zu überreden versuche, Kate will nichts davon hören. »Ich und Kira haben morgen früh was vor, und du solltest heute Abend mit deiner Familie feiern«, beharrt sie.

Davon lässt sie sich nicht abbringen.

Sie erlaubt mir nicht mal, sie nach Hause zu fahren.

»Geh wieder rein und betrink dich mit deinen Eltern«, sagt sie lächelnd.

»Keine Sorge, Jack«, beruhigt mich Jillian, als sie den Motor anlässt. »Ich bringe sie sicher nach Hause.«

^-^-^

Meine Eltern und ich teilen uns eine Flasche Wein, und ich höre zu, wie sie in Erinnerungen an die Zeit des Kennenlernens und die ersten Jahre ihrer Ehe schwelgen. Ich frage mich, wie es gewesen wäre, meine Eltern als junge Leute gekannt zu haben. Hätte ich sie cool gefunden? Hätten wir Freunde sein können? Was, wenn ich so weit in die Vergangenheit zurückgereist wäre wie Marty McFly und mit meiner Mom zum Abschlussball hätte gehen können? Das ist eine verstörende Vorstellung (die letzte Frage zumindest).

Bevor ich ins Bett schlüpfe, stelle ich den Klingelton meines Handys auf ohrenbetäubend, nur für den Fall.

Ich rufe Kate an, aber sie geht nicht ran. Ich schicke ihr eine Nachricht, dass sie mich jederzeit zurückrufen kann.

Franny, Jillian und ich unterhalten uns noch lange per Gruppenchat; ich bin fest entschlossen, die Nacht durchzumachen, als könnte das den Ausschlag geben.

Mitten in der Nacht – glaube ich – reißt mich mein Weckton aus dem Schlaf.

Ich blinzele die Benommenheit weg und greife nach meinem Handy.

Es ist nicht mein Weckton.

»Jack, irgendwas passiert mit mir«, kreischt Kate ins Telefon.

»Moment, was meinst du? Was ist los?«

»Ich glaube, das ist eine beginnende Krise«, sagt sie.

»Aber das ist nicht möglich. Die Behandlung. Dr. Sowunmi sagte ...«

»Jack, ich habe Angst ... Diesmal fühlt es sich anders an. Schlimmer als sonst ... Ich weiß nicht, was ich tun soll.«

»Wo bist du?«

Kate beginnt zu keuchen.

»Kate, wo bist du? Ich komme zu dir. Ich rufe den Notarzt. Sag mir nur, wo du bist ...«

Ich rase zur Treppe. Ich bin fassungslos. Es passiert wieder.

»Jack ...«, sagt sie matt. Ich höre ein dumpfes Geräusch, vielleicht hat sie das Telefon fallen lassen.

»Ich komme«, schwöre ich ihr, obwohl ich nicht weiß, wo sie ist.

Als ich die Treppe runterstürme, achte ich darauf, keine Stufe auszulassen. Ich schaffe es ins Erdgeschoss, ohne zu stürzen. Keine kosmischen Trips. Keine plötzlichen schwarzen Löcher.

Zwanzig Sekunden später setze ich Dads Auto aus der Einfahrt zurück.

Die andere Injektion, denke ich. Kate braucht die zweite Injektion.

Λ-Λ-Λ

Im Auto wähle ich die Nummer. Es klingelt so lange, dass ich schon mit der Mailbox rechne, aber da –

»Ja bitte?«

»Sie haben gelogen«, sage ich zu ihm.

»Was? Wer spricht da?«

»Sie haben gesagt, Sie könnten sie retten.«

»Jack?«

»Sie wird trotzdem sterben, oder?«

»Jack«, sagt er, und ich höre jemanden im Hintergrund sprechen, höre ihn den Lautsprecher mit der Hand zuhalten, sodass alles gedämpft klingt. »Jack, hören Sie zu«, setzt er noch mal an.

»Sagen Sie mir einfach die Wahrheit, Doktor.«

»Die einzige Wahrheit in der Medizin ist, dass es keine Wahrheit gibt, keine Gewissheit. Nicht umsonst heißt es in unserem Beruf ›praktizieren‹. Wir üben immer nur. Und manchmal geht es furchtbar schief.«

»Aber bei Ihnen ist es anders. Kate und ihre Familie glauben an Sie. Alle sagen, Sie seien der Beste auf dem Gebiet.«

Eine lange Pause, ein tiefer Seufzer. »Ich wünschte, ich wäre noch besser.«

»…«

»Jack? Jack? Sind Sie noch dran?«

»Gute Nacht, Doktor.« Ich werfe mein Telefon auf den Beifahrersitz.

Trete so hart aufs Gas, dass der Wagen einen Hüpfer nach vorn macht.

Ich frage mich unweigerlich, was ich hier eigentlich tue. Kann es sein, dass nichts von alldem real ist? Vielleicht liege ich im Koma, und das alles ist nur eine Nebenwirkung der Narkose, ein Hirngespinst aus meinem Unterbewusstsein. Oder vielleicht ist mein ganzes Leben eine aufwendig inszenierte Show, eine Reality-TV-Sendung mit halbwegs ordentlichem Budget, und jeder, den ich kenne, ist ein bezahlter Schauspieler, wie in diesem Film *Die Truman Show*. Was, wenn Mom und Dad gar nicht meine echten Eltern sind? Wenn Jillian und Franny angeheuert worden sind, meine besten

Freunde zu spielen? Und Kate. Was, wenn sie … wenn wir in Wirklichkeit gar nicht verlie…

Da geht eine Bombe hoch.

Zumindest kommt es mir im ersten Moment so vor, so heftig ist der Aufprall. Die Kühlerhaube verformt sich, faltet sich auf wie ein Fächer aus Tonpapier, das Metall splittert und bricht. Ich spüre Hitze, Feuer. Rieche Rauch. Jemand oder etwas schreit. Aber wo? Dann merke ich, dass ich das bin. Ich schreie. Und ich kann nicht aufhören. Ich schreie immer weiter. Aber das kümmert mich nicht, ich empfinde es nicht mehr als Zeichen der Schwäche, der Angst. Es ist mein Kampfschrei. Weil ich es zu Kate schaffen werde, selbst wenn ich dafür auf allen vieren kriechen oder auf einem Bein hinken muss, ganz egal.

Vielleicht stellt sich am Ende ja wirklich heraus, dass das alles nicht real ist.

Für mich ist es aber real.

»Junge, Junge, ist alles okay?«, schreit eine Frau durch mein Fenster. »Oh Gott, oh Gott, ich habe dich nicht gesehen. Ich schwöre, ich habe in beide Richtungen geschaut, aber du kamst wie aus dem Nichts angeschossen …«

Ich versuche, meine Tür aufzudrücken, aber sie bewegt sich nicht. »Gehen Sie ein Stück zurück«, sage ich zu der Dame, trete die gesplitterte Scheibe ganz heraus und kletterte durch das Fahrerfenster. Dann geben meine Beine nach und ich breche zusammen.

Die Dame berührt mich an der Schulter. »Du musst ganz ruhig liegen bleiben. Ich habe schon den Krankenwagen gerufen.«

Ich stehe trotzdem auf. Meine Beine zittern, aber es geht mir gut. Alles okay.

»Oh Gott, was machst du da? Du darfst dich nicht bewegen. Damit könntest du alles noch schlimmer machen. Vielleicht hast du eine Gehirnerschütterung oder ein Knochen ist gebrochen oder …«

Ich dränge mich an ihr vorbei und mache mich zu Fuß auf den Weg.

»Meine Freundin«, erkläre ich. »Ich muss zu ihr. Sie liegt im Sterben.«

Ein paar Straßen weiter heulen Sirenen, und ich gehe schneller, was nicht so leicht ist, weil meine Lungen brennen und meine rechte Kniescheibe womöglich gebrochen ist. Mir war gar nicht klar, dass man sich das Knie brechen kann. Ich habe noch nie jemanden sagen hören: *Ach, das wird schon wieder, ist nur ein gebrochenes Knie.*

»Oh Gott, war da noch jemand im Wagen? Deine Freundin? Der Krankenwagen kommt. Die Sanitäter werden ...«

Den Rest kriege ich nicht mehr mit.

Ich kann nur noch eins denken: Ich habe es versucht. Ich habe so sehr versucht, alles richtig zu machen. Und bin gescheitert.

Hinter meinen Lidern flammt ein helles Licht auf. Mein Hirn geht in den Schleudergang. Meine Zähne spielen Reise nach Jerusalem. Und mein Herz fühlt sich an, als hätte man es mitten in einem Taifun an eine ungesicherte Steckdose angeschlossen.

Mit anderen Worten: Es passiert.

Es passiert schon wieder.

VIER GEWINNT

Ich kann nicht mehr

Es gibt nur eins, was schlimmer ist, als einen geliebten Menschen zu verlieren: ihn noch mal zu verlieren.

Die Leute sagen immer: *Ich würde alles geben, um ihn wiederzusehen, um nur ein einziges Mal seine Stimme zu hören.* Was sie nicht bedenken: Dann müssen sie auch den Verlust noch mal erleben. Und das wird nicht leichter. Eher noch schwerer. So viel schwerer.

»Tschuldigung, bist du immer so breit?«, sagt Kate.

»Sorry. Ich geh dir aus dem Weg.« Und das tue ich auch. Ich sehe zu, dass ich ihr aus dem Weg gehe, aus allen ihren Wegen, aus ihrer Stratosphäre.

Denn obwohl wir zusammen so viel durchgemacht haben, obwohl ich überglücklich bin, sie wieder am Leben zu sehen, kann ich nicht mehr.

Tut mir leid. Es geht nicht mehr.

Λ-Λ-Λ

Hasst mich nicht, aber ich werde jetzt etwas extrem, unfassbar Hohlbirnendummes sagen: Ich werde meine Flucht vor Kate mit einem Baseball-Spruch erklären.

Nach drei Strikes bist du raus.

Wisst ihr, mir ist gerade etwas klar geworden (na ja, es ist mir schon früher klar geworden, aber ich habe den Gedanken schleunigst in den dunkelsten, verstaubtesten Winkel meines Gehirns verdrängt). Vielleicht ist es gar nicht vorgesehen, dass ich Kate rette. Vielleicht sollten wir uns nicht mal kennenlernen. Möglicherweise rette ich sie viel eher dadurch, dass ich sie von Anfang an in Ruhe lasse.

Ich hatte drei Versuche, und ich habe sie in den Sand gesetzt – und zwar gründlich.

Jetzt bin ich raus.

Und ich tue das, was ich stattdessen hätte tun sollen. Ich stürme Richtung Küche, schiebe mich durch die Leute, bleibe lang genug vor dem Fernseher stehen, um dem dort versammelten Grüppchen zu versichern, dass sie dranbleiben sollen, weil die State das Spiel gleich noch dreht, *träum weiter, Mann,* sagen sie abfällig, und ich protestiere nicht. Schlängele mich zwischen den Tänzern und Trinkern hindurch, bis ich direkt hinter ihr bin.

Sie dreht sich um, als wüsste sie, was jetzt kommt. Als hätte sie auf mich gewartet.

»Jack«, sagt Jillian, »was machst du hier?«

»Was ich schon längst hätte machen sollen.«

Ich ziehe sie an mich, sehe ihr tief in die Augen, presse meine Lippen auf ihre und warte darauf, dass sie mich wegstößt. Aber sie rührt sich nicht, umfasst nur meinen Kopf mit beiden Händen, öffnet den Mund und schiebt ihre warme Zunge in meinen. So habe ich mir das nicht vorgestellt, aber das ist schon in Ordnung so.

Alles ist okay.

Wie man alles verrät

Das Einzige, was mich überrascht, ist, dass Franny mich (noch) nicht windelweich geprügelt hat.

Er hat mich auf dem Schulflur schon oft geschubst, angerempelt und mit einem »Ich werde dir einen langsamen, qualvollen Tod bereiten«-Blick bedacht, aber bis jetzt hat er noch keine Anstalten gemacht, mich umzubringen.

Ich weiß, dass ich jeden Schmerz verdiene, den er mir zufügen könnte.

Zu Jillian ist Franny supernett. Vielleicht sogar netter als vorher, so unlogisch das klingt. Offenbar ist da was dran, dass man etwas erst zu schätzen weiß, wenn man es nicht mehr hat.

Ich muss nicht ohne Kate leben, um zu wissen, was ich an ihr habe.

Aber ich lebe trotzdem ohne sie.

Es ist hart, ein Arschloch zu sein, oder zumindest ist es hart zu wissen, dass dein ehemaliger bester Freund dich für das größte Arschloch aller Zeiten hält, womit er im Grunde auch recht hat.

Und ich habe zwar nicht direkt Schmetterlinge im Bauch, aber ich bin ganz glücklich mit Jillian. Sie versteht mich. Und sie kennt mich in- und auswendig. Es hat schon was für sich, wenn man die letzten vier Jahre seines Lebens zusammen erwachsen geworden ist. Sie war immer da. Und sie ist weiter da.

Die Enttäuschung der Altvorderen

Ich versuche den Moment, wo ich es meinen Eltern erzählen muss, so lang wie möglich hinauszuzögern.

Natürlich haben sie dauernd gefragt: *Wo ist Franny? Geht es ihm gut? Ist alles klar zwischen euch?*

Ich nehme meine Gabel wieder in die Hand und spieße ein paar Rosenkohlröschen auf. Warum gibt es in solchen Situationen eigentlich immer Rosenkohl? Ich habe das Gefühl, dass jedes Mal, wenn bei Tisch eine angespannte Stimmung herrscht, Rosenkohl serviert wird. Mir tut das Gemüse irgendwie leid. Es hat so eine undankbare Rolle. Jeder hasst es, weil es 1. nicht richtig zubereitet wird oder weil 2. alle an ein schreckliches Familienessen denken, bei dem sie eine schlimme Nachricht bekommen haben. Armer Rosenkohl. Eigentlich bin ich ja ein großer Fan. Weil Mom ihn normalerweise so lecker macht.

Aber heute schmeckt er irgendwie anders.

Und ich kann mit Sicherheit sagen, dass ich meine Eltern noch nie so wütend erlebt habe.

Wütend auf mich.

Um euch einen besseren Eindruck zu vermitteln, habe ich eine praktische Tabelle mit den ~~Höhe~~Tiefpunkten für euch vorbereitet.

Übersicht über Moms und Dads abgrundtiefe Traurigkeit & schwere Enttäuschung

MOM	DAD
Ich fasse es einfach nicht, dass du Franny das antust! Er ist dein bester Freund, Jack! Ihr habt zusammen in der Badewanne geplanscht! Ich kann gar nicht genug betonen, wie restlos enttäuscht ich von dir bin. Enttäuscht ist noch gar kein Ausdruck. Sagen wir es mal so: Auf einer Skala von 1 bis 10, bei der 10 die schlimmste Form der Enttäuschung ist, zum Beispiel wenn du ein Mörder wärst, ist das eine glatte 8,5. Du entscheidest dich für Jillian und gegen Franny, Jack? Freunde sind das Allerwichtigste im Leben! Ich gehe zu allen Spielen von Franny. Ich habe noch kein einziges seiner Spiele verpasst. Weißt du, wie komisch das für mich wird, wenn ich weiter hingehe, obwohl er nicht mehr mit meinem Sohn befreundet ist? Hast du darüber schon mal nachgedacht, Jack? Ich kaufe jede Woche extra mehr Lebensmittel ein, weil ich weiß, dass Franny mit uns isst. Und jetzt? Soll ich meine ganze Einkaufs-Logistik umschmeißen?	Wie oft hat er hier schon übernachtet? 1000 Mal? 3000? Ich glaube, 1000 ist eine realistische Schätzung. Deine Mom und ich haben uns bemüht, dich anständig zu erziehen. Alle unsere Freunde loben dich immer in den Himmel, weil du so ein lieber Junge bist. Was sollen sie jetzt denken? Franny hat in seinem Leben schon so viel einstecken müssen, und jetzt kann er »Von seinem vermeintlich besten Freund verraten« auch noch auf die Liste setzen. Na toll! Ich begreife das einfach nicht. Haben wir dir denn nicht beigebracht, was Freundschaft wert ist? Wer bist du gerade? Denn du bist nicht der Jack, den ich kenne. Wo ist mein Sohn Jack? Mein Freund Jack? Das würde ich gern wissen. Ernsthaft, wer bist du?

Jack, du bist das Letzte

Ich kann das ja nachvollziehen.

Ich bin auch sauer auf mich.

Aber sagt mir doch: Was hätte ich sonst tun sollen?

Immer wieder das Gleiche versuchen?

Es hat nicht funktioniert, Leute.

Tut mir leid.

Ich habe es versucht und bin gescheitert.

Und habe es wieder versucht und bin wieder gescheitert.

Hatte ich eine andere Wahl?

Nein, ehrlich, helft mir auf die Sprünge. Ich bin gespannt.

^-^-^

Lektion Nummer *Scheißdrauf*: Bring deine Zeitschleifen bloß nicht durcheinander.

Wenn du die gleichen oder jedenfalls sehr ähnliche Momente x-mal erlebst, neigt das Gehirn dazu, sie zu einer einzigen Szene zu verschmelzen.

Das Problem ist, dass du dann Sachen sagst, die dein Gegenüber nicht kapiert, weil irgendeine winzige Kleinigkeit eben nicht genau gleich abläuft.

JILLIAN: Hey, wo bist du?

ICH: Schau hoch

Sie schaut von dem Riesenbatzen Pizzateig auf, den sie gerade knetet, und sieht mich vor dem großen Schaufenster, direkt neben dem riesigen aufgeklebten Logo des Ladens, wo ich einen mehr als schrägen Stepptanz hinlege. Dann mache ich die Tür auf und werde von einem Windstoß reingeschoben. Die Ladenglocke bimmelt laut.

»Du bist spät dran, Jack King«, sagt Jillian und verschränkt die Arme.

»Besser spät als …« Ich beende den Satz nicht, sondern springe stattdessen hinter den Tresen und küsse sie so überschwänglich, dass ihre Nase gegen meine drückt.

Wie oft habe ich davon geträumt?

Wie ich Jillian küsse.

Wie Jillian mich küsst.

Und jetzt ist es so weit.

Wir lösen uns voneinander, und sie stemmt grinsend eine Hand in die Hüfte. »Und, hilfst du mir noch mit Französisch, oder bist du nur zum Knutschen hergekommen?«

»Hmm«, sage ich und tippe mir ans Kinn. »Definitiv Letzteres.« Ich beuge mich vor, um sie zu küssen, und sie weicht mir neckisch aus.

»Süßer, bitte«, murmelt sie. »Ich verhau's in Französisch gerade total.«

»Quatsch. Verhauen, das ist bei dir eine 1 minus.«

»Also wenn ich im Studium ein Auslandssemester machen will, sollte ich mir schon ein paar Sprachkenntnisse aneignen, oder? Wie soll ich uns sonst was aufs Zimmer bestellen?«

Meine Kehle schnürt sich zu. Es fällt mir ehrlich gesagt immer noch schwer, ernsthaft an eine Zukunft ohne Kate zu denken.

Offenbar kann Jillian meine Gedanken lesen, denn sie fragt: »Glaubst du, es war die richtige Entscheidung, dass wir jetzt zusammen sind?«

Über diesen Zweifel reden wir nicht zum ersten Mal. Ich antworte immer dasselbe. »So, wie sich alles ergeben hat, konnten wir uns gar nicht anders entscheiden.«

»Mhm«, sagt sie. Überzeugend klingt das nicht. »Bleibt es dabei, dass du heute zu uns zum Essen kommst? Mom macht deine Leibspeise.«

»Chili mit weißen Bohnen und Würstchen?«

»Du Glückspilz.«

»Wie geht es deiner Mom denn überhaupt?«

Jillian schüttelt den Kopf. »Wir haben uns wieder in die Wolle gekriegt.«

»Wegen deinem Dad?«

»Was ich an dieser beschissenen Situation am wenigsten mag, ist nicht der Anblick meiner Mom, sondern das, was ihr Anblick mit mir macht. Ich weiß, das klingt egoistisch. Ist aber so.«

»Es ist nicht egoistisch, J. Du darfst auch Gefühle haben.«

»Man sollte nie Mitleid mit den eigenen Eltern haben müssen. Jedenfalls nicht so eine Art Mitleid.« Sie schiebt die Teigkugel weg. »Jedes Mal, wenn ich nach Hause komme, habe ich das Gefühl, als würde sie nur auf mich warten, um sich auf mich zu stürzen. Als würde sie die ganze Energie, die sie auf Dad konzentriert hat, jetzt auf mich lenken. Ich liebe sie ja, aber ... manchmal ist es einfach too much. Man weiß nie, woran man ist – mal ist sie fröhlich, mal traurig, mal lacht sie, mal rastet sie total aus ... Das macht mich echt fertig. Ganz abgesehen davon, dass sie im Haus alles umgeräumt hat.«

»Also die Möbel und so? Den Tick hatte sie aber schon immer, oder?«

»Nicht nur die Möbel. Die gesamte Einrichtung. Als ich gestern nach Hause gekommen bin, waren sämtliche Teller, Töpfe und Pfannen, alle Lebensmittelvorräte, also quasi die ganze Speisekammer, auf dem Esstisch, den Arbeitsflächen und dem Küchenboden verteilt.«

»Was? Warum?«

»Weil sie fand, man könnte die Schränke besser organisieren.«

»Wow.«

»Ja.«

»Das macht mich traurig.«

Jillian nickt. »Ein Teil von mir will, dass Dad zurückkommt und sich mit ihr versöhnt, damit Mom wieder die Alte sein kann. Und ein anderer Teil von mir will ihn nie wiedersehen. Und je nachdem, zu welchem Zeitpunkt du mich fragst, neige ich mehr zu dem einen oder mehr zu dem anderen. Ich meine, er hat das Ganze doch angerichtet. Und dann ist er einfach abgehauen. Wie konnte er nur, Jack?«

»Keine Ahnung. Er vermisst dich bestimmt sehr. Bestimmt sitzt er irgendwo und bereut alles bitterlich.«

»Na hoffentlich«, sagt Jillian. »Aber wenn ich ihn vor mir sehe, stelle ich ihn mir total glücklich vor. Ich sehe ihn vor mir, wie er lacht und seinen Kopf in den Nacken wirft wie ein Wolf. Pah.«

»Glaubst du, Franny macht dasselbe durch wie deine Mutter?«

Jillian zuckt mit den Schultern. »Mom hat ihren Liebsten und ihren besten Freund verloren. Franny hat die Liebe und zwei beste Freunde verloren. Rechne es dir selber aus.«

»Ich hasse Rechnen.«

Jillian wischt sich ihre mehlverschmierten Hände an ihrer Schürze ab. »Ich habe gehört, dass der Troll entlassen worden ist.«

Ich ziehe die Augenbrauen hoch. »Echt?«

Dabei weiß ich das längst.

Ich treffe mich ja morgen mit ihm.

Erinnerungen

»Mr Hogan«, sage ich und strecke die Hand aus.

Aber Frannys Dad packt mich lachend an den Schultern. »Ha, da schau her. Bist ein richtiger Mann geworden. Mit Bartflaum und allem.«

Fast hätte ich gesagt: *Waren ja auch acht Jahre.* Stattdessen lächele ich nur. »Es ist schön, Sie zu sehen, Sir.«

»Entweder du sagst Francisco zu mir, oder du lässt es ganz bleiben. Aber nenn mich bloß nicht noch mal *Sir*.«

»Okay«, sage ich und beschließe in Gedanken, Frannys Dad lieber gar nichts zu nennen. »Also, der Grund, weshalb ich Sie sprechen wollte ...«

»Moment«, sagt Frannys Dad und winkt die Kellnerin her. »Was haben Sie denn Schönes vom Fass?«

Die Kellnerin rattert die Liste runter. »Ich nehme ein Großes von dem letzten, wenn Sie so nett wären«, sagt er mit einem Lächeln, das sie erröten lässt, was mir beweist, dass ein blendendes Lächeln hochgradig erblich ist. Er wendet sich wieder mir zu. »So. Warum sind wir hier?«

Als ich es ihm sage, lacht er ganze drei Minuten lang. Aber er willigt in die Sache ein.

»Eins noch, Mr Hogan.«

Bloß weil Franny mich hasst, heißt das ja nicht, dass mir egal ist, wie es ihm geht. Oder Kate. Auch wenn ich diesmal andere Entscheidungen treffe, will ich, dass sie glücklich sind, dass sie bekommen, was sie brauchen.

»Ich hab dir doch gesagt, du sollst den *Mister* sein lassen.«

»Tschuldigung. Die Sache ist, Sir, ich meine, ähm ... die Sache ist, ich glaube, Sie wissen gar nicht, wie sehr Franny Sie vermisst hat.«

Frannys Dad kaut auf einem Zahnstocher herum. Wir sind in einem Grilllokal, das er vorgeschlagen hat. Er behauptet, hier gäbe es das beste Corned Beef, macht sich allerdings vor allem über das Bier her.

Ich warte, bis er ein großes Stück von seinem Sandwich abgebissen hat, bevor ich ihm Dinge erzähle, von denen Franny wahrscheinlich nicht wollen würde, dass er sie erfährt.

»An seinem zwölften Geburtstag hat Franny so ungefähr drei Stunden am Fenster auf Sie gewartet. Obwohl Abuela ihm gesagt hat, dass Sie nicht kommen. Obwohl er insgeheim wusste, dass Sie nicht kommen würden. Dass Sie nicht kommen konnten. Es war das einzige Mal, dass ich ihn weinen gesehen habe, als wir Kinder waren.«

»Franny? Weinen? Den interessiert doch nicht, was ich mache. Schwer zu glauben, dass er mir nachweint.«

»Wussten Sie, dass er Ihnen so was wie hundert E-Mails geschrieben hat, als Sie im Gefängnis waren?«

Er starrt mich an. »Ich hab keine einzige bekommen.«

»Weil er sie nie abgeschickt hat.«

»Warum denn das? Warum sollte er E-Mails schreiben, die er nie abschickt?«

»Weil er Angst hatte, dass Sie nicht zurückschreiben würden. Ich schätze, es war leichter zu ertragen, gar nichts von Ihnen zu hören, als Sie zu kontaktieren und keine Antwort zu bekommen.«

»Das ist doch dumm«, sagt er, aber ich höre ihm an, dass er es nicht so meint.

»Wussten Sie, dass Franny sich für Basketball entschieden hat, obwohl er beim Football besser war, weil er sich daran erinnert, wie er Ihnen als kleines Kind im Park beim Spielen zugesehen hat?«

»Daran erinnert er sich?«

»Franny hat immer noch ein kleines Post-it von Ihnen. Wahrscheinlich haben Sie das längst vergessen, aber Sie haben ihm ein paar Worte auf einen grünen Zettel geschrieben und ihn auf Frannys Lunchtüte für die Schule geklebt. Franny hat ihn immer noch. Er bewahrt ihn in seiner Sockenschublade auf.«

»Ach hör mir auf.«

»Doch. Wenn er sich unbeobachtet fühlt, holt er ihn raus.«

Ich weiß, dass ich auf meinen Verrat noch eins draufsetze, wenn ich Frannys größte Geheimnisse ausplaudere.

Aber manchmal handelt man aus den richtigen Gründen falsch.

Doktor, ich muss es wissen

»Was genau spritzen Sie ihr da eigentlich?«

»Zinkfingernukleasen.«

»Und sie braucht beide Injektionen?«

Dr. Sowunmi nickt. »Ohne die zweite würde sich ihr Zustand wieder zurückentwickeln, ja.«

»Verstehe.«

»Ist das ein Problem, Jack? Dass Kate beide Dosen bekommt?«

»Nein«, sage ich. »Kein Problem.«

»Weil Sie das jetzt zum dritten oder vierten Mal ansprechen. Wenn das finanziell schwierig ist, ich habe Ihnen ja bereits gesagt, dass Sie ...«

»Am Geld liegt es nicht. Ich meine nur, sind Sie sicher, dass es keine Möglichkeit gibt, ihr die zweite Injektion früher zu geben?«

»Das hätte erhebliche Risiken, Jack.«

»Wissen Sie das, weil Sie es getestet haben?«

»Nein, ich habe es nicht getestet«, gibt er zu. »Aber die Forschungen legen nahe ...«

Ich beuge mich vor. »Herr Doktor, seit wann lässt man keinen Spielraum mehr für Wunder?«

»Wie bitte?«

»Klar, Sie betreiben hier Wissenschaft, aber, na ja, braucht man nicht auch Vertrauen? Hoffnung?«

»Vertrauen und Hoffnung spielen selbstverständlich eine Rolle, Jack, aber wenn man …« Er bricht ab. »Sicher, Vertrauen und Hoffnung sind wichtig.«

»Ich habe Vertrauen in Sie, Herr Doktor.«

Dr. Sowunmi mustert mich über seinen Schreibtisch hinweg.

Ich gebe nicht nach. »Also nehmen Sie sie als Patientin an?«

»Bevor wir eine Behandlung überhaupt in Erwägung ziehen, möchte ich sie erst einmal kennenlernen.«

»Das verstehe ich. Aber ich muss Sie warnen. Wenn Sie sie kennenlernen, werden Sie sie auch behandeln. Es ist unmöglich, Kate zu kennen und ihr nicht helfen zu wollen.«

Dr. Sowunmi faltet die Hände. »Wie lang kennen Sie Kate schon?«

Na ja, Doc, genau genommen kennen wir uns inzwischen schon über ein Jahr, aber zu diesem Zeitpunkt in unserer Geschichte bin ich Kate vollkommen fremd, weil ich nämlich in einer Zeitschleife festhänge und mich aus Feigheit nicht getraut habe, die ganze Sache noch mal durchzustehen, weswegen ich diesmal fluchtartig einen anderen Weg eingeschlagen habe …

»Also eigentlich sind wir nicht … Ähm, die Sache ist … Es ist eine etwas merkwürdige Situation, aber … Ich meine, manchmal ist es ja so, dass man jemanden gar nicht persönlich kennen muss, um ihn gut zu kennen, verstehen Sie, was ich meine?«

»Jack, wollen Sie mir sagen, dass Kate keine Ahnung hat, wer Sie sind?«

»›Keine Ahnung‹ würde ich so nicht sagen.«

»Aha«, sagt der Arzt. »Wie würden Sie Ihre Beziehung zu Kate dann beschreiben?«

»Kompliziert.«

»Kompliziert«, wiederholt Dr. Sowunmi und lächelt zum ersten Mal, seit ich in den Raum gekommen bin. »Ich wünschte, ich könnte Ihnen sagen, dass es mit dem Alter einfacher wird, aber als Arzt habe ich einen Eid geleistet, niemandem zu schaden.«

»Gut zu wissen, dass ich nicht der Einzige bin, der in der Liebe eine Null ist.«

»Also dann«, sagt Dr. Sowunmi und setzt wieder sein Pokerface auf. »Wenn Kate Sie nicht *kennt*, wie wollen Sie sie dann dazu bringen, mich aufzusuchen? Und Sie, einen Fremden, dafür zahlen zu lassen?«

»Ich habe einen Plan.«

Nein, habe ich nicht.

∧-∧-∧

Doch dann fällt mir was ein.

Aber denkt dran, ich habe nicht behauptet, dass es ein wasserdichter Plan ist.

»Hallo, spreche ich mit Mrs Edwards?«

»Ja, wer ist da?«

»Verzeihen Sie vielmals. Mein Name ist … öh … Thurgood Marshall Thomas junior. Ich sitze im Verwaltungsrat der Whittier University. Aber über meine, ähm, Referenzen können wir später gern noch sprechen.«

»Stimmt etwas mit Kate nicht?«

»Häh? Also, wie meinen, Mrs Edwards?«

»Ich weiß, dass ihre Noten etwas schlechter geworden sind. Sie war im letzten Semester häufiger im Krankenhaus, aber ich kann Ihnen versichern, dass sie ihr Studium sehr ernst nimmt.«

»Das bezweifle ich auch nicht, Mrs Edwards. Das ist im Übrigen auch der Grund, weshalb ich Sie anrufe. Mir ist sehr daran gelegen, Kate die nötige Unterstützung angedeihen zu lassen, damit sie ihr Studium an unserer Universität erfolgreich fortsetzen kann.«

»Ich kann Ihnen nicht ganz folgen.«

»Ihre Krankheit, Mrs Edwards. Wir wollen ihr helfen, wieder gesund zu werden.«

»Sie wollen … Ich verstehe nicht recht.«

»Wir sind übereingekommen, in Kates Namen eine beträchtliche Spende an einen der besten Hämatologen der Welt zu tätigen. Wir hoffen, dass er damit zumindest ihre Sichelzellkrankheit eindämmen kann.«

»Das können wir uns unmöglich leisten. Kates Vater und ich haben nicht ...«

»Es ist alles schon geregelt, Mrs Edwards. Sie und Ihre Familie werden keine einzige Rechnung bezahlen müssen.«

Pause.

Habe ich es übertrieben? »Mrs Edwards, sind Sie noch dran?«

»Ja ... Bin ich ... Mr, ähm?«

»Thomas.«

»Mr Thomas, darf ich Ihnen eine sehr unhöfliche Frage stellen?«

Ich probiere ein Glucksen, wie es ein reicher Wohltäter vielleicht von sich geben würde, eine Mischung aus »Machen Sie sich nicht lächerlich« und »Ich wische mir den Allerwertesten mit Fünfzigdollarscheinen ab, weil ich es kann«. »Fragen Sie ruhig, Mrs Edwards.«

»Sind Sie und meine Tochter ... Sind Sie beide ... Schlafen Sie mit meiner Tochter? Wollen Sie ihr deswegen helfen?«

»Mrs Edwards, um ganz offen mit Ihnen zu sein, ich bin Ihrer Tochter noch nicht einmal offiziell vorgestellt worden. Aber ich kann Ihnen versichern, dass die Angelegenheit keinen unanständigen Hintergrund hat. Der Verwaltungsrat begutachtet jedes Jahr Dutzende von Empfehlungen und Anträgen von Studierenden, die in irgendeiner Form Unterstützung benötigen. Das geschieht auf Bitten einiger unserer – sagen wir, wie es ist – finanzstarken Alumni, die ihrem College etwas zurückgeben wollen. In diesem Jahr ist unsere Wahl auf Kate gefallen.«

»Also hat sie sich darum beworben? Kate hat einen Antrag ausgefüllt?«

»Nein, wir arbeiten auf der Basis von Empfehlungen. Kate wurde von einem ihrer Kommilitonen nominiert.«

»Können Sie mir sagen, wer das war? Wer hat sie nominiert?«

»Ich bedaure, das darf ich nicht. Ich kann nur sagen, dass wir, sofern Sie und Kate sich einverstanden erklären, gern unverzüglich mit dem Prozedere beginnen möchten. Könnten Sie mir Ihre Postanschrift und eine Nummer nennen, unter der wir Sie am besten erreichen, Mrs Edwards?«

Wieder eine Pause.

»Mrs Edwards ...?«

»Ich kann einfach nicht glauben, dass das wahr ist. Ich bin dankbar. Wirklich. Aber ... Verzeihen Sie mir meinen Zynismus, aber ...«

»Ich werde Ihnen die offiziellen Unterlagen übersenden lassen. Sie werden sehen, alles ist bereits in die Wege geleitet.«

»Ich weiß nicht, was ich sagen soll.«

»Sagen Sie nichts, Verehrteste. Sie haben ein außergewöhnliches Kind großgezogen. Wir, die Universität, haben zu danken.« Ich räuspere mich, weil ich merke, dass mir die Stimme wegbricht. »Also, wollen wir?«

Dilemmas, Dilemmas

Selbst nach meiner Thurgood-Marshall-Thomas-Nummer (oder vielleicht gerade deswegen) ist Kates Mutter (verständlicherweise) noch skeptisch. Aber nachdem ich ihr alle Informationen zu dem Arzttermin zukommen lasse, samt einem mit dem Briefkopf der Whittier University versehenen Begleitschreiben (Photoshop sei Dank), dem Zahlungsnachweis über die Gebühren für die Erstberatung und einer Telefonnummer für Rückfragen, unter der sie auf das furchtbar komplizierte Alumni-Verzeichnis verwiesen wird, fängt sie allmählich an, die Sache zu glauben.

Ich gebe mir alle Mühe, Kate aus der Ferne zu observieren.

Eine Tortur – denn »jemanden observieren« fühlt sich genau so an, wie es klingt. Als würde man jemanden durch ein Teleskop beobachten. Klar, man sieht alles ganz nah und kann jede Bewegung mehrfach vergrößert verfolgen. Aber kann man wirklich behaupten, diesen Menschen zu kennen, wenn einem alle Details entgehen, alles, was um ihn herum passiert, was er empfindet, was er innerlich durchmacht?

Und das tut weh, weil Kate in letzter Zeit das Beste an meinem Leben war. Aber in diesem Leben darf ich sie nicht kennen. Wir sind nicht zusammen, wir sind nicht befreundet, wir sind nicht einmal flüchtig miteinander bekannt. Ich bedeute nichts für sie, und sie sollte mir auch nichts bedeuten.

Und doch –

Ist das der Punkt, den ich einfach nicht schaffe.

Manchmal kommt es mir vor, als würde ich Jillian betrügen. Ich verbringe so viel Zeit damit, Dinge zu regeln und Kates Fortschritte zu beobachten und mit Dr. Sowunmi zu telefonieren, der mir mitteilt, dass er eine schriftliche Einverständniserklärung von Kate bräuchte, um Einzelheiten ihrer Behandlung mit mir zu besprechen. Er hätte mir nicht einmal die vagen Auskünfte geben dürfen, die er sich bisher hat entlocken lassen.

Heute hat er sich drei Minuten zwischen seinen Patiententerminen freigeschaufelt, um mich zu empfangen.

»Ich will nicht, dass Sie meinetwegen Ärger bekommen. Wenn Ihnen nicht wohl dabei ist, mit mir über Ihre Arbeit zu sprechen, kann ich das verstehen. Sie sollen sich nicht dazu gedrängt fühlen.«

»Ich habe wohl irgendwie das Gefühl, dass Sie es verdienen, wenigstens ein *bisschen* zu erfahren. Ich weiß nicht, Jack. Es ist kompliziert.«

Ich lache.

»Warum ausgerechnet dieses Mädchen, Jack?«

Ich zucke mit den Schultern. »Um die Welt ein Stück besser zu machen.«

Er verdreht die Augen. »Ach kommen Sie, Jack. Das nehme ich Ihnen nicht ab.«

»Weil sie einer dieser Menschen ist, die ein großes Herz haben, die für andere alles geben. Sie verdient es, dass jemand alles für sie gibt. Sie ist so klug und witzig, und dieser Planet braucht sie hier, so lange er sie haben kann.«

»Also lieben Sie sie.«

»Ich liebe sie nicht *nicht*.«

^-^-^

Jillian dagegen ist schwerer zu überzeugen.

Sie will wissen, warum ich zu Dr. Sowunmi ins Krankenhaus fahre.

Oder warum ich mich auf einmal so für die Sichelzellkrankheit interessiere.

Oder was wir machen sollen, wenn Franny tatsächlich noch einen Platz an der Whittier bekommt.

Und wer ihn in der Band ersetzt.

Was alles sehr gute Fragen sind.

Was ich alles überhaupt nicht beantworten kann.

Das Erschießungskommando

Jillian sagt es mir auf dem Weg zur Schule.

»Franny will mit mir reden.«

»Wann?«

»Nach der Schule.«

»Heute?«

»Heute.«

»Gut.«

»Mhm.«

»Sollte ich auch dabei sein?«

»Ich glaube, eher nicht.«

»Mhm.«

»Ich meine, ich will die Situation nicht noch schwieriger machen, als sie ohnehin schon ist, verstehst du?«

»Ja, nein, klar. Ist logisch.«

»Findest du dann eine andere Mitfahrgelegenheit nach Hause?«

»Sicher.«

An diesem Tag kriege ich im Unterricht so gut wie nichts mit, weil ich ununterbrochen daran denke, wie Jillian mit Franny darüber reden wird, dass wir sein Vertrauen missbraucht und hinter seinem Rücken was miteinander angefangen haben.

^-^-^

»Wie ist es gelaufen?«, frage ich, sobald sie die Treppe in unseren Keller runterkommt.

»Wir haben ihn verletzt, Jack.«

»Ja.«

»Nein«, sagt sie, nimmt ein Zierkissen vom Sofa und setzt sich an die frei gewordene Stelle. »Wir haben ihn wirklich verletzt.«

»Was hat er gesagt?«

»Nicht so viel. Eigentlich habe vor allem ich geredet und mich entschuldigt. Und am Ende hat er mich angesehen und gesagt: *Ich glaube nicht, dass ihr jemals verstehen werdet, wie sehr ich euch beide geliebt habe.*«

Damit habe ich nicht gerechnet. Es fühlt sich an, als würde mir jemand tausend Messer in den Körper rammen. »Verdammt«, sage ich. »Und was hast du darauf geantwortet?«

Jillian schüttelt den Kopf. »Nichts. Ich habe nur dagesessen und mich selber gehasst. Und dann hat er meine Hand genommen und gesagt: *Ich wollte immer nur, dass du glücklich bist. Und das will ich auch jetzt noch.*«

»Jetzt müsste die Szene kommen, wo ich vor das Erschießungskommando geführt werde.«

»Du und ich zusammen«, stimmt Jillian zu. »Und damit kämen wir noch gut weg.«

Blinddarmdurchbruch

Jillian und ich sind im Krankenhaus, um ihren Cousin zu besuchen, der eine akute Blinddarmentzündung hat, als der letzte Mensch, mit dem ich je gerechnet hätte, den Aufzug betritt und befiehlt: »Fünfter Stock, Kumpel.«

Normalerweise vermeide ich Blickkontakt im Aufzug. Es ist unangenehm genug, in einer engen Kiste zwischen wildfremden Leuten eingequetscht zu sein und sich anzuschweigen.

Aber der Ton dieses Typen. Wie er »Kumpel« sagt statt »bitte«, als wäre es mein Job, seine Anweisungen auszuführen – als würde ich diesen Aufzug bedienen und mit erhobenem Knopfdrückfinger beflissen auf meinem Stühlchen warten, bis irgendein Arschloch mir ein Stockwerk nennt.

Ich erkenne ihn sofort, aber mein Gesicht sagt ihm natürlich gar nichts. Und selbst wenn, scheint er mir zu der Sorte Mensch zu gehören, der überall erkannt wird, aber selbst kein Interesse daran hat, sich zu erinnern, wie du heißt oder woher er dich kennt. Lieber quatscht er dich mit »Kumpel« an.

Aber ich gebe zu, dass ich voreingenommen bin.

Ich schnippe mit den Fingern. »Hey, bist du nicht …« Eigentlich will ich *Flanders* oder *Sanders* sagen, als Rache für den »Kumpel«, aber weil ich mich so freue, ihn zu sehen, lasse ich die Spitzfindigkeiten. »Du gehst auf die Whittier, stimmts?«, frage ich.

Xander schaut von seinem Telefon hoch.

»Kenn ich dich?«, fragt er.

»Nein. Ich hab dich nur mal auf dem Campus gesehen.«

Wortlos wischt Xander weiter auf seinem Display herum.

»Und, was, ähm, führt dich hierher?«, frage ich.

»Was?«

»Was machst du hier im Krankenhaus? Ist alles in Ordnung?«

»Ja, alles tipptopp. Ich bin wegen der Fisch-Tacos hier.«

Ich ziehe eine Grimasse. »Häh, wie?«

»Ich verarsch dich doch nur, Mann. Meine Freundin ist krank, deswegen.«

»Oh, sie liegt hier auf der Station?«

»Jepp.«

»Hoffentlich nichts Ernstes?«

Xander zuckt mit den Schultern. »Ist nichts Neues. Sie geht in Krankenhäusern ein und aus, seit sie klein war. Ich glaube, inzwischen ist sie daran gewöhnt.«

»Ich kann mir nicht vorstellen, dass man sich je daran gewöhnt.«

»Tja.« Xander fixiert wieder sein Telefon. »Ich muss eigentlich lernen, aber stattdessen hänge ich hier fest und muss der liebevolle Freund an ihrer Seite sein.«

»Musst du nicht.«

»Was?«

»Du musst gar nichts für sie sein. Keiner zwingt dich, hier zu sein.«

»Ha. Versuch du mal, eine Schwerkranke abzuservieren.«

Mittlerweile wisst ihr ja, dass ich nicht der Kämpfertyp bin. Aber ich schwöre euch, ich muss jedes Quäntchen Selbstbeherrschung aufbringen, das ich mir jemals angeeignet habe, um Xander nicht in seinen Fisch-Taco-blödelnden Arsch zu treten.

Doch dann fällt mir ein: Ich habe Kate auch abserviert.

^-^-^

Plan B muss her.

Als Erstes erfrage ich an der Rezeption ihre Raumnummer.

Dann renne ich zum Geschenkshop und kaufe SÄMTLICHE BLUMEN. Die ehrenamtliche Verkäuferin leiht mir einen Einkaufswagen, damit ich sie alle transportieren kann. Ich komme kaum in den Aufzug, weil die Sträuße so überquellen. Aber irgendwie schaffe ich es, ohne die Blütenköpfe abzurasieren. Die Kabine steigt auf, und mir wird flau im Magen, was nicht an der Aufwärtsbewegung liegt.

Vor Kates Tür bleibe ich stehen; jetzt ist mir richtig übel. *Was soll das werden, Jack?* Doch dann nimmt mir meine Hand die Entscheidung ab und klopft einfach an.

»Herein«, ruft Kate.

Ich schiebe den Wagen in den Raum. Ich kann sie nicht sehen und sie mich wohl auch nicht, wegen der ganzen Botanik zwischen uns.

»Ich glaube, Sie haben sich im Zimmer geirrt«, sagt sie.

Ich gehe um den Wagen herum, und da liegt sie, in die Kissen gebettet, mit einem aufgeschlagenen Buch auf dem Schoß, und obwohl sie mir voll ins Gesicht sieht, erkennt sie mich eindeutig nicht. Was zwar zu erwarten war, mich aber trotzdem eiskalt erwischt.

»Sie sind nicht Kate Edwards?«

»Doch, bin ich«, bestätigt sie.

»Dann bin ich hier richtig.«

Ich belade mich mit so vielen Sträußen, wie ich tragen kann, und verteile sie im Zimmer.

»Von wem sind die?«, fragt sie.

Ich stelle eine Vase mit gelben und roten Tulpen auf das Fensterbrett. Dort liegt ein Stapel Bücher und DVDs. *Short Term 12 – Stille Helden.* Den Film haben wir zusammen geguckt. Na ja, ich habe ihn geguckt, und sie hat bei all ihren Lieblingsstellen mich angeguckt. *Was ist?*, fragte ich und wurde rot vor Verlegenheit. *Ich will nur deine*

Reaktion sehen, sagte sie. *Ob es dich auch so trifft. Soll ich es lassen? Du findest das total creepy, oder? – Nein*, sagte ich, *mach ruhig weiter.*

»Liegt eine Karte bei?«, fragt sie.

»Ähm, nein, die Dame. Ich sehe keine.«

Sie lacht. »Wehe, du sagst nicht sofort Du zu mir.«

»Oh, ach so, Entschuldigung.«

»Schon gut.« Sie zeigt auf den Einkaufswagen. »Ich habe keine Ahnung, wer die geschickt haben könnte.«

»Dein Freund«, schlage ich vor.

»Da kennst du meinen Freund aber schlecht.«

Okay, ich gebe zu, dass mich das schadenfroh macht. Aber auch traurig, weil sie einen Freund verdient, der sie mit Blumen überschütten würde. Allerdings verdient sie auch einen Freund, der sie nicht im Stich lässt, nur weil es ihm zu viel wird, also sollte ich mir wohl an die eigene Nase fassen.

»Deine Eltern vielleicht? Geschwister?«

»Nicht ihre Art.«

Ich betrachte ihre Augen und frage mich, ob sie mich ganz tief drinnen, auf einer schwer zugänglichen Ebene, immer noch kennt. Ob sie, wenn sie nur weit genug in ihr Unterbewusstsein eintaucht, vielleicht noch Spuren von uns finden würde. Ob es nur die richtige Kombination von Worten oder eine bestimmte Bewegung von mir bräuchte, damit sie sich erinnert.

Sie greift zu ihrem Telefon und tippt auf das Display.

»Hast du es rausgekriegt?«, frage ich sie.

Sie sieht lächelnd hoch. »Solange niemand sich meldet und Verantwortung für diesen Blumenangriff übernimmt, wird es wohl ein Geheimnis bleiben.«

Ich nicke. »Verstehe.«

Sie schaut wieder auf ihr Handy.

»So, das wären jetzt alle«, sage ich und hebe mir den letzten Blumenstrauß für ihren Beistelltisch auf.

»Danke«, sagt sie, ohne hochzusehen.

»Gern geschehen.« Ich stehe unschlüssig herum, weil ich nicht gehen will. Aber wenn ich noch länger bleibe, komme ich wie ein Stalker rüber. Vielleicht ruft sie dann das Sicherheitspersonal. In der Tür drehe ich mich noch einmal um. »Pass auf dich auf und gute Besserung.«

Im Flur hämmert mein Herz so stark, dass ich mich an die Wand lehnen muss, um durchzuatmen.

»He, warte«, ruft sie laut. »Hey!«

Kann es sein? Spürt sie etwas? Erinnert sich irgendwie?

Ich gehe wieder zurück. »Ja?«

»Phalaenopsis. Woher wusstest du das?«

»Wie bitte?«

»Phalaenopsis, auch bekannt als Nachtfalter-Orchideen.«

»Ach so. Ja. Die Phalän … Phalanx … was du eben gesagt hast.«

Sie lacht. »Woher hast du gewusst, dass das meine Lieblingsblumen sind?«

»Was meinst du?«

Sie lächelt. »Von allen Blumen hast du ausgerechnet die Orchideen an mein Bett gestellt. Wer bist du eigentlich? Kennen wir uns? Wer hat dich hergeschickt?«

»Ich helfe hier nur ehrenamtlich aus.«

»Ach ja? Und wo ist dann deine rote Freiwilligen-Weste?«

Guter Punkt. »In der Reinigung«, sage ich. Ich brauche meine ganze Willenskraft, um mir nicht mit der flachen Hand an die Stirn zu schlagen.

Sie starrt mich an, als würde sie mir kein Wort glauben. »Na ja, danke jedenfalls. Du hast mir den Tag versüßt.«

»Das freut mich.« Ich wünschte, ich könnte noch mehr sagen. Mir einen Stuhl an ihr Bett ziehen. Sie fragen, wie es ihr in letzter Zeit so ergangen ist. Mich entschuldigen, dass ich sie im Stich gelassen habe.

Aber das kann ich nicht.

Ich schlurfe auf den Flur hinaus und ziehe die Tür hinter mir zu. Kurz bevor sie schließt, wage ich noch einen letzten Blick zu Kate. Sie schnuppert an einer Blume und sieht versonnen aus dem Fenster, als hätte der Duft eine Erinnerung wachgerufen.

Die Tür fällt ins Schloss.

^-^-^

Jillian sitzt im Wartebereich vor dem Zimmer ihres Cousins und futtert getrocknete Cranberrys.

»Da bist du ja«, sagt sie.

»Ist alles okay?« Ich berühre sie am Arm. »Geht es deinem Cousin so weit gut?«

»Alles in Ordnung. Ich hab mich nur gewundert, wo du steckst. Du bist einfach verschwunden und warst nicht zu erreichen.«

Ich angele mein Handy aus der Tasche. Ich habe neun entgangene Anrufe und jede Menge Textnachrichten. Alle bis auf eine sind von Jillian. Die andere ist von Mom, die fragt, ob ich zum Abendessen wieder zu Hause bin. »Tut mir leid, J.«

Sie lehnt sich an mich. »Ich hab dich vermisst, Süßer.«

Ich nehme sie in die Arme. Und sie fühlt sich so gut an. So warm und kuschelig.

»Jack?«

»Ja?«

»Hast du gekifft?«

»Wie kommst du denn darauf?«, frage ich und schaue auf ihre Haare hinunter. »Hab ich einen glasigen Blick?«

»Du riechst so süßlich. Nach herben Pflanzen.«

^-^-^

Ihr kennt doch diese Filme, wo einem Liebespaar, das sich am Ende sowieso kriegt, alle möglichen Steine in den Weg gelegt werden? Und wir, die Zuschauer, bangen mit den beiden Liebenden in ihrem Kampf gegen alle Widrigkeiten, weil wir sie unbedingt vereint sehen wollen, weil sie einfach zusammenkommen *müssen*, oder?

Dummerweise ist mindestens einer, wenn nicht beide schon in einer halbwegs festen Beziehung. Und jeder weiß, dass die zwei Protagonisten einigermaßen sympathisch sein müssen, sie dürfen also keine kompletten Arschlöcher sein und ihre jeweiligen Partner Knall auf Fall verlassen. Deswegen machen die Drehbuchautoren lieber die Partner zu kompletten Arschlöchern, damit das unvermeidliche Happy End plausibler wird – so hassen wir ihre besseren Hälften und können rückhaltlos zu den beiden Turteltäubchen stehen, wenn sie ihre verkorksten Beziehungen beenden und sich in die ausgebreiteten Arme ihrer wahren, vom Schicksal vorherbestimmten Liebe werfen …

Und bämm, Hollywood-Happy-End. Alle sind glücklich.

Nur: Meine Beziehung mit Jillian ist nicht furchtbar. Jillian ist weitgehend perfekt. Das einzige Manko, das ich ihr vielleicht ankreiden könnte – abgesehen von den kleineren Macken, zum Beispiel dass sie die Zahnpasta von unten aus der Tube drückt (echt schräg) oder die Klobrille unten lässt, wenn sie fertig ist (unverschämt!) –, ist, dass sie nicht Kate ist.

Sie ist nicht Kate.

Natürlich nicht.

Sie ist Jillian.

Und Jillian ist genauso großartig, nur eben auf ihre Art.

Und wir sind glücklich zusammen, oder nicht?

Doch.

Warum kommt es mir dann so vor, als hätte ich einen Fehler gemacht?

Aber nicht so

»Es gab eine Zeit«, gesteht Jillian, »da dachte ich, du und ich würden irgendwann ein Paar werden.«

Nach allem, was passiert ist, hatte ich mir das schon zusammengereimt, aber es ist was anderes, wenn sie es laut ausspricht, wenn sie sagt, was ich auch immer gedacht habe.

»Ehrlich?«

Sie legt ihren Kopf schräg, als würde sie erst jetzt richtig darüber nachdenken. »Vielleicht nicht in naher Zukunft. Jedenfalls nicht …«

Wir wissen beide, wie der Satz endet.

Nicht *so*.

Aber das Wort kommt nicht. Es schwebt im Raum wie ein Gespenst.

»Aber trotzdem«, fährt sie fort. »Ich dachte, vielleicht würde es am College passieren. Und wenn nicht dort, dann nach unserem Abschluss, wenn wir beide an verschiedenen Unis unseren Master machen.«

»Ja.«

»Wenn du ein gefeierter Schriftsteller bist und ich eine ganz ordentliche Medienrechtsanwältin …«

»Die *beste* Medienrechtsanwältin«, werfe ich ein.

»… und wir uns zufällig bei einem Arbeitstreffen wiederbegegnen, als reife Erwachsene und Singles, die endlich bereit füreinander sind. Oder so ähnlich.«

»Genau«, pflichte ich bei. »So ähnlich.«

Aber nicht *so*.

Wie gewonnen, so zerronnen

Mit ungläubiger Miene überreicht er mir eine schwarze Reisetasche. »Ey, das kannst du nicht bringen. Du musst mir verraten, woher um alles in der Welt du das wusstest.«

Ich schaue nicht in die Tasche. Ich habe bisher nur ein einziges Mal 200 Riesen in den Händen gehabt, aber vom Gewicht her kommt es hin.

»Ich hatte halt Glück.«

»Von wegen. Das war kein Glück. Du hast es irgendwie gewusst. Und jetzt willst du mir nichts verraten, obwohl ich dir zu der Kohle verholfen habe.«

»Was wollen Sie von mir hören?«

»Wie wäre es mit der Wahrheit, Jack?«

»Ich bin sechs Monate aus der Zukunft zurückgekommen und wusste schon, dass die Mandrake gewinnen würde.«

Frannys Dad winkt ab. »Na schön, dann behalt es für dich. Aber das ist die letzte Wette, die ich für dich abgebe. War ein ziemlicher Akt, das Geld abzuholen. Wenn du noch so ein Kaninchen aus dem Hut zauberst, treiben wir demnächst beide im Lake Erie.«

»Ich lass ab jetzt die Finger vom Wetten.«

»Gut«, sagt er und verschränkt die Arme.

»Aber eins wollte ich noch mit Ihnen besprechen.«

»Okay, das machen wir gleich an der Bar. Die Drinks gehen auf dich. Aber zuerst bringen wir das Geld weg. Ich werde nicht so leicht nervös, aber Mannomann.«

^-^-^

Wir sind mutterseelenallein in der Bar.

Außer uns ist nur noch ein Pärchen da, das mit verkniffenen Gesichtern am anderen Ende des Tresens sitzt. Die Frau greift immer mal wieder zu ihrem Glas und schlürft die Reste aus der schmelzenden Eismasse.

Nachdem Frannys Dad bestellt hat, wendet er sich mir zu und fragt: »Und, was wolltest du besprechen?«

Ich beschließe, nicht lange drum herumzureden. »Sie haben Franny nicht besucht.«

Er sackt auf seinem Barhocker in sich zusammen und nimmt einen großen Schluck von seinem Bier. »Na ja, ich hatte viel zu tun. Das mach ich schon noch, wenn ich mal dazu komme.«

»Sie hatten viel zu tun. Wenn Sie mal dazu kommen«, sage ich. »Sie sind schon seit Wochen draußen und kriegen nicht mal einen Anruf unter? Bei Ihrem eigenen Sohn?«

»Woher willst du wissen, was ich seither getan habe?«, fragt er.

Um ehrlich zu sein, weiß ich es nicht zu hundert Prozent. Aber ich bin mir ziemlich sicher.

»Jack, ich habe dir einen Gefallen getan, weil du Frannys Freund bist, aber damit ist die Sache zwischen uns erledigt. Bilde dir bloß nicht ein, du und ich wären jetzt Kumpel. Und bequatschen, wie ich mit meinem Sohn umgehe. Unsere Beziehung geht dich nichts an.«

»Beziehung? Soll das ein Witz sein? Welche Beziehung?«

Frannys Dad springt so jäh zu Boden, dass der Hocker hinter ihm wegrutscht, und ballt die Hand zur Faust. »Pass auf, was du sagst, Kleiner.«

»Hören Sie, es tut mir leid, wenn ...«

»Wenn ich dich noch eine Sekunde länger sehen muss, wird es dir mehr als leidtun.«

»Von mir aus.« Ich hole einen Zwanzigerschein aus der Tasche und werfe ihn auf den Tresen.

»Die Drinks gehen auf mich«, sage ich. »Der Bullshit auf Sie.«

^-^-^

Ich rufe nach Mom und Dad, aber es ist niemand zu Hause.

Mit einem Tritt streife ich die Schuhe ab und hole mir Wasser aus der Küche. Dann falle ich auf mein ungemachtes Bett und glotze ausgiebig in die Luft.

Erst nach einer ganzen Weile erinnere ich mich:

Die Reisetasche.

Ich greife unters Bett, taste nach dem Tragegurt. Nichts. Ich taste noch mal, wieder nichts. Mit einem flauen Gefühl im Magen gehe ich auf die Knie, um besser sehen zu können.

Dabei weiß ich es schon.

Die Tasche ist weg.

Mir bricht der kalte Schweiß aus. Panisch schaue ich unter meine Kissen, reiße Decke und Laken weg, suche an so lächerlichen Orten wie meiner Stiftschublade oder unter dem Teppich, als könnten 200000 Dollar in ein Stiftfach passen oder irgendwie unter einen handelsüblichen Bettvorleger rutschen.

Genauso panisch renne ich durch die anderen Zimmer.

Ich stelle das ganze Haus auf den Kopf. Mehrmals. Und stoße dabei überaus originelle Flüche aus. Flüche von der »Ich habe 200000 Dollar verloren«-Sorte.

Nichts Cooles, klar.

Irgendwas Wirres, Irrationales.

Verfickte-Fische-flutschen-Himmel-Arsch-und-Blumentopf.

So Zeug.

Alles, was ich von meiner Raserei habe, sind Seitenstechen, ein verheultes Gesicht und zitternde Knie.

Ich rufe meine Mutter auf dem Handy an. Mailbox. Fast hätte ich mein Telefon an die Wand geschmissen, kriege mich aber gerade noch ein. Versuche es bei Dad.

»Dad, hast du, ähm, zufällig …«, stammele ich mit vor Angst bebender Stimme los.

»Jack ist alles in Ordnung? Was ist passiert?«

»Nein, nichts ist in Ordnung. Ich muss wissen, ob du was gefunden hast.«

»Was soll ich gefunden haben?«

»Eine Tasche, Dad«, platze ich heraus, obwohl mir jetzt schon klar ist, dass er keine Ahnung hat, wovon ich rede.

»Welche Tasche? Steckst du in Schwierigkeiten, Jack? Brauchst du …«

Aber den Rest seiner Frage höre ich schon nicht mehr, weil ich das Handy vom Ohr genommen habe und auf das Display starre.

Eine Nachricht ist aufgeploppt.

Ich habe etwas, das dir gehört.
In 20 Min im Waldhaus.

Λ-Λ-Λ

Ich kann euch nicht sagen, warum wir es »das Waldhaus« nennen. Wahrscheinlich, weil es im Wald liegt, wobei unser Baum genau genommen auf einer großen Lichtung im wenigsten bewaldeten Bereich des Waldes steht.

Egal.

Als ich den Kopf durch das Loch im Boden stecke, lehnt Franny mit verschränkten Armen an der Wand, die Reisetasche vor sich.

»Hey«, sage ich.

»Wo hast du das viele Geld her?«

»Ich habe eine Bank überfallen?«

»Die Wahrheit. Jetzt, Jack.«

Was haben bloß alle immer mit der Wahrheit?

Die Wahrheit? Die Wahrheit? Die Wahrheit würde euch überfordern! Doch, glaubt mir. Ich kenne die Wahrheit und fühle mich selbst davon überfordert.

»Ich habe eine Wette gewonnen.«

Franny zieht die Augenbrauen hoch. »Du hast 'ne Wette gewonnen? Was Besseres hast du nicht auf Lager?«

»Das ist die Wahrheit.«

»Du bist echt 'ne Nervensäge, King, weißt du das?«

»Ich habe gewettet, dass die Mandrake das Turnier gewinnt.«

»Du hast was? Nur ein Idiot würde auf die wetten.«

»Ich habe mein Auto verkauft und mein ganzes Erspartes eingesetzt.«

»Selbst wenn das stimmen würde, könntest du doch nie und nimmer eine so hohe Wette abgeben.«

»Das hat jemand anderes für mich gemacht.«

Franny lacht. »Aber nicht Mama oder Papa King, so viel ist klar.«

Ich schüttele den Kopf. »Nein, die nicht.«

»Wer dann?«

»Das tut nichts zur Sache, Franny.«

»Oh doch. Für mich schon. Ich will es wissen.«

»Was hattest du eigentlich überhaupt in meinem Zimmer zu suchen? Glaubst du, du kannst einfach unangekündigt bei uns reinschneien? Duschen, essen oder Geldtaschen unterm Bett klauen?«

Franny zuckt mit den Schultern. »Ich hatte noch ein paar Klamotten bei dir liegen. Und mein Ladegerät. Ich habe geklopft, aber es war niemand da, was mir ganz recht war. Ich wollte nicht sehen müssen, wie … Es war einfach besser so. Ich hab mir den Ersatzschlüssel unter dem Stein genommen.«

Scheiß auf dich, du Ersatzschlüssel versteckender, Kates Rettung verhindernder Dekostein!

»Gib mir einfach mein Geld, dann werde ich ...«

»Dann wirst du was, Jack?«

»Dann werde ich vergessen, dass du bei uns eingestiegen bist.«

»Nicht zu fassen, dass ein Schlaukopf wie du so dämlich sein kann. Woher hast du das Geld? Na, Jack? Sags endlich, damit wir hier mal zu Potte kommen.«

»Es war dein Dad, okay? So! Jetzt weißt du's! Bist du jetzt zufrieden?«

Franny schüttelt den Kopf. »Ich wusste es schon, Mann. Ich wollte es nur von dir hören.« Er gibt der Tasche einen Tritt, und sie schlittert über die unebenen Bodenbretter zu mir. »Nimm deine Kohle, Fucker, und halt dich von mir fern.«

»Franny ...«

»Ich schwöre dir beim Leben meiner Großmutter, wenn du nicht sofort die Leiter da runterkletterst, schmeiß ich deinen verlogenen, hinterhältigen, intriganten Arsch selber runter.«

Ich glaube ihm.

Ein Teil von mir will gerade lang genug auf der Leiter stehen bleiben, um Franny in Rage zu bringen und die Tracht Prügel zu bekommen, die ich schon längst verdient hätte, die Tracht Prügel, die er mir gefälligst nicht ersparen sollte.

»Was? Glaubst du, ich klopfe nur Sprüche? Na warte«, zischt er. Seine Miene und seine Fäuste verkrampfen sich.

»Nein«, sage ich. »Ich glaube dir.«

Man kann sagen, was man will, aber Franny hält immer Wort.

Was mehr ist, als irgendwer von mir behaupten könnte.

Ich werfe die Tasche auf die Erde und lasse mich hinterherfallen.

Λ-Λ-Λ

Ball und Abschlussfeier vergehen in einem einzigen Endspurt-Rausch.

Prom mit Jillian ist super. Wir tanzen die ganze Nacht durch. Trotzdem denke ich ständig daran, was wohl passiert, wenn Franny auftaucht. Aber er kommt nicht.

Ich treibe meine »Ich darf Franny auf keinen Fall begegnen«-Taktik bis zum Äußersten. Er spielt das gleiche Spiel. Und wir laufen uns tatsächlich fast nie über den Weg.

Die Panthers kommen in den Playoffs weiter als beim letzten Mal, und ich überlege, ob der Franny-Jack-Zwist dabei eine Rolle spielen könnte, auch wenn das wahrscheinlich nichts miteinander zu tun hat.

Jillian und ich gehen zum dritten Playoff-Spiel, und beim Aufwärmen winkt Jillian Franny von der Tribüne aus zu. Er antwortet mit einem schmalen Lächeln. Rita Marquez, die Gerüchten zufolge seine neue Freundin ist, sitzt drei Reihen unter uns und hält ein Plakat in die Höhe, auf das sie lauter Kringel und Smileys gemalt hat und einen riesigen grellpinken Pfeil, der nach unten auf ihren Kopf zeigt, daneben die Aufschrift: *Ciscos Cheerleader*. Sie schwenkt das Plakat, als wollte sie dem Publikum Luft zufächeln oder im Alleingang die gesamte Sporthalle runterkühlen.

Franny spielt wie besessen. Kein Rebound, den er sich nicht schnappt, kein Wurf, den er bei der Manndeckung nicht abfängt. Wie immer legt er eine spektakuläre Offensivleistung hin, holt achtundzwanzig Punkte und steuert fünf Assists bei.

Diesmal beschert er der Elytown High den Sieg.

Unsere Klassenkameraden und seine Mitspieler umringen ihn auf dem Platz und lassen ihn hochleben.

Ich überlege, ob ich ihm gratulieren soll oder ob das zu viel des Guten wäre. Doch da bricht er durch die Menschenmenge, springt die Tribüne hoch und drückt Rita an sich, und es wäre seltsam, *gar nichts* zu sagen.

»Gutes Spiel, Mann«, wage ich mich vor.

Er schüttelt den Kopf. *»Gut?«*

»Geiles Spiel«, korrigiere ich mich.

»Mein Liebster steckt sie alle in die Tasche«, säuselt Rita. Sie nimmt sein Gesicht in die Hände, und sie küssen sich, was vielleicht der Moment ist, in dem Jillian und ich gehen sollten.

Aber Franny sagt: »Ihr kommt doch zur Feier, oder?«

»Das wird hoffentlich cool. Ich meine, es ist im schnieken Teil der Stadt, da weiß man nie«, sagt Rita. »Oh, Moment mal, ist das nicht da, wo du wohnst, Jack?«

Ich bin nicht sicher, wie ich ihre Frage verstehen soll. »Ja, ein paar Blocks weiter«, erwidere ich.

Jillian lächelt. »Ihr würdet bestimmt mehr Spaß haben, wenn wir nicht dabei sind. Aber danke, Franny. Das ist echt lieb von dir.«

Franny sieht mich feixend an. »Die Zeit heilt alle Wunden. Heißt es nicht so, Jack?«

»Doch«, sage ich.

Dabei weiß ich, dass die Zeit genauso oft Wunden reißt.

^-^-^

Jillian sieht in Frannys Einladung ein Friedensangebot.

»Nach allem, was war, können wir schlecht *nicht* hingehen«, argumentiert sie.

Also hüpfe ich ins Auto meines Vaters und bin völlig verdattert, als Franny auf der Beifahrerseite einsteigt und sich anschnallt.

»Rita ist auch mit dem Auto hier. Ich hab Jill gefragt, ob es ihr was ausmachen würde, mit ihr mitzufahren. Eine Fuhre Mädels, eine Fuhre Jungs.«

»Ah, okay …«, sage ich.

»Außerdem dachte ich, wir sollten mal reden.«

»Ja. Okay. Reden ist gut.«

Die ersten fünf Minuten sagen wir kein Wort. Dann beginnt Franny, mit den Knöcheln einen improvisierten Beat an die Scheibe zu klopfen.

»Wie läufts mit der Band?«, fragt er schließlich.

Ich fingere an den Radioknöpfen herum, schalte es aber nicht an. Ich suche die richtigen Worte. »Ohne dich ist es nicht dasselbe.«

»Hmm«, sagt er.

»Hör zu, Franny ... du ... ich ... Das ist jetzt wahrscheinlich keine Überraschung für dich, aber ich war immer eifersüchtig auf dich.«

»Wie bitte?« Franny lacht.

»Doch, ernsthaft. Ich habe einen Monat lang versucht, den Mut aufzubringen, Jillian zu einem Date einzuladen. Und dann bist du mit ihr zusammengekommen.«

»Davon hast du mir nie was gesagt.«

»Was hätte ich denn sagen sollen? ›Hey Franny, du hast mir die Freundin ausgespannt‹?«

»Du hättest was sagen müssen. Also *bevor* ich sie scharf fand.«

»Vielleicht«, gebe ich zu. »Ich hab wohl einfach gehofft, dass ich drüber wegkomme.«

»Bist du aber nicht. Stattdessen ziehst du eine linke Nummer ab und verrätst deinen angeblich besten Freund.«

»Ich hab einfach nicht kapiert, warum du Jillian wolltest. Du hättest jede haben können.«

»Wenn du das nicht kapierst, dann bist *du* aber derjenige, der sie nicht verdient.«

Er hat recht. Ich tue gerade so, als wäre ich der Einzige auf der Welt, der sehen kann, was für ein großartiger Mensch Jillian ist. Als hätte ich da ein Patent drauf und würde Franny nicht zutrauen, dass er das genauso deutlich sieht. Ich dachte immer, dass keiner versteht, welchen Draht Jillian und ich zueinander haben – aber vielleicht ging es Franny genauso.

»Und als wäre die Sache mit Jillian nicht schlimm genug, hängst du auch noch hinter meinem Rücken mit dem Troll ab. Was sollte das denn, Alter? Gings echt nur darum, dass er dir das Geld beschafft?«

»Ähm, na ja, ich hatte gehört, dass er entlassen wird, und, ähm, keine Ahnung, ich habe irgendwie gehofft, dir zu helfen ...«

»Dir selber zu helfen, meinst du. Alles, was du tust, tust du für dich, Mann. Mach dir da bloß nichts vor.«

»Ich wollte, dass er weiß, was für ein super Typ du bist, trotz so einem Vater wie ihm. Und dass er ja wohl den Arsch offen hat, so viele Jahre getrennt von dir zu verbringen. Dass du so viel Besseres verdient hast, Franny.«

»Halt dich von meiner Familie fern.«

»Franny, ich habe nicht versucht ...« Ich weiß nicht, wie ich den Satz beenden soll. Was genau habe ich denn nicht versucht? Unsere Freundschaft zu ruinieren? Ihn unglücklich zu machen? Na, hat ja super geklappt.

»Und den *Franny* kannst du dir auch sparen. Für dich bin ich Francisco, klar?«

»Tut mir leid.«

»Ich hätte dich kaltmachen können nach der Sache, die du da gebracht hast. Hab ich aber nicht. Ich hätte dir wenigstens die Fresse polieren sollen. Aber ... keine Ahnung ... ich schätze, ich bin irgendwie zu loyal. Also hab ich dich laufen lassen. Aber jetzt ist Schluss mit lustig, Kleiner. Wenn du deine Nase noch mal in Angelegenheiten steckst, die dich nichts angehen, dann kann ich für nichts mehr garantieren, ist das klar?«

Ich nicke. »Alles klar.«

»Na hoffentlich.«

»Es tut mir leid, Frann ... Francisco. Es tut mir wirklich sehr leid.«

»Nein. Du hast bloß ein schlechtes Gewissen. Wird Zeit, dass du den Unterschied erkennst.«

»Doch, es tut mir leid. Na ja, und ein schlechtes Gewissen hab ich natürlich auch.«

»Die ganze Basketballmannschaft wollte dir an die Kehle gehen, aber ich hab sie zurückgepfiffen.«

»Ich weiß nicht, was du von mir hören willst.« Ich bleibe länger als nötig an einem Stoppschild stehen, um ihn anzusehen. Um ihm zu zeigen, dass ich ganz Ohr bin.

»Dazu kannst du nichts sagen.« Er entriegelt seine Tür und steigt aus, in die kühle Nacht.

»Wo willst du hin, Mann? Wir haben noch fünf, sechs Blocks zu fahren.«

Franny zuckt mit den Schultern. »Ich lauf lieber. Ich hab mir heute Abend genug Bullshit angehört.«

»Franny, warum bist du überhaupt bei mir eingestiegen, wenn du mich so hasst?«

»Ich dachte, man könnte vielleicht noch was retten, verstehst du, nach so vielen Jahren Freundschaft, aber da habe ich mich schwer getäuscht.«

»Komm schon. Ich habs ja kapiert. Und alles, was du sagst, ist wahr. Ich fahr dich jetzt einfach zu dieser Party und ... wenn du dann nie wieder mit mir reden willst ... okay ... Ich wünschte ... Dann muss ich das akzeptieren.«

Franny beugt sich durch die offene Beifahrertür und zieht ein Gesicht, das ich schon kenne. So schaut er normalerweise, kurz bevor er jemanden ins nächste Sternensystem befördert. »Du sagst, du warst eifersüchtig auf *mich*, Jack. *Du*, eifersüchtig auf *mich*? Wo du doch quasi alles hast. Eltern, die dich lieben und die immer für dich da waren, ein schönes Haus in einem sicheren Viertel, Essen auf dem Tisch, für das du nicht jeden Cent dreimal umdrehen musstest, mehr Klamotten, als du zählen kannst. Eine Tasche voller Geld, buchstäblich. Und was habe ich? Davon brauche ich gar nicht anzufangen. Aber wenigstens hatte ich dich. Einen besten Freund, der die Welt ein bisschen weniger kalt gemacht hat, verstehst du. Und dann hab ich mal Glück und es tritt noch jemand Gutes in mein Leben ... Jillian ... und sie macht alles erträglich, alles besser ... und du nimmst sie mir weg, so wie jeder mir alles, was gut war, immer weggenommen hat ... Und das Schlimmste ist ... ich hätte dir das nie angetan. Nie im Leben. Für mich waren wir Brüder, du und ich. Aber da habe ich mich wohl geirrt, denn Brüder würden einander so was nicht antun.«

Ich bleibe an dem Stoppschild stehen und warte darauf, dass er umkehrt, dass er es sich anders überlegt, aber er kommt nicht zurück. Er setzt seine Kapuze auf und marschiert stur weiter.

^-^-^

Ich lasse mir Zeit, bis ich bei der Party aufschlage. Damit Franny wieder runterkommen kann. Wenn ich nur lang genug um den Block fahre, sage ich mir, fällt mir vielleicht was ein, wie ich ihn von seinem Hass auf mich abbringe. Aber als ich eintreffe, ist er noch nicht da.

»Wo ist Franny?«, frage ich Rita.

»Das wollte ich dich gerade fragen«, sagt sie. »Er geht nicht an sein Handy.« Sie macht ein besorgtes Gesicht. Jillian auch.

Ich will etwas Beschwichtigendes sagen, weiß aber hinterher selbst nicht mehr, ob ich überhaupt etwas gesagt habe. Ist wohl auch besser so, denn wahrscheinlich hätte ich etwas so Bescheuertes gesagt wie: *Bestimmt ist alles okay.*

Ist es nicht.

Franny taucht nie auf der Party auf.

Er hat eine Abkürzung genommen, die nicht der kürzeste Weg war, wie sich herausstellt.

Worst Case

Wir bekommen die Nachricht, als die Party schon zu Ende geht.

Ein Typ namens Mike Whitney dreht die Musik leiser, stellt sich auf eine Couch und brüllt, dass alle gefälligst die Klappe halten sollen, er hätte was mitzuteilen.

»Francisco ist angeschossen worden!«

^-^-^

Der Wartebereich der Notaufnahme ist voller trauriger Leute, aber wir sind wohl die traurigsten. Abuela platzt atemlos und hysterisch zur Tür herein, und wir drei bemühen uns nach Kräften, sie zu beruhigen. Kurz darauf treffen meine Eltern ein und sprechen mit der Polizei darüber, was passiert ist.

Anscheinend hat eine misstrauische Anwohnerin, die bei der Nachbarschaftswache aktiv ist, Franny durch ihre geschlossene Wohnanlage gehen sehen und sofort die Polizei verständigt. Daraufhin lief sie ihm in Pantoffeln und Hausmantel hinterher.

»Ich habe die Polizei gerufen«, rief sie Franny nach. (So hat sie es zumindest der Polizei erzählt, was natürlich nicht dem entsprechen muss, wie es wirklich war.)

Franny zuckte mit den Schultern oder schüttelte den Kopf oder zeigte sonst irgendeine Reaktion, die sie noch mehr aufbrachte. »Mir doch wurscht. Soll sie ruhig kommen«, sagte er.

»Nimm die Hände aus den Taschen und setz dich auf den Bordstein.«

»Verpissen Sie sich. Ich geh nach Hause.«

»Nimm die Hände hoch, damit ich sie sehen kann.«

»Sie sind nicht die Polizei. Lassen Sie mich in Ruhe.«

Und dann *griff er jäh in die Tasche* und zog etwas Glänzendes hervor. *Ich hatte Angst um mein Leben. Ich handelte einfach. Ich hatte keine Zeit zum Nachdenken,* gab sie zu Protokoll. Also habe sie geschossen. *Peng.* Mitten in seine Brust. Habe ihn mit einem sonderbaren Lächeln auf den Lippen zusammenbrechen sehen. Erst danach, sagte sie, habe sie die Musik registriert, obwohl sie sie vielleicht schon davor gehört habe. Aber erst nach dem Schuss habe sie die Melodie wahrgenommen. Es seien die Bee Gees gewesen, ein zwanzigsekündiger Klingelton von dem glänzenden Smartphone, das Franny in der Hand hielt.

»Die Bee Gees?«, frage ich den Beamten. »Sind Sie sicher?«

»Ja«, sagt der Beamte und blickt auf seine Notizen. »Das hat sie zumindest so ausgesagt.«

Ich nicke, weil mir jetzt klar ist, warum Franny sofort rangehen wollte. »Das ist der Klingelton seines Vaters.«

^-^-^

Wir dürfen nicht zu ihm.

Aber man teilt uns mit, dass er aus dem Not-OP in den Aufwachraum gebracht worden ist. Wenn alles gut läuft, werden sie ihn auf die Intensivstation verlegen.

Abuela schluchzt ununterbrochen.

Endlich taucht auch Frannys Dad auf. Er hat blutunterlaufene Augen, als hätte er getrunken oder vielleicht auch geweint. Vielleicht beides.

»Wie geht es meinem Jungen?«, fragt er quer durch das Wartezimmer.

Ich stehe auf. »Er ist im Aufwachraum. Wir warten darauf, dass wir zu ihm dürfen.«

Der Troll nickt, umarmt seine Mutter und macht dann einen Schritt zurück. »Ich brauche 'nen Kaffee.«

»Ich komme mit«, biete ich an.

Bis zum Kaffeeautomaten ist es nicht weit, aber mir geht es nicht um die 85-Cent-Milchkaffees.

»Wo waren Sie heute Abend?«, frage ich, als wir außer Hörweite der anderen sind.

»Wie bitte?«, sagt er.

»Sie haben sein Spiel verpasst.«

»Ich hab ihn angerufen.«

»Ja, danach«, sage ich, obwohl ich lieber sagen würde: *Ja, haben Sie, was mit der Grund ist, warum er jetzt mit einer Schussverletzung im Krankenhaus liegt.* Aber der zweite Schuldige starrt mich von der spiegelnden Automatenoberfläche an, von daher.

»Jetzt mal halblang, Freundchen«, sagt der Troll. »Wie ich mit meinem Sohn umgehe, ist nicht deine Sache.«

Meine Stimme bricht aus mir hervor, was sogar mich selbst überrascht. »Was den Menschen passiert, die ich liebe, ist sehr wohl meine Sache. Und das ist das Schlimmste. Wie Sie immer mal wieder in sein Leben schneien und dann wieder abhauen, ist das Letzte. Es ist egoistisch, es ist überholt, und es verletzt ihn. Ihnen ist ja gar nicht klar, wie wunderbar Ihr Sohn ist. Aber das wollen Sie auch nicht wissen, stimmts? Denn dann müssten Sie zum ersten Mal in siebzehn Jahren ein richtiger Vater sein.«

Der Troll stößt mich brutal gegen den Automaten. Ich warte darauf, dass jemand eingreift, aber der Flur ist leer.

»Ich bin ein beschissener Vater, ist es das, was du hören wolltest? Hm? Bitte, ich habe es gesagt. Jetzt können wir alle wieder im alten Trott weitermachen, richtig? Die Wahrheit ist raus.« Er lockert seinen Griff, lässt mein Hemd los. Will schon weggehen, bleibt aber noch mal stehen. »Hast du überhaupt eine Ahnung, wie es ist, wenn du dich immer und überall wie der letzte Dreck fühlst? Wenn nichts, was du getan hast, irgendwas zählt? Wenn du in den Himmel schaust und keinen grenzenlosen Horizont siehst, wenn die Sonne für dich nicht scheint wie für alle anderen, wenn du weißt … wenn du WEISST, dass es nichts gibt, worauf du dich freuen kannst, weil du schon alle guten Dinge verloren hast, um die du dich hättest kümmern sollen? Ich bin seit einer Ewigkeit nicht mehr glücklich aufgewacht, Jack. Ich weiß nicht mal mehr, wie Glück sich anfühlt. Ich komme dir kalt vor? Hart? Da hast du verdammt noch mal recht! Anders komme ich gar nicht durch den Tag. So habe ich den Knast überstanden, so habe ich ertragen, dass ich ein beschissener Vater bin, ein beschissener Sohn, dass ich früher mal ein beschissener Ehemann war. Nur so halte ich durch.«

Ich schlucke schwer. »Wenn Sie Franny das alles erzählen würden, dann … Wenn Sie vielleicht …«

Er macht einen Satz auf mich zu. In seinen Augen lodern Zorn und Schmerz. »Wenn ich ihm was erzähle? Meinst du nicht, er weiß, dass sein Vater ein Loser ist? Als wäre das was Neues für ihn. Das weiß er längst. Sein ganzes verdammtes Leben schon.«

»Es ist nicht zu spät.«

»Es war zu spät. Wir sind im neunten Inning, zwei Outs, zwei Strikes. Ich stehe in der Batter's Box, Mann. Und bei dem Pitcher, gegen den ich antrete, habe ich noch keinen einzigen Hit geschafft, meine Chancen gegen ihn stehen null zu einer Million, er wirft Bälle, die ich nicht mal sehen, geschweige denn treffen kann. Und ich weiß, was du denkst, weil ich dasselbe gedacht habe: Vielleicht, wenn du noch einmal schlägst, dann schaffst du vielleicht den längst überfälligen Hit. Aber ich komme nie zur Base, Jack. Du hast den Strikeout-King vor dir, mein Freund.«

Er lacht. Klopft mir auf die Schulter, als hätte er gerade einen guten Witz gerissen, nur dass seine Augen feucht sind. »Verdammt, was rede ich da. Um danebenzuhauen, muss man im Spiel sein. Was das angeht, Junge, war ich noch nicht mal im Stadion. Noch nie. Also komm du nicht an und erzähl mir, wie viel das meinem Sohn bedeuten würde. Ich lebe jeden einzelnen Tag meines Lebens mit dieser Enttäuschung. Und das kann ich niemals ungeschehen machen. Nie und nimmer.«

Bevor ich auch nur ein Wort sagen kann, geht Frannys Dad den Flur hinunter, rammt die Schulter gegen die Automatiktür, bevor sie ganz aufgeglitten ist, und verschwindet.

Vor Wut und Kummer glühend gehe ich zurück ins Wartezimmer. Ich sehe vor mir, wie mein Freund da drin liegt, verzweifelt, allein, ungeliebt.

Ich will im Stadion sein.

Ich will zurück in die Box.

Ob ich treffe oder nicht, ich muss den Schlag ausführen.

^-^-^

Die Cafeteria hat zu, also verteilt Mom Snacks aus dem Automaten. Alle halbe Stunde fragt Dad an der Rezeption nach, aber man sagt ihm immer nur, dass es nichts Neues gibt.

»Keine Nachrichten sind gute Nachrichten«, sagt Frannys Dad. Passt irgendwie zu ihm, dass er nichts mit etwas Gutem gleichsetzt.

Jillian nippt an einem Kaffee. Ihre Hände zittern, und sie bekleckert sich ständig.

Rita hängt am Handy und telefoniert mit ihren Eltern und danach mit ihrer Schwester.

Man kann nicht jeden retten. Das weiß ich. Glaubt mir, das ist mir klar. Aber vergesst *jeden*. Ich kann nicht mal *einen* Menschen retten.

^-^-^

Endlich lassen sie uns zu ihm. Aber immer nur einer auf einmal, sagt uns die Krankenschwester, und maximal zehn Minuten. Er müsse sich ausruhen.

Ich stehe in der Tür und sehe stumm zu, wie seine Augenlider im Schlaf flattern. Wahrscheinlich vergeude ich zwei oder drei meiner Minuten damit, ihn nur anzusehen.

»Bau ab«, sagt er leise.

Ich betrete den Raum und gehe zu ihm ans Bett. Seine Beine sind fast zu lang, die Füße liegen am Fußteil des Betts auf.

»Was soll ich abbauen?«, frage ich. »Was meinst du?«

Frannys Brust ist eng verbunden, und unter der Mullbinde schlängelt sich ein langer, dünner Schlauch hervor, durch den etwas, das wie Blut aussieht, in einen durchsichtigen, faustgroßen Behälter tropft; das muss die Drainage sein, die der Chirurg erwähnt hat. Franny schüttelt den Kopf und stöhnt, als täte das weh.

»Nicht abbauen«, sagt er. »Hau ab! Lass mich allein.«

Er macht seine Augen nicht auf.

Natürlich will er mich nicht bei sich haben. Ohne mich wäre er gar nicht hier. Ich stehe da und scrolle in Gedanken alle Antwortmöglichkeiten durch, aber: *Keine Suchergebnisse gefunden.*

»Ich gehe jetzt, Franny«, sage ich. »Aber ich verspreche dir, ich lasse dich nicht allein.«

Geht nach Hause, Leute. Die Party ist vorbei.

Mom und Dad beschließen, die Feier zu ihrem Hochzeitstag zu verschieben. *Wie soll man feiern, wenn nicht die ganze Familie dabei sein kann,* argumentiert Mom.

Ich erwähne nicht, dass Franny vielleicht sowieso nicht gekommen wäre.

Ich erinnere die anderen lieber nicht daran, dass er einen Riesenhass auf mich hat. Das ist gerade nebensächlich. Ich will nur, dass er wieder gesund wird, ob er mich nun für immer und ewig hasst oder nicht.

Eine Flasche Wein machen wir trotzdem auf.

Man sieht uns allen an, dass wir nicht mit dem Herzen dabei sind. Aber wir tun so, als ob. Wir machen gute Miene zum traurigen Spiel. »Es ist einfach nicht dasselbe«, sagt Dad, als er sich nachschenkt.

Und er hat recht.

Das empfinden wir alle so.

^-^-^

Und mehr als alles andere will ich eine weitere Chance.

Einen weiteren Neustart, um diese Tragödie ungeschehen zu machen.

Aber ich darf mich nicht auf ein Wunder verlassen, das ich mir selbst nicht erklären kann.

Diesmal nicht.

Nicht, wenn dieses Mal das letzte sein könnte.

Und was, wenn es das gewesen ist? Und ich für den Rest meines Lebens damit leben muss?

Mit dem Wissen, dass meinetwegen zwar Kate eine Überlebenschance hat, aber dafür Franny stirbt?

Was, wenn ich Kate unabsichtlich gegen Franny ausgetauscht habe?

Wie könnte ich damit leben?

Also entschuldige ich mich, gehe auf mein Zimmer und mache die Tür zu. Ich hole den Wecker von meinem Schreibtisch, stelle ihn ans Fußende meines Betts und starre und starre und starre.

Und warte.

Kurz vor ein Uhr morgens greife ich zum Telefon.

Die Rezeptionistin bestätigt mir, dass Kate tatsächlich im Krankenhaus ist, sie mich um diese Zeit aber nicht zu ihr durchstellen könne.

»Das macht nichts«, versichere ich ihr. »Ich versuche es später noch mal.«

Ich schleiche durch die Terrassentür hinaus, gehe ums Haus herum und schlüpfe in den Wagen meines Vaters.

Die Autobahn ist komplett leer. Es ist, als wäre ich der einzige Mensch, der jetzt noch wach ist. Ich fahre auf den Parkplatz und rüttle an der Eingangstür. Natürlich verschlossen. Aber das hält mich nicht auf. Nicht heute. Ich gehe zu der Seite des Gebäudes, auf der das Büro liegt. Ich schmeiße einen Stein durchs Fenster. Ein Alarm schrillt los wie blöd, aber ich ignoriere ihn. Steige ein und gehe in den Kühlraum. Dort lagern stapelweise Schachteln, und ich habe keine Ahnung, welche die richtige ist, also nehme ich alle und hebe sie nacheinander durch das kaputte Fenster. Setze Dads Auto um und lade sie in den Kofferraum.

Zwei Minuten später fahre ich auf die Autobahn auf, als drei Polizeiwagen mit kreischenden Sirenen und durch den Nebel gleißendem Blaulicht an mir vorbeirasen.

^-^-^

Am Eingang parkt ein Streifenwagen, aber das kümmert mich nicht.

Ich stürme durch die Tür und renne gegen eine menschliche Wand.

»Hab ihn«, brummt der Polizist in das Funkgerät, das an seine Schulter geschnallt ist. »Raus mit dir«, befiehlt er mir, drückt die Tür auf und legt die andere Hand an seine Knarre. »Na los. Abmarsch.«

Und ich bin gescheitert.

Egal, was ich tue, egal, was ich versuche, egal, was ich will – alles ist von Anfang an zum Scheitern verurteilt.

Franny ist verletzt.

Kate liegt im Sterben.

Ich bin in Dr. Sowunmis Büro eingebrochen, und wozu?

Um wieder, WIEDER den Kürzeren zu ziehen.

Ich versuche, mich aus dem Griff des Polizisten zu winden und zur Treppe zu kommen, aber er packt mich nur fester. »Pass bloß auf, dass ich dich nicht abknalle«, blafft er.

»Das wäre vielleicht besser so«, gebe ich zurück.

Sie befehlen mir, mich breitbeinig hinzustellen, und pressen mein Gesicht an die Rückseite ihres Wagens.

»Bitte«, flehe ich sie an, »meine Freundin liegt im Sterben. Bitte. Nur *fünf* Minuten. Bitte. Haben Sie doch ein Herz. Lassen Sie mich fünf Minuten zu ihr, dann können Sie mich ins Gefängnis stecken, den Schlüssel wegwerfen, ganz egal. Bitte. *Bitte.*«

Ich versuche, auf die Knie zu gehen, um sie anzubetteln, aber das ist gar nicht so leicht, wenn einem die Hände gefesselt sind. Der Beamte, der mir die Handschellen angelegt hat, schaut seine Kollegin an, eine dunkelblonde Frau mit blutunterlaufenen Augen, und sie nickt seufzend.

Die Handschellen klicken auf.

Der Aufzug kriecht im Schneckentempo zu Kates Stockwerk hoch.

Wir machen einen Umweg, weil der Boden nass ist.

Und dann sagt uns die zuständige Krankenschwester, dass die Besuchszeit vorbei ist, aber als die Polizistin Einspruch erhebt, lässt sie uns mit einem Augenrollen durch.

Es ist beinahe zu spät. Gleich stirbt Kate.

»Kate«, sage ich leise.

Sie öffnet die Augen und erschrickt. »Wer bist du? Was machst du hier?«

»Dir diesmal das Leben retten, hoffentlich«, sage ich. »Ich habe dir das nie gesagt, aber ich liebe dich, Kate.«

»Was redest …«

Doch bevor sie den Satz beenden kann, greife ich in meinen Schuh, ziehe die Spritze hervor und stoße sie in ihren Oberschenkel. Ihr Körper zuckt, als hätte ich ihr eine Million Volt durch die Adern gejagt.

Die Polizisten werfen mich zu Boden, brüllen mir Flüche ins Ohr und in den Raum.

Als ich auf das Linoleum knalle und mir ein lautes Knirschen verrät, dass gerade meine Nase gebrochen ist, rennen jede Menge Füße ins Zimmer. Ich werde noch mehr angebrüllt, an der Schulter gerüttelt, dass mir das Blut aus der Nase spritzt, und tausendmal gefragt, was ich ihr verabreicht habe, was in der Spritze war, und wenn ich ehrlich bin, könnte ich es nicht erklären, selbst wenn ich es wollte.

Denn das war das Einzige, was ich tun konnte. Das war der letzte Ausweg.

Ich schließe die Augen und warte.

FÜNF-IMMER

Was würde Bill Murray tun?

»Tschuldigung, bist du immer so breit?«

Ich drehe mich zu Kate um und strahle sie glücklich an.

Sie steht hinter mir auf der Treppe. Ich bin also wieder gescheitert.

Was aber auch heißt, dass ich noch eine Chance bekommen habe.

^-^-^

Ich gucke mir *Und täglich grüßt das Murmeltier* an, und zwar aus zwei meiner Meinung nach triftigen Gründen: 1. Bill Murray und 2. als Anschauungsmaterial. Obwohl meine Situation nicht direkt vergleichbar ist, kann ich bestimmt was lernen, wenn ich sehe, wie jemand immer wieder denselben Tag erlebt.

Und ich lerne tatsächlich. Was man besser nicht tut. Wie man nicht leben sollte.

Ich will meine Zeit nicht damit verbringen, mich anderen so perfekt wie möglich zu präsentieren. Ich bin nicht darauf aus, der Scharfsinnigste, Coolste oder Intelligenteste zu sein. Quasi ein Jack 5.0. Klar, wenn ich ein paar Fehler vermeiden kann, die mich teuer zu stehen kommen würden – vor allem solche, mit denen ich die Menschen verletze, die ich liebe –, dann bin ich natürlich dabei. Aber ich werde meine Superkraft (oder wie auch immer man das nennen will) nicht dazu nutzen, die richtige Kombination von Worten und Erinnerungen zu finden, um Kate um den Finger zu wickeln.

Denn ich glaube, unsere Liebe ist das Einzige, das in jeder Zeitschleife sicher ist.

Was auch immer passieren mag, wir sind dazu bestimmt, einander zu lieben.

Vielleicht bin ich romantisch veranlagt. Vielleicht bin ich naiv.

Aber ich brauche nicht tausendmal am selben Tag aufzuwachen, um zu wissen, dass ich Kate liebe und dass ich alles dafür geben würde, um bis ans Ende unseres Lebens neben ihr aufwachen zu dürfen.

Egal, wie viele Tage das sind. Oder wie wenige.

Was immer mich auf diese verdammte Treppe versetzt hat, ist größer als ich, größer als alles, was ich je erlebt habe. Ich *soll* hier sein. Mit Kate. Nirgendwo sonst. Ich werde so oft auf dieser Treppe erscheinen und auf Kates »Tschuldigung« warten, wie es nötig ist.

Ein paar gute Ratschläge für Milchbuben

Ich erzähle Dad, dass ich vielleicht doch nicht Schriftsteller, sondern lieber Wissenschaftler werde, um mich der Erforschung neuer Heilmethoden für besonders beschissene Krankheiten zu widmen.

Dad scheint diese Aussicht ehrlich zu freuen. Das bestätigt sich, als er mit einem Räuspern zu einem längeren Monolog anhebt. Was mich nicht stört, obwohl wir im Supermarkt sind und vor einer endlosen Reihe mit Milch und Milchprodukten stehen.

»Darf ich annehmen, dass das etwas mit Kate zu tun hat?«, fragt er.

Ich nicke. »Seit ich sie kenne, sehe ich vieles mit anderen Augen, glaube ich.«

»Jack, ich muss sagen, ich finde diesen Berufswunsch ganz großartig. Manchmal muss man sich neu erfinden. Und entscheiden, was man im Leben wirklich machen will. Es heißt immer, man müsse zuerst mit sich selbst glücklich sein, bevor man mit einem anderen Menschen glücklich werden kann. Da ist was Wahres dran, Jackie. Aber ganz ehrlich, es hat auch was für sich, den Menschen zu finden, der dich daran erinnert, wie glücklich das Leben sein kann. Wenn du diesen Jungen oder dieses Mädchen findest, dann lässt du ihn oder sie nicht mehr ziehen. Deine Mutter reitet manchmal tagelang auf ihrer Meinung herum, und das kann anstrengend sein – für andere Leute. Mich stört das nicht. So ist sie eben, und so war sie, als ich sie kennengelernt habe. Aber sie ist auch diejenige, die mich zu einem besseren Menschen macht. Wenn ich also wählen müsste zwischen jemandem mit einer klaren Meinung dazu, welche Frühstücksflocken die gesündesten Ballaststoffe enthalten, und einem kümmerlichen Dasein als armer Einzelgänger mit Verdauungsbeschwerden, dann ist die Sache klar – dann entscheide ich mich dafür, regelmäßig zu kacken und glücklich zu sein, Jackie. Jedes einzelne Mal und an jedem neuen Tag, an dem ich aufwache, entscheide ich mich für deine Mutter.«

An dieser Stelle sagt Mom, die offenbar *nicht* draußen im Auto nach Coupons sucht, sondern hinter der nächsten Ecke gelauscht hat, laut schmachtend: »Oooooh, Abe, und ich entscheide mich für dich!«

»Küss mich, mein Püppchen«, sagt Dad.

»Ach nee, Leute. Hier zwischen der Milch und der Butter? Das ist ein bisschen *schmalzig*.« Aber ich meine es nicht so. Denn eins habe ich in all der Zeit gelernt: Zeig deine Liebe, solange du kannst. Nimm die Zeit – oder die Liebe – nie als selbstverständlich hin.

Mom ignoriert mich sowieso und drückt Dad einen feucht schmatzenden Kuss auf den Mund. »Du bist kein bisschen eingerostet, Abe.«

Dad grinst. »Du hältst mich eben jung, Schatz. Jackie, wir brauchen gleich einen Putztrupp in Gang fünf.«

Und ich schaue halb entgeistert zu, wie sie sich in einem Kuddelmuddel mittelalter Körperteile an das Kühlregal mit den Milchwaren pressen.

Was war, was ist, was sein wird

Ich frage Franny, ob es für ihn okay ist, wenn ich mit seinem Dad rede.

»Worüber?«

»Ich müsste ihn um einen Gefallen bitten.«

»Einen Gefallen? Den Troll?« Franny zuckt mit den Schultern. »Tu dir keinen Zwang an. Wenn du gern enttäuscht wirst ...«

»Bist du sicher, dass es okay ist?«

»Worum gehts denn?«

»Ich will eine Wette abschließen.«

»Auf was?«

»Auf die Liebe.«

»Jack?«

»Ja?

»Seit wann redest du so kitschiges Zeug daher?«

Ich setze mein ganzes Geld auf die Mandrake –

»Willst du das wirklich durchziehen, Jack?«, fragt Frannys Dad. »Das ist eine Menge Geld, das du da verjubelst. Das krieg ich nicht wieder. Was weg ist, ist weg, Kleiner.«

Und die Mandrake –

... Oh Gott, ist das zu fassen? Noch zwanzig Sekunden zu spielen, und die Mandrake Pigs gehen in Führung! So eine Aufholjagd hat die Basketballwelt noch nicht gesehen! Wir erleben hier Sportgeschichte! –

Tja, die Potbelly Pigs holen wieder den Sieg.

Ich vereinbare mit Dr. Sowunmi einen Beratungstermin –

»Jack, ich kann nichts versprechen. Es ist nicht sicher, dass die Behandlung bei Kate anschlägt. Verstehen Sie das?«

»Ich glaube an Sie, Herr Doktor«, versichere ich ihm.

»Na, dann hoffe ich sehr, dass ich Sie nicht enttäuschen werde«, sagt er und schüttelt mir über seinen Schreibtisch hinweg die Hand.

Kate bekommt die erste Injektion.

Ein paar Tage leidet sie an Übelkeit, aber zum Ende der Woche hin geht es ihr schon deutlich besser. »Ich weiß nicht, ob sich wirklich was tut oder ob ich es mir nur einbilde«, sagt sie strahlend. »Aber ich fühle mich besser, Jack. Besser, als ich mich seit einer Ewigkeit gefühlt habe.«

Auch die Bandproben laufen besser als je zuvor.

Kate und ich gehen zusammen zum Abschlussball. Wir küssen uns. Der Kuss ist so magisch wie bei unserem *ersten* ersten Mal. Und wir tanzen unsere hässlichen Tänze mit solchem Elan, als hätten wir gerade herausgefunden, dass hässliches Tanzen Leben rettet, und wären wild entschlossen, so viele Leben wie möglich zu retten.

Wir lassen niemanden zurück, sagen wir und legen unseren bestschlimmsten »Entlaufener Rodeo-Stier im Porzellanladen«-Tanz aufs Parkett.

»Bitte, bitte sagt mir, dass ihr bekifft seid«, fleht Franny.

»Vom Leben, mein Freund«, schreit Kate und hüpft noch höher. »Vom Leben!«

Ich drücke ordentlich auf die Tränendrüse, um Frannys Dad ein schlechtes Gewissen zu machen, und hole ihn, als es so weit ist, extra mit dem Auto von zu Hause ab.

»Bist du dir ganz sicher, Jack?«, fragt er. »Ich nämlich überhaupt nicht.«

»Franny weiß, dass Sie kommen. Er will Sie sehen. Er will seit

Ewigkeiten nichts anderes. Er hat die ganze Zeit nur darauf gewartet, dass Sie endlich auftauchen.«

Franny tut, als nähme er es einigermaßen erfreut zur Kenntnis, aber jeder, der ihn kennt, weiß, wie selig er ist. Ich kenne ihn seit Sandkastentagen und kann mich nicht erinnern, ihn jemals so breit und so glücklich lächeln gesehen zu haben.

»Du bist gekommen«, sagt Franny.

Sein Dad nickt. »Ich will nie wieder ein Spiel von dir verpassen. Ich hoffe nur, dass es noch nicht zu spät ist.«

Ich feiere meinen Abschluss und klatsche bei meinem Freudentanz alle Lehrkräfte auf der Bühne ab. Dad schießt jede Menge Bilder von unserer Familie, Kate eingeschlossen.

Jillian hält die pathetischste Abschlussrede aller Zeiten. »Wenn wir also Bilanz ziehen, geht es bei der Zeit, die wir hier an der Elytown High verbracht haben, nicht um die Anzahl der Stunden, die wir am Unterricht teilgenommen oder ihm ferngeblieben sind.«

Glucksen im Publikum.

»Es geht nicht darum, wie viele Touchdowns wir geschafft oder wie viele Freiwürfe wir verfehlt haben«, fährt Jillian fort. »Es geht nicht einmal um diese Schule. Jedenfalls nicht um das Gebäude. Wenn wir es richtig gemacht haben, ging es in den letzten vier Jahren darum, erwachsen zu werden, kämpfen zu lernen, unser Bestes zu geben, trotzdem zu scheitern und immer, immer wieder aufzustehen. In diesen Jahren ging es darum, uns gegenseitig hochzuhelfen. Es ging um die Freundschaft. Die Sorte Freunde, die für dich da sind, wenn du sie am meisten brauchst. Die dir Nachrichten schicken und dich anrufen, wenn du nicht reden willst. Die verlässlich an deiner Seite sind, tagaus, tagein, in jeder Woche, jedem Halbjahr. Die Sorte Freundschaft, die nicht mit dem Schulabschluss zu Ende geht. Die Sorte Freundschaft, die, wie die beste Form der Liebe, niemals endet.«

Als sie fertig ist, brechen wir in donnernden Applaus aus. Franny und ich springen von unseren Plätzen, die mehrere Reihen auseinanderliegen, recken die Fäuste in die Luft, johlen und brüllen Jillians Namen. Sie wirft uns eine Kusshand zu und verbeugt sich.

Kates kleiner Bruder Reggie macht mir immer noch das Leben schwer –

Nur dass ich ihn diesmal nicht bei einem Familienessen kennenlerne, wo seine Eltern ihn wenn nötig in die Schranken weisen können. Nö. Diesmal geht er mit Kate und mir ins Kino, wo er doch glatt 1. zwischen uns sitzt, 2. das Popcorn wegfuttert, das ich gekauft habe, und 3. praktisch jede Szene spoilert. (Wobei ich zuerst dachte, er wäre so ein Filmcrack, dass er jeden Plot-Twist erahnt. Später habe ich dann erfahren, dass er den Film schon gesehen hatte und einfach nur ein Vollidiot war.)

»Also, äh, Jack, sag mir, welche Absichten du meiner Schwester gegenüber hegst.«

»Immer mit der Ruhe«, sagte ich. »Ich beabsichtige, sehr lange Zeit mit ihr zusammen zu sein.«

Aber das reicht nicht, um ihm das Maul zu stopfen. Er zieht weiter seine »Ich mag es nicht, dass du meine Schwester magst«-Nummer ab, aber davon lasse ich mich nicht beirren. Dafür sind kleine Brüder ja da, und ich finde, er macht seine Sache gut.

In den Playoffs erzielt Franny Trillionen Punkte und führt die Elytown zum Sieg. Er schenkt seinem Dad sein Trikot, und sein Dad zieht sein T-Shirt aus und streift Frannys Trikot über, ohne mit der Wimper zu zucken, auch wenn es eine Spur zu klein und schweißdurchtränkt ist. Er defiliert durch die Halle und schmettert jedem, der ihn anschaut, ein »Ja, das ist mein Junge« entgegen. Und Abuela war sogar pünktlich.

»Was denn?«, sagt sie ungläubig. »Ich war doch schon öfter pünktlich!«

Allerdings kann sich keiner von uns erinnern, wann das gewesen sein soll.

Zur Feier des Tages gehen wir alle zusammen essen, und irgendwann zwischen den Vorspeisen und dem Hauptgang klopft Franny an sein Glas.

»Liebe Familie, liebe Freunde, ich habe eine Neuigkeit zu verkünden«, sagt er und steht auf. Wir schauen erwartungsvoll zu ihm.

»Ihr habt jetzt einen Whittier-Studenten vor euch«, sagt er, und sein Lächeln legt noch um einige Franny-Watt zu.

Jillian springt hoch und fällt ihm so stürmisch um den Hals, dass ihr Vorspeisenteller beinahe dran glauben muss. »Oh mein Gott, im Ernst? Süßer, ich wusste, dass du noch genommen wirst. Ich wusste es!«

Franny wird nicht angeschossen, höchstens von Jillian, die mit Amors Pfeil bewaffnet ist. (Ich weiß, ich weiß, das war übelst kitschig, aber seht es mir nach. Ich bin glücklich.)

Wir erfahren, dass Kates Schwester Kira schwanger ist, was Franny fast am meisten freut, weil er sich davon ein lebenslanges Abonnement auf Premiumtickets bei Mighty-Moat-Konzerten verspricht.

Unsere eigene Band probt in der Zwischenzeit fleißig.

Die Party zum Hochzeitstag meiner Eltern ist einfach nur geil. Kate, Jillian, Franny und ich hängen den ganzen Abend zusammen. Nach vier Zeitschleifen-Sommern mit mehr oder weniger intensiven Proben schaffe ich es zwar immer noch, am Anfang ein paar Töne zu verhauen, aber das scheint keiner mitzukriegen.

»Mom, weinst du?«, frage ich, nicht weil das nicht deutlich zu sehen wäre, sondern weil ich davon ablenken will, dass *ich* auch weine.

Wir teilen uns eine Flasche Wein. Wir räumen alle zusammen auf.

»Wir müssen jetzt mal los«, sagt Franny, packt meine Hand und zieht mich in einen Bro-Hug. Jillian umarmt Kate und gibt mir dann einen Kuss auf die Wange. »Hab dich lieb, Großer«, sagt sie.

»Hab dich auch lieb«, sage ich.

Kate und ich begleiten sie noch zu ihrem Auto in der Einfahrt, und wir sehen ihnen nach, wie sie in die sternenhelle Nacht davonbrausen.

»Willst du auch los, oder«, sage ich und lasse das *oder* in der Schwebe.

»Oder«, sagt sie und nimmt meine Hand. »Definitiv oder.«

^-^-^

Im Keller schmiegt sich Kate auf der Couch an mich. Ihr Körper ist herrlich warm. Wir küssen uns, bis sie auf einmal von mir abrückt.

»Was ist los?«, fragt sie.

»Häh?«

»Erde an Jack«, singt sie. »Wo bist du gerade?«

Ich küsse sie auf die Wange und hüpfe von der Couch.

»Komm mit«, sage ich und strecke ihr die Hand hin. »Wir müssen los.«

»Wohin fahren wir denn?«

»Uns bleibt nicht viel Zeit.«

^-^-^

»Warum sind wir im Krankenhaus?«

»Weil du krank bist, Kate.«

Sie schüttelt den Kopf. »Mir gehts gut. Moment, nein. Mir gehts super. Ich fühle mich besser, als ich mich jemals gefühlt habe. Die Behandlung schlägt an, Jack.«

»Vertraust du mir?«

Sie zieht die Stirn in Falten.

»Vertrau mir einfach, bitte.«

Die Krankenschwester in der Notaufnahme macht das gleiche »Was redest du da?«-Gesicht, als ich ihr erkläre, dass Kate zwar noch keine äußerlichen Symptome zeigt, aber gleich eine Krise eintreten wird. Die Krankenschwestern und der diensthabende Arzt nehmen mir das nicht ab. Sie wollen sie nicht mal untersuchen.

»Es ist lobenswert, dass Sie sich so engagiert kümmern«, sagen sie alle, und man hört das *aber* deutlich heraus.

»Dann kümmern *Sie* sich doch bitte auch und nehmen Sie ihr Blut ab. Wenn Sie sie hierbehalten würden …«

»Jack, es geht mir gut«, sagt Kate nicht zum ersten Mal. »Wirklich.«

Aber ich bin mir nicht zu schade, zu flehen und zu betteln. »Bitte, bitte, bitte, machen Sie einfach die Tests. Mehr will ich ja gar nicht.«

»Junger Mann …«

»Bitte! Ich habe Geld.«

»Darum geht es doch nicht.«

»Ich kann für die Tests bezahlen. Ich kann Ihnen gleich sofort einen Scheck ausstellen. Ich brauche nur einen Stift.«

»Wir müssen Sie jetzt bitten zu gehen.«

»Sie haben mich nicht verstanden! Sie wird sterben! Wenn Sie nichts tun, wird sie sterben. Das ist keine Frage, das ist keine Möglichkeit, das ist real! Es wird passieren!«

Sie wenden sich an Kate. »Ist Ihr Freund zurzeit in irgendeiner Form von Behandlung? Wurden ihm Medikamente verschrieben, die er abgesetzt hat?«

»Er ist nicht verrückt«, protestiert Kate.

»Von verrückt war nicht die Rede, aber …«

»Ich bin nicht verrückt, ich weiß es einfach, weil …« An dieser Stelle kann ich die Wahrheit sagen. Ich kann sagen, dass ich es weiß, weil ich aus der Zukunft komme. Dass ich es weiß, weil ich es schon erlebt habe. Aber wenn ich die Wahrheit sage, buchen sie mir gleich eine Suite in der geschlossenen Abteilung.

»Jack«, sagt Kate, fasst mich an der Hand und wendet sich schon zur Tür, um uns aus dem Untersuchungszimmer durch den Wartebereich der Notaufnahme wieder hinaus in die kalte, dunkle Nacht zu führen. »Komm, wir gehen.«

Mir treten Tränen in die Augen, die ich nicht mehr zurückhalten kann. »Ich darf nicht gehen. Wir dürfen nicht gehen, Kate. Bitte. Hör auf mich. Ich bin *nicht* verrückt.«

»Das weiß ich doch. Aber was das hier soll, verstehe ich nicht.«

»Ich wünschte, ich könnte dir erklären, woher ich das weiß ...«

»Woher weißt du es?«

Ich spähe zu der Krankenschwester hinüber, die immer noch mit versteinerter Miene und verschränkten Armen dasteht. »Ich kann es nicht sagen ... Tut mir leid ... Ich kann es nicht.«

»Tja, dann ist jetzt wohl das Ende der Fahnenstange erreicht, junger Mann«, sagt die Krankenschwester und ruft im Flur nach dem Sicherheitspersonal.

Und ich werde schon wieder scheitern.

Ich habe alle Möglichkeiten ausgeschöpft.

Vielleicht muss ich einfach der Wahrheit ins Auge sehen: Es gibt nichts, was ich tun könnte, um irgendetwas zu ändern.

Aber ich weigere mich, das zu akzeptieren.

»Jack, was machst du da?«, fragt Kate.

»Was ich tun muss«, antworte ich.

»Security!«, schreit die Krankenschwester im Flur.

Ich lasse mich nicht aufhalten.

»Jack, was machst du da?«, fragt Kate noch mal. »Ich verstehe das nicht.«

»Ich auch nicht, glaub mir. Aber wir müssen es trotzdem versuchen.«

Als die beiden Wachmänner eintreffen, habe ich das Untersuchungszimmer mit sämtlichen beweglichen Krankenhausgeräten verbarrikadiert: Infusionsständern, Herzmonitoren, einem Ultraschallgerät. Doch der kräftigere der beiden Männer bricht einfach zu uns durch, hebt mich hoch und trägt mich in den Flur. Ich greife nach dem Vorhang, mit dem der Untersuchungstisch abgetrennt ist. »Lass los«, sagt er und versucht, meine Hand wegzuschlagen.

Sein Kollege, ein drahtiger, grauhaariger Mann, wirkt weniger einsatzfreudig. Er bleibt in sicherer Entfernung stehen und spricht in sein Funkgerät. Vielleicht, weil ich jetzt offiziell jede »Ich bin nicht verrückt«-Glaubwürdigkeit verloren habe, kreische ich los: »Sie wollen mich umbringen!«, schlage um mich, führe Karate-Hiebe aus und verrenke meinen Körper zu brezelartigen Posen. Mir ist egal, was die Leute von mir denken. Was sie mit mir machen. Ich würde alles tun, um Kate hier festzuhalten, damit ihr nichts passiert.

Während Laird (ich habe sein Namensschild direkt vor der Nase, als er mich zu Boden ringt) mich in den Flur vor dem Wartebereich manövriert, bekommt Kate Atemnot. Sie legen ihr eine Infusion, versorgen sie mit Flüssigkeit und Sauerstoff, messen ihre Vitalparameter, nehmen Blut für das Labor ab. Ich werde ins Wartezimmer eskortiert. Eine Stunde später kommt der Arzt kopfschüttelnd zu mir. »Ich weiß nicht, woher Sie das wussten, aber Sie haben ihr womöglich das Leben gerettet.«

Ich schaue auf die Uhr an der Wand.

»Oh nein, noch nicht«, sage ich. »Noch nicht.«

Der Arzt runzelt die Stirn. »Wir haben sie in einen Beobachtungsraum verlegt. Wir möchten sie über Nacht hierbehalten, damit wir sichergehen können, dass ihr Hämoglobin stabil bleibt. Morgen früh nehmen wir noch mal Blut ab. Sie dürfen jetzt zu ihr.«

Ich danke dem Arzt, widerstehe dem Drang, noch mal auf die Uhr zu schauen, gehe zu Kates Zimmer und bleibe in der Tür stehen. Sie guckt zu mir und grinst.

»Hey, unglaublicher Hulk«, sagt sie und drückt auf den Knopf an ihrem Bett, um das Kopfteil höher zu stellen. »Oder bist du jetzt wieder Bruce Banner?«

Ich lache. »Wie gehts dir?«

»Mmm. Bisschen besser. Glaube ich. Andererseits wusste ich

vorhin nicht mal, dass es mir schlecht geht. Aber du irgendwie schon.«

»Ein Zufallstreffer.«

»Wie ein Zufall kam mir das nicht vor.«

»Willst du die Wahrheit wissen?«

»Das wäre cool.«

»Ich bin aus der Zukunft und wusste genau, wann die Krise anfangen würde.«

»Okay, das ist definitiv gelogen.«

»Ist es nicht.«

»Willst du wissen, woher ich weiß, dass es definitiv gelogen ist?«

»Ja, aber es ist nicht gelogen.«

»Wem wäre denn so an mir gelegen, dass er dich meinetwegen auf eine Zeitreise schicken würde? Ich meine, was ist denn so Besonderes an mir? Werde ich mal Präsidentin der Vereinigten Staaten? Oder heile Krebs? Oder, keine Ahnung ... leiste irgendetwas Bedeutendes?«

Ich zucke mit den Schultern. »Um ehrlich zu sein, *so* weit bin ich noch nicht in der Zukunft gewesen. Ich schätze, wir werden es zusammen herausfinden müssen.«

Sie lockt mit dem Finger, breitet die Arme aus, und ich gehe in ihre Umarmung hinein.

»Versprochen?«, fragt sie.

»Kommt drauf an. Was soll ich versprechen?«

»Dass wir es rausfinden. Zusammen.«

»Entweder das, oder ich reise immer wieder in der Zeit zurück, bis ich den richtigen Dreh raushabe.«

»Das würdest du für mich tun?«

Ich grinse. »Vielleicht.«

Sie streckt mir die Zunge raus. »Also ich würde Ihnen eine Zeitmaschine bauen, Mister. Jetzt leg dich her und kuschel mit mir.«

»Dieses Bett ist gerade breit genug für einen«, beschwere ich mich, während ich mich neben sie zwänge. »Dir ist aber klar, dass die Krankenschwester mich in hohem Bogen rausschmeißt, sobald sie ins Zimmer kommt, oder? Ich wette, mich hassen jetzt schon alle, die hier arbeiten.«

»Frag mich, ob mir das was ausmacht.«

Ich lächele.

»Nein, ernsthaft, frag mich«, beharrt sie.

»Kate, macht dir das was aus?«

»Überhaupt nicht. Jetzt frag mich, ob ich dich hasse.«

»Hasst du mich, Kate?«

»Nein. Dazu bin ich nicht in der Lage.«

Ich kann euch gar nicht sagen, wie schön es ist, das zu hören.

»Kate?«

»Ja?«

»Wenn du wählen könntest, was wäre dir lieber: immer wieder dieselben vier Monate mit mir zu erleben oder den Rest deines Lebens ohne mich zu verbringen?«

»Das ist eine schräge Frage. Was hast du nur mit dieser Zeitreise-Geschichte?«

»Na komm, spiel das Spiel einfach mit.«

»Okay, dann noch mal langsam. Wir wären also in so einer endlosen Zeitschleife gefangen?«

»Ja.«

»Sind es wenigstens gute vier Monate?«

»Der Wahnsinn. Die besten, würde ich sagen.«

Sie nickt. »So eine Jack-und-Kate-Zeitschleife würde mir gefallen.«

Ich küsse sie auf die Wange.

»Jetzt bin ich dran mit Fragen.«

»Schieß los.«

»Das klingt vielleicht komisch, aber ich finde es toll, wenn es für ein Paar einen Begriff gibt, eine Kombination aus beiden Vornamen, die zum Symbol für schmerzlich schöne Liebe wird – wie Bennifer oder Kimye«, sagt sie mit spitzbübischem Grinsen.

»Das ist jetzt aber ein Witz, oder?«, sage ich.

»Nö. Ich habe viel drüber nachgedacht und hätte da zwei Ideen, falls du sie hören willst.«

»Ich bin gespannt.«

»Okay«, sagt sie und legt den Kopf zurück aufs Kissen. Ich lege mich dazu, sodass unsere Wangen sich berühren. »Kack geht ja schon mal nicht.«

»Nee, das geht nicht.«

»Ich meine, irgendwie ist es auch cool. Wie so ein Karate-Kick in die Brust: KÄCK!«

»Autsch, ich wusste gar nicht, dass du so brutal bist.«

Sie schneidet mit der flachen Hand durch die Luft. »Pass bloß auf, King.«

»Ich finde, das hättest du mir sagen sollen, *bevor* ich mich in dich verknallt habe.«

»Na ja, besser spät als nie, oder? Okay, bereit für den zweiten Vorschlag?«

»Hau's raus.«

»Ich glaube, der wird dir gefallen.«

»Jetzt spannst du mich aber auf die Folter. Sag schon.«

»Okay, halt dich fest ...«

»Mach ich.«

»Jate.«

»Deshalb sollte ich mich festhalten?«

Sie knufft mich. »Unsere Namen sind zu kurz, die ergeben nichts Brauchbares. Oder kriegst du was Besseres hin?«

Ich spiele die Möglichkeiten durch. »Du hast recht. Es gibt nur die zwei.«

»Hab ich dir doch gesagt.«

»Stimmt.«

»Nächstes Mal solltest du einfach auf deine Freundin hören, Jack Attack.«

»Nächstes Mal«, wiederhole ich. »Nächstes Mal.«

Oh Schreck, oh Graus

Ich fahre zu Tode erschrocken hoch, verheddere mich im Bettzeug. Ich schaue zu der Uhr an der Wand, aber es ist zu dunkel im Raum, um etwas zu erkennen – das einzige Licht kommt von der Infusionspumpe. Kate liegt mit dem Rücken zu mir an meiner Seite. Und irgendetwas fühlt sich anders an. Ich kann es nicht richtig erklären. Als hätte ich Neuland betreten. Einen unbekannten Ort.

»Kate«, sage ich leise.

Nichts. Nur das Brummen des Infusionsgeräts, das Tuckern der Flüssigkeit im Schlauch.

»Kate«, wiederhole ich und lege ihr sacht die Hand auf die Schulter. Ihre Haut ist kühl.

»Kate«, flüstere ich ihr ins Ohr und rüttele sie ganz leicht.

Ich lausche auf ihre Atemzüge, höre aber nur meine eigenen.

»Kate«, sage ich noch mal.

Ich setze mich auf.

Ich hole tief Luft.

Und da sehe ich es.

Eine glänzende Schachtel Cap'n Crunch auf dem Krankenhaustablett.

Erst weine ich.

Dann lache ich.

Und dann passiert es endlich.
Ich lachheule.
Ich lachheule.

Fast das Ende

Okay.

Jetzt, wo ihr wisst, dass Kate und Jack weiterleben, kann ich ja ehrlich sein.

Diese vier Wiederholungen waren nicht die einzigen.

Sie sind eher ein Konzentrat aus vielen weiteren Wiederholungen.

Nach drei Dutzend habe ich aufgehört zu zählen.

Ich kann euch immer noch nicht sagen, warum das alles passiert ist. Und selbst wenn ich es wüsste, wäre die Erklärung vermutlich nicht befriedigend. Wie in dieser Sesamstraßen-Geschichte, *Das Monster am Ende dieses Buches*. Wenn man sie zum zweiten, dritten und vierten Mal liest, weiß man zwar schon, dass es am Ende nur Grobi ist, aber man fiebert trotzdem immer mit, oder?

Aber eins kann ich euch sagen: Ich habe *alles* versucht. Manche Dinge habe ich dreimal versucht.

Ein paarmal habe ich gar nichts versucht.

Manchmal war ich zu müde, zu traurig, zu spät dran.

Es war wie ein entsetzlicher Dauerkater. Egal, wie oft ich die Augen zugemacht, Wasser getrunken oder Gott angefleht habe, die Welt anzuhalten – es ging einfach nicht weg.

Der dröhnende Zweifel.

Die nervenzerfetzende Angst.

Die gluckernde Übelkeit.

Ich habe nicht mehr daran geglaubt, dass ich es schaffe.

Und das konnte ich euch einfach nicht zumuten.

Mitzuerleben, wie ich immer wieder scheitere.

Mitzuerleben, wie sie ein ums andere Mal stirbt.

Das sollte niemand miterleben müssen.

Aber meistens war ich einfach dankbar für die Zeit, die ich mit ihr verbringen durfte, und fragte mich, ob es auch mein Ende bedeuten würde, falls und wenn es (was auch immer es war) irgendwann aufhörte.

Ich schätze, ich erzähle euch das alles, weil ich nicht will, dass ihr die Geschichte missversteht. Weil ich klarstellen will, dass ich kein Held bin.

Ich habe Kate nicht gerettet.

Sie hat keinen Retter gebraucht.

Wenn überhaupt, so hat sie mich gerettet.

Sie hat mir beigebracht, dass *fast* nichts Schlechtes sein muss.

Du kannst dich noch so sehr bemühen, etwas zu ändern, und alle Möglichkeiten ausschöpfen – manchmal reicht es trotzdem nicht.

Aber *fast* bedeutet, dass du da warst. Und alles getan hast, was du konntest.

Letztendlich sind es die kleinen Entscheidungen, auf die es wirklich ankommt.

Die scheinbar unbedeutenden Entscheidungen, die wir jeden Tag treffen –

Den Menschen, die wir lieben, und uns selbst gegenüber ehrlich zu sein.

Die Dinge loszulassen, die wir nicht in der Hand haben, und dankbar zu sein für das, was wir bestimmen können.

Man vergisst so leicht, wie wichtig diese Dinge sind.

Aber sie summieren sich.

Sie bedeuten alles.

Lasst euch das von jemandem gesagt sein, der die Zukunft kennt.

The End (diesmal aber wirklich)

»Bist du sicher, dass es deinen Eltern nichts ausmacht, wenn ich hier bin? In ihrem Haus? In deinem Zimmer?«, frage ich.

»Dafür ist es ein bisschen zu spät.« Kate lächelt. »Aber ja, ich glaube, sie sind einfach froh, dass ich glücklich bin.«

Wir sind in Kates Kindheitsbettdecke eingewickelt. Sie bedeckt Kates Bauch, ihre Beine, meine Füße, schlingt uns an den Hüften zusammen. Kates Blick hält meinen fest. Ihr Atem schmeckt nach Pfefferminz. Ich blinzele, aber nur kurz. Ich will nichts verpassen.

»Hättest du je gedacht, dass wir hier landen?«, fragt sie.

»Ich habe davon geträumt. Aber es wäre gelogen, wenn ich behaupten würde, dass ich es für möglich gehalten habe«, sage ich.

»Ich glaube, das hat mir Angst gemacht. Ich glaube, ich wusste es.«

»Ich weiß nur, dass du wunderschön bist, Kate.«

»Hör auf. Ich werde ja ganz rot.«

Ich fahre ihr Schulterblatt nach. »Schwarze werden nicht rot.«

Sie lacht. Ein herrliches, von den Füßen aufwärts rollendes Lachen, bei dem das ganze Bett wackelt. »Warum denn nicht?«

Jetzt werden auch meine Wangen warm; vielleicht werden wir ja doch rot. »Ich meine, nicht so, dass man es sieht.«

Sie schüttelt den Kopf. Stützt sich auf die Ellbogen auf, ohne meinen Blick loszulassen. »Ich weiß, was du gemeint hast, Dussel. Ich ziehe dich eben gern ein bisschen auf.«

»Hm, reingefallen.« Ich streiche mit dem Finger über ihre Wange. Wir liegen still da. Ich höre die Uhr an der gegenüberliegenden Wand eine Minute weiterticken. Und noch eine. »Und? Willst du es mir nicht sagen?«

»Dir was sagen?«

»Werden wir rot?«

»Du hast mich doch vor dir, Jack King. Schau mich an. Werden wir rot?«

Ich betrachte sie einen Moment lang. Dann halte ich es nicht länger aus, beuge mich vor, küsse die Stelle unter ihrer Stirn, zwischen den Augen. Ihre Augenlider flattern gegen mein Kinn.

Sie kneift die Augen fest zusammen, wie eine Faust, als versuchte sie, einen Traum zurückzuholen.

Sie sagt: »Ich glaube, rot werden meint nicht nur die Farbe. Es ist eher ein Gefühl.«

Und obwohl sie mich nicht sehen kann, nicke ich. »Ich fühle es, Kate. Ganz und gar.«

»Komm her«, sagt sie, wieder mit offenen Augen, und breitet die Arme weit aus.

»Ich glaube nicht, dass ich noch näher kommen kann«, sage ich, obwohl ich nichts sehnlicher will.

»Doch«, sagt sie und zieht meinen Kopf zu sich heran. »Siehst du?«

Sie hat recht.

So ist es.

»Weißt du, was ich an Familienfilmen mit schwarzen Protagonisten immer besonders toll finde?«, frage ich.

»Wenn das nicht von dir käme, wäre das ein interessanter rassistischer Einstieg in eine Unterhaltung, aber neugierig gemacht hast du mich auf jeden Fall. Bitte sprich weiter«, sagt sie.

»Das Tanzen. Eigentlich enden sie fast immer mit einer Riesenparty – einem Hochzeitsempfang, einer Familienfeier oder so was –, und nachdem alle Unstimmigkeiten, die ausgeräumt werden mussten, ausgeräumt sind, wenn alle sich lieb haben, dann kommt am Schluss garantiert so eine bombastische Luftaufnahme von Leuten, die den Electric Slide oder eine *Soul Train*-Line tanzen – also mir gefällt die Vorstellung, dass alles so endet. Wo alle happy sind und lächeln und mit dem Arsch wackeln.«

Sie schüttelt den Kopf und schaut, als wäre ich so ein kuscheliger Welpe, der einen unfassbar niedlichen Blödsinn angestellt hat. Sie lacht. »Mir auch«, sagt sie. »Mir auch.«

Sie tippt auf ihr Telefon und dreht ihren Bluetooth-Lautsprecher auf. Dann zieht sie mich aus dem Bett, und wir treten zerknitterte Klamotten, Schulbücher und alles Mögliche aus dem Weg, um uns in der Mitte des Zimmers ein bisschen Platz zu schaffen. Wir fassen uns an den Händen und schütteln wild die Köpfe.

»Dürfte ich um einen Tanz bitten?«, frage ich sie.

Sie verbeugt sich, ich knickse, und wir tanzen.

»Hey, nur dass du's weißt, ich liebe dich so was von überhaupt nicht«, sagt Kate. Es klingt ziemlich atemlos, weil wir nicht aufhören können zu tanzen. Für nichts. Nicht einmal für schräge, unbeholfene Liebesbekenntnisse.

Ich grinse. »Ich liebe dich auch nicht. Nur damit du auch Bescheid weißt.«

»Cool«, sagt sie und geht in einen Tanz über, der aussieht, als würde sie angeln und hätte auf einmal einen Killerwal an der Leine. »Ich hatte gehofft, dass es dir auch so geht.«

»Cool«, wiederhole ich und lege einen Tanz hin, den ich gern »Fensterputzer auf Wolkenkratzer-Baugerüst« nenne. Okay, das habe ich mir ausgedacht. Den Namen, nicht den Tanz. Der Move gehört zu meinem Kernrepertoire.

Und wir tanzen weiter, Kate und ich. Mit Verrenkungen, für die unsere Körper nicht gedacht sind, mit einer Menge Roboterbewegungen, dem guten alten Cabbage Patch und als Zugabe ein paar erbärmlichen Running-Man-Einlagen.

Also nein, wir tanzen nicht *gut*.

Nicht mal so lala.

Beeindrucken würden wir damit niemanden.

Auf einer Party wären wir nicht der Hit – jedenfalls nicht im positiven Sinn.

Aber gebt uns gefälligst unsere Luftaufnahme.

Denn fuck, wir tanzen.

Danksagung

Mein Dank geht an zwei der wunderbarsten Menschen auf diesem Planeten und darüber hinaus, Brooklyn und Kennedy. Brooklyn – du bist so lustig und kunstbegabt. Aber vor allem hast du das größte Herz, das ich kenne. Lass deinen Gefühlen immer freien Lauf. Kennedy, du wirst nie größer sein als ich, da können die Ärzte sagen, was sie wollen. Aber ich weiß, dass du mich in allem anderen definitiv überflügeln wirst, und das ist auch gut so. Ihr beide inspiriert mich jeden Tag dazu, besser zu sein als gestern. Danke, dass ihr mich liebt, dass ihr mir beibringt, was es heißt, jemanden bedingungslos und für immer zu lieben.

Danke an Pam. Puh. So viele verrückte Zeiten, aber wir haben immer durchgehalten. (*Es war schon mal kälter.*) Wir haben so viel zusammen gelacht und geweint und so viele Erinnerungen geteilt. Danke, dass du mir den Rücken stärkst, und danke für deine unerschütterliche Liebe. Danke, dass du bei jedem Film einschläfst. Danke für all unsere Binge-Sessions mit historischen Serien, *House Hunters, Project Runway* oder *Top Chef.* Ich würde rein gar nichts ändern. Du hoffentlich auch nicht. Für immer und ewig, P.

Danke an Allisyn, die beste Schwester, die man sich wünschen kann. Wir haben so viel durchgestanden, aber wir waren dabei immer zu zweit. Danke, dass du mich verpetzt hast, als ich weglaufen wollte. Außerdem tut es mir sehr leid, dass du nie ein

Mini-Nummernschild mit deinem Namen finden wirst, weil Mom sich diese abgefahrene Schreibweise für deinen Namen ausgedacht hat – aber hey, alberne Andenken sind nicht alles, oder? Jetzt aber mal ernsthaft: Du sollst wissen, wenn ich irgendwann aus dieser Welt scheide, bekommst du – NICHTS! (Hahaha.) Bis dahin basteln wir lieber weiter an unseren Plänen zur Eroberung der Welt.

Greyson, irgendwann kriegst du diese Wellen schon noch; einfach weiterbürsten, ich glaube an dich, haha. Danke, dass du der beste große Cousin bist, den man sich vorstellen kann, dass du so geduldig und nett bist und mich unter deine Fittiche nimmst. Du bist großartig. Trommele weiter, so laut du kannst.

Mom und Dad – mit euch hat alles angefangen. Mom, danke, dass du mir die Liebe zur Sprache eingeflößt und ein Buch nach dem anderen in meine Hände gelegt hast, dass du mir vorgelesen, alle meine Geschichten gelesen und mit mir über alles im Leben geredet hast. Ohne dich gäbe es dieses Buch nicht (hey, mich selbst auch nicht!). Dad, danke, dass du immer pragmatisch warst und mich dazu gebracht hast, darüber nachzudenken, wie ich finanziell auf eigenen Beinen stehen kann – und dass du mich schon in jungen Jahren daran erinnert hast, dass auch Kinder pleitegehen können, wenn sie mit ihrem Geld nicht solide wirtschaften. Und danke, dass du mich hast gewähren lassen, wenn ich bei allen Spielen der Cavs für Michael Jordan und die Bulls war. Ich liebe euch beide für immer.

Beth Phelan, die beste Agentin ever. Manchmal stehen die Sterne günstig, manchmal aber auch ganze Galaxien. Danke, dass du vom allerersten Anfang an an mich geglaubt hast. Für alle unsere Gespräche, über Bücher und Sonstiges. Für die Stupser im richtigen Moment. Für deine ruhige Hand und deine weisen (und witzigen) Worte. Ich bin froh, dass du bei all den Twitter-Pitches im ganzen Twitter-Universum ausgerechnet bei meinem gelandet bist. Im Ernst, vielen Dank, dass du #DVPit konzipiert hast und für

Diversität eintrittst. Bleiben wir dran; wir haben noch eine Menge Arbeit vor uns. Kein Druck! Aber DRUCK, haha! ☺

Ben Rosenthal. Was soll ich sagen? Du bist ein brillanter Lektor, aber ein noch besserer Mensch. Immer positiv und ermutigend. Danke, dass du vom ersten Moment an an dieses Buch geglaubt hast. Vielleicht liegt es daran, dass wir beide aus dem Mittleren Westen kommen, oder daran, dass wir beide für Mannschaften brennen, die uns ein ums andere Mal enttäuscht haben, aber ich glaube, wir verstehen einander, in und außerhalb der Buchwelt. Oder um es in deinem wunderbaren Lektoren-Jargon zu sagen: Immer *authentisch* bleiben, haha.

Ein großes Dankeschön an Mabel Hsu für deinen Einblick, deine treffenden Anmerkungen und die Bereitschaft, ALLE Fragen zu beantworten. Und für dein Verständnis, dass es nichts Schlimmeres gibt, als große Gefühle zu texten, haha.

Allergrößten Dank an Katherine Tegen – ich kann mir nicht vorstellen, meinen Erstling in irgendeinem anderen Verlag zu veröffentlichen. Einen Shoutout an Erin Fitzsimmons für die fantastische Innengestaltung des US-Hardcovers; danke für deine Beharrlichkeit! Danke an Allison Brown, Emily Rader, Gina Rizzo, Audrey Diestelkamp und die Korrektorin Megan Gendell – eure Beiträge waren enorm wichtig.

Danke an Rachel Petty, dass du diese Geschichte verstanden hast und dass du generell einfach großartig bist. Danke auch dafür, dass du mich in dem Glauben gelassen hast, dass ich Namen für deine Zwillinge finden könnte, haha. Danke an das phänomenale Team von Macmillan in Großbritannien: Ihr seid die Besten!

Danke an Gemma Cooper für deine Begeisterung und unermüdliche Unterstützung, für die klärenden Gespräche und dafür, dass du so mühelos internationale Dreier-Telefonkonferenzen auf die Beine gestellt hast.

Herzlichen Dank an alle Mitarbeiter der Bent Agency für ihre harte Arbeit und ihre fantastischen Subagenten, die sich dafür eingesetzt haben, dass dieses Buch von mehr Leuten als meiner Mutter gelesen wird. Und einen extra Shoutout an Victoria Cappello für ihre Umsicht und die heldenhafte Strippenzieherei hinter den Kulissen.

Danke an Stephanie Singleton; innere Werte sollen ja wichtiger sein als äußere, aber wenn die Covergestaltung so genial ist wie deine, muss ich dem entschieden widersprechen. Der amerikanische Originalumschlag sieht toll aus.

Danke an das unglaubliche Team von Gallt & Zacker für eure enthusiastische Unterstützung. Ich habe mich bei euch gut aufgehoben gefühlt.

Alles Liebe an meine alte Crew und die Freunde von zu Hause, die immer für mich da sind: Tony – Alter, unsere Sitcom ist immer noch der Brüller, da können die anderen sagen, was sie wollen. *Du bist so ... groß.* Des – es gibt nur wenige Menschen, die mich so gut verstehen wie du, was allen anderen Angst machen sollte, haha. Drew – mir egal, was Des sagt, dreh weiter. Scales – mein »kleiner Bruder« durch und durch; danke, dass du mir Kekse vorbeigebracht und Nachrichten wortwörtlich übermittelt hast, egal, wie sie lauteten. Anthony – Mann, ich kann mir nicht vorstellen, wie die Pflegerausbildung ohne dich gewesen wäre; lass uns weiter klüger, nicht härter arbeiten, haha. Ariana – du warst da, als diese Geschichte nichts als eine Idee war. Wenn ich jemals ein perfektes Make-up brauche, weißt du ja, wo ich aufschlagen werde. Danke für unsere Lachanfälle und die besten Fernsehtipps. *Ich hasse es,* hahaha.

Danke an Tiffany für die vielen langen Gespräche, die mich motiviert haben, und dafür, dass ich immer auf dich zählen kann; du weißt, dass das auch umgekehrt gilt. LB4L.

Danke an Angie T für deine vielen klugen Ratschläge und die grenzenlose Ermutigung; dafür, dass du dir immer treu bleibst und für die besten Filmbesetzungen sorgst, haha. Du verdienst alles, was du bekommen hast.

Ein megagroßes Dankeschön an die Stupid Smart Kids; nach

unserer Begegnung bei der NASA sind unsere Projekte so richtig durchgestartet (wow, diese subtilen Wortspiele). Drew – außer dir kenne ich niemanden, der sich erbarmen würde, alle meine schrecklichen halbgaren Storys zu lesen. Danke für die vielen anregenden Unterhaltungen; dafür, dass ich bei dir übernachten durfte und dass du mir gesagt hast, ich sei ein Schriftsteller. Jesse – du konntest dir einen Vollbart wachsen lassen, seit wir fünfzehn waren (Neid), aber das ist dir nie zu Kopf gestiegen, haha. Danke für die vielen Witze, Bruder, und den Glauben. Khadijah, meine Schwester in Worten: Nur wenige Menschen verstehen die Macht des geschriebenen Wortes besser als du; bewahr dir dein Feuer. Wir, und diese Welt, brauchen es. Karen, immer so direkt und immer so unverstellt, und wahnsinnig fürsorglich; danke für deine Bemühungen, die Crew zusammenzuhalten, Rhode Island kann sich glücklich schätzen! Und Amma, meine Schwester und Homie für immer, danke, dass du dir alle meine literarischen Überlegungen angehört und darauf beharrt hast, dass das alles nicht nur möglich ist, sondern definitiv irgendwann passiert. Du bist mit Abstand meine Lieblingskünstlerin. Das Leben saust vorbei … wie wir zu »Little Boxes« durchs Wohnzimmer tanzen … das alles, immer. Übrigens, Kwame, ich lese dir jederzeit gern immer wieder dieselben Geschichten vor, kleiner Mann.

Gruß an die Trash Can Writers Crew: Ashley (es passt, dass wir bei derselben Agentur sind, wir sind ja auch Zwillinge!), Mark, Patrice, Kwame, Zoraida, Jalissa und Saraciea. Ihr seid die Größten, und das *meme* ich auch so! Wakanda forever! Und einen besonderen Thrash-Can-Ehren-Shoutout an Nic und Dhonielle, die alles wissen und es entsprechend teilen.

Dank an meine Beoples-Familie für eure Unterstützung und euren Humor. Euer Talent und eure Großzügigkeit erfüllen mich mit Ehrfurcht.

Folgenden Lehrern und Lehrerinnen danke ich für ihren ans Irrationale grenzenden Glauben an mein Potenzial. Angefangen hat es mit Mrs Bennett in der dritten Klasse (dem Schuljahr, in dem ich festgestellt habe, dass ich eine Brille brauche), die meiner Mom versicherte, dass ich *es* habe; Ms Johnson in der Junior-Highschool, die mich auf das »Power of the Pen«-Programm hingewiesen hat; Bruce Weigl, der etwas in mir gesehen hat, von dem ich selbst nichts wusste, und mir das im Laufe der Jahre immer wieder sagte; Dr. Rachel Carnell, die eines der besten Empfehlungsschreiben aller Zeiten verfasst hat (dieses Schreiben hat mir in schweren Zeiten sehr weitergeholfen) – danke; und Sheila Schwartz, die wohl beste Dozentin, die die Cleveland State University je hatte, aber auf jeden Fall die inspirierendste. Dank Ihnen habe ich mein erstes Stipendium bekommen, obwohl Sie einige der miserabelsten Texte gelesen haben, die ich je geschrieben habe, und das mit Liebenswürdigkeit und Stil; mögen Sie in Frieden ruhen.

Danke an das Mojo's für den besten Kaffee (Medium Miel) in NE Ohio, aber auch dafür, dass ihr mich nie vor die Tür gesetzt habt. Ich bin an vielen Cafés vorbeigefahren, bis ich euch gefunden habe. Ihr seid klasse.

Danke an die Bibliotheken in nah und fern, die mir Zuflucht und Hoffnung gegeben haben.

Danke an die Stadt Cleveland, die mich gefördert und gefordert hat und mir zur Heimat geworden ist. Wir kriegen eine Menge ab, aber wir lassen uns nicht unterkriegen. Cleveland gegen den Rest der Welt, immer.

Danke an die Liebe. Wir brauchen mehr von dir, verdammt. Bitte bleib dran.

Danke an das Leben. Vielleicht sind wir nicht auf konventionellem Weg hergekommen, aber scheiß auf die Konvention, oder?! Wir haben es trotzdem geschafft.

Danke an alle Freunde und Verwandte, die ich nicht namentlich erwähnt habe; ihr seid nicht vergessen. Ich trage euch in meinem Herzen.

Danke an Papo und Tante Elaine. Ich würde diese Geschichte

sofort gegen einen weiteren Moment mit euch eintauschen, aber auf diesen Buchseiten lebt ihr fort.

Und an Jack, Kate, Franny und Jillian – danke für all eure Worte. Und vor allem danke für die Erinnerung, dass niemand jemals wirklich stirbt.